U0007842

GOBOOKS & SITAK GROUP©

文學新象 302

王室緋聞守則

RED, WHITE & ROYAL BLUE

凱 西 · 麥 奎 斯 頓
CASEY MCQUISTON

曾倚華 ——— 譯

高寶書版集團

目錄
CONTENTS

1

在白宮的屋頂步道上，緊貼著日光室的牆角處有一塊鬆動的嵌板。如果施力正確，那塊嵌板可以稍微掀起來，露出底下也許是用鑰匙尖端、也許是用從西廂房偷來的拆信刀刻下的文字。

即使參照歷任第一家庭——那群任性妄為的八卦製造機——的祕史，也沒辦法肯定這句話是誰刻的。唯一能確定的是，只有總統的兒子或女兒才有這個膽子毀損白宮。有些人堅稱這是傑克・福特[1]幹的好事，畢竟他收集了滿滿的罕醉克斯[2]專輯，又住在能夠在半夜溜到屋頂抽煙的樓中樓房間。又有人說那是少女時期的露西・強森[3]幹的，當年可能還在用緞帶綁頭髮。但真相如何似乎也不重要了。

那幾個字就這樣被刻在那裡，像是一句只有擁有足夠特權的人才能找到的祕密咒語。而亞歷克在入住白宮的第一週就找到了，沒有告訴過任何人他是怎麼做到的。

那句話是這麼說的：

---

1 傑克・福特（Jack Ford），美國第三十八任總統福特的次子。
2 罕醉克斯（Hendrix），二十世紀的著名美國音樂人，被公認為流行音樂史中最重要的電吉他演奏者。
3 露西・強森（Lucy Johnson），美國第三十六任總統強森的次女。

第一守則：別被抓包

基本上，二樓的東西兩間臥室會保留給第一家庭使用。在門羅[4]執政的時期，最早的設計是一間寬敞的大房間，專門供拉法葉侯爵[5]拜訪時留宿，後來才被隔成兩間臥室。亞歷克睡在東臥室，在條約廳對面，茱恩則睡在電梯旁的西臥室。

在德州長大的過程中，他們的臥室也像這樣，分別坐落在同一條走廊的兩端。

在那些年，只要看茱恩掛在房間牆上的東西，就能判斷她那個月的夢想是什麼。十二歲時，她掛的都是水彩作品。十五歲時，她掛上了陰曆和水晶圖鑑。十六歲時，她又換成了《大西洋雜誌》的剪報、德州大學奧斯汀分校的錦旗、葛蘿莉雅・史坦能[6]、卓拉・尼爾・赫斯特[7]、以及多蘿莉絲・赫塔[8]的論文節錄。

他自己的房間倒是一直都長得差不多，只是塞了越來越多的曲棍球獎盃，和越來越大疊的大學先修課本。那些東西現在都留在德州的老家裡。自從他們一家搬到華盛頓特區後，他就一直把老家的鑰匙掛在項鍊上，藏在衣服下。

---

4 門羅（Monroe），美國第五任總統，任期為一八一七至一八二五年。

5 拉法葉侯爵（Marquis de La Fayette），法國將軍及政治家，先後參與美國革命與法國革命，被譽為「兩個世界的英雄」。

6 葛蘿莉雅・史坦能（Gloria Steinem），美國女權主義者。

7 卓拉・尼爾・赫斯特（Zora Neale Hurston），美國民俗學家及作家。

8 多蘿莉絲・赫塔（Dolores Huerta），美國勞工階級領導者及社會運動人士。

而現在，與他隔著走廊相望的茱恩房間，是由一片明亮的白色、淺粉紅和薄荷綠裝潢組成。《VOGUE 時尚雜誌》來拍過照採訪，所以全世界都知道這款配色的靈感是從何而來——她在白宮的某間起居室裡找到的六〇年代老期刊。

至於他自己的房間，曾一度是卡洛琳．甘迺迪[9]睡過的嬰兒房，後來又改成南西．雷根[10]的辦公室——這讓茱恩不容拒絕地用鼠尾草幫他淨化了一遍。他保留了沙發上方整齊排列的大自然風景圖，但把莎夏．歐巴馬[11]的粉紅牆壁漆成了深藍。

傳統上來說，第一家庭的子女在年滿十八後就會搬出官邸，至少這幾十年來都是這樣。不過因為亞歷克在他媽媽宣誓就職後的那個一月就要去上喬治城大學[12]了，於是直接放棄搬到外面的單人公寓，避免製造維安方面的漏洞和額外成本，這才是最符合邏輯的選擇。

那年秋天，剛從德州大學畢業的茱恩也搬進了官邸。雖然她從沒說過，但亞歷克知道她是為了要顧好他才搬進白宮的。她比任何人都清楚，如此靠近權力核心會讓他多亢奮——她已經不只一次把他從西廂房[13]拖回來了。

躲在自己的房門內，亞歷克可以盡情享受霍爾奧茲[14]的唱片，也沒有人會聽見他像他老爸

9 卡洛琳．甘迺迪（Caroline Kennedy），美國第三十五任總統甘迺迪的長女。
10 南西．雷根（Nancy Reagan），美國第四十任總統雷根的妻子。
11 莎夏．歐巴馬（Sasha Obama），美國第四十四任總統歐巴馬的次女。
12 喬治城大學（Georgetown University），美國最古老的大學之一，主校區位於華盛頓特區的喬治城，與白宮的距離不超過四公里。
13 美國總統的橢圓辦公室位在白宮的西廂房。
14 霍爾奧茲（Hall & Oates），活躍於七〇年代後期至八〇年代中期的流行樂樂團，《拜金女（Rich Girl）》是其代表歌曲之一。

一樣跟著哼《拜金女》。他可以放心戴著他總是宣稱自己不需要的眼鏡，也可以用各種顏色的便利貼寫滿密密麻麻的讀書筆記，愛寫多少就寫多少。

亞歷克是立志成為近代史中最年輕的國會議員沒錯，但也沒必要讓外人知道他在私底下有多拚，不然他苦心建立的性感菁英形象就掰掰了。

「嘿。」一聲音從門邊傳來，他從筆電螢幕後抬起頭，看見茱恩側身踏進他房間，一隻手臂夾著兩支蘋果手機和一疊雜誌，一隻手端著盤子。她用腳關上門。

「妳今天又偷了什麼來啊？」亞歷克推開床上的紙堆，幫她清出空間。

「綜合甜甜圈。」茱恩爬上床。她穿著筆管裙和粉紅色的尖頭平底鞋，他已經看得到下星期的時尚雜誌專欄內容了：一張她今天穿著的照片，並介紹這雙平底鞋是職業女性的必備配件。

他不知道茱恩今天一天都在做什麼。她之前是說要接受《華盛頓郵報》的專欄訪問，還是要替她的部落格拍一組照片？以上皆是？他永遠記不住。

她把整疊雜誌攤在床單上，已經忙碌地翻起來了。

「妳在努力刺激大美國地區的八卦生態嗎？」

「我的新聞系學位就是為了這個呀。」茱恩回道。

「這星期有什麼好玩的嗎？」亞歷克朝甜甜圈伸出手。

「我看看喔。」茱恩說。「《In Touch 週刊》說……我在和一個法國模特兒交往？」

「妳有嗎？」

「我也希望我有。」她翻了幾頁。「喔，他們還說你去漂白了屁眼。」

「這倒是事實。」亞歷克的嘴裡塞滿了巧克力和糖粉，含糊地擠出回答。

「我就知道。」茱恩頭也不抬地說，把手上迅速掃過的雜誌塞到整疊的最下面，然後翻開《時人雜誌》。她心不在焉地翻著——《時人雜誌》只會寫他們的公關核可的東西，無聊死了。「這星期和我們沒什麼關係……喔，我是填字遊戲的提示之一耶。」

追蹤他們在媒體上的曝光是茱恩的小興趣，對此他們的母親有時覺得好笑、有時覺得很煩，而他的自戀剛好達到願意讓茱恩把重點唸給他聽的程度。

這些新聞通常都是亂掰的，不然就是他們的媒體團隊發出去的公關文。但有時候，能第一手掌握這些奇怪、甚至可說是邪惡的傳聞，對他們也有點幫助。如果有得選，他寧可瀏覽網路上那些主角是他的二次創作，內容千奇百怪，例如他是個千面王子，有著令人髮指的致命魅力與不可思議的美好身材之類的。但茱恩明明白白地拒絕唸這種東西給他聽，不管他多努力賄賂她都沒用。

「快唸《美國週刊》。」亞歷克說。

「嗯……」茱恩從雜誌堆中抽出那一本。「喔，你看，我們這週上封面了耶。」

她把光滑的封面亮給他看。照片中，姐弟倆嵌在其中一角，茱恩的頭髮盤在頭頂，他則看起來有點臃腫，但還是很帥，下巴線條明顯，頂著一頭深色捲髮。照片下方用黃色粗體字寫著標題：**白宮第一姐弟的瘋狂紐約之夜。**

「對呀，那晚超狂的。」亞歷克往後一倒，靠上高聳的真皮床頭板，一手推了推眼鏡。

「整整兩個主講人耶。說說看，還有什麼能比鮮蝦雞尾酒加一個半小時的溫室氣體排放演講更性感？」

「這裡寫說你和某個『神祕棕髮女子』有一場幽會。」茱恩讀道。「『雖然第一千金在聚會後，就被豪華轎車接去參加另一場金光閃閃的派對，但我們二十一歲的夢中情人亞歷克，卻被人拍到溜進W飯店，在總統套房與神祕棕髮女子幽會，並於凌晨四點離開。來自飯店的內部消息表示，整晚房內不斷傳出恩愛的聲響。至於棕髮女子的身分，也有傳言不斷指向……諾拉．赫羅蘭，白宮三巨頭之一——副總統麥可．赫羅蘭的二十二歲孫女。難道，兩人的舊情已經復燃？』」

「讚！」亞歷克歡呼道，茱恩則哀號一聲。「還不到一個月耶！妳欠我五十塊，寶貝。」

「等等，那個真的是諾拉嗎？」

亞歷克回想一週前帶著香檳跑到諾拉房裡的情形。

他們第一次的香檳之交非常短暫，幾乎只是為了讓不可避免的事快點發生。他們當時一個十七歲、一個十八歲，從一開始就注定沒有好結果，還都認為自己是世界上最聰明的人。在那之後，亞歷克就認定諾拉百分之百比他聰明，而且聰明得絕不可能和他交往。

媒體不肯放過這個緋聞又不是他的錯，他們愛透了他和諾拉在一起的傳言，好像他們是現代的甘迺迪家族成員。所以如果他和諾拉偶爾一起喝個酒，在飯店裡狂刷《白宮風雲》[15]，又故意在牆邊大聲呻吟給狗仔聽，也真的不能怪他。他們只是把討厭的狀況變成個人的娛樂而

15《白宮風雲（The West Wing）》，美國政治劇影集，於一九九九年至二〇〇六年期間分七季播送。

已。

敲詐他姐也是個附帶的好處。

「也許唷。」他故意把鼻音拉得很長。

茱恩拿起雜誌朝他揮去，好像他是一隻特別討人厭的蟑螂。「這是作弊，你這敗類！」

「打賭就是打賭啊。」亞歷克告訴她。「我們只講好只要一個月內有新的八卦，妳就欠我五十塊。我也接受行動支付喔。」

「我才不給咧。」茱恩回嘴。「明天我一定要殺了她。對了，你明天要穿什麼？」

「什麼穿什麼？」

「婚禮呀。」

「誰的婚禮？」

「呃，皇家婚禮。」茱恩說。「英國王室的婚禮，我剛才給你看的每一本封面上都有寫喔。」

她再度拿起《美國週刊》，而這一次亞歷克終於注意到了封面上的頭條，用斗大的字體寫著：菲力王子說：我願意！然後配上一張照片，上頭是呆板的英國王儲、以及他同樣呆板的未婚妻，對著鏡頭呆板微笑的樣子。

他震驚得手一滑，甜甜圈掉了下去。「是這週末嗎？」

「亞歷克，我們明天一早就要出發了。」茱恩告訴他。「而且在典禮開始之前，我們還有兩場記者會。真不敢相信薩拉居然還沒有拿這件事煩死你。」

「該死！」他哀號。「我有寫下來，我只是忙到忘了。」

「忙什麼？忙著和我最好的朋友一起詐騙我的五十塊嗎？」

「才不是，忙著寫報告啦，傻子。」亞歷克動作誇張地對著旁邊一疊疊的筆記比手畫腳。「我這一整週都在寫羅馬政治思想課的報告。而且我以為諾拉是**我們**最好的朋友？」

「最好是真的有這種課啦。」茱恩說。「而且，你真的會因為不想見到你的死敵，就刻意忘記本年度最重大的國際事件嗎？」

「茱恩，我是美國總統的兒子，亨利王子是大英帝國的象徵，妳不能說他是我的『死敵』啦。」

亞歷克撿回他的甜甜圈，若有所思地咀嚼著，然後補充道：「而且『死敵』的意思是，他是個有辦法在每個層面上和我針鋒相對的人，而不是某個可能會對著自己的照片打手槍的近親繁殖產品。」

「哇喔。」

「我只是說說而已。」

「嗯哼，你又不需要喜歡他，只要擺出笑臉，然後別在他哥哥的婚禮上製造國際風波就好了。」

「拜託，我什麼時候沒有擺笑臉了？」亞歷克扯出假到不行的露齒微笑，滿意地看著茱恩露出反胃的表情。

「噁。總之，你決定好要穿什麼了，對吧？」

「對啊，我上個月就決定好，也給薩拉認證過了。我又不是野蠻人。」

「我還不知道要穿哪件洋裝。」茱恩傾身搶走他的筆電，無視他的抗議。「你覺得栗色那件好，還是蕾絲那件好？」

「當然是蕾絲，那裡可是英國耶，再說妳為什麼想害我被當掉？」他朝自己的筆電伸出手，卻被茱恩一把揮走。「妳去更新妳的 IG 或隨便幹嘛啦，煩死人了。」

「別吵，我在找影片看。哎唷，你的片單裡居然有《情歸紐澤西[16]》？二〇〇五的電影學院唸起來感覺如何呀？」

「我討厭妳。」

「嗯，我知道。」

窗外，一陣風捲過草坪，將椴樹的葉子吹落花園。角落的黑膠唱機已經轉到盡頭，進入帶著輕柔雜音的沉默。他滾下床，把唱片翻面，重新擺好唱針，房內隨即響起《倫敦之愛[17]》的旋律。

如果要他老實說，搭私人飛機這件事他真的永遠不會膩，就算他媽媽的任期已經邁入第三年也一樣。

他不常搭私人飛機，所以當機會來臨時，實在無法用平常心看待。他出生在德州的鄉村，

16 《情歸紐澤西（Garden State）》，二〇〇四年上映的美國浪漫喜劇電影。

17 《倫敦之愛（London Luck, & Love）》，霍爾奧茲於一九七六年發行的歌曲。

母親是單親媽媽之女，父親則是墨西哥移民之子，而且全都窮得脫褲——所以他絕對不是含著金湯匙出生的。

十五年前，當他媽媽第一次宣布參選時，奧斯汀[18]的報紙給了她一個綽號：洛美塔[19]的小小希望。她逃離了自己位於胡德堡[20]陰影中的家鄉小鎮，在小餐館上夜班、打工念完法律學院，並且年僅三十就站上最高法院為歧視案件辯護。在伊拉克戰爭時期，沒有人想過德州會出現這樣的一號人物：一位聰明絕頂的民主黨員，留著金紅長髮、踩著高跟鞋，操著一口理直氣壯的鄉村口音，還組成一個跨種族的小家庭。

所以對他來說，能一邊飛越大西洋，一邊翹腳坐在高背皮椅上嗑開心果，這整件事還是很不真實。諾拉坐在他對面，正專心玩著紐約時報的填字遊戲，一撮棕色捲髮從前額落下。她身邊坐著身材高大的特勤局探員卡修斯，正用巨大的手抓著另一份報紙，和她比賽填字。

羅馬政治思想的報告還在他眼前的筆電上閃閃發亮，但在飛越大西洋的旅途中，他腦中的某個部分實在讓他無法專心。

坐在走道的另一側的是他媽媽最愛的特勤局探員艾米，她曾在海軍陸戰隊服役，傳言中殺過幾個人。艾米旁邊的沙發上擺著一只防彈的鈦金縫紉箱，她正認真地在一條手帕上繡花。亞歷克看過她用類似的針扎進某人的膝蓋裡。

---

18 奧斯汀（Austin），德州首府。
19 洛美塔（Lometa），德州城市。
20 胡德堡（Fort Hood），德州的美國陸軍基地。

至於坐在他旁邊的茱恩，正埋首在她隨身攜帶的《時人雜誌》裡。她每次帶的飛機讀物都很詭異，上一次是破舊不堪的廣東語單字本，再前一次則是《大主教之死[21]》。

「妳現在又在看什麼？」亞歷克問她。

她把雜誌舉起來給他看，大跨頁上面寫著斗大的標題：皇家婚禮之亂。亞歷克哀號一聲。這絕對比薇拉．凱瑟還糟。

「幹嘛？」她說。「我想要為人生中第一場皇家婚禮做好準備啊。」

「妳去過學校舞會，對吧？」亞歷克說。「就想像那個畫面，只是背景放在地獄，而且妳還不能酸它，就這樣而已。」

「他們光是蛋糕就花了七萬五欸！」

「超扯的。」

「而且亨利王子顯然不打算攜伴參加，所有人都傻眼了。這裡寫的，」她裝出誇張的英國腔唸道：「『傳聞他正在與一名比利時貴族後裔交往，但現在，關注王子私生活的死忠粉絲都迷惘了。』」

亞歷克哼了一聲。他還是不懂為什麼有人會對第一家庭子女無聊的愛情生活感興趣，但他知道人們會對他把舌頭伸進去的地方感到好奇——至少他還有點個性。

「也許歐洲的女性終於發現他跟濕搭搭的毛線一樣噁心了。」亞歷克提議。

諾拉放下手中填完的拼字遊戲。卡修斯瞄了她一眼，然後咒罵一聲。「你會請他跳舞囉？」

21《大主教之死（Death Comes for the Archbishop）》，美國作家威拉．凱瑟（Willa Cather）於一九二七年出版的小說。

亞歷克翻了個白眼，突然間想像起一邊和亨利在舞廳裡跳著慢舞、一邊聽他在耳邊低語著馬球和獵狐之類瑣事的畫面。這念頭讓他反胃。

「作夢吧他。」

「哎唷，」諾拉說。「你臉紅了耶。」

「聽著，」亞歷克說。「皇家婚禮只是個屁，辦皇家婚禮的王子們也是個屁，讓王子們存在的君主制度更是個屁，他們從頭到尾就是個屁。」

「這是你的當選感言嗎？」茱恩問。「你應該知道，美國也是個種族大屠殺的帝國，對吧？」

「是啊，茱恩，但至少我們知道不要繼續保留所謂的君主政治。」亞歷克朝她丟了一顆開心果。

所有新來白宮任職的僱員，在開工前都需要知道幾件關於亞歷克和茱恩的事。茱恩對花生過敏。亞歷克常常在半夜討咖啡喝。茱恩的大學男朋友，在他搬去加州之後兩人就分手了，但只有他寄來的信會直接指名給茱恩。

還有，亞歷克對於最年輕的王子有著不共戴天之仇。

其實這也不是什麼真的大仇，他們兩個甚至不是競爭對手。他對亨利王子的感覺比較像是種刺刺癢癢的、不安的煩躁感，總是讓他掌心出汗。

八卦媒體——或是這個世界——從第一天開始就把亞歷克視為美國版的亨利王子，因為白宮三巨頭是全美國最接近貴族的階級了。

這根本一點也不公平。亞歷克的形象是個花花公子，聰明又狡黠，每一次訪問都深思熟慮，十八歲就上了GQ封面；亨利王子則總是帶著空虛的微笑，好像很有騎士精神，總是出席各種慈善活動，徹底的典型白馬王子空殼。亞歷克總覺得亨利王子的角色簡單多了。

也許他們真的是仇人。隨便啦。

「好吧，麻省理工學院的高材生。」他說。「這場行動的數據分析為何？」

諾拉咧嘴一笑。「嗯……」她假裝認真思考了片刻。「風險評估：美國第一公子在自爆之前沒有做好準備，會造成至少五百名民眾傷亡。亨利王子看起來像個夢中情人的機率是百分之九十八。亞歷克讓自己被終生禁止進入英國的機率是百分之七十八。」

「這比我想的還要樂觀耶。」茱恩評論道。

亞歷克笑了起來。飛機繼續航行。

倫敦市的市況十分壯觀。民眾披著米字旗圖樣的長巾，或在頭頂上揮著小小的國旗，全擠在白金漢宮外的街道上——應該說基本上擠滿了全城的大街小巷。到處都在賣皇家婚禮的紀念品，菲力王子和新娘的臉印在所有東西上，從巧克力棒到內褲應有盡有。亞歷克真不敢相信，居然有這麼多人對這種宇宙無敵無聊的事情這麼熱衷。他很確定，等到他或茱恩結婚時，白宮前絕對不會出現眼前的光景，而且他也絕對不會想要。

典禮本身彷彿永遠不會結束，但至少氣氛還不錯。亞歷克並不是不相信愛情或不認同婚姻，只是瑪莎是個完美的貴族之女，而菲力是個王子。這個組合的性感程度大概就跟商業交易差不多，其中既沒有熱烈的感情，也沒有戲劇化的轉折。亞歷克喜歡的愛情故事，應該要更有莎士比亞的風格一點。

等到他終於能和茱恩及諾拉一起在白金漢宮舞廳裡的長桌邊坐下時，感覺已經過了好幾年。他坐在在諾拉和茱恩中間，累積的煩躁開始讓他變得不謹慎。當諾拉遞給他一杯香檳時，他便快樂地接了下來。

「你們兩個知道什麼是『子爵』嗎？」茱恩的嘴裡塞滿了小黃瓜三明治。「我剛剛大概遇到了五個吧，只能一直禮貌微笑，假裝我聽得懂他們在說什麼。亞歷克，你不是有上什麼國際政府關係比較之類的課嗎？子爵到底是什麼？」

「我記得應該是指用自己創造的瘋狂性奴大軍建立新政權的吸血鬼。」他說。

「聽起來滿正確的。」諾拉正在把桌上的餐巾摺成複雜的形狀，黑色的彩繪指甲在水晶燈下閃閃發光。

「真希望我也是個子爵，」茱恩說。「這樣就有性奴幫我處理電子郵件了。」

「性奴有辦法處理工作郵件嗎？」亞歷克問。

諾拉的餐巾漸漸變成一隻鳥。「這種方式應該滿有趣的，他們的回信會又可憐又放蕩。」她裝出上氣不接下氣的沙啞嗓音說：「噢，拜託，求求您帶我走——帶我去午餐會討論布料樣品吧，你這禽獸！」

「搞不好會意外有效率耶。」亞歷克評論道。

「你們兩個都有病吧。」茱恩柔聲說。

亞歷克正張嘴準備回擊，一位皇家侍從卻突然現身在他們的座位旁，像隻腦袋空空又陰鬱的幽魂，還戴著難看的假髮。

「克雷蒙—迪亞茲小姐。」侍從深深一鞠躬，長了一張可能會自稱雷金納德或巴夫羅謬這種拗口名字的臉。亞歷克很意外那頂假髮竟然沒掉進茱恩的盤子裡，他和茱恩越過侍從的背對望一眼。「亨利王子殿下想知道，您是否願意與他共進一支舞。」

茱恩嘴巴半開地愣住了，未出口的話半含在嘴裡。諾拉則露出興災樂禍的微笑。

「喔，她當然樂意了。」諾拉熱心地替她回答。「她整晚都在等他開口呢。」

「我——」茱恩頓了頓，嘴角露出微笑，眼睛則斜斜地瞄向諾拉。「當然了，我很樂意。」

「太好了。」雷金納德—巴夫羅謬說，接著轉身示意。

然後亨利就出現了，活生生的真人，穿著量身訂做的三件式西裝，頂著一頭瀟灑金髮，顴骨高聳，唇線柔軟親和，一如往常的帥氣逼人。他的儀態氣質也無可挑剔，感覺不像真人，彷彿是直接從某座白金漢宮的浮誇花園裡走出來的藝術品。

他和亞歷克的視線交會，某種像是煩躁或腎上腺素的東西在亞歷克的胸口擴散開來。他大概有一年沒有和亨利說到話了，那傢伙的臉還是對稱到令人生氣。

亨利對著他敷衍地點頭，好像他只是另一個尋常的客人，而不是青少年時期搶了他在VOGUE 專欄首次亮相機會的人。亞歷克眨了眨眼，一股怒火湧上心頭，然後看著亨利將他愚蠢的屁股下巴轉向茱恩。

「哈囉，茱恩。」亨利對茱恩紳士地伸出手。茱恩臉紅了，諾拉則假裝自己快被電暈了。「妳會跳華爾滋嗎？」

「我……相信我學得很快。」她回答，然後小心翼翼地將手搭在他的掌心，好像他可能會要她一樣，但亞歷克才不相信亨利具備這種幽默感。他領著她走向舞池中一對對旋轉的貴族。

「所以現在是怎樣？」亞歷克怒視諾拉折的餐巾鳥。「他打算藉由搭訕我姐來叫我閉嘴嗎？」

「噢，小朋友。」諾拉拍了拍他的手。「你覺得每件事都跟你有關，這點也是滿可愛的。」

「說實話，的確應該要啊。」

「就是這種精神。」

他瞄了一眼舞池，觀察茱恩隨著亨利翩翩起舞的樣子。她的臉上帶著一抹恰到好處的禮貌微笑，亨利的視線卻始終落在她的身後，這讓人更不爽了。茱恩是個完美的女孩，至少亨利可以多分一點注意力給她吧。

「但妳覺得他喜歡她嗎？」

諾拉聳聳肩。「誰知道？貴族都很奇怪。也許他只是為了禮貌，或是──喔，出現了。」

一名皇家攝影師冒了出來，開始狂拍他們共舞的畫面，亞歷克知道這些照片下週就會被賣給《時人雜誌》。原來是這樣嗎？利用美國第一千金來散播愚蠢的約會傳聞，好譁眾取寵？菲力王子也才占據新聞頭版一個星期而已耶。

「他其實看起來滿不錯的。」諾拉評論。

亞歷克招來一位服務生，並決定把接下來的舞會時間都用來系統性地灌醉自己。

亞歷克從來沒有告訴過任何人——也不打算告訴任何人——他第一次見到亨利王子，是在他十二歲的時候。他只有在喝醉的時候才會回想這件事。

他很確定在那之前自己也在新聞上看過他的臉，但直到那一次，他才真的看見了他。

茱恩當時剛滿十五歲，拿自己的生日禮金買了一期五彩繽紛的青少年雜誌——她對八卦雜誌成癮的壞習慣很早就開始了。雜誌的中間有附贈幾張可以撕起來貼在置物櫃上的小海報，如果小心地用指甲把釘書針撬起來，就可以不撕破地拆下來。而其中一張海報的正中間，是一位男孩的照片。

他有著厚重的金髮和大大的藍眼睛，帶著溫暖的微笑，一邊肩頭扛著一支板球棒。那一定是抓拍的，因為那種快樂又陽光的自信是不可能擺拍出來的。海報下方的角落用粉紅與藍色的字體寫著：亨利王子。

直到現在，亞歷克仍然不知道是什麼吸引了他，但當年的他不斷溜進茱恩的房間，翻出那張海報，用指尖輕觸那男孩的頭髮，好像只要想像得夠用力，就能真的摸到頭髮的觸感。

而後，隨著父母的政治地位越來越高，他逐漸意識到這個世界很快就會知道亞歷克是誰。於是有些時候，他會回想那張照片，試圖讓自己學會亨利王子那種信手拈來的自信。

（他有想過直接把海報拆下來帶回自己房間，但他從沒這麼做。他的指甲太短了，不像茱恩或是其他女孩的長指甲那麼好用。）

然而，當他第一次面對面見到了亨利本人——第一次聽見亨利對他說出那些冰冷、疏離的話時，他覺得自己全搞錯了。那個漂亮、開朗的男孩並不存在，真正的亨利王子美麗、遙不可及、無趣又封閉。這個不斷被八卦媒體拿來和他比較的人、這個他不斷拿來和自己比較的人，自認為比亞歷克或其他人都更優越。亞歷克不敢相信自己曾經希望能夠變得像他一樣。

亞歷克不停灌酒，不停在沉浸和拋下這些思緒之間切換，在他混進人群和與美麗的歐洲貴族共舞時，都在糾結這件事。

當亞歷克腳步翩翩地離開某位貴族小姐時，他看見一個孤零零的身影站在結婚蛋糕和香檳噴泉旁——又是亨利王子，一手拿著酒杯，看著菲力王子和新娘在舞池地板上迴旋。他看起來彬彬有禮但心不在焉，像是有更好的地方可去，卻不得不待在這裡。亞歷克最討厭他那種態度了，忍不住想過去拆穿那層表面工夫。

他擠身穿越人群，從經過的托盤上拿起一支酒杯，一口氣喝掉一半。

「辦婚禮的時候，」亞歷克走到他身邊。「應該要擺兩座香檳噴泉的。只有一座香檳噴泉的婚禮像什麼話嘛。」

「亞歷克。」亨利王子用那種讓人抓狂的矯情口音回應。從這麼近的距離一看，才發現他西裝外套下的那件背心原來是奢侈的金色，上面大概縫了一百萬顆小釦子，看起來超可怕的。「真是我的榮幸。」

「你今天運氣不錯。」亞歷克微笑道。

「的確是個值得紀念的時刻。」亨利同意。他的微笑唇紅齒白，無懈可擊，隨時準備被印在鈔票上。

最討厭的一點就是，亨利明明也討厭他——他一定討厭他，他們可是天生的勁敵——那傢伙卻拒絕表現出來。亞歷克大概知道，政治這回事就是得在自己討厭的人面前惺惺作態，但他希望至少一次，就算一次也好，亨利可以像個正常人一樣，而不是某個閃亮亮的玩具兵，放在宮廷紀念品店裡供人觀賞。

他實在太完美了，亞歷克只想戳破他的偽裝。

「總是假裝自己高人一等，」亞歷克說。「你到底會不會累啊？」

亨利瞪大雙眼，轉頭看著他。「我想我不懂你在說什麼。」

「我是說，你躲在這邊，讓記者追著你團團轉，好像不喜歡被關注一樣。但你明明就喜歡啊，不然有這麼多人可以挑，幹嘛偏要來請我姐跳舞。」亞歷克說。「每次都一臉你重要到不該出現在這種地方的樣子，不累嗎？」

「我……應該沒有你形容的這麼膚淺。」亨利說。

「**哈**。」

「喔，」亨利瞇起眼。「你喝醉了。」

「我只是想說，」亞歷克抬起一隻手肘，裝熟地靠在亨利肩上，但這個動作可不容易，因為亨利大概比他高了該死的十二公分。「你可以試試看假裝樂在其中的樣子，一次就好。」

亨利自嘲地笑了笑。「我想你應該改喝水了，亞歷克。」

「是嗎？」亞歷克說。也許他就是藉著酒意跑來嗆亨利，但他決定不去想這件事，睜大雙眼，一臉人畜無害的無辜模樣。「我冒犯到你了嗎？真抱歉，我不像其他人那樣為你神魂顛倒，這一定讓你很困惑吧。」

「你知道嗎？」亨利說。「我覺得你和他們一樣。」

亞歷克的下巴掉了下去，亨利的一側嘴角則勾起得意的微小弧度，看上去甚至有點苛薄。

「我是這麼想的，」亨利的語氣斯文。「你有沒有發現，我從來沒有主動找你搭話過？而且每次我們交談時，我都**極度**以禮相待？可是現在你又開始了，一來就找我的碴。」他啜了一口香檳。「只是個小小的觀察罷了。」

「什麼？我沒有——」亞歷克結巴地說。「你是——」

「祝你有個美好的夜晚，亞歷克。」亨利簡短地說，然後轉身離開。

亞歷克的理智斷了線。這傢伙居然覺得他可以這樣講完就走？他想也沒想就伸出手，抓住亨利的肩膀把他扳回來。

然後事情就這麼發生了。亨利轉身回頭，動作突然，幾乎把亞歷克甩開，而有那麼短暫的一瞬間，亞歷克被對方眼底閃現的熱度、那無預警爆發的真正本性燙了一下。

而他意識到的下一件事，就是他絆到了自己的腳，向後摔向離他最近的一張桌子。他太晚才驚恐地發現桌上擺了壯觀的八層大蛋糕，於是抓住亨利的手臂試圖站穩，但這只讓他們雙雙失去平衡、一起撞翻了蛋糕架。

蛋糕在他眼前像慢動作般傾斜、搖晃、顫抖，然後翻倒。他完全無力阻止，看著巨大的蛋糕在地上摔成一整坨的白色鮮奶油，變成一場價值七萬五千美金的甜膩膩惡夢。

室內彷彿心臟停跳般鴉雀無聲，動力則帶著他和亨利繼續往後倒，摔進地毯上慘不忍睹的蛋糕殘骸裡。他手中仍然拽著亨利的袖子，亨利的香檳灑在他們兩人身上，酒杯也碎了。亞歷克的眼角瞄到亨利的顴骨上出現一道割傷，開始滲血。

有那麼一秒，當他全身覆滿糖霜和香檳，躺在地上看著天花板時，唯一能想到的只有：至少亨利和茱恩的那支舞不會成為王室婚禮上最大的新聞。

他的下一個念頭是：他媽媽一定會殺了他。

在他身邊，他聽見亨利緩緩低聲說：「哦幹。」

他遲鈍地意識到，這是他第一次聽見王子殿下罵髒話。然後某人的相機閃光燈便亮了起來。

2

啪的一聲，薩拉將一疊雜誌重重砸在西廂房簡報室的桌上。

「這還只是我在上班的路上看到的喔。」她說。「我應該不用提醒你，我就住在兩條街之外吧？」

亞歷克低頭盯著眼前的頭條。

一跤摔壞七萬五

皇家之戰：亨利王子與第一公子在王室婚禮上大打出手

蛋糕門：亞歷克．克雷蒙─迪亞茲引爆第二次美英戰爭

每一條都伴隨著一張他和亨利躺在蛋糕殘骸裡的照片，亨利可笑的西裝亂成一團，沾滿壓爛奶油花的手腕被亞歷克緊緊握住，臉頰上帶著一條細細的血痕。

「妳覺得這個會議在戰情室開會不會比較好？」亞歷克試探道。

薩拉和坐在他對面的媽媽都不覺得這句話哪裡幽默。總統大人從她的眼鏡上方瞪了他一眼，他便乖乖閉上嘴。

他並不是真的怕薩拉，儘管對方兼任第一管家和他母親的左右手。薩拉的外表十分銳利，但亞歷克敢發誓，她內心還是有柔軟的地方。

他比較擔心媽媽會怎麼做。從小到大，他們家總是鼓勵大家發表內心的感受，但自從媽媽成為了總統，他們的生活焦點便從個人情感變成了國際關係。而現在，他不確定哪一種狀態比較糟。

「『參與皇家舞會的知情人士指出，在……蛋糕危機發生前不久，兩人正在爭執。』」愛倫用極端嫌惡的聲音大聲讀出手中《太陽週刊》的內容。天知道她到底是從哪裡弄來這本英國八卦雜誌的，總統媽媽的運作方式真的很神祕。「『但是王室內部的消息來源表示，美國第一公子與亨利之間的戰火已經延燒了好幾年。消息來源告訴太陽週刊的記者，亨利和第一公子自從第一次在巴西奧運碰面之後就一直不合，而這種分歧只隨著時間逐漸成長——最近已經演變成兩人無法共處一室了。所以如今亞歷克採取了非常美國式的暴力手段，這種發展只是時間的問題罷了。』」

「我真的不覺得絆到桌子摔倒可以稱之為『暴力』——」

「亞歷山大，」愛倫開口，聲音平靜得詭異。「閉嘴。」

他閉上嘴。

「『這讓人忍不住好奇，』」愛倫繼續唸下去。「『這兩位權勢金字塔之頂的第二代之間的齟齬，是否加劇了近年來愛倫・克雷蒙總統的內閣與英國政府之間冰冷而遙遠的關係？』」

她把雜誌扔到一旁，雙臂在桌面上交疊。

「麻煩你，再開一個玩笑吧。」愛倫說。「我真的很希望你能解釋給我聽，這件事到底哪裡好笑。」

亞歷克的嘴開開合了幾次。

「是他先開始的。」他最後說道。「我幾乎沒有碰到他——是他先推我，我抓住他只是想保持平衡，然後——」

「寶貝，我很想告訴你，媒體他媽的一點都不在乎是誰先開始的。」愛倫說。「身為你媽，我願意相信這不是你的錯，但是作為總統，我現在只希望中央情報局能製造你身亡的假消息，然後靠人民對我喪子的同情票連任。」

亞歷克繃緊下巴。他以前老是喜歡惹他媽媽的手下生氣——青少年時期，他喜歡在氣氛友善的華盛頓特區募款活動上，正面質問他媽媽的同事為何跑票——他也為了比這更荒唐的事上過八卦雜誌。但是，造成這種災難等級外加國際影響程度的悲慘狀況還是第一次。

「我現在沒時間應付這檔事，所以我們只能這麼做。」愛倫從文件架上抽出一本文件夾，裡頭放了幾份非常官方的文件，用不同顏色的便利貼做了標記，而第一份的標題寫著：同意條款。

「呃。」亞歷克說。

「你，」她說。「要和亨利和好。你這週六要飛去英國，在那裡過週末。」

亞歷克眨眨眼。「現在選假死還來得及嗎？」

「薩拉會把剩下的內容簡報給你。」愛倫無視他，繼續說下去。「我現在還有五百個會要開。」她起身走向門口，在經過他時停下來，吻了一下自己的手後按上他的頭頂。「你這個小呆瓜，愛你啦。」

接著她就離開了，踩著高跟鞋越過走廊遠去。薩拉在媽媽原本的位置上坐下，臉上的表情像是她寧可想辦法讓他真的死掉。技術上來說，她並不是媽媽的白宮裡最有權有勢、或最重要的成員，但她從亞歷克五歲時就開始幫愛倫工作，那時她才剛從杜蘭大學畢業。如今她是唯一一個可以和第一家庭大小聲的人。

「好，是這樣的。」她說。「我一整晚沒睡，和一群緊張兮兮的皇家顧問、公關妖怪、還有王子該死的侍從開會，好不容易才談出這個結果，所以你最好一字一句照著計畫走，不要搞砸，聽懂了嗎？」

亞歷克依舊覺得這整件事荒謬至極，但他聽話地點了點頭。薩拉看來一點也不相信他，不過還是繼續說下去。

「首先，白宮和英國政府要聯合發表一份聲明，表示王室婚禮上發生的事是一場徹頭徹尾的意外和誤會——」

「的確是。」

「——而且，即使你們很少見面，但你和亨利王子在過去幾年一直是很親密的朋友。」

「我們是什麼？」

「聽著，」薩拉從巨大的不鏽鋼保溫瓶中喝了一大口咖啡。「我們雙方都得從這場風波中全身而退，而唯一的方法，就是讓你們在婚禮上看似大打出手的畫面，變成只是大學死黨玩過頭的小插曲，好嗎？所以隨便你要多痛恨王子都沒關係，或是在日記裡寫咒罵他的詩也行，但只要你看到媒體，你就要表現得像是他最要好的兄弟，而且要有說服力。」

「你有見過亨利嗎？」亞歷克說。「我怎麼可能做得到啊？他就跟一顆高麗菜一樣沒個性欸。」

「你是不是還沒進入狀況？我完全不在乎你的想法。」薩拉說。「只有這麼做，才能讓你的愚蠢行徑不至於影響你母親競選連任。你希望她明年上臺辯論時，還得解釋她兒子為什麼試圖癱瘓美歐之間的關係嗎？」

嗯，好吧，他不想。而且他心底很清楚，如果冷靜下來，他其實是個不錯的策略家，若不是這愚蠢的宿敵關係，他大概也能自己想出這個計畫。

「所以亨利現在是你最好的朋友了。」薩拉冷冷地繼續。「這週末你會和亨利一起出席慈善活動，面對媒體採訪的時候你要點頭微笑，別惹任何人生氣，並告訴大家你們有多喜歡對方的陪伴。如果有人向你問起他，我要你像吹捧高中舞會的舞伴那樣誇獎他。」

她把一張依序列點的清單和表格滑到他面前，內容鉅細靡遺，像是他會做的報告。上頭的標題寫著：亨利王子殿下資料表。

「你要把這份資料背下來，這樣如果有人套你的話，你才不會露餡。」她說。

嗜好的欄位上寫著馬球和獨木舟競賽，亞歷克想放把火燒了自己。

「他也有一份我的資料嗎？」亞歷克無助地問。

「是的。而且如果你問我，寫你的這份清單，是我職業生涯中最悲慘的時刻之一。」她把另一張紙推給他，這張上面寫著這週末所有要求事項的細節。

每天發布至少貳篇社群網站貼文，內容關於英國或這次造訪。

接受壹場「今晨新聞」直播採訪，時間至少伍分鐘，陳述內容必須前後一致。

共同出席貳場具攝影師隨行之活動：壹場私人會面，壹場公開慈善活動。

「為什麼是我要飛過去？是他把我推進那座蠢蛋糕裡的——不是應該要讓他飛過來，和我一起去參加週六夜現場或什麼的嗎？」

「因為你毀了人家的皇家婚禮，而且是他們損失了七萬五千元的蛋糕。」薩拉說。「再說，我們也安排讓他來參加幾個月後的一場州際餐敘。他沒有比較快樂。」

亞歷克壓著自己的鼻樑，感受到壓力造成的頭痛正在緩緩升起。「我有課要上耶。」

「你在華盛頓時間的週日晚上就會回來了，」薩拉告訴他。「不會錯過任何一堂課的。」

「所以我真的沒有其他選擇囉？」

「沒有。」

亞歷克抿起唇。他需要列一張清單。

在奧斯汀的老家，小時候的他會把一頁又一頁寫滿潦草字跡的紙張藏在窗臺座的舊丹寧坐墊下。他起草過美國政府的停戰協議，但整篇文章裡每一個G都是寫反的；還有一段段從英文翻譯成西班牙文的文章；他還整理過一份表格，上面寫著小學同學的優點與缺點。以及清單。

一大堆的清單。寫清單對他很有幫助。

所以：為什麼這是一個好主意？

一、他媽媽需要良好的媒體形象。

二、搞砸國際關係對他未來的職業發展絕對沒有幫助。

三、他賺到一趟免費歐洲之旅。

「好吧。」他接過資料夾。「我會照做，但我一點也不覺得好玩。」

「老天，我也這麼希望。」

所謂的「白宮三巨頭」，官方說法為這是總統就職儀式前《時人雜誌》給他、茱恩和諾拉取的暱稱。但實際上，這是由白宮媒體團隊組成的專案小組經過測試後，直接傳達給《時人雜誌》使用的。政治就是這麼回事：就連標籤都要經過沙盤推演。

在克雷蒙家族之前，甘迺迪和柯林頓家族都徹底保護第一家庭的第二代不受媒體騷擾，讓他們在尷尬的青春期中保留一點隱私，並讓他們能擁有正常生活的童年。莎夏和瑪麗亞[22]在高中畢業前就被媒體生吞活剝了，而白宮三巨頭搶在所有人之前先發制人。

這是個大膽的全新計畫：推出三個外貌上相、開朗活潑、極具魅力、充滿宣傳優勢的千

22　瑪麗亞·歐巴馬（Malia Obama），美國第四十四任總統歐巴馬的長女。

禧世代[23]——技術上來說，亞歷克和諾拉應該歸在Z世代[24]，但媒體覺得千禧世代比較朗朗上口。「朗朗上口」和「酷」都能吸引觀眾。歐巴馬就很酷，整個第一家庭也很可以很酷，畢竟他們是自帶光環的名人。

這並不理想，但至少行得通。他媽媽總是這麼說。

他們是白宮三巨頭，但在這裡，在官邸三樓的音樂室，他們就只是亞歷克、茱恩和諾拉，從當年的總統初選開始就一起猛灌濃縮咖啡影響青春期發育，自然而然地成為了連體嬰。亞歷克負責督促他們，茱恩負責穩固他們，諾拉則負責讓他們保持誠實。

他們的位置一如往常：茱恩蹲在唱片櫃前，想要找一張佩西．克萊恩[25]的唱片來聽；諾拉盤腿坐在地上，正在開一罐紅酒；亞歷克則頭下腳上地躺在沙發上，雙腿掛在椅背上，試著想清楚接下來要怎麼辦。

他把亨利王子殿下的資料表翻過來，瞇起眼盯著看。他感覺血液直衝腦門。

茱恩和諾拉完全無視他，沉浸在某種他從來無法介入的親密小圈圈裡。她們的關係對大部分的人來說既深厚又無法參透，就連亞歷克有時也不能理解。他清楚她們兩人的底細和最見不得人的祕密，但他知道她們之間有某種他無法、也不該去解譯的女孩之間的連結。

「我還以為妳喜歡寫華盛頓郵報專欄？」諾拉說著，隨著一聲悶響，她把軟木塞拔了起

23 千禧世代（Millennials），一般指一九八〇年代和一九九〇年代出生的人。
24 Z世代（Generation Z，或縮寫為Gen Z），特指在一九九〇年代中期至二〇〇〇年代出生的人。
25 佩西．克萊恩（Patsy Cline），活躍於五〇年代的美國歌手，被譽為二十世紀最具影響力的歌手之一。

來，然後直接就著酒瓶喝了一口。

「我之前是呀。」茱恩說。「我是說，我現在也沒有不喜歡，但這根本也不是什麼專欄。我一個月大概只有一篇文章的篇幅，其中一半左右的提案會被打槍，因為太接近我媽的政治核心了；除此之外，只要我寫的東西和政治有關，白宮的媒體團隊就一定要在我交稿之前讀一遍。所以我只能寫一些無關痛癢的小品文，然後即使知道螢幕另一端有人正在做他們職業生涯中最重要的報導，我也沒辦法成為其中之一，還不能介意。」

「所以，妳就是不喜歡嘛。」

茱恩嘆了一口氣。她找到想要的唱片，從封套裡抽了出來。「我只是不知道要怎麼辦。」

「他們不願意讓妳固定發表嗎？」

「妳在開玩笑吧？他們連報社大樓都不讓我進去咧。」茱恩把唱片放上唱機，擺好唱針。「萊利叔叔和蕾貝卡阿姨會怎麼說？」

諾拉仰起頭，大笑出聲。「我爸媽會叫妳做和他們一樣的事：放棄記者事業，投入精油產業，在佛蒙特的荒郊野外買一棟木屋，然後坐擁六百件聞起來像廣藿香精油的里昂比恩[26]背心。」

「妳漏掉了在九〇年代投資蘋果，結果一夕成為暴發戶的部分囉。」茱恩提醒她。

「魔鬼藏在細節裡嘛。」

茱恩走了過去，手掌放上諾拉的頭頂，指尖埋進她豐厚的捲髮，並彎身吻了吻自己的指

26 里昂比恩（LL Bean），美國知名戶外服裝品牌。

背。「我會想到辦法的。」

諾拉把酒瓶遞給她，茱恩便喝了一口。亞歷克發出一聲誇張的嘆息。

「真不敢相信我得背這種垃圾，」亞歷克說。「我才剛考完期中耶。」

「誰叫你就是喜歡跟所有會動的東西吵架呢，」茱恩用手背擦了擦嘴，她只會在他們兩人面前這麼做。「包括英國王室。所以我真的不同情你。再說，跳舞的時候，我覺得亨利人還不錯呀，我不懂你為什麼這麼討厭他。」

「我覺得這超讚的呀。」諾拉說。「不共戴天的仇敵被迫和好，弭平兩國之間緊繃的氣氛？這完全就是莎士比亞的劇本啊。」

「對，最像莎士比亞的地方就是我可能會被劍戳死。」亞歷克說。「這裡寫說他最喜歡的食物是羊肉餡餅耶，我真的想不到比這個更無聊的食物了。他根本是厚紙板剪出來的假人吧。」

這張紙上寫的東西亞歷克幾乎都知道了，不是來自於各式關於鎂光燈焦點英國王室的媒體報導，就是來自於他為了摸清敵人底細而讀的維基百科資料。他知道亨利的雙親，知道他的哥哥菲力和姐姐碧翠絲，也知道他在牛津主修英文文學、還會彈古典鋼琴。其他的事情則瑣碎到他覺得訪問根本不可能問到，但萬一問到了，他可不能讓亨利表現得比他更準備萬全。

「欸，我想到了。」諾拉說。「我們把這個變成喝酒遊戲好了。」

「喔，好耶。」茱恩同意道。「只要亞歷克答對一次，就喝一口如何？」

「每次只要答案讓妳想吐就喝一口好了。」亞歷克提議。

「答對一次喝一口，如果亨利王子的某條資訊真的是我們公認又客觀的糟糕，就喝兩口。」諾拉說。茱恩從櫃子裡撈出了兩支酒杯遞過去，諾拉斟滿酒杯，然後自己留著酒瓶。

亞歷克滑下沙發，和她一起坐在地上。

「好吧，」她從亞歷克手中把紙抽走。「從簡單的開始。他的父母是誰？」

亞歷克拿起自己的那杯酒，腦中浮現凱瑟琳精明的藍眼睛和亞瑟的電影明星下巴。

「媽媽是凱瑟琳公主，瑪麗女王最年長的女兒，也是第一位得到博士學位的公主——英文文學博士。」他背誦道。「爸爸是亞瑟．福克斯，極受歡迎的英國電影和舞臺劇演員，最著名的角色是八〇年代的詹姆士．龐德，於二〇一五年辭世。喝吧，妳們。」

她們各喝一口，然後諾拉把紙遞給茱恩。

「好喔。」茱恩掃視清單，顯然在找更有挑戰性的題目。「我看看，寵物的名字呢？」

「大衛，」亞歷克說。「是隻米格魯。我會記得是因為，到底誰會幫狗取這種名字啊？誰的狗會叫大衛？聽起來像個稅務律師還是什麼的，稅務狗律師。喝吧。」

「摯友的名字、年紀和職業？」諾拉問。「當然是除了你以外的那位囉。」

亞歷克抬手對她比了個中指。「波西．歐康喬，可以簡稱阿波或波薩，引領非洲生化藥品界的奈及利亞公司『歐康喬工業』的第二代。二十二歲，住在倫敦，和亨利在伊頓公學認識，現任非營利人道組織『歐康喬基金會』的負責人。喝。」

「最喜歡的書呢？」

「呃，」亞歷克說。「呃、該死的，嗯，是什麼來著——」

「抱歉，克雷蒙─迪亞茲先生，錯誤答案。」茱恩說。「感謝參賽，但你被淘汰了。」

「少來，答案是什麼？」

茱恩瞄了一眼清單。「上面說是……《遠大前程[27]》？」

諾拉和亞歷克發出一陣呻吟。

「妳們懂我的意思了嗎？」亞歷克說。「這傢伙的休閒娛樂是讀查爾斯．狄更斯的書。」

「好啦，這個算你贏。」諾拉說。「喝兩口！」

「嗯，我覺得——」在諾拉灌酒時，茱恩開口說。「這其實還不錯啊！我是說，聽起來確實是滿做作的，但《遠大前程》的中心思想是愛比階級更重要，還有做對的事情遠勝於金錢和權力耶。也許他心有戚戚——」亞歷克噘嘴發出又長又響亮的假放屁聲。「你真的差勁耶！他看起來人真的還不錯呀！」

「那是因為妳是個宅宅，」亞歷克說。「妳只是想保護宅宅同類，這是某種生物本能。」

「我好心幫你耶，」茱恩說。「還拋下了我的截稿日。」

「欸，妳們覺得薩拉在我的資料表上寫了什麼？」

「嗯，」諾拉咂了咂嘴。「最喜歡的夏季奧運項目：韻律體操——」

「我不覺得這有什麼好丟臉的。」

「最喜歡的卡其褲品牌：GAP。」

「聽著，那只是因為他們的版型最適合我的屁股，J.Crew 的穿起來都會皺皺的。而且那

---

27 《遠大前程（Great Expectations）》，又譯《孤星血淚》，英國作家查爾斯．狄更斯（Charles Dickens）的晚年小說作品。

不叫卡其褲，那叫做斜紋褲。卡其褲是白人在穿的。」

「過敏源：灰塵、汰漬洗衣粉，也對閉嘴過敏。」

「第一次用無限制演說阻擾議程：九歲。同年在聖安東尼奧的海洋公園試圖逼迫一名虎鯨訓練員提早退休，因為你說他『以非人道方式訓練鯨豚』。」

「我當時這麼認為，現在還是這麼認為。」

茱恩仰起頭，發自肺腑地大笑出聲，諾拉翻了個白眼，而亞歷克很慶幸，在這場惡夢結束後，他至少還有這段愉快的時光能回憶。

亞歷克以為亨利的顧問會像是某種從童話書裡冒出來的英國人，綁著小辮子、戴著高禮帽，也許留著像海象的小鬍鬚，還要在亨利下馬車時在門邊放一張絲絨踏腳凳。

但在停機坪上等著他和隨扈小組的男人，顯然不是那麼一回事。他是一名身材高挑，看上去三十來歲的印度裔男子，穿著極度合身的設計師西裝，帶著一絲玩世不恭的帥氣感。他的鬍子理得十分平整，手中端著一杯冒著熱氣的茶，領子上別著一顆英國國旗徽章。嗯，好吧。

「陳探員，」男人對艾米伸出沒拿茶杯的那隻手。「航程還順利吧？」

艾米點點頭。「就第三趟飛越大西洋的行程而言，很不錯了。」

男人憐憫地微微一笑。「這段時間，這輛荒野路華[28]就供您和您的團隊使用了。」

艾米再度點頭，放開他的手，男人則將注意力轉向亞歷克。

28 荒野路華（Land Rover），英國的全地形車和運動型多用途車品牌。

「克雷蒙—迪亞茲先生，」他說。「歡迎回到英格蘭。我是夏安．斯里亞斯塔瓦，亨利王子的侍從。」

亞歷克握住他的手，覺得自己好像身處在亨利爸爸的龐德電影裡。在他身後，一名侍從把他的行李搬下車，提向一輛光亮的奧斯頓馬汀[29]。

「很高興認識你，夏安。我們應該都沒料到這會是這樣的一個週末，對吧？」

「對於事件的轉折，我其實沒有想像中這麼驚訝，閣下。」夏安平靜地說，嘴角帶著一抹幾乎不可見的微笑。

他從外套口袋拿出一臺小平板電腦，轉身走向等待的車子。亞歷克目瞪口呆地看著他的背影，然後在心中阻止自己被這個負責安排王子行程的人給驚豔到，即使這個人超酷、腳步又長又流暢。他搖搖頭，小跑步地追上去。

「好的，」夏安說。「您這幾天會住在肯辛頓宮的客房。明天早上九點，您得接受『今晨新聞』的訪問——我們在攝影棚安排了一場記者拍照會。然後下午你們要去探訪癌症病童，在那之後你就自由了。」

「好的。」亞歷克說。他很有禮貌地沒有加上一句：還以為會更糟呢。

「至於現在，」夏安說。「您要隨我去馬廄恭迎王子。我們的攝影師會在那裡拍攝王子迎接你的畫面，所以請擺出您真的很開心的樣子。」

當然了，王子當然會在馬廄等他們去恭迎了。他一度以為這週末會和他想像的不一樣，現

29 奧斯頓馬汀（Aston Martin），英國的豪華跑車及大型旅行車製造商，代表車款曾出現於一九七〇年代的龐德電影中。

在卻覺得和自己預設的相去不遠。

「請您看看副駕駛座的收納箱。」夏安邊倒車邊說。「裡面有幾份文件需要您簽名，您的律師已經審核過了。」他遞給他一支看起來很貴的黑色鋼筆。

第一頁的標題寫著：保密協定。亞歷克一口氣翻到最後一頁——至少有十五頁左右的滿滿文字——然後低低吹了一聲口哨。

「這……」亞歷克說。「你常做這種事嗎？」

「標準流程。」夏安說。「王室的名譽非常重要，一點風險都不能放過。」

本文件中所稱的「機密資訊」，是為以下列舉之事項：

一、任何由亨利王子殿下、或任意王室成員指示貴賓為「機密資訊」之事項；

二、所有關於亨利王子殿下私人財富與產權之王室財產與財務資訊；

三、任意王室官邸之建築細節，包含白金漢宮、肯辛頓宮等，以及內部任何個人裝修；

四、任意關於亨利王子殿下個人或私人生活之訊息，且從未透過王室官方文件、演說、或授權傳記公開過之資訊，包含貴賓本人與亨利王子殿下之個人或私人關係；

五、任意於亨利王子所屬個人電信產品中獲取之資訊

這看起來似乎有點……太過頭了，很像某種變態財主想要玩活人狩獵時會給你簽名的文件。他很想知道全世界最無聊又最無懈可擊的公眾人物究竟有什麼東西好藏的，希望不是活人

狩獵這種癖好。

亞歷克對保密協定不陌生，所以他簽了名，並在所有需要的地方寫下自己的名字縮寫。反正除了茱恩和諾拉，他也不可能把這趟旅程的所有無聊細節告訴任何人。

十五分鐘後，他們的車在馬廄前停了下來，他的隨扈小組則停在距離他們不遠的地方。皇家馬廄當然既鋪張又奢華，和他在德州邊界看到的那些老牧場簡直是天壤之別。夏安領著他走向圍場的邊緣，艾米則和她的團隊跟在十步遠的後方。

亞歷克把手肘靠上白漆柵欄，突然意識到自己的穿著似乎有點太寒酸了。他努力抵抗這念頭。在任何其他的普通日子，他的斜紋褲和襯衫就已經足以應付街拍的場合，但現在，他久違地覺得自己越級打怪了。搭了這麼久的飛機有沒有毀了他的髮型？

不過話說回來，剛結束馬球練習的和亨利也不可能好看到哪裡去吧。他大概也是渾身臭汗，看起來噁心得不行。

就像是聽到了亞歷克的呼喚，亨利騎著一匹白馬從轉角處小跑而來。

他看起來既不臭，也不噁心。相反地，他沐浴在炫目而斑斕的夕陽之中，穿著一件筆挺的黑色外套和馬褲，褲管紮進高筒皮靴裡，全身上下的每一寸都像是童話裡的白馬王子。他用戴著手套的手脫下頭盔，下方的亂髮就像是故意造型過的一樣吸引人。

「我要吐在你身上了。」當亨利來到聽得見的距離時，亞歷克便說道。

「哈囉，亞歷克。」亨利說。亞歷克現在真的很討厭他比他多出來的那幾公分身高。「你看起來……很清醒。」

「因為要來見您啊，王子殿下。」他故意誇張地行了一個禮，很高興能聽見亨利的聲音裡帶著一點冰冷的成分。他終於放棄假裝了。

「你太客氣了。」亨利抬起一條長腿，優雅地跨下馬背，脫下手套，並對亞歷克伸出手。一位打扮體面的馬伕憑空出現，拉著韁繩將馬牽走。亞歷克從來沒有這麼討厭過任何東西。

「這真是白痴死了。」亞歷克握住亨利的手。他的皮膚十分柔軟，也許每天都有御用美膚人員替他去角質和保濕。一名王室攝影師站在柵欄的另一側，所以他露出迷倒眾生的微笑，並從緊咬的牙縫中吐出一句：「趕快把這件事搞定吧。」

「我還寧可接受水刑。」亨利也回以微笑。閃光燈在不遠處閃爍。他的眼睛又大又藍又溫柔，而且看起來就很欠打。「貴國應該可以為我安排？」

亞歷克帥氣地仰起頭，發出虛假的大笑聲。「去吃屎吧你。」

「恐怕沒那麼多時間。」亨利說。一看見夏安回來，他立刻放開了亞歷克的手。

「殿下。」夏安對亨利點頭示意。亞歷克努力克制自己翻白眼的衝動。「攝影師應該已經拍到需要的畫面了，所以如果你準備好了，我們就上車吧。」

亨利轉向他，再度微笑，眼神深不可測。「請吧。」

肯辛頓宮的客房區有一種似曾相識的感覺，儘管亞歷克從沒來過這裡。

夏安讓一名侍從領他去房間，他的行李已經好好地在一張鋪著紡金紗的華麗雕刻床上等著他了。白宮的很多房間都有類似的鬧鬼感，那種歷史的氣息就像蜘蛛網般懸掛在空氣中，不論那些房間多久沒有人使用了都一樣。他已經習慣和幽靈共處，但現在的感覺並不是這麼一回事。

他想起的是記憶更深處，大約是在他父母離婚的那個時候。他們是那種就連點個中式料理外賣都得先簽共同協定的律師夫妻，所以在升七年級的那個夏天，亞歷克不斷在老家和爸爸位於洛杉磯市郊的新住處之間來回移動，直到他們終於定下長期協議為止。

那是一棟座落在溪谷間的美麗屋子，有一座清澈湛藍的泳池，以及一道用玻璃築成的牆。他在那裡從來睡不好。他會在半夜時溜出臨時整理出來的房間，從爸爸的冰箱中偷拿赫拉德冰淇淋，然後光著腳站在廚房中，就著游泳池的藍色燈光，直接從桶子裡挖來吃。

現在他在這個房間裡就是那種感覺——在一個人生地不熟的地方，睡不著覺，又背負著必須完成使命的義務。

他走進和客房相連的廚房，這裡的天花板挑高，流理臺是光潔的大理石。他已經事先列了一份清單，指定他想要的食物，但顯然要在這麼短的時間裡弄到赫拉德冰淇淋還是太難了——冰箱裡只有英國品牌的封裝冰淇淋甜筒。

「那邊怎麼樣？」諾拉的聲音從手機的揚聲器裡傳出來，變得又尖又細。畫面中，她的頭髮盤在頭頂，一隻手戳著她的一株窗臺植物。

「很奇怪，」亞歷克推了推眼鏡。「什麼都像博物館一樣。但我應該不能拍給妳看。」

「喔喔，」諾拉挑起眉說。「好神祕唷、好興奮唷。」

「拜託，」亞歷克說。「真要說的話，這裡就只是詭異而已。我得簽一份超厚的保密協議，害我覺得是不是下一秒就要被丟進什麼刑求用的地牢裡了。」

「我覺得他一定有私生子，」諾拉說。「或者他是同性戀，或者他有個同性戀私生子。」

「也許是怕我看見他的隨從幫他換電池吧。」亞歷克說。「但管他的，這裡無聊死了。妳那邊呢？現在妳的人生比我幸福太多了。」

「這個嘛，」諾拉說。「奈特．席維一直打來說要再做一個專欄訪問。我買了幾張新毯子。把研究所的目標砍到剩下統計或資料科學。」

「拜託告訴我妳會在華盛頓大學唸碩士。」亞歷克向後撐著一跳，坐上無瑕的流理臺，雙腳在半空中晃盪。「妳不能把我丟在華盛頓特區，自己跑回麻省理工啦。」

「我還沒決定，但哇喔好意外喔，不管結果是什麼都和你沒有關係耶。」諾拉告訴他。

「記得我們聊過幾次，不是每件事都是繞著你轉的嗎？」

「對啊，真奇怪。所以妳的計畫是要幹掉奈特．席維身為特區資料之王的地位嗎？」

諾拉笑了起來。「不，我想要的是默默地整理並處理足夠的資料，然後準確地預測未來二十五年會發生的事。然後我就要買一間位於近郊高山頂的房子，轉職當個隱居怪咖，坐在我的陽臺上，用望遠鏡看著這一切慢慢發生。」

亞歷克笑了，但當他聽見走廊上傳來窸窣聲時，便立刻閉上嘴。

輕輕的腳步聲正沿著走廊靠近。

碧翠絲公主住在皇宮的另一棟建築裡，亨利也是。但是這層樓還有辦公室，他的隨扈團隊也住在這裡，所以也許——

「等等。」亞歷克用一隻手遮住話筒。

走廊上的燈亮起，而走進廚房裡的人正是亨利王子本人。

他看起來有點邋遢，正處於半夢半醒之間，打呵欠時肩膀向下垮了一點。他站在亞歷克面前，沒有穿西裝，而是一件灰色的T恤和格紋睡褲。他戴著耳機，頭髮亂成一團，還打著赤腳。

他看起來驚人地像個普通人。

當他的視線落在流理臺上的亞歷克身上時，整個人呆住了。亞歷克回瞪著他。他手中的電話傳出諾拉被悶住的聲音：「那是——」但亞歷克立刻掛掉電話。

亨利拔下耳機，身體馬上站直，但他的面孔仍然帶著迷濛與困惑。

「哈囉。」他沙啞地說。「抱歉，呃。我只是，想要牛角。」

他的手含糊地朝冰箱揮了揮，好像亞歷克聽得懂他在說什麼一樣。

「什麼？」

他走向冰箱，拿出一盒冰淇淋甜筒，讓亞歷克看包裝上寫的牛角冰淇淋字樣。「我那邊沒了，我知道他們一定會幫你準備。」

「你會這樣搜刮自家貴賓的冰箱喔？」亞歷克問。

「只有在我睡不著的時候。」亨利說。「意思就是經常如此。沒想到你還醒著。」他遲疑地看著亞歷克，而亞歷克這時才意識到他是在等他的首肯，才願意開盒。亞歷克考慮了一下要不要說不，只為了享受拒絕王子的快感，但他現在覺得有點有趣了。他也常常睡不著，所以他點點頭。

他等著亨利拿出一支冰淇淋然後走人，但他再度抬頭看向亞歷克。

「你練習過明天要講的話了嗎？」

「當然了。」亞歷克立刻被戳到了，這就是以前亨利從沒讓他感興趣過的原因。「你不是唯一一個有備而來的人好嗎？」

「我不是那個意思——」亨利結巴了一下。「我只是想說，你覺得我們應該，呃，彩排一下嗎？」

「你需要嗎？」

「我想或許會有幫助。」他當然會這麼想了。所有亨利公開亮相的場合，或許都事先在這樣的王宮房間裡演練過了。

亞歷克跳下流理臺，滑開手機螢幕。「看這裡。」

他拍了一張照片：流理臺上擺著牛角冰淇淋的盒子，旁邊是亨利扶著大理石臺面的手掌，皇家紋章戒指在睡衣旁閃閃發亮。他打開 IG，挑了一個濾鏡套上去。

「『沒有什麼比半夜的冰淇淋更能治癒時差了。』」亞歷克用單調的語氣念出照片描述。「標記朋友：亨利王子。標註地點：肯辛頓宮。上傳。」他把手機轉向亨利，讓他看按讚和留言如潮水般湧入的畫面。「相信我，這世界上有很多事情需要想太多。但不包括這件事。」

亨利隔著冰淇淋對他皺眉。

「我想是吧。」他說，但看起來很懷疑。

「你好了嗎？」亞歷克問。「我在電話中。」

亨利眨了眨眼，然後雙手交疊在胸口，防衛再度升起。「當然，我就不耽誤你了。」

當他準備離開廚房時，他在門邊停下腳步，猶豫了片刻。

「我不知道原來你有戴眼鏡。」他最終說道。

然後他留下亞歷克一個人站在廚房中，那盒冰淇淋躺在流理臺上，外盒凝結出一層水滴。

前往採訪攝影棚的車程十分顛簸，但幸好很短。亞歷克應該要把暈車的感覺怪罪在緊張上，但他決定全部推給今天早上吃的早餐——什麼樣的垃圾國家會在白吐司上抹豆子當早餐啊？他不知道自己被冒犯的地方到底是體內的墨西哥血統還是德州血統。

亨利坐在他身邊，被一票侍從和化妝師包圍。其中一位用細齒梳替他整理頭髮，另一位負責替他拉直衣領。副駕駛座的夏安，從一支小瓶子裡搖出一顆黃色藥丸遞給亨利，後者則默默接過來，不配水就嚥了下去。

車隊在攝影棚前停了下來，當車門滑開時，安排好的記者和大批王室狂熱粉絲早就磨刀霍霍地等在那裡了。亨利轉頭看著他，眉宇間帶著一點無奈。

「王子先走，再來換你。」夏安對亞歷克說，一邊靠了過來，碰了碰他的耳機。亞歷克深吸了一口、兩口氣，然後切換模式——電力超強的微笑，美國男孩的魅力全開。

「走吧，王子殿下。」亞歷克說，在戴上太陽眼鏡前對他眨了眨眼。「您的臣民恭候大駕。」

亨利清了清喉嚨，起身踏入早晨的空氣裡，並親切地對著群眾揮手。相機快門不斷閃爍，攝影師們叫喊著吸引他們的注意力。人群中有個藍髮女孩舉起一張自製的海報，上頭用閃亮的字體寫著：上我吧，亨利王子！但五秒後就被隨扈塞進了最近的垃圾桶裡。

亞歷克跟著下車，晃到亨利身邊，一手攬住他的肩膀。

「表現得好像你很喜歡我啊！」亞歷克愉快地說。亨利看著他，好像他有一百萬句話想說，但不知道要選哪一句。然後他把頭歪向一邊，發出一聲演練許久的笑聲，也伸出手搭住亞歷克。「就是這樣。」

今晨新聞的主持人是個讓人難以忍受的英國人——一位名叫朵蒂、身穿午茶洋裝的中年女子，以及一位名做史都、看起來好像把週末時間都用在對花園裡的老鼠大吼大叫的男人。亞歷克在後臺看著開場介紹，一名彩妝師則拿著遮瑕膏遮掉他額頭上冒出來的痘痘。

所以這不是做夢啊。他試著無視左邊離他只有幾步遠的亨利，後者正在讓一名王室造型師最後一次整理儀容。這是他今天一整天，最後一次無視亨利的機會了。

片刻後，亨利率先走出後臺，亞歷克緊跟在後。亞歷克先握了朵蒂的手，對她露出政治家的微笑，是那種會讓大部分女議員和一些男議員，自願說出不該說的話的笑容。她咯咯笑著，吻了吻他的臉頰。觀眾不斷拍手、拍手又拍手。

亨利在他身旁的沙發上坐下，姿態完美無缺，亞歷克對他露出微笑，表現得好像很喜歡亨利的陪伴。但這比他想像的還難，因為攝影棚的燈光讓他突然極度不舒服地意識到，亨利在鏡頭前看起來是多麼的清新又帥氣。他在襯衫外套了一件藍色毛衣，頭髮看起來十分柔軟。

隨便啦，好吧。亨利好看到令人討厭，這一直都是個客觀的事實，無所謂的。

然後他幾乎慢了一秒才意識到，朵蒂正在問他問題。

「那你對老掉牙的英國有什麼看法呢，亞歷克？」朵蒂問道，顯然是在挖苦他。亞歷克勉強自己露出微笑。

「妳也知道，朵蒂，這裡超棒的。」亞歷克說。「我媽當選之後，我已經來過好幾次了。每次都會被這裡蘊含的歷史震撼到，還有你們的啤酒酒單。」觀眾在提示下笑了起來，亞歷克則活動了一下肩膀。「當然，能見到這傢伙也很棒。」

他轉向亨利，伸出他的拳頭。亨利猶豫了一下，然後僵硬地用自己的拳頭碰了碰他，氣壓低得像是亞歷克犯了叛國罪。

雖然他知道前總統們的兒女一過十八歲就恨不得跑得越遠越好，但亞歷克之所以想走政治這條路，是因為他打從心底在乎人民。

有權力當然好，獲得眾人的關注也很棒，但是人民——人民才是一切。他對什麼事情都在乎得有點過頭，包括大家有沒有辦法支付醫藥費、或是能不能和自己所愛的人結婚，或是會不會在學校遭受槍擊。至於此時此刻，他在乎的則是皇家馬登信託醫院的癌症病童，有沒有足夠的書可以看。

他和亨利、以及他們的隨扈群席捲了整層樓，在護士之間引起了不小的騷動，也不知道握過了多少雙手。他很努力——真的很努力——不讓自己的手握拳縮在身側，但亨利正機械性地微笑著，和一名全身插滿管子的光頭小男孩合照，而他只想對著這整個愚蠢的國家放聲尖聲。

但既然他是被法律義務強留在這裡的，他決定把焦點放在孩子們身上。大部分的小孩其實不知道他是誰，但亨利強行介紹他是美國總統的兒子，他們很快便開始追問他白宮的事，還有他認不認識亞莉安娜．格蘭德[30]，所以亞歷克笑著一一為他們解答。他打開帶來的沉重箱子，拿出裡面的書，爬上床大聲讀給他們聽。一名攝影師尾隨著他。

直到他陪伴的病童睡著後，他才發現亨利不知道跑哪去了，接著他聽見亨利低沉的聲音從布簾的另一側傳來。

他迅速數了數地板上能看見的腳——沒有攝影師，只有亨利。嗯。

他靜悄悄地走到靠牆的椅子旁，就在布簾的邊緣。如果坐下的角度正確，只要把頭向後仰，他就能剛好看見另一邊。

亨利正在和一名得了血癌的小女孩說話，牆上的牌子寫著她的名字叫克勞蒂亞。她深色的皮膚幾乎已經變成了淡淡的灰色，頭上綁著一條橘色絲巾，上頭繡著星際大戰的同盟星鳥[31]。

亨利並不像亞歷克想像的那樣尷尬地在小女孩上方俯身，而是跪在她身側微笑著，一邊握

30　亞莉安娜．格蘭德（Ariana Grande），美國當紅歌手、詞曲作家及演員。
31　同盟星鳥（Alliance Starbird），《星際大戰》系列電影中，隸屬反抗軍同盟的標誌。

著她的手。

「……所以妳也喜歡星際大戰啊？」亨利用低沉而溫暖的聲音說，手指著她頭上的標誌。亞歷克從來沒聽過他這樣說話。

「喔，這是我的最愛耶！」克勞蒂亞興奮地說。「等我長大，我也想要像莉亞公主一樣，因為她又強悍又聰明又強壯。而且她還可以親韓索羅。」

在王子面前講到接吻讓她微微紅了臉，但她仍然沒有移開視線。亞歷克忍不住把頭探得更出去，想看看亨利的反應。他可不記得有在資料表上看見任何和星際大戰相關的東西。

「妳知道嗎？」亨利像是在分享什麼小祕密般向前靠了過去。「我想妳說得沒錯喔。」

克勞蒂亞咯咯笑了。「你最喜歡的是誰？」

「嗯，」亨利假裝很認真地考慮著。「我一直都很喜歡路克。他很勇敢，又是個好人，而且他是最強的絕地武士。我覺得路克證明了一件事，那就是不論妳從哪裡來、或是出生自什麼家庭——只要誠實面對自己，就能成為偉大的人。」

「好啦，克勞蒂亞小姐。」一名護士繞過布簾，愉快地開口。亨利嚇了一跳，亞歷克也差點弄翻了椅子。他清了清喉嚨，站了起來，刻意不往亨利的方向看過去。「你們兩位可以離開了，她吃藥的時間到囉。」

「貝絲小姐，亨利說我們現在是朋友了！」克勞蒂亞幾乎是在哭喊了。「他可以留下來的！」

「真是失禮！」貝絲護士嘖了一聲。「不可以這樣稱呼王子。殿下，真的非常抱歉。」

「不必道歉。」亨利對她說。「反抗軍指揮官的階級高於王室成員嘛。」他對克勞蒂亞眨眼，並對她行了一個軍人禮，小女孩立刻就融化了。

「我很驚艷。」當他們走上走廊時，亞歷克這麼說道。亨利挑起一邊的眉毛，於是亞歷克又補了一句：「不是驚艷啦，只是驚訝而已。」

「驚訝什麼？」

「驚訝你真的……你知道，有人類的感覺。」

亨利正準備微笑，卻有三件事在一瞬間發生。

第一：走廊的另一端傳來一聲叫囂。

第二：一聲像極了槍聲的巨響炸開。

第三：卡修斯抓住亨利和亞歷克的手臂，把他們推進距離最近的一扇門裡。

「趴下。」當他把門甩上時，卡修斯低吼一句。

在突來的黑暗中，亞歷克絆到一支拖把和亨利的一條腿，然後他們兩人便一起跌進一疊錫製便盆中。亨利臉朝下地摔倒在地，亞歷克則重重壓在他身上。

「喔，天啊。」亨利悶聲說道，還帶了一點回音。亞歷克滿懷希望地想著，他的臉或許埋在其中一個便盆裡了。

「你知道。」他對著亨利的頭髮說道。「我們得避免每次見面都變成這樣。」

「你認真的嗎？」

「這是你的錯耶！」

「這怎麼會是我的錯？」亨利嘶聲說道。

「我出席過這麼多公開場合，從來沒有人試圖要射殺我，但我才剛和一個該死的王——」

「你能不能在害死我們兩個之前先閉嘴？」

「沒有人會殺死我們的，卡修斯已經把門擋住了。再說，也許不是什麼大事。」

「那你至少先起來。」

「別老是告訴我要怎麼做！你不是我的王子好嗎！」

「去你的。」亨利低哼一聲，然後用力撐起身體往一旁滾去，把亞歷克摔到地上。亞歷克現在卡在亨利的身側，以及聞起來像是工業級地板清潔劑的東西之間。

「你能移過去一點嗎，殿下？」亞歷克低聲說，用肩膀抵住亨利的肩膀。「我不想被壓扁。」

「相信我，我很努力了。」亨利回答。「沒空間了。」

房間外傳來說話聲和急促的腳步聲：沒有恢復安全的跡象。

「嗯，」亞歷克說。「那我們只好讓自己舒服點了。」

亨利緊繃地吐了一口氣。「太棒了。」

亞歷克感覺到他在一旁翻動，雙臂交疊在胸前，試圖做出他平時拒人於千里之外的姿勢，人卻躺在地上，一腳還踩在水桶裡。

「認真說起來，」亨利說。「以前也從來沒有人試圖取我的性命。」

「嗯，那恭喜你了。」亞歷克說。「成就正式達成。」

「對，就跟我想像的一模一樣。和你一起被關在壁櫥裡，你的手肘還戳著我的肋骨。」亨利咬牙說道。他聽起來就像要動手揍亞歷克了，而這大概是亞歷克這輩子最喜歡他的時刻，所以他順從自己的衝動，狠狠地把手肘撞進亨利的身側。

亨利發出一聲悶喊，然後下一秒，亞歷克就被亨利扯著衣服拉到一邊，亨利翻身往他身上壓，用一條大腿把他制服在地上。亞歷克的後腦和油布地板相撞，一陣頭暈目眩，但他感覺自己的嘴角露出一絲微笑。

「所以你還是有點鬥志的嘛。」亞歷克弓起身體，試圖把亨利推下去，但亨利比他高、比他強壯，還抓著他的衣領。

「你夠了沒？」亨利的聲音聽起來很緊繃。「你現在能不能暫時不要讓你可憐的小命陷入危險？」

「噢，你真的在乎耶。」亞歷克說。「我今天終於見識到你真正的深度了，小甜心。」

亨利吐了一口氣，從他身上翻下來。「真是不敢相信，就連生命危險都不足以阻止你做自己。」

最奇怪的部分是，亞歷克想，他說的是真的：他一直瞥見以前從未見過的，亨利的其他面向。例如他一點點的鬥志，還有他的智慧，他對其他人的興趣。說真的，這讓人很不安。他完全知道要對每個民主黨的議員說什麼，才能讓他們好好考慮草案，知道薩拉的尼古丁口香糖什麼時候快吃光了，也知道要朝諾拉露出什麼表情才能讓八卦新聞繼續傳下去。他生來就懂得解讀人心。

所以他真的不喜歡某個近親繁殖出來的王室寶寶破壞他的專業，但他確實滿享受剛剛打的那一架的。

他躺在那裡等著，聽著門外窸窣移動的腳步聲，讓時間一分一秒過去。

「所以，呃，」他試了一下。「星際大戰喔？」

他只是想開啟一個沒有威脅性的閒聊話題，但習慣還是獲勝了，所以這句話聽起來像是在指控。

「是的，亞歷克。」亨利哼笑著說。「不管你相不相信，戴著皇冠的孩子們的童年不是只有茶會而已好嗎？」

「我以為美姿美儀課和馬球小聯盟比較多。」

亨利不悅地深吸一口氣。「那……可能也占了一部分吧。」

「所以你喜歡流行文化，但你得假裝不喜歡。」亞歷克說。「你要不就是被禁止表達，因為這感覺很不皇家貴族，要不就是你選擇不想表現出來，因為你希望大家認為你有文化。你是哪一種？」

「你現在是在幫我做心理分析嗎？」亨利問。「我記得皇家貴賓應該不能這麼做吧。」

「我只是想知道你為什麼這麼致力於表現得像是另一個人，你剛剛才跟小女孩說要誠實做自己的。」

「我不知道你在說什麼。就算我知道，這也不干你的事。」亨利的聲音緊繃。

「真的嗎？但我很確定我被法律規範，要假裝成你最好的朋友，而且我不知道你想通了沒，但這週末過完之後，這個扮家家酒也不會就此結束。」亞歷克告訴他。亨利的手指在他的前臂旁僵硬起來。「如果這週過完後我們就老死不相往來，所有人都會知道我們只是在演戲而已。不管你喜不喜歡，我們都上了同一條賊船，所以我有權知道你到底在搞哪招，以免之後被你暗算。」

「那不如這樣吧。」亨利轉過頭來瞇眼看著他。從這麼近的距離，亞歷克只能勉強看見亨利高挺的皇家鼻樑。「你先告訴我，你到底為什麼這麼討厭我？」

「你真的想聊這件事？」

「也許喔。」

亞歷克環抱雙臂，然後發現這和亨利的姿勢一樣，便又把手放開。

「你真的不記得奧運的時候你對我有多機掰嗎？」

直到現在，亞歷克還記得所有細節：當時他十八歲，和茱恩與諾拉一起出發前往巴西奧運，代表他們的政黨去觀賽，並在那裡接受一整個週末的瘋狂跟拍，大打「全球合作的下一個世代」的旗號。亞歷克把整趟旅行的大部分時間都花在大喝卡琵莉亞雞尾酒上，接著又全吐在奧運會場的外面。但他還是記得他們第一次見面的時刻，就連亨利夾克上的大英國旗都記得清清楚楚。

亨利嘆了一口氣。「是你威脅要把我推進泰晤士河的那次嗎？」

「才不是。」亞歷克說。「我說的是你在跳水決賽的時候，表現得像個鄙視人的王八蛋的那一次。你真的不記得了？」

「提醒我一下？」

亞歷克怒目以對。「我走到你面前自我介紹，然後你看著我的眼神就好像我是全世界最冒犯人的東西一樣。你和我握手之後，下一秒就跟夏安說：『你可以把他弄走嗎？』」

一陣沉默。

「啊，」亨利說。他清了清喉嚨。「我不知道你聽到了。」

「我覺得你搞錯重點了。」亞歷克說。「重點是這句話不管我有沒有聽到，都很可惡。」

「……也是。」

「對，所以囉。」

「就這樣嗎？」亨利問。「就只因為奧運？」

「我是說，那是個開端。」

亨利又頓了頓。「我覺得這句話後面是個刪節號。」

「就是……」此時此刻，他躺在清潔用品櫃的地上，和英國王子一起等著隨扈解除維安威脅，讓這個週末的尾聲感覺就像一場還沒有結束的惡夢，現在要他進行自我分析實在太困難了。「我不知道欸。我們在做的事情已經夠困難了，對我來說更是難上加難，因為我是美國第一位女總統的棕皮膚兒子。而你呢？你就是你，出生在這樣的家庭，所有人都認為你是個該死的白馬王子。你基本上就是一個活生生的例子，注定要給人拿來和我比較一輩子，就算我付出兩倍的努力，也永遠沒有用。」

亨利安靜了很長一段時間。

「嗯。」亨利最後終於開口。「你說的其他事情，我也無能為力。但我可以告訴你，奧運那天，我的確是個王八蛋沒錯。我不是要找藉口，但我父親在十四個月前過世，而在那段時間，我每天都是個王八蛋。我很抱歉。」

亨利的手在身側動了動，而亞歷克陷入了短暫的沉默。

癌症醫院。亨利當然會選擇來探訪癌症醫院了——這一點已經明明白白寫在資料表上了。父親：電影明星亞瑟．福克斯，於二〇一五年死於胰腺癌。電視還轉播了喪禮。

他在腦中重播著過去二十四小時所發生的一切：失眠、車上的小藥丸，還有亨利在公開場合總是會露出的、被亞歷克認為是看不起人的小小臭臉。

但這種感覺他也略知一二。他父母離婚的那段時間，對他來說也不是什麼愉快的時光，他拚了命地衝成績，也不是衝好玩的。他一直都知道，大部分的人才不會在意他是不是不夠好，或是他們會不會讓整個世界失望。他只是……從來沒想過亨利也可能會有類似的感覺。

亨利清了清喉嚨。一陣驚慌失措般的感覺突然攫住亞歷克的胸口，他張嘴說道：「嗯，很高興知道你也不是那麼完美。」

他幾乎可以聽見亨利翻白眼的聲音，而這種熟悉的針鋒相對感讓他由衷地心懷感激。

他們再度陷入沉默，對話終於塵埃落定。走廊上沒有聲音，街道上也沒有警笛聲，但是還沒有人來叫他們出去。

亨利突然無預警地開口：「《絕地大反攻[32]》。」

32《星際大戰六部曲：絕地大反攻（Star Wars Episode VI: Return of the Jedi）》，一九八三年上映的美國經典科幻電影。

亞歷克頓了頓。「什麼？」

「我在回答你的問題。」亨利說。「我是很喜歡星際大戰，我最喜歡的一部是《絕地大反攻》。」

「喔。」亞歷克說。「哇喔，你真是大錯特錯。」

亨利吐出一小口最傲慢的憤怒空氣，聞起來有薄荷味。亞歷克忍住再度肘擊他的衝動。

「我自己最喜歡的東西怎麼會錯？這是一個關於我個人的事實。」

「這是一個又糟糕又大錯特錯的個人事實。」

「所以你喜歡哪一部？請明示我錯誤之處。」

「好啊，《帝國大反擊[33]》。」

亨利嗤之以鼻。「但是好黑暗。」

「對，所以才這麼棒啊。」亞歷克說。「那是主題最複雜的一集。有韓索羅和莉亞公主接吻的橋段，還有尤達，韓索羅又大顯神威，有藍道·卡利森，還有電影史上最棒的轉折。《絕地大反攻》裡面有什麼？只有該死伊娃族[34]。」

「伊娃族是代表。」

「伊娃族蠢死了。」

33 《星際大戰五部曲：帝國大反擊（Star Wars Episode V: The Empire Strikes Back）》的簡稱，一九八〇年上映的美國經典科幻電影。

34 伊娃族（Ewok），在《絕地大反攻》裡出現的毛茸茸外星生物。

「但是有恩多[35]。」

「但是有霍斯[36]。」

「大家都說帝國部曲是三部曲裡面最棒、最有料的一部，這是有原因的好嗎。」

「這我認同。但是美滿的結局也有其價值，不是嗎？」

「說得真像個白馬王子啊。」

「我只是說，我喜歡《絕地大反攻》的結局。它讓一切都有了個完美的收尾。而整個系列帶出的主題，就是希望和愛，還有……你知道，就那些啊。絕地大反攻在這點上表現得最明顯。」

亨利咳了起來，而當亞歷克轉頭看向他時，門突然被打開了，卡修斯高大的身影再度出現。

「虛驚一場。」他呼吸粗重地說。「幾個蠢小孩帶了煙火來探望朋友。」他低頭看著兩人並肩躺在地上、對突如其來的走廊光線眨著眼。「看起來挺舒服的啊。」

「沒錯，我們現在超麻吉的。」亞歷克伸出一隻手，讓卡修斯把他拉起來。

站在肯辛頓宮外，亞歷克從亨利手中拿走他的手機，在他來得及抗議、或是控告他侵占王室財物前，快速打開一頁空白的聯絡人。專車正在等著載他去皇家私人機場。

35 恩多戰役（Battle of Endor），在《絕地大反攻》中，於恩多星的衛星上爆發的關鍵戰役。

36 霍斯戰役（Battle of Hoth），在《帝國大反擊》中，於霍斯星上爆發的關鍵戰役。

「喏，」亞歷克說。「這是我的號碼。如果我們要繼續吵星際大戰，透過顧問傳話就太煩人了。傳簡訊給我吧，我們會討論出結論來的。」

亨利瞪著他，表情空白而不安，亞歷克實在不知道這個人是怎麼交朋友的。

「好喔，」亨利最後說道。「謝謝。」

「不准打來亂。」亞歷克對他說，而亨利憋住一聲笑。

3

愛在英國黎明時：亨利與亞歷克大晒友情

新一代好基友？內含美國第一公子與亨利王子照片

照片集：亞歷克週末倫敦行

這是本週第一次，亞歷克沒對他的Google通知發脾氣。還好他們讓《時人雜誌》刊登了一篇獨家報導——包含幾句亞歷克本人的現身說法，表示自己「十分珍惜」他和亨利的友情，以及他們作為世界領導者兒子的「共同人生經驗」。亞歷克覺得，希望能把這句話丟到大西洋再看著它沉下海底，大概才是他們主要的共同人生經驗。

媽媽不考慮讓他假死了，他也沒有在一小時內收到上千則尖酸苛薄的推特訊息，因此他覺得這算是他的勝利。

他避開一位對著他兩眼閃閃發光的大一新生，離開走廊來到校園東側，並喝掉最後一口冷掉的咖啡。

今天的第一堂是選修課，是他出於某種病態的著迷與學術上的好奇而選的課程：「媒體與總統職位」。他今天還在應付拚了命阻止媒體毀掉這任總統後造成的時差，他無法不注意到這其中的諷刺性。

剛剛那堂課講的正好是歷任總統的性醜聞，他傳了一則簡訊給諾拉：在連任結束前，我們其中之一捲進桃色風波的機率有多高？

她秒回：你的命根子成為國際新聞常客的可能性有百分之九十四。還有，你看過這個了沒？

簡訊底下附了一條連結：一篇貼滿了照片和 GIF 動圖的部落格文章，都是他和亨利上「今晨新聞」時的片段。擊拳的樣子，看似真誠的相視微笑，共享祕密般的眼神交流。下面有幾百條留言，都在誇獎他們有多帥、坐在一起有多賞心悅目。

其中一則留言寫道：我的老天爺啊，快點在一起好嗎！

亞歷克笑得差點跌進噴泉。

一如往常，德克森大樓[37]的日間保全在他溜過安檢時怒目而視。她一直認為某位議員的辦公室名牌被寫成「賤人麥康納」是他的傑作，但是她永遠都不會找到證據的。

在亞歷克進行這些議員偵查行動時，卡修斯有時會跟著他，所以在他消失的幾小時裡，才不會有人嚇瘋。而今天，卡修斯在一張長椅上坐定等他，忙著聽他的廣播節目。對於亞歷克失控的行徑，他一直都是最能包容的那一個。

自從他爸爸第一次當選議員之後，亞歷克就一直將這棟大樓的布局熟記在心。他就是在這

37 指位於華盛頓特區的參議院德克森辦公大樓（Dirksen Senate Office Building）。

裡學到了大量關於政策與流程的知識，也在這裡花掉了太多的午後時光，靠自己的魅力獲得幫助或是取得八卦消息。他媽媽總是假裝覺得煩，但之後又會向他打聽第一手資訊。

因為議員奧斯卡．迪亞茲在加州為槍枝控管大會發表演說，他便按下五樓的電梯按鈕。

他最喜歡的議員是拉斐爾．路那，一位來自科羅拉多州的無黨籍議員，年僅三十九歲就進駐了這棟大樓。當他還只是個有潛力的律師時，亞歷克的爸爸就把他收入麾下，而現在，他成為了全國政治甜心，因為第一：他大爆冷門地贏了一場補選和普選，還有第二：他入選了《國會山莊報》的「五十位最美議員」，還遙遙領先。

二〇一八年的暑假，亞歷克在丹佛幫路那競選，因此他們的交情是建立在加油站買的熱帶水果口味彩虹糖和熬夜撰寫媒體報導之上。亞歷克偶爾會想起當時高乘載管制的公路，帶來一陣苦甜參半的懷念感。

他走進路那的辦公室，後者正戴著眼鏡，但那並不影響他那副被政治耽誤的電影明星形象。亞歷克一直都懷疑，只要靠那雙深邃的棕眼和修剪整齊的落腮鬍，還有稜角分明的顴骨，就足夠贏回他因為身為拉丁裔和出櫃同志而流失的選票。

房間裡播著亞歷克在丹佛就耳熟能詳的老歌——穆迪．瓦特斯的[38]專輯。路那抬起頭，看見亞歷克站在門口，他將筆丟在一大疊紙上，向後靠著椅背。

「你在這裡幹嘛，小鬼？」他像隻貓一樣看著他。

亞歷克從口袋裡抽出一包彩虹糖，路那的表情立刻軟化成微笑。

38　穆迪．瓦特斯（Muddy Waters），美國藍調大師，被稱為「現代芝加哥藍調之父」。

「乖孩子。」亞歷克一把糖果放在路那的記事簿上，他就馬上撈進手裡。他踢出辦公桌對面的椅子給亞歷克。

亞歷克坐下，看著路那用牙齒咬開包裝。「你今天在忙什麼？」

「關於這張桌子上的東西，你已經知道得太多了。」亞歷克確實知道——那是同一份健保法案研修，自從他們在中期選舉選輸了之後就一直延宕的法案。「你來這裡幹嘛？」

「這個嘛，」亞歷克把腳跨到一側的扶手上。「我為什麼不能只是來拜訪我們全家上下的好朋友，沒有額外的動機呢？」

「屁話。」

他抓住自己的胸口。「我的心好痛。」

「我的心好累。」

「你的心明明就愛死我了。」

「我要叫保全囉。」

「好吧，很公平。」

「不過，我們來聊聊你的歐洲小旅行好了。」路那狡猾地看著亞歷克。「今年我會收到你和王子攜手送上的聖誕禮物嗎？」

「其實呢，」亞歷克轉移話題。「既然我人都到這裡了，我確實有個問題想問你。」

路那笑了起來，向後一靠，雙手交疊在腦後。亞歷克的臉熱了一下，那是他知道自己達到目的時腎上腺素驟升的感覺。「你當然有問題想問了。」

「我想知道你有沒有聽說什麼關於康納的事。」亞歷克問。「我們真的很需要再得到一名無黨籍議員的支持，你覺得他的意願高嗎？」

他看似無辜地盪著跨在扶手上的那條腿，好像問的是天氣好不好這種無關痛癢的問題。史丹利．康納是德拉瓦州德高望重的無黨籍議員，擁有一個充滿千禧世代的媒體團隊，在比數這麼接近的競賽裡，能得到他的站臺會是一大勝利，他們兩人都很清楚。

路那啜著嘴裡的水果糖。「你是在問我他距離公開支持還有多遠？還是我知不知道要怎麼操作才能讓他支持你們？」

「拉斐，好朋友，好兄弟。你知道我從來不問這麼不得體的問題，好嗎？」

路那嘆了口氣，在椅子裡換了個姿勢。「他是個自由球員。通常社會議題會把他往你們的方向推，但是你也知道他對你媽的經濟策略有什麼看法。你大概也比我更清楚他的投票紀錄，孩子。他不會偏向任何一邊，大概會對稅法有一些大動作。」

「還有什麼是你知道、但我不知道的？」

他狡黠一笑。「我知道理查端出中立宣言這塊大餅給無黨籍議員，對非社會性的議題也有大改組。我也知道這平臺中的某些部分可能，不是那麼對康納的胃口。也許那是你可以下手的地方——我是說，假設我要參與你的小計畫的話。」

「你覺得除了理查，就沒有其他共和黨候選人需要關注了？」

「要死，」路那的嘴角向下扯出一個鬼臉。「除了被聖油加冕為右翼民粹主義救世主的理查家族後裔之外，你媽還有可能碰上其他的候選人嗎？那種機會操他的渺茫。」

亞歷克微笑起來。「有你在，我的人生就圓滿了，拉斐。」

路那翻了個白眼。「還是回頭聊聊你的事吧。」他說。「不要以為我沒發現你在轉移話題。先說在前頭，我們辦公室之前打賭你要多久才會引起國際意外，我贏了。」

「哇喔，我還以為可以相信你呢。」亞歷克倒抽一口氣，擺出遭到背叛的臉。

「所以那是哪招？」

「什麼招都沒有。」亞歷克說。「亨利是……我認識的某個人，我們做了某件蠢事，所以我得彌補，就這樣。」

「好吧，好吧。」路那舉起雙手說。「他長得很好看，對吧？」

亞歷克扮了個鬼臉。「對啦，我是說，如果你喜歡的是童話故事王子那一型的話。」

「誰不喜歡啊？」

「我就不喜歡啊。」

路那挑起一邊的眉毛。「最好是。」

「什麼？」

「我想到去年暑假啊。」他說。「我記得你做了一隻亨利王子的巫毒娃娃放在桌上，印象深刻。」

「我沒有。」

「還是貼著他的臉的飛鏢靶？」

亞歷克把腳放回面前的地上，憤憤地交疊雙臂。「只有一次，我把封面有他出現的雜誌放在桌上，因為裡面有我的報導，他只是剛好上了封面而已。」

「你盯著那張封面整整一小時。」

「胡說八道，」亞歷克說。「誹謗中傷。」

「看起來像是想透過意志力讓他起火自燃。」

「你想表達什麼啦？」

「我只是覺得有趣，」他說。「時代正在改變，速度還這麼快。」

「拜託，」亞歷克說。「這是……政治啦。」

「嗯哼。」

亞歷克像小狗般甩甩頭，像是要把這話題拋到窗外。「再說，我是來這裡討論議員的公開支持，不是我丟臉的公關惡夢。」

「這樣啊，」路那狡猾地說。「我還以為你是來拜訪你們家的老朋友的？」

「當然，我一開始就是這麼說的。」

「亞歷克，你沒有其他事好做嗎？現在是週五下午，你才二十一歲，應該要去玩啤酒乒乓或是準備參加派對之類的啊。」

「我都有啊。」他說謊。「我只是也多做了一點這個。」

「拜託，我只是個老頭，試圖給年輕版的自己一點意見。」

「你才三十九。」

「我的肝有九十三了。」

「那又不是我的錯。」

「在丹佛的那些通宵之夜可不是這樣說的喔。」

亞歷克大笑。「你看，所以我們才是朋友啊。」

「亞歷克，你需要其他朋友，」路那告訴他。「不在眾議院裡的朋友。」

「我有朋友啊！我有茱恩和諾拉。」

「對，你的姐姐，還有一個像超級電腦的女孩。」路那反擊。「在把自己燒乾之前，你需要多花點時間在自己身上，小鬼。你需要一個更大的支持系統。」

「別再叫我小鬼了。」亞歷克說。

「遵命。」路那嘆了一口氣。「你好了嗎？我還是有工作要做的。」

「好啦，好啦。」亞歷克站了起來。「對了，瑪克辛有在辦公室嗎？」

「沃特斯[39]？」路那問。「該死，你真的不怕死是不是？」

作為政治世家，理查家族一直是亞歷克試圖解密的政治史中最複雜的權貴世家。他貼在筆電上的其中一張便利貼寫著：甘迺迪＋布希[40]＋顛倒世界[41]的黑幫金湯匙和西斯[42]超能力＝理查家族？依照他目前挖出的資料，歸納起來就是這樣。

39 瑪克辛・沃特斯（Maxine Waters），美國眾議院的民主黨資深議員，自一九九一年當選以來已連任十五屆。

40 喬治・布希（George W. Bush），美國第四十三任總統。

41 顛倒世界（Bizarro World），出自美國 DC 漫畫公司於一九六〇年代出版的超人系列漫畫，後來用以描述與現實完全相反的世界。

42 西斯（Sith），《星際大戰》系列電影最知名的反派角色。

傑佛瑞．理查是目前可能在普選時和他母親競爭的唯一人選，已經當了將近二十年的猶他州議員，擁有豐富的參選和立法經驗。他媽媽的競選團隊早就把這些背景摸透了，所以亞歷克對那些藏在表面下的事情比較感興趣。理查家族出了好幾代的律師和聯邦法官，他們可以藏的東西可多了。

他的手機在桌面的一疊資料夾下震動了一下，是茱恩傳來的簡訊：晚餐吃啥？我好久沒看到你的臉了。

他愛茱恩——真的，超越這世界上的任何事物——但他現在狀態正好，等他忙到一個段落就會回她了，大概再三十分鐘吧。

亞歷克瞄了一眼筆電，其中一個分頁上播放著理查的訪問影片。他看著對方面部表情透露的資訊：灰髮——是真髮，不是假髮。一口白牙，像鯊魚一樣。像山姆大叔的那種寬大下巴。看他在影片裡天花亂墜地推銷著某個草案的樣子，顯然也是個很棒的業務。亞歷克寫下筆記。

一個半小時後，手機的另一下震動把他從理查的叔叔在一九八六年時爆出的可疑稅務問題中拉了出來。他媽媽在家庭群組裡發了一個披薩的表情符號。亞歷克把分頁存進書籤，然後離開房間走上樓。

家庭聚餐很難得，但又不像白宮裡發生的其他事情那麼扯。他媽媽派人去拿披薩，在三樓的遊戲室地板上擺滿紙盤，和特別從德州運來的夏納啤酒。聽那些特勤對著耳麥講代號總是很好笑，例如：「**黑熊還要更多黃辣椒**。」

茱恩已經坐在長椅上啜著啤酒了。亞歷克想起她的簡訊，一股罪惡感忽然襲來。

「可惡，我是個混蛋。」他說。

「嗯哼，你是啊。」

「但是技術上來說……我現在來陪妳吃晚餐了？」

「把我的披薩端過來啦。」她嘆了一口氣。自從二〇一七年那次為了橄欖的事大吵一架，害特勤組差點封鎖官邸之後，他們就開始各自點各自的披薩了。

「當然了，寶貝。」他找到茱恩的（瑪格麗特口味）和他自己的（蘑菇香腸口味）披薩。

「嗨，亞歷克。」他正準備開動，電視後方傳來招呼聲。

「嗨，里歐。」亞歷克回答。他的繼父正埋首調整電線，不過他組裝的東西可能要放進鋼鐵人的漫畫裡才看得出用途，就像他改裝的所有電器那樣——無藥可救的有錢怪咖發明家通病。他正打算打破砂鍋問到底，他媽媽就跑了進來。

「你們到底為什麼要讓我去選總統？」她有點太用力地敲著手機上的鍵盤，把高跟鞋踢到牆角，隨後把手機也一起丟了過去

「因為我們都知道阻止也沒用。」里歐的聲音傳來。他探出蓄著落腮鬍和戴著眼鏡的頭，又補了一句：「而且如果沒有妳，這世界肯定會分崩離析，我的小蘭花。」

他媽媽翻了一個白眼，但同時露出了微笑。自從亞歷克十四歲那年，里歐和他媽媽初次在某場慈善活動上相遇後，他們的相處模式就一直是這樣。她當時是白宮的發言人，而他是個擁有幾項專利的天才，還有大把銀子能花在女性健康照護推廣上。現在她成了總統，他則賣了他

的公司，好善盡身為「第一先生」的義務。

愛倫把後腰的裙子拉鍊拉下兩寸，表示她今天已經正式下班。

「好啦。」她撈起一片披薩，在自己臉前的空氣中面做了一個洗臉的動作：卸下總統的臉，戴上媽媽的臉。「嗨，寶貝們。」

「啊囉。」亞歷克和茱恩塞著滿嘴的食物，異口同聲地回答。

愛倫嘆了一口氣，看向里歐。「這是我的錯，對不對？一點規矩都沒有，像一群小負鼠。難怪他們都說女人沒辦法全拿。」

「這兩個孩子都是傑作。」里歐說。

「來說一件好事和一件壞事，」她說。「我們開始吧。」

在她最忙的時期，這是她用來了解孩子們的一天最有效率的方法。亞歷克從小就是跟著這樣的母親長大，是極度條理分明和貫徹情感交流搭配起來的綜合體，感覺像個過度投入的人生教練，有時候滿讓人困惑的。當他交第一個女朋友的時候，她還做了一份 PPT 簡報。

「嗯，」茱恩吞下一口披薩。「好事啊……喔！我的天，羅南．法羅[43]發推講他對我那篇寫給《紐約客》的專欄文的想法，然後我們就在推特上聊開了。我逼他當我朋友的計畫已經完成第一步啦。」

43 羅南．法羅（Ronan Farrow），美國記者、律師和前政府顧問。二〇一七年底在《紐約客》雜誌上協助揭露知名電影公司創辦人兼製作人哈維．溫斯坦（Harvey Weinstein）的性騷擾事件。

「妳的長期計畫根本就是藉此接近伍迪．艾倫[44]、把他做掉，再偽裝成意外身亡好嗎，不要以為我們看不出來。」亞歷克說。

「他看起來超虛弱的好不好，只要用力推一下——」

「我到底要跟你們說幾次？不要在現任總統面前討論謀殺計畫。」他們的媽媽打岔，「這樣被傳喚出庭時我才可以合理推諉，拜託一下。」

「隨便啦。」茱恩說。「壞事的話，就，嗯……伍迪．艾倫還活著。換你了，亞歷克。」

「好事喔，」亞歷克說。「我用冗長的演說逼我的教授承認，我們上一場考試的某一題有誤導，所以我的答案是正確的，他要給我滿分。」他喝了一口啤酒。「壞事——媽，我看到妳在二樓走廊上買的新畫了。拜託告訴我，妳為什麼會容許喬治．布希愛犬的畫出現在我們家裡？」

「這是兩黨友好的體現，」愛倫說。「大家都覺得這樣很溫馨啊。」

「我每次進房間都要經過它，」亞歷克說。「那隻狗的綠豆小眼會跟著你移動欸。」

「畫要留下。」

亞歷克嘆了一口氣。「好啦。」

下一個換里歐——一如往常，他的壞事通常也算是某種程度上的好事——然後就換愛倫了。

44 伍迪．艾倫（Woody Allen），美國知名電影導演、編劇及演員，也是羅南．法羅的血緣父親，曾被前女友米雅．法羅（Mia Farrow）指控性侵兩人年幼的養女。

「我的聯合國大使搞砸了他唯一的工作，講了一些跟以色列有關的蠢話，現在我得親自打電話給納坦雅胡[45]道歉。但好事是，特拉維夫[46]那裡現在是凌晨兩點，所以我可以明天再打這通電話，現在才能好好和你們吃晚餐。」

亞歷克對她微笑。有時候，聽著她講起總統工作的鳥事，他還是會覺得不可思議，就算現在已經是她任期的第三年了也一樣。他們的對話轉成閒聊、小小的嘴砲和只有自家人才懂的笑話，就算這樣的夜晚偶爾才會出現，也還是很棒。

「所以，」愛倫拿起另一片披薩，從餅皮邊緣開始吃。「我有說過我以前超會打撞球的嗎？」

茱恩嗆到了，啤酒瓶停在嘴邊。「妳說妳幹嘛？」

「沒錯。」她告訴他們。亞歷克和茱恩不可置信地互看一眼。「我十六歲的時候，外婆還在經營一間破破爛爛的小酒吧，叫做『微醺白頭翁』。她會讓我放學之後過去，在吧臺寫作業，還找了一個保鑣朋友來看著，確保沒有醉鬼會來搭訕我。幾個月之後我就變得很會打撞球，然後開始和常客打賭說我能打敗他們，但我會先裝笨。我會挑錯球桿，或是假裝忘記要打花色或是全色球。我會先輸一場，然後再賭一場翻倍或全無，我就可以贏兩倍的賭金。」

「妳在開玩笑吧。」但亞歷克完全可以想像那個情景。她一直都很擅長打撞球，更擅長謀畫。

45　班傑明．納坦雅胡（Benjamin Netanyahu），現任以色列總理及右翼執政黨主席。
46　特拉維夫（Tel Aviv），以色列首都。

「都是真的。」里歐說。「不然你覺得她是怎麼逼那些喝茫的老白人掏錢出來的？這是有效率的政治家最重要的技能呀。」

亞歷克的媽媽在經過里歐身邊時，收下了他印在她方正下巴旁的吻，像是一名行經仰慕者的女王。她把吃到一半的披薩放在餐巾紙上，從架子上取下一根撞球桿。

「總而言之，」她說。「重點是，發掘自己的新技能並善加利用，永遠都不嫌晚。」

「好喔。」亞歷克對上她的視線，兩人審視地彼此互望。

「例如像是……」她若有所思地說。「也許在總統連任競選團隊裡，找個職位來做。」

茱恩放下自己的披薩。「媽，他連大學都還沒畢業耶。」

「呃，對啊，就是要在畢業前先安排啊。」亞歷克急切地說，他等這一刻等好久好久了。「履歷要無縫接軌才好看。」

「不只是亞歷克，」他們的媽媽說。「你們兩個都有份。」

茱恩的表情從緊繃而懷疑變成了緊繃而嫌棄。亞歷克像趕小狗那樣朝她擺擺手，一塊蘑菇從披薩上飛出去，撞到她的鼻翼。「快說，快說，快說。」

「我一直在想。」愛倫說。「現在這個時候，你們幾個——『白宮三巨頭』，」她在半空中做了一個上下引號的手勢，好像這個詞不是她親自批准的一樣。「不應該只是門面而已，你們比那有用多了。你們具備專長，你們絕頂聰明，你們擁有才華。你們不應該只是代言人，而是成為競選團的一員。」

「媽……」茱恩開口。

「什麼職務？」亞歷克插嘴。

她停下打到一半的撞球，回到她的披薩旁。「亞歷克，你是我們家的理論家。」她咬了一口披薩。「我們可以讓你主導政策，這代表你要做很多研究和寫很多東西。」

「太讚了，」亞歷克說。「讓我在幾個焦點小組上大展魅力吧。我加入。」

「亞歷克——」茱恩再度開口，但他們的媽媽打斷了她。

「茱恩的話，我在想資訊溝通。」她繼續說。「既然妳的學位是大眾傳播，我想說妳可以處理一些日常與媒體窗口聯繫的工作，處理我們的宣傳資訊，分析閱聽者——」

「媽，我有自己的工作。」茱恩說。

「喔，對啊，當然了，甜心。但這個可以是全職的工作，建立人脈、向上流動，真正進入業界做一些了不起的大事。」

「我，呃、」茱恩撕下一塊披薩邊。「我不記得有說過我想做這個。媽，妳說的這些，嗯，是個很大的假設。而且妳應該也知道，如果幫妳競選，基本上我就不可能成為記者了，因為我不可能繼續保持新聞中立。我現在都已經沒有多少專欄可以寫了。」

「寶貝女兒。」他們的媽媽現在臉上的那個表情，只有在她打算說一些有一半機率會氣死你的話時才會出現。「妳這麼有才華，我也知道妳很努力，但是到了現在這個地步，妳也必須實際一點。」

「這是什麼意思？」

「我只是想說……我不知道妳現在快不快樂，」愛倫說。「也許是時候試試看不同的工作了，只是這樣而已。」

「我跟你們不一樣，」茱恩告訴她。「這不是我的目標。」

「茱——恩——」亞歷克的頭向後仰，靠著椅子扶手上下顛倒地看她。「妳就考慮看看嘛。我要加入就是了。」他看向媽媽。「妳也會給諾拉一個位置嗎？」

她點點頭。「麥可明天會跟她提議資料分析的職位，如果她接受了，希望她可以盡快來開工。但是你呢，先生，你得等到畢業。」

「天啊，白宮三巨頭也要加入戰局了，太爽了吧。」他看向里歐，後者已經放棄弄到一半的電視，現在正快樂地嚼著一塊披薩。「他們也要給你一份工作嗎，里歐？」

「沒，」他回答。「我作為第一先生的義務，是擺好餐桌，然後當好一支漂亮的花瓶。」

「你擺的餐桌真的越來越好看了，寶貝。」愛倫揶揄地親了他一下。「我真的很喜歡你挑的粗布餐墊。」

「妳敢相信設計師居然覺得絲絨比較好嗎？」

「願上帝眷顧她囉。」

「我不喜歡這樣。」當他們的媽媽開始聊起裝飾用的水梨時，茱恩對亞歷克說。「你確定你要接這個工作？」

「沒事啦。」他告訴她。「嘿，如果妳想繼續盯著我，當然可以接受媽的提議囉。」

她不置可否地聳聳肩，繼續吃她的披薩，臉上的表情深不可測。

隔天，薩拉的辦公室白板上出現三張同色的便利貼。白板上寫著「競選工作：亞歷克—諾拉—茱恩」，在他和諾拉的名字下，便利貼上寫著「同意」。茱恩的便利貼上則清清楚楚地是她自己的筆跡，寫了大大的「不要」。

當亞歷克收到第一封簡訊時，他正在政策課上做著筆記。

這傢伙看起來和你挺像的。

訊息夾帶了一張照片，在照片裡的電腦螢幕上有張徹帕酋長[47]在《絕地大反攻》的劇照，看起來又小又霸道，超級可愛又一臉憤怒。

對了，我是亨利。

亞歷克翻了個白眼，但把這支電話存進聯絡人清單，命名：「亨利王子討厭鬼」，外加一個大便表情符號。

他真的不打算回應，但一週後，他在《時人雜誌》的封面上看到一個頭條——亨利王子南遷避寒——還配上亨利優雅地躺澳洲海灘上、身穿一件好看但過小的深藍色海灘褲的照片，他實在克制不了自己。

你的痣也太多了吧。他在訊息裡寫道，順便配上雜誌照片的截圖。這是近親繁殖的後果嗎？

亨利的回應在兩天後出現，訊息中附上一張螢幕截圖，《每日郵報》的推特寫著「亞歷克．克雷蒙—迪亞茲將為人父？」亨利的訊息則寫著：但親愛的，我們一直都那麼小心耶。這

47 徹帕酋長（Chief Chirpa），伊娃族的雄性酋長。

讓亞歷克爆笑出聲，害他被薩拉踢出了她每週和他們姐弟會報的會議室。

所以亨利也是會搞笑的嘛。亞歷克把這一點記在他腦中的檔案裡。

他也發現亨利很愛傳簡訊，尤其是在被卡在什麼皇家活動之間的時候，例如在來往公開活動的路上、或是在聽取家族地產簡報之類的，有一次甚至是在無奈地等人幫他噴滿防曬噴霧的時候。

亞歷克不會說他喜歡亨利，但他的確喜歡他們鬥嘴時的明快節奏。他知道自己的話太多，也藏不住真實感受，但他通常會把這一切掩蓋在無數層的迷人表象之下。不過他一點也不在乎亨利怎麼看他，所以連掩飾都懶得掩飾。面對亨利時，他盡可能地耍白痴和發瘋，亨利則會用讓人吃驚的狡黠回應來回敬。

因此當他無聊或壓力太大、或是在續杯咖啡的時候，他就會等著手機螢幕上冒出訊息的泡泡。有時是亨利吐槽他在訪談中說的某一句奇怪的話，或是亨利突然想要比較英國啤酒和美國啤酒的差異，或是亨利的狗戴著一頂史萊哲林的帽子（我不知道你是想騙誰啦，你根本就是個赫夫帕夫出產的傻瓜。亞歷克這樣回他之後，亨利才表明他的狗是史萊哲林的一員，不是他）。

透過這些瑣碎的閒聊和社群網站的貼文，他開始了解亨利的生活。亨利的社群網站完全按照著夏安的縝密規畫來經營，而亞歷克一直對他有點著迷，尤其是當亨利傳來「你知道夏安有輛重機嗎？」或是「夏安正在和葡萄牙人流利交談」之類的訊息的時候。

他很快也發現，那份亨利王子殿下的資料表，要不就是完全隱瞞了最有趣的部分，要不就根本是捏造出來的。亨利最愛的食物並不是羊肉餡餅，而是一間距離皇宮十分鐘路程的路邊攤上賣的炸豆丸子。而在畢業後的這一年空檔年，他把大部分的時間都花在遍布世界的慈善機構上，其中有一半是由他最好的朋友阿波出資。

亞歷克得知亨利超喜歡古典神話，而且如果你沒有打斷，他可以滔滔不絕地講幾十種星座的結構給你聽。亞歷克也聽了太多他這輩子根本不打算知道的關於風帆的瑣碎細節，所以他只回了「喔喔」——還是在八小時之後。亨利幾乎不罵髒話，但至少他看起來不介意亞歷克那張該死的臭嘴。

亨利的姐姐碧翠絲——亞歷克發現亨利都叫她小碧——常常出現在他們的訊息裡，因為她也住在肯辛頓宮。從他得到的資訊來看，比起和他們的大哥，亨利和小碧的感情更好一些。他和亨利還會互相比較有個姐姐的各種心酸血淚：

> 你小時候有被小碧逼著穿女裝嗎？
>
> 茱恩也喜歡在半夜把你吃剩的咖喱偷偷吃掉嗎？就像狄更斯書裡的那種過街老鼠一樣。

更常在他們對話裡串場的是阿波，他在亨利口中的形象是如此有趣又瘋狂，亞歷克實在無法想像，這樣的人怎麼會跟亨利這種會滔滔不絕講著拜倫勛爵[48]、直到你威脅要封鎖他才閉嘴的人變成至交。他一直在做一些酷斃了的事情——去馬來西亞玩高樓跳傘，或是和 Jay-Z[49] 一起吃大樹蕉，或是穿著一件刺著鉚釘的粉紅 Gucci 出席午餐會——或是創辦另一個非營利組織。這真的很不可思議。

48　拜倫勛爵（Lord Byron），十八世紀末至十九世紀初的英國詩人、革命家及浪漫主義文學泰斗。

49　Jay-Z，美國當紅美國饒舌歌手。

他意識到自己也和亨利分享了不少茱恩和諾拉的事。亨利記得茱恩在特勤組的代號是小藍花，也會說他覺得諾拉的圖像記憶有多奇怪。這點很神祕，因為照理說亞歷克對她們有著非常強的保護欲，他甚至沒有發覺自己透漏了多少關於她們的私人資訊。直到有一天，亨利和茱恩在推特上聊二〇〇五年的《傲慢與偏見》電影的討論串引起一陣轟動後，他才有所警覺。

「你看到薩拉寄來的信，應該不是這種表情喔。」諾拉越過他的肩膀偷看他的手機，他用手肘頂開她。「每次你只要看手機，就會露出那種蠢笑。你在跟誰聊天？」

「我不知道妳在說什麼，而且我也沒有在跟誰聊天。」亞歷克說，但他手上的手機螢幕正顯示著一則來自亨利的訊息：*正在和菲力開全世界最無聊的會。等我用領帶上吊之後，請確保媒體對我的報導內容都是事實。*

「等一下嘛。」她再度朝他的手機伸手。「你又在看賈斯丁．杜魯多[50]講法文的影片了嗎？」

「我才不會這麼做！」

「自從你去年在州際晚宴上遇到他之後，我至少抓到你看了兩次，所以沒錯，你會。」她說。亞歷克對她豎起中指。

「老天，等等，你在看你自己的同人文嗎？而且你居然沒有找我一起看？他們這次又讓你上誰啦？你有看我寄給你的那篇嗎？你跟艾曼紐．馬克宏[51]的？我看到快往生了。」

50 賈斯丁．杜魯多（Justin Trudeau），加拿大總理。

51 艾曼紐．馬克宏（Emmanuel Macron），現任法國總統（第二十五任）。

「妳再說，我就要打電話給泰勒絲說妳改變心意，打算去參加她的國慶派對囉。」

「這一點都不符合比例原則好嗎。」

當天晚上，等亞歷克一個人坐在書桌前時，他才回覆那則訊息：會議是幹嘛的？討論你們的哪個表親又要通婚，好把凱岩城[52]搶回來嗎？

哈。是在開皇家財務的會啦。我這輩子都不會忘記菲力說「投資報酬」這四個字的聲音了。

亞歷克翻了個白眼，然後回傳：處理帝國的經濟命脈真是痛苦喔。

亨利的回應在一分鐘後出現。

那其實正是會議的重點——我試著拒絕繼承王位的財產。爸留給我們的錢已經比我想要的還多了，而我寧可用他的錢來負擔我的支出，而不是拿幾世紀的大屠殺下來累積的財富。菲力認為我瘋了。

亞歷克來回讀了兩次，好確保自己沒看錯。

不得不說，我有那麼一點點欣賞你了。

他盯著螢幕，看著自己的訊息好幾秒，突然擔心這句話是不是看起來有點蠢。他搖搖頭放下手機，關上螢幕。然後改變心意，再度拿起手機、解鎖，看著亨利那一邊的訊息冒著打字中的對話框。再度放下手機，轉開視線，再轉過來盯著螢幕。

身為母胎星戰迷，怎麼可能不知道「帝國」不是什麼好東西。

52　凱岩城（Casterly Rock），奇幻小說《冰與火之歌（A Song of Ice and Fire）》系列中的主要城市之一。

如果亨利不要一直破壞自己在亞歷克眼中的形象，他真的會很感激。

二〇一九年，十月三十日

1:07 PM **我：**領帶好醜

1:13 PM **亨利王子討厭鬼：**哪條？

1:14 PM **我：**你剛剛發在 IG 上的那條啊

1:14 PM **亨利王子討厭鬼：**它又怎麼了？就是普通的灰色啊

1:15 PM **我：**對啊，下次試試有花紋的好嗎？我知道你現在一定在瞪螢幕，別瞪了

1:16 PM **亨利王子討厭鬼：**花紋會被解讀成「有立場」，王室不應該穿有立場的東西

1:16 PM **我：**貼 IG 的時候又沒關係

1:18 PM **亨利王子討厭鬼：**我這輩子真的沒有看過像你這麼無恥又無聊的人

1:18 PM **我：**謝啦！

二〇一九年，十一月十七日

11:04 AM **亨利王子討厭鬼：**我剛收到一整包五公斤重的愛倫・克雷蒙競選紀念胸章，上面印的都是你的臉。這是你的整人創意嗎？

11:06 AM **我：**只是為了幫你的衣櫃多添一點色彩啊，我的小太陽

11:09 AM **亨利王子討厭鬼：**只希望這樣濫用選舉經費是有價值的囉。我的隨扈團隊以為那是炸彈，夏安差點就找緝毒犬來了。

11:09 AM **我：**喔，相信我，超值得。現在聽起來更值得了。幫我跟夏安打個招呼，順便跟他說我超想念他的屁股，嘿嘿

11:16 AM **亨利王子討厭鬼：**我絕對不會說的。

4

「這是公開資訊呀，你現在才知道又不是我的錯。」他媽媽快步走過西廂房的走廊。

「妳應該跟我說的！」亞歷克半吼道，小跑著跟上。「每年的感恩節，那些蠢火雞就這樣躺在威拉德飯店[53]的豪華套房，還是花納稅人的錢訂的房？」

「是啊，亞歷克，是這樣沒錯——」

「濫用政府資源！」

「——而且現在有兩隻火雞，一隻叫玉米餅、一隻叫內餡，正在賓州大道上的車隊裡。現在已經沒有時間重新安排這些火雞了。」

他想也不想就脫口而出：「把牠們帶回家啊。」

「帶回來要放哪？把火雞藏在你的屁眼裡嗎，兒子？看看我們這間歷史悠久守衛森嚴的房子，到明天把牠們送出去之前，我是要把這些火雞藏到哪去？」

「放在我房間，我沒差啊。」

她爆笑出聲。「不。」

「這跟放在飯店房間有什麼差？媽，把火雞放我房間。」

53 威拉德洲際酒店（The Willard InterContinental Hotel），位於美國華盛頓特區的五星級飯店。

「我才不要把火雞放你房間。」

「放我房間啦。」

「不要。」

「放我房間放我房間放我房間——」

那天晚上，亞歷克盯著其中一隻史前生物冰冷無情的雙眼，默默有點後悔了。

牠們知道，他發簡訊給亨利，牠們知道我剝奪了牠們睡五星級飯店的權利，現在只能蹲在我房間的小籠子裡。只要我移開視線，牠們絕對會把我生吞活剝。

玉米餅坐在亞歷克沙發旁的箱子裡，視線空洞地回望著他。一名農畜獸醫每隔幾個小時就會來檢查一次，亞歷克一直問她火雞能不能聞到血的味道。

內餡在自己的小套房內又發出一聲不祥的咯咯叫聲。

亞歷克今晚本來有很多事情要做的，真的。在他從CNN上得知花在火雞身上高得嚇人的預算之前，他正在看前一晚共和黨的初選辯論精華。他本來打算整理一份考試的大綱，還打算研究他母親給他的公眾參與計畫，他說服他媽媽把這個給他當作競選工作的預習。

但現在，他被困在自己一手打造的牢籠裡，還發誓在明天的分發儀式之前，要當這些火雞的保母。然而，他直到此時此刻才發現自己對這些巨型鳥類有著多麼深層的恐懼。他考慮著要不要去找其他房間的沙發睡，但要是這些惡魔從籠子裡逃出來、在半夜自相殘殺怎麼辦？他應該要看好牠們的。驚爆：兩隻火雞陳屍第一公子的臥室；火雞分發儀式被迫取消，第一公子真面目原為邪惡火雞儀式殺手。

照片咧？這是亨利給他的安慰。

亞歷克跌坐在自己的床沿上。他開始習慣每天和亨利傳簡訊了，時差對他沒什麼影響，因為他們兩個老是在不該醒著的時間醒來。亨利會在早上七點馬球晨練時發訊息給亞歷克，而亞歷克會在凌晨兩點發一張戴著眼鏡、捧著咖啡，正在整理一堆筆記的自拍給他。亞歷克不知道為什麼亨利從來不回覆他在床上的自拍，他躺在床上拍的照片明明都很好笑。

他拍了一張玉米餅的照片，按下傳送，並在那隻鳥兒對他威脅地揮動翅膀時瑟縮了一下。

亨利回答：我覺得牠很可愛啊。

那是因為你聽不到他們邪惡的咯咯叫好嗎

也是，動物界最邪惡的聲音——咯咯叫。

「給我聽好了，你這個小垃圾。」電話一接通，亞歷克劈頭就說：「你自己聽聽看，再告訴我你打算怎麼應付——」

「亞歷克？」亨利的聲音在電話裡聽起來沙啞又不安。「你真的在凌晨三點打過來，叫我聽火雞叫？」

「對啊，廢話。」亞歷克說。他瞄了一眼玉米餅，然後打了個哆嗦。「老天，這些傢伙簡直可以看穿你的靈魂。玉米餅知道我的罪孽，亨利。玉米餅知道我幹過什麼好事，現在要來逼我贖罪了。」

他聽見另一端傳來摩擦的聲音，他想像著亨利身穿灰色睡衣，翻滾到床邊，說不定還開了一盞床頭燈。「那我們就來聽聽詛咒的叫聲吧。」

「好喔，準備好了沒？」他把手機調成擴音，朝火雞伸過去。

什麼也沒有。沉默的十秒過去了。

「真的很恐怖耶。」在電話另一端，亨利的聲音聽起來有點刺耳。

「這──好吧，牠們現在不太正常。」亞歷克激動地說。「牠們整個晚上都該死地叫個不停，我發誓。」

「當然囉。」亨利故作溫柔地說。

「不，等等。」亞歷克說。「我要、我要來逼其中一隻叫囉。」

他跳下床，躡手躡腳來到玉米餅的籠子旁，覺得自己的小命吊在刀尖上，又覺得必須證明些什麼；不過就大部分的情況來說，他時常陷入這種窘境。

「呃，」他說。「你要怎麼讓一隻火雞叫？」

「試著對牠叫啊，」亨利說。「看牠會不會回你。」

亞歷克眨眨眼。「你認真的嗎？」

「我們在春天會去獵野生火雞，」亨利饒富哲理地說。「祕訣就是滲透火雞的內心。」

「你是要我怎麼做啦？」

「所以，」亨利指揮道。「照我說的做囉。你得先靠近火雞，生理上的靠近。」

亞歷克緊緊把手機握在手裡，彎身靠近籠子的網格。「好。」

「和火雞雙眼對視。你有照做嗎？」

亞歷克照著亨利的指示做；他跨開雙腿，彎起膝蓋，和玉米餅雙眼平視，當他和那對冷血的芝麻小眼互瞪時，一股冰涼的感覺沿著他的脊椎滑下。「有。」

「很好，就保持這樣。」亨利說。「現在和火雞心靈相通，贏得火雞的信任……和牠做朋友……」

「好喔……」

「在馬略卡島[54]幫火雞買一間度假別墅……」

「喔幹，你很靠北欸！」亞歷克大叫出聲，亨利則為了自己的白痴惡作劇笑個不停。他突如其來的動作讓火雞嚇得一陣大叫，讓亞歷克發出一聲不成人形的尖叫。「幹！你聽到了嗎？」

「抱歉，什麼？」亨利說。「我的耳朵剛剛有點塞住了。」

「你真的很混蛋耶。」亞歷克說。「你真的有去獵過火雞嗎？」

「亞歷克，在英國是不能獵火雞的。」

亞歷克回到床邊，將臉埋進枕頭。「我還寧願玉米餅真的殺了我。」

「好啦，我有聽到啦。是真的……可怕得恰到好處，」亨利說。「所以我懂了。茱恩呢，怎麼沒加入？」

「她和諾拉好像有什麼女孩之夜，我傳簡訊求救，結果她們這樣回我。」他用機器人般的平板聲音唸道：「『哈哈哈哈哈哈祝你好運』，還有一隻火雞表符和大便表符。」

54 馬略卡島（Mallorca），位於西地中海的旅遊地點和觀鳥聖地，是西班牙巴利亞利群島的最大島嶼。

「很公平啊。」亨利說。亞歷克可以想像他鄭重點頭的樣子。「所以你現在要怎麼辦？整晚不睡陪牠們？」

「我不知道！大概吧！我還能怎樣！」

「你不能去其他地方睡嗎？白宮裡不是還有幾百個房間嗎？」

「好吧，呃，但是萬一牠們跑掉了怎麼辦？我有看侏儸紀公園。你知道鳥類是暴龍直接演化的嗎？這是有科學證明的。現在有兩隻暴龍在我房間裡耶，亨利，你希望我就這樣去睡覺，假裝他們不會從籠子裡跑出來、下一秒就占領整座島嗎？好吧，也許你這個傻子會這麼做吧。」

「我真的必須要殺掉你了。」亨利告訴他。「你永遠預料不到攻擊會從哪來，我們的刺客都是受過祕密訓練的，他們會半夜出現，讓暗殺看起來像是丟臉的意外事故。」

「廁所裡心臟病發。」

「窒息式性愛之類的嗎？」

「天啊。」

「我警告過你了。」

「我還以為你會用更有個人特色一點的方式殺我呢。用絲質枕頭壓住我的臉，緩慢又溫柔地悶死我之類的。只有你跟我共處一室。超色的。」

「哈，這個嘛。」亨利清了清喉嚨。

「總之呢，」亞歷克整個人爬上床。「反正也無所謂了，其中一隻該死的火雞會比你先殺掉我。」

「我真的不覺得——喔，哈囉。」電話的另一端傳來一陣包裝紙摩擦的聲音，然後是一串沉重的呼吸聲，聽起來百分之百像隻狗。「乖狗狗在哪裡？你猜他是誰呀？大衛跟你說哈囉。」

「嗨，大衛。」

「他——喂！不是給你的，霍伯斯先生！這些是我的！」更多的摩擦聲，還有一聲遠遠傳來、像是受到冒犯的喵喵叫。「不可以，霍伯斯先生，你這混蛋！」

「霍伯斯先生到底是啥鬼？」

「我姐的蠢貓。」亨利告訴他。「這傢伙已經肥死了，還想偷吃我的佳發蛋糕。他跟大衛是好朋友。」

「你現在到底在幹嘛？」

「我在幹嘛？我本來要睡覺的！」

「好，但你現在還在吃賈霸蛋糕，所以囉。」

「是佳發蛋糕，老天。」亨利說。「我要被一個遠在天邊的美國原始人和兩隻火雞糾纏一輩子了。」

「然後呢？」

亨利發出另一聲驚天動地的嘆息。每次和亞歷克說話他都狂嘆氣，居然還沒斷氣也是滿不可思議的。「然後……不准笑我。」

「喔耶，快說。」亞歷克滿心期待地說。

「我本來在看《英國烘焙大賽》。」

「真可愛，但沒什麼好丟臉的啊。還有呢？」

「我，呃，我大概……有用了一下那種單片裝的面膜。」他一口氣說完。

「我的天啊，我就知道！」

「講完一秒就後悔了。」

「我就知道！你一定有那種貴得要死的斯堪地那維亞護膚祕方，你的眼霜裡是不是有加鑽石粉？」

「並沒有！」亨利不悅地說。亞歷克必須用手壓著嘴唇才能把笑聲吞回去。「聽著，我明天要出席一場公開活動好嗎？我不知道你會打來找碴。」

「我沒在找碴。我們都要好好照顧痘痘問題，對吧？」亞歷克說。「所以你喜歡烘焙大賽喔？」

「那很療癒啊。」亨利說。「什麼都是馬卡龍色的，音樂又舒緩，每個人都那麼友善。然後你還可以學到超多不同的小麵包種類，亞歷克，真的有超多種的。這個世界這麼可怕，例如當你被困在火雞大災難裡的時候，你就可以看看烘焙大賽，進入小麵包的世界。」

「美國的烹飪節目都不是那樣欸。上面的每個人都滿頭大汗，還有很戲劇化的死亡配樂，和超有張力的鏡頭。」亞歷克說。「跟烘焙大賽比起來，《地獄廚房》[55]聽起來就跟曼森家

55 地獄廚房（Hell's Kitchen），美國烹飪競賽節目。

族[56]的行凶影片一樣血腥。」

「你我之間的差異有合理的解釋了。」亨利說，而亞歷克發出一聲輕笑。

「你知道嗎？」亞歷克說。「你讓我滿驚訝的。」

亨利頓了頓。「例如？」

「例如，原來你不是一個無聊的王八蛋啊。」

「哇喔。」亨利笑了一聲。「真是榮幸。」

「我想你還是有點深度的。」

「你原本覺得我是個無腦金髮男，是不是？」

「也不是這樣，就只是無聊而已。」亞歷克說。「我是說，你的狗叫大衛欸，這就超無聊的啊。」

「那是根據大衛．鮑伊[57]的名字取的。」

「我……」亞歷克一陣暈眩，急忙調整自己的狀態。「你認真的嗎？搞屁啊，幹嘛不叫他鮑伊就好了？」

「被我打臉了吧？」亨利說。「我總是要保留一點神祕感的。」

「我猜是吧。」亞歷克說。然後，在來得及阻止自己之前，就打了一個其大無比的呵欠。他早上七點就起床了，上課前還去慢跑了一圈。如果這些火雞沒有殺死他，疲勞也會。

56 曼森家族（Manson Family），美國史上最惡名昭彰的邪教組織之一，由查爾斯．曼森（Charles Manson）於一九六〇年代末期在加州建立。

57 大衛．鮑伊（David Bowie），英國搖滾巨星，以顛覆傳統、打破性別界線聞名。

「亞歷克。」亨利堅定地說。

「怎樣？」

「這些火雞不會變成恐龍把你吃掉的，」他說。「你不是那種免洗便當角色，你是傑夫．高布倫[58]。快去睡。」

亞歷克憋住一個與這句話不成比例的大大微笑。「你才快去睡咧。」

「我會啊。」亨利說，亞歷克覺得他聽見了亨利聲音裡奇怪的笑意。今晚真的非常、非常奇怪。「你把電話掛了我就去睡，好不好？」

「好吧，」亞歷克說。「但是如果他們又叫了怎麼辦？」

「去茱恩的房間睡啊，傻子。」

「好吧。」亞歷克說。

「好喔。」亨利附和。

「好喔。」亞歷克重複。他突然意識到他們從來沒講過電話，所以他也從來沒想過要怎樣掛亨利的電話。他現在很困惑，但他還在微笑。玉米餅瞪著他，好像不懂發生了什麼事。

我也他媽的不懂，老兄。

「好喔。」亨利又說了一次。「那，晚安了。」

「嗯哼，」亞歷克想不到什麼聰明的話可說了。「晚安。」

他掛掉電話，瞪著手裡的手機，好像它必須為現在圍繞著他的、彷彿夾帶著電流的空氣給

58 傑夫．高布倫（Jeff Goldblum），美國演員，飾演《侏儸紀公園（Jurassic Park）》中的經典角色：伊恩．馬康姆博士（Dr. Ian Malcolm）。

出一個合理解釋。

他甩掉這個想法，拿起枕頭和一疊衣服跑去走廊另一端的茱恩房間，爬上她的高床。但他總覺得和亨利還沒聊完。

他再度掏出手機。

我傳了火雞照給你，所以你也要給我你的動物照。

一分半鐘後，照片來了：亨利躺在一張富麗堂皇的大床上，四周鋪滿白色和金色的寢具，他的臉剛去完角質，呈現淡淡的粉色。一隻米格魯的頭在他的枕頭一側，另一側則是一隻肥到不行的暹羅貓，屁股下霸占著一張佳發蛋糕的包裝紙。亨利的眼下有著淡淡的黑眼圈，但他的神情柔和，帶著一點好笑，一手枕著頭，另一手舉著手機自拍。

訊息裡寫著：我每天都要忍受這個。接著是另一條訊息：認真的，晚安了。

二〇一九年，十二月八日

8:53 PM **我：**欸欸現在電視上有 007 馬拉松連播，你爸超帥

9:02 PM **亨利王子討厭鬼：**拜託不要

在亞歷克的父母離婚之前，他們就習慣在亞歷克展現特定人格特質的時候，用對方的姓氏稱呼他，直到現在也沒改。當他對媒體口不擇言時，他媽媽會把他叫進辦公室，然後對他說：

「你好自為之，迪亞茲。」當他的固執導致處處碰壁時，他爸爸會傳簡訊給他：「別鑽牛角尖，克雷蒙。」

亞歷克的媽媽嘆口氣，把手中的《華盛頓郵報》放在桌上。上頭的新聞標題寫著：奧斯卡・迪亞茲議員回到特區，和前妻克雷蒙總統共度聖誕佳節。奇怪的是，這件事感覺起來已經不像一開始看到的時候這麼奇怪了——他爸從加州飛過來過節，明明沒什麼的事情竟然登上了報紙。

每次要和他爸爸長時間相處，他媽媽就會出現這個小動作：癟起嘴巴，右手兩指無意識地抽動。

「妳也知道，」亞歷克躺在橢圓型辦公室的一張沙發上，手中拿著一本書。「妳可以找人幫妳弄根菸來了。」

「閉嘴，迪亞茲。」

她準備讓他爸爸睡林肯臥室，不過對於裡頭的擺飾，她就是沒辦法下定決心，一直請房務來重新調整。至於里歐，他氣定神閒地埋首在一堆金屬線之間，不斷朝她拋出一句又一句的讚美來安撫她。亞歷克真的不覺得除了里歐之外，還有誰能和他媽媽結婚了。他爸顯然是不行的。

茱恩在家族裡一直都扮演著調停者的角色。但對亞歷克來說，他比較傾向當個旁觀者（這可是十分難得），只有在有必要或是比較有趣的時候才出來煽風點火一下。茱恩覺得那是她的個人責任，必須確保今年聖誕節不會像去年感恩節那樣，讓無價的白宮古董再度遭殃。

他爸爸終於在一群特勤組探員的簇擁下抵達了，鬍子修剪得無懈可擊，西裝也整燙得無懈可擊。儘管茱恩緊張兮兮地做了很多準備，但當她像彈弓射出般飛向爸爸的雙臂時，還是差點撞翻一支古董花瓶。他們立刻動身前往地面樓的巧克力店，奧斯卡一面誇著茱恩為大西洋新聞網寫的最新文章，聲音漸漸消失在走廊轉角。亞歷克和他媽媽互看一眼。他們一家有時候實在太好預測了。

隔天，他丟給亞歷克一個「跟我來，但別跟你媽說」的表情，然後把他帶到杜魯門[59]陽臺。

「聖誕快樂啊，臭小子。」他爸爸咧嘴一笑，亞歷克笑了起來，接受爸爸的單手擁抱。他聞著爸爸身上那始終如一的氣味——帶著汗味及煙味，像是保養完善的皮革。他媽媽總是抱怨自己像是住在雪茄酒吧。

「聖誕快樂，爸。」亞歷克回他。

他拉一張椅子到欄杆邊坐下，翹起雙腳擱在上頭，靴子閃閃發光。奧斯卡．迪亞茲喜歡欣賞風景。

亞歷克打量覆蓋著雪的草坪，華盛頓紀念館的剛正線條，以及西邊艾森豪大樓的法式雙層屋頂，也正是杜魯門最討厭的建築。他爸爸從口袋裡抽出一支雪茄，以數十年如一日的方式剪開並點燃。他深吸了一口菸，然後遞給亞歷克。

「你不覺得現在這畫面可以把那些混蛋們氣死嗎？」他抬手示意眼前的景象：兩個墨西哥

59 哈瑞．杜魯門（Harry S. Truman），美國第三十三任總統。

男人把腳跨在州長們吃可頌麵包的欄杆上。

「一直都這麼想。」

奧斯卡大笑出聲，享受著他兒子的厚顏無恥。他爸爸熱愛腎上腺素的刺激——攀岩、洞穴潛水、或是惹亞歷克的媽媽生氣。基本上，他就是喜歡挑釁死神。這呼應了他面對工作時那條理分明的精確態度，也反映在他照顧孩子時那鬆散而寵溺的方式上。

比起高中時期，現在亞歷克和爸爸見面的次數多太多了，因為奧斯卡大部分的時間都在華盛頓特區。在眾議院最繁忙的時期，他們還有例行的啤酒會議——每週下班後，他、亞歷克和拉斐爾．路那會聚在奧斯卡的辦公室，天南地北地喝酒閒聊。也是因為彼此的距離這麼近，才讓亞歷克的雙親決定從老死不相往來的仇家變成決定共度聖誕節，而不是讓孩子兩邊跑。

有時候，亞歷克會想念大家同住在一個屋簷下的感覺。

他爸爸一直都是家裡的掌廚者。亞歷克的童年總是彌漫著燉青椒、放在鐵盤裡的湯料洋蔥和燉肉，還有放在流理臺上的玉米粉麵糰的味道。他清楚記得媽媽打算偷偷烤披薩來吃、打開烤箱卻發現裡頭塞滿了鍋碗瓢盆，或是開冰箱拿奶油、卻發現罐子裡裝的是爸爸手工製的莎莎醬時，她那邊咒罵邊大笑的樣子。那間廚房日夜充滿歡笑、美食與嘹亮的樂聲，有川流不息的表親拜訪，還有在餐桌上寫的無數作業。

只是，最後那裡漸漸多出雙親的吼叫，然後是滿滿的沉默。亞歷克和茱恩成了青少年，他們的父母都進了議會；亞歷克當上學生會會長、曲棍球隊副隊長、舞會國王和畢業生致詞代表，刻意讓自己忙到沒有時間去想家裡的事。

不過這次，他爸爸已經在官邸待了三天，截至目前為止還沒有任何意外發生。其中一天，亞歷克還發現他跑進了廚房，一邊和兩名廚師說笑、一邊把青椒丟進鍋。該怎麼說呢……有時候他覺得，如果這樣的場景再更頻繁一點地出現，好像也不錯。

由於總統堅持要薩拉放假，再加上薩拉的妹妹生了個寶寶，艾米威脅如果薩拉不把她織的小嬰兒服帶回去，她就要拿針捅她，因此這個聖誕節，薩拉要回去紐奧良陪伴自己的家人。這代表聖誕節大餐要在聖誕夜吃，這樣薩拉才不會錯過。儘管總是在半夜加班時暗自咒罵他們，薩拉也還是家人。

「聖誕快樂，薩姐！」在家庭飯廳外的走廊上，亞歷克愉快地對薩拉打招呼。她穿著一件應景的紅色高領，亞歷克則穿著纏著綠色電線的毛衣。他微笑著按下袖口內側的按鈕，腋下的小揚聲器便傳出聖誕歌的樂聲。

「還好我接下來兩天不用看到你。」薩拉說，但聲音裡有著對亞歷克藏不住的寵愛。

今年的聖誕晚餐規模不大，因為他的爺爺奶奶度假去了。桌上擺了六套金色與白色的閃亮餐具。閒談的氣氛相當愉快，亞歷克幾乎忘了這不是常態。

直到話題轉到選舉為止。

「我有在想，」奧斯卡小心翼翼地切著菲力牛排。「這次，我可以幫妳競選。」

桌子的另一端，愛倫放下自己的叉子。「你說你可以什麼？」

「妳知道，」他聳聳肩，咀嚼著。「幫妳開場，做幾場演講。幫妳當代理人之類的。」

「你不是認真的吧。」

奧斯卡現在也把自己的刀叉放在桌巾上，發出一聲輕柔的鈍響，但聽起來像是髒話。慘了，亞歷克瞥了對面的茱恩一眼。

「妳真的覺得這個主意有這麼糟嗎？」奧斯卡說。

「奧斯卡，我們上一次就吵過一模一樣的事。」愛倫告訴他，口氣立刻就變得簡短。「選民不喜歡女人，但他們喜歡媽媽和老婆這種身分。他們喜歡一家人。我不想讓我的前夫在身邊打轉，一直提醒民眾我離過婚。」

他發出一聲冷酷的笑聲。「所以妳要假裝他是他們的親爸囉？妳知道他們看起來也不是白人，對吧？」

「奧斯卡，」里歐開口。「你知道我從來沒有——」

「你的重點錯了。」愛倫打岔道。

「這可以提升妳的公眾支持率。」他說。「我的一直都很高，小愛，比妳在當總統的這段時間都高。」

「開始囉。」亞歷克對坐在旁邊的里歐說道，後者的表情保持著完全的中立。

「我們研究過了，奧斯卡！好嗎？」愛倫的語調和音量一下子拔高，雙手拍在桌上。「資料顯示，對於中間選民而言，他們想到我離過婚的時候，我的公眾支持率就會變差！」

「大家都知道妳離過婚啊！」

「亞歷克的數字很高！」她大喊。亞歷克和茱恩瑟縮了一下。「茱恩的數字也很高！」

「他們不是民調數字！」

「你閉嘴，我知道。」她啐了一口。「我從來沒說他們是！」

「妳承不承認有時候你就是這樣看待他們的？」

「你敢這麼說！好像你要拚連任的時候就沒有把他們端出來騙選票一樣！」她揮起一隻手在身邊比劃。「如果他們只姓克雷蒙的話，你的運氣就不會這麼好了。這樣至少會減少一點別人的困擾——反正別人也只知道他們姓克雷蒙！」

「沒有人能改我們的名字！」茱恩尖著嗓子插嘴。

「茱恩。」愛倫說。

他們的爸爸追擊：「我只是想幫妳，愛倫！」

「我不需要你幫我選舉，奧斯卡！」她拍桌子的力道大得讓碗盤震動起來。「我在選議員的時候不需要你，我選第一次總統的時候也不需要你，現在更不需要！」

「妳得更認真看待你的對手！妳覺得另一邊這次還會跟妳玩公平的嗎？先是八年的歐巴馬，然後又是妳？他們很憤怒，愛倫，這次理查等不及把妳生吞活剝！妳得做足準備！」

「我會啊！你覺得我的團隊是在混什麼吃的？我是該死的美國總統！我不需要你跑來這裡，然後——然後——」

「以男人的姿態指手畫腳。」薩拉提議道。

「以男人的姿態指手畫腳！」愛倫大叫，瞪大雙眼指著對面的奧斯卡。「別想教我怎麼打這場選戰！」

奧斯卡扔下自己的餐巾。「妳還是他媽的這麼固執！」

「我操你媽！」

「媽！」茱恩尖銳地說。

「老天，你們在開玩笑嗎？」亞歷克聽見自己的聲音大喊。「我們可以至少有一頓飯的時間文明一點嗎？現在是聖誕節耶！你們不是國家領導人嗎？拜託自重一點好不好？」

他一把推開椅子，大步走出飯廳，雖然知道自己現在是個戲劇化的小混蛋，但他其實不在乎。他重重甩上臥室的門，粗暴地脫下自己的毛衣；裡頭的小音箱唱出了幾個扭曲的音調，然後便被他甩到牆上。

他不是沒有脾氣失控過，只是……他很少對著家人失控。因為他很少真的需要應付他的家人。

他從衣櫃裡挖出一件曲棍球隊的舊T恤，當他轉身看見自己在鏡中的身影時，他發現自己又回到了青少年時期，太過在乎自己的父母、卻又束手無策。只是現在他沒有大學先修班可以幫他轉移注意力了。

他的手往自己的手機伸去。他的大腦運作一直都是兩人以上限定的——要不就是一個人忙碌、要不就是有人陪他一起思考。

但諾拉在佛蒙特過猶太教的哈努卡，而他高中時最好的朋友連恩，在他搬到華盛頓特區之後就幾乎沒有和他聯絡了。

這代表他只剩下一個選項——

「我現在到底又招誰惹誰了？」亨利的聲音低沉而充滿睡意。亨利那裡的背景傳來「好國王濕徹拉斯」的聖誕樂聲。

「嗨，呃，對不起。我知道現在很晚，又是聖誕夜什麼的。你應該也有家庭聚會之類的吧，我現在才想到。我不知道我為什麼沒想到這一點。喔，難怪我沒朋友，因為我是個混帳。抱歉了，我，嗯，那我——」

「亞歷克，天啊。」亨利打斷他。「沒關係，現在已經過三點半了，所有人都去睡了。除了小碧之外。小碧，打招呼嗎？」

「嗨，亞歷克！」一個清晰而輕快的聲音在電話另一端說。「亨利把他的枴杖糖弄到——」

「夠了。」亨利的聲音再度出現，接著出一陣悶響，可能是他往小碧的方向塞了一顆枕頭。「所以，怎麼啦？」

「抱歉，」亞歷克脫口而出。「我知道這樣很奇怪，而且你姐還在旁邊。呃，但是我這邊好像沒有人醒著可以接我電話了？我知道我們也不算真的是朋友，也沒聊過這種事，但我爸今年跟我們一起過聖誕節，而把他跟我媽放在同一個空間超過一小時，他們就會像搶食物的虎鯊一樣打起來。他們剛剛大吵一架，其實這也無所謂，因為他們已經離婚了，我也不知道我為什麼會他媽的抓狂，但我只希望他們能休戰一次，讓我們能過個普通的聖誕節，你懂嗎？」

一陣長長的沉默後，亨利說：「等等。小碧，可以讓我講一下電話嗎？別吵。可以，妳可以把餅乾拿走。好了，我在聽。」

亞歷克吐出一口氣，說實話，他不知道自己到底在幹嘛。但他繼續說下去。

告訴亨利爸媽離婚的事——那幾年奇怪、動盪的日子，某一天結束童子軍露營後回到家、卻發現爸爸的東西全部搬走的時候，還有偷吃赫拉德冰淇淋的夜晚——並不像他想像的這麼不舒服。他從來沒打算在亨利面前顧形象，因為他一開始真的一點都不在乎亨利怎麼想，但現在就只是因為他們一直都是這樣。也許這應該是兩回事——和亨利抱怨功課繁重、或是對他掏心掏肺，但他不知道差在哪裡。

直到他講完晚餐所發生的事後，他才發現，一小時已經過去了。亨利說：「聽起來你已經做得夠好了。」

亞歷克忘了自己接下來要說什麼。

嗯，很多人說過他很棒，只是很少人告訴他已經夠好了。

在他想到該怎麼回應之前，門外傳來三聲輕柔的敲門——是茱恩。

「啊——好吧，謝了，老兄。我得閃了。」當茱恩推開房門時，亞歷克壓低聲音說道。

「亞歷克——」

「真的，呃，謝謝你。」亞歷克說。他真的不想跟茱恩解釋這件事。「聖誕快樂。晚安。」

他掛掉電話，把手機扔到一旁。茱恩在床上坐下。她穿著粉紅色的浴袍，頭髮還是濕的。

「嘿，」她說。「你還好嗎？」

「嗯，沒事。」他說。「抱歉，我不知道我怎麼了。我不是有意要抓狂的。我是……我也不知道。我只是……最近……有點不太正常。」

「沒關係。」她說。她把頭髮甩到肩後，水珠噴濺到他身上。「我在大學畢業前的那半年也是個愛哭包，對每個人都抓狂。你知道，你不用隨時隨地兼顧所有人。」

「沒關係，我沒事。」他反射性地說。茱恩不信邪地瞥了他一眼，而他用光著的腳踢了踢她一邊的膝蓋。「所以我跑掉之後，情況怎麼樣了？他們把血跡清乾淨了沒？」

茱恩嘆了一口氣，踢了回去。「不知道為什麼，話題後來變成他們在回憶兩個人離婚前是最強政壇夫妻的事，還有那時候的日子有多快樂，媽道歉了，然後是威士忌和講古時間，然後大家就去睡覺了。」她吸吸鼻子。「總之，你說得對。」

「妳不覺得我太超過嗎？」

「不覺得。只是……我有點認同爸說的，媽有時候真的……你知道，就是她那個樣子。」

「嗯，就是因為這樣，她才有今天。」

「你不覺得那是個問題嗎？」

亞歷克聳聳肩。「我覺得她是個好媽媽。」

「對，對你來說是。」茱恩的語氣不帶指控，而是純粹的觀察。「她培養你的方式是依你的需要而定，或者說依你能為她做什麼而定。」

「我是說，我知道她的意思啊。」亞歷克阻止她。「有時候想想，爸就這樣打包跑去加州參選，這樣真的很討厭。」

「對，但是，你看，媽做的事情不也一樣嗎？這全都是為了政治。我只是說，媽怎麼推著我們跑的，爸的看法其實沒錯。她身為媽媽，還有其他的義務。」

亞歷克張嘴正要回應，茱恩的手機這時在她的浴袍口袋裡響起。「喔，嗯。」她掏出手機看了一眼。

「什麼？」

「沒事，呃。」她打開訊息。「聖誕祝福，伊凡傳來的。」

「伊凡……前男友伊凡？加州那個？你們還有聯絡喔？」

茱恩咬著嘴唇，回訊息時表情有點放空。「對，有時候吧。」

「不錯啊，」亞歷克說。「我一直都滿喜歡他的。」

「嗯，我也是。」茱恩輕聲說。她把手機螢幕鎖起來，放在床上，然後眨了眨眼睛，像是在重新整理自己。「所以你跟諾拉說了之後，她怎麼說？」

「嗯？」

「你剛剛不是在講電話嗎？」她問。「我以為那是她，因為你從來不跟別人講這些有的沒的。」

「喔。」亞歷克說。他感受到一股無法解釋的、叛國般的罪惡感從後頸升起。「喔，嗯，不是。好吧，這聽起來可能很奇怪，但我剛剛其實在跟亨利講電話。」

茱恩的眉毛向上揚起，亞歷克立刻下意識地想要找地方躲起來。「是喔。」

「聽著，我知道，但我們有些奇怪的共通點，像是同樣的情緒困境和恐懼之類的，不知道為什麼，我覺得他會懂。」

「我的天啊，亞歷克。」她撲向他，給了他一個粗魯的擁抱。「你交了新朋友耶！」

「我明明就有朋友！放開我！」

「你交朋友了！」她用指關節揉著他的太陽穴。「我好以你為榮喔！」

「我揍妳喔，閉嘴啦！」他從她的手中滾開，落到地上。「他不是我朋友。我一直都想跟他對著幹，就只有這麼一次我選擇跟他說真心話好嗎。」

「這就叫朋友，亞歷克。」

亞歷克的嘴開開闔闔了幾次，最後他指向門。「妳可以滾了，茱恩！去睡覺了！」

「不要。快點跟我說細節，你這個新的好朋友可是個貴族欸！你都偷偷來。誰想得到啊？」她從床沿看著他。「我的天啊，這就跟那種戀愛喜劇一樣，一個女生請了一個男伴陪她參加婚禮，最後真的愛上他的那種故事。」

「完全不是那樣好嗎。」

在員工把聖誕樹打包收起來之後，計畫就開始了。

他們要布置舞會場地，要完善菜單，還要核准Snapchat的濾鏡。亞歷克整個十二月二十六日都和茱恩一起待在社交祕書的辦公室，自從去年其中一名比佛利山嬌妻的女兒從圓形樓梯上摔下去之後，他們就不得不設立一份免責聲明；亞歷克到現在還是很意外，她當時居然沒把手中的瑪格麗塔灑出來。

又到了舉辦白宮三巨頭傳奇香蕉跨年派對的時間了。

技術上來說，這場舞會應該要叫新美國跨年舞會，不過深夜節目的主持人稱之為千禧世代特派晚宴。每年這個時候，亞歷克、茱恩和諾拉都會邀請三、四百個朋友、打過照面的名人、前任曖昧對象、有可能的政治人脈、或是其他有權有勢的二十幾歲年輕人，擠滿二樓的舞廳。這場派對名義上來說是個募款活動，為慈善機構募得了鉅額款項，又為第一家庭贏來良好的公關形象，就連他媽媽都許可了。

「呃，不好意思。」亞歷克坐在一樓會議室的桌邊說道。他一手拿著滿滿的彩紙樣本——他們想要比較高調的金屬色系，還是更低調奢華的深藍和金色？——一邊瞪著手上最終版的邀請名單。茱恩和諾拉滿嘴都是試吃的蛋糕。「是誰把亨利的名字放在這的？」

諾拉透過嘴裡的巧克力蛋糕說：「不是我。」

「茱恩？」

「欸，你應該要親自邀請他的！」茱恩以長輩的姿態說。「你交了我們以外的其他朋友，這很棒啊。你太孤僻的時候就會做一些傻事。記得去年我跟諾拉出國的時候，你差點就跑去刺青了嗎？」

「我還是覺得我們應該要讓他刺在股溝上。」

「我本來就不打算刺在股溝上。」亞歷克激動地說。「妳也參一腳了，對不對？」

「你知道我唯恐天下不亂啊。」諾拉真誠地告訴他。

「我還是有你們之外的朋友的。」亞歷克說。

「誰啊，亞歷克？」茱恩說。「認真說，還有誰？」

「很多人啊！」他自我防衛地說。「同學啊！連恩啊！」

「拜託，我們都知道你大概一年沒跟連恩聯絡了。」茱恩說。「你需要朋友。我知道你喜歡亨利。」

「閉嘴。」亞歷克說。他把手伸到領子下方，發現皮膚已經覆上一層薄汗。就算外面下雪，他們也不用把暖氣開這麼強吧。

「真有趣。」諾拉陳述道。

「才不有趣。」亞歷克劈頭說道。「好吧，他可以來。但如果他誰都不認識，我可不要一整晚當他的保母。」

「我讓他帶家眷囉。」茱恩說。

「他要帶誰？」亞歷克問道。他說得太快、太反射性，太不由自主了。「好奇問問。」

「阿波。」她說。她正用一種他無法解讀的表情看著他，所以他決定當作茱恩又在搞怪了。她總是有奇怪的方式布局或策畫，而他總是在最後事情一一揭露之前才發現。

所以亨利是來定了。派對前一天晚上，當他瀏覽 IG 時，看見了阿波的一篇貼文，就更肯定了這個事實。照片中，阿波和亨利坐在一架私人飛機上。阿波的頭髮為了舞會染成了粉紅色，而他身邊的亨利穿著一件看上去十分柔軟的灰色毛衣，微笑著，將穿著襪子的腳翹在窗臺上。他難得看起來有睡飽的樣子。

阿波的貼文裡寫著：美國我們來囉！#二〇一九新美國跨年舞會

儘管很不樂意，亞歷克還是露出微笑。他傳了一封簡訊給亨利。

注意：今天晚上我要穿酒紅色絲綢西裝，請不要試圖搶我的鋒頭；你會輸得很慘，我會為你感到丟臉。

亨利幾秒之後就回他了：想都不敢想。

然後時間就開始快轉。他被髮型設計師押進化妝室，而他得以看著茱恩和諾拉變身成鏡頭前的模樣。諾拉的短捲髮撥到一側，用銀色髮夾夾起，好搭配她黑色洋裝上銳利的幾何線條；茱恩的札克波森澎裙禮服則是濃郁的深藍色，正好配合他們選擇的海軍藍與金色主題。

貴賓們從八點開始陸續抵達，酒也開始喝起來了；亞歷克安排了一支中等威士忌讓氣氛先熱起來。現場有樂團表演，是一個欠了茱恩人情的流行樂團，正在演奏《美國女孩》，所以亞歷克抓住茱恩的手，將她拉到舞池中央。

最早到的一批人總是政治圈的新面孔：一小群白宮實習生們，一位美國進步中心活動策畫人，還有一名初任議員的女兒、和她龐克搖滾打扮的女性友人；亞歷克提醒自己稍晚要去和她自我介紹。接下來則是以政治作為考量、由媒體團隊請來的貴賓，最後才是時尚界的人——小眾或中間等級的流行歌手、青少年肥皂劇演員或是名人的孩子。

他正想著亨利不知何時才要現身，茱恩突然出現在他身邊喊道：「出現啦！」

亞歷克的眼前出現一團明亮的顏色，後來才發現那是阿波的飛行員夾克，顏色閃亮，上頭的圖騰是繁複的花卉，亮眼得幾乎讓亞歷克不得不瞇起眼睛。他的視線往右移了一點，這團顏色才稍微淡去了一些。

自從上次在倫敦過週末和隨之而來的幾百封簡訊、奇怪的共同笑點和半夜的電話之後，這是亞歷克第一次見到亨利本人。而他覺得自己像是見到了一個全新的人。他現在更加認識亨利、更了解他，也更願意欣賞那張俊美的臉上出現難得衷心的微笑。

現在的亨利和過去的亨利帶有某種奇異的不協調之感。那一定是為什麼他現在覺得這麼焦躁、好像有什麼東西在他的胸口燃燒。再加上那支威士忌。

他穿著一套簡單的深藍色西裝，但他選擇一條帶著金屬光澤的亮綠色細領帶。他看見了亞歷克，臉上的微笑擴大，並拉了拉阿波的手臂。

「領帶不錯喔。」等亨利走進聽力可及範圍後，亞歷克立即說道。

「我還以為你有什麼更厲害的說詞呢。」亨利說，他的聲音和亞歷克記憶中的似乎有點不太一樣。好像某種名貴的絲綢，聽起來非常高貴、奢華，又渾厚。

「這又是哪位？」茱恩在亞歷克的身邊問道，打斷了他的思路。

「喔對，你們還沒正式見過面吧？」亨利說。「茱恩，亞歷克，這位是我最好的朋友，波西．歐康喬。」

「叫我阿波，幸會幸會。」阿波愉快地說，對亞歷克伸出手。他的幾片手指甲塗成了藍色。當他把視線轉向茱恩時，他的眼神一亮，笑容擴大。「如果我這麼說太越界，就打我沒關係，但妳是我這輩子見過最精緻、最美麗的女人，請容我為妳取一杯這間建築物裡最高級的飲料吧。」

「呃。」亞歷克說。

「真是個迷人的紳士。」茱恩說，寵溺地微笑著。

「而妳是女神。」

他看著他們兩人消失在人群中，阿波仍然是一團耀眼的色彩，並在走路的過程中就拉著茱恩開始轉圈了。亨利的微笑變得有些疲軟和保守，而亞歷克終於理解了他們的友誼。亨利不喜歡遭到關注，而阿波會自然地吸收亨利排拒的光環。

「那傢伙從婚禮之後就一直拜託我介紹你的姐姐給他。」亨利說。

「認真嗎？」

「我們可能省了那傢伙一大筆錢呢。他本來都已經開始物色空中寫字的噴射機了。」

亞歷克仰頭大笑起來，亨利看著他，臉上依舊掛著微笑。茱恩和諾拉至少說對了一件事。儘管他們之間有這麼多不同之處，他的確很喜歡這個人。

「好吧，快來。」亞歷克說。「我已經喝了兩杯威士忌了。你得趕進度囉。」

亞歷克和亨利經過時，身邊的對話就會自然而然停下來，要吃甜點的嘴也會張開一半就停住。亞歷克試圖想像他們在別人眼中的樣子：英國王子和第一公子，分別身為他們各自國家的偶像，兩人正並肩走向吧臺。那是人們眼睛所見的畫面，但沒有人知道他們的火雞大災難。只有亞歷克和亨利知道。

他買了第一輪的單，然後他們就被人群給包圍了。他很意外自己有多喜歡亨利在身邊。他甚至不介意自己得抬頭看他這件事了。他把亨利介紹給幾個白宮實習生認識，並在他們臉紅結巴時大笑出聲。亨利保持著禮貌性的友善，而那是亞歷克一直以來都誤解為不以為然的表情：他其實只是小心翼翼地在掩飾自己的困惑。

人們跳著舞，茱恩帶來一小段演說，介紹他們今晚募款將要捐贈的移民團體；亞歷克閃過一名出現在新蜘蛛人電影中的小女明星太過熱情的邀約，然後不小心跌進一排混亂的康加舞列隊裡，亨利則看起來真的玩得很快樂。茱恩不知何時出現了，把亨利拉到吧臺邊開始聊天。亞歷克遠遠看著他們，看見茱恩笑得差點從高腳椅上摔下來，猜測著他們究竟在聊些什麼，直到人群再度吞沒他。

片刻後，樂團休息，換 **DJ** 上場，帶來一首兩千年初期的饒舌組曲。這些經典名曲都在亞歷克童年時推出，但當他成了青少年後，這些歌還是不斷出現在跳舞的場合。然後亨利終於出現，像是在海上迷途的旅人。

「你不跳舞嗎？」他看著亨利，後者顯然正嚴重地不知所措。這樣滿可愛的。哇喔，亞歷克覺得自己真的醉得不輕。

「不，我跳啊。」亨利說。「只是，家族規定的舞蹈課程並不教這種舞，你知道嗎？」

「拜託，節奏感是與生俱來的好嗎。你得放輕鬆。」他伸手抓住亨利的腰側，而亨利立刻在他的碰觸下緊繃起來。「你做的和我說的正好完全相反欸。」

「亞歷克，我不——」

「來。」亞歷克搖起自己的臀部。「看我。」

亨利頹敗地喝了一口香檳，然後說：「正在看了。」

音樂交叉接入另一首歌，噠噠，洞洞洞，洞噠洞，噠噠洞——

「靠，安靜。」亞歷克大喊，打斷亨利正在說的話。「閉上你的嘴，這首是我的大愛欸！」在亨利呆滯的目光下，他高舉起雙手，四周的人們開始高聲歡呼，幾百雙肩膀隨著利爾．喬恩經典的《再低一點》搖擺起來[60]。「你國中的時候沒有去參加過那種尷尬到不行的校園舞會嗎？大家都會跟著這首歌一直空幹啊？」

亨利緊抓著手中的香檳杯。「你一定知道我沒有啊。」

亞歷克伸出一隻手，從一旁抓過正在和蜘蛛人女孩調情的諾拉。「諾拉！諾拉！亨利說他從來沒看過青少年跟著這首歌空幹啦！」

「什麼？」

「請別告訴我有人要空幹我。」亨利說。

「我的天啊，亨利。」亞歷克大叫，在重低音持續輸送的同時抓住他一邊的翻領。「你得跳舞。你必須跳舞！你必須了解美國青少年轉大人必經的過程。」

諾拉抓住亞歷克，把他從亨利身邊轉過來，雙手扶著他的腰，並開始肆意扭動著自己的下身。亞歷克歡呼，諾拉格格笑著，人群興奮地跳躍，而亨利只是傻傻地瞪著他們。

「那個歌手剛剛是在唱『汗從我的蛋蛋上流下來』嗎？」

這真的很好玩——諾拉在他背後，汗水在他眉頭上凝結，身邊擠滿了人。一旁，一名廣播節目製作人和《怪奇物語》的男演員正跟著音樂搖擺，另一側，阿波則照著歌詞的指示，真的向前彎腰摸著自己的腳趾。亨利的表情驚恐而困惑，看上去好笑至極。亞歷克從經過的托盤上取下一個一口杯，為亨利打量他們時讓他肚子裡湧起的奇異感覺乾了一杯。亞歷克撇起嘴唇，搖著屁股，然後亨利帶著極度的不適感，開始隨著音樂點起頭。

60 利爾．喬恩（Lil Jon），美國饒舌歌手，《再低一點（Get Low）》是其經典歌曲之一。

「開幹吧，老兄！」亞歷克大叫，而亨利不得不笑了起來。他甚至扭了扭自己的腰。

「我以為你說你不要當他的保母。」當茱恩從他身邊旋轉而過時，對他低語道。

「我以為妳忙著調情而沒時間理我呢。」亞歷克回應，刻意朝她身邊的阿波點點頭。她眨了眨眼，然後再度消失。

接下來是一連串譁眾取寵的音樂，直至午夜，燈光和歌曲發揮到極致。彩色紙片不知如何從天而降——他們有安排這段嗎？他們喝了更多的酒——亨利直接就著一瓶酩悅香檳的酒瓶喝了起來。他喜歡亨利臉上的表情，喜歡他抓著瓶頸時手腕的弧度，還有他的嘴唇包覆瓶口的樣子。亨利對於跳舞的意願和他與亞歷克雙手的距離同樣少；亞歷克皮膚下溫熱的血流，和亨利看著他和諾拉跳舞時嘴角下切的弧度也成正相關。這樣的等式，他無法在不夠清醒的狀態下分析。

十一點五十九分時，他們全擠在一起，眼神迷離，勾肩搭背地準備倒數。諾拉在他耳邊尖叫著三、二、一，雙臂環過他的脖子，他則大聲同意，然後誇張地吻了她，整個過程都笑個不停。他們每一年都這樣做，兩個人都保持單身，又醉得恰到好處，又樂於讓每個人羨慕嫉妒。諾拉的嘴很溫暖，味道很可怕，像是桃子酒；她咬著他的嘴唇，把他的頭髮狠狠撥亂。

當他睜開眼睛時，亨利正看著他，臉上的表情深不可測。他感覺到自己的微笑擴大，亨利轉開臉，對著拳頭中握著的香檳瓶喝了一大口，然後消失在人群中。

在那之後，亞歷克的記憶就變得很模糊了，因為他醉得一塌糊塗，音樂又極度大聲，許多雙手抓著他，帶他穿梭在舞動的身體之間，遞給他更多酒。諾拉跨坐在一名帥氣的美式足球跑鋒肩上，從他身邊搖頭晃腦地經過。

一切都又吵又鬧又完美。亞歷克一直都喜歡這種派對，喜歡它們帶來的歡愉，喜歡香檳起氣泡在他舌尖的感覺，喜歡五彩紙屑黏在他鞋子上的樣子。這對他來說是個提醒，好像他在私底下再怎麼緊繃、再怎麼有壓力，他總是會找到一汪人海能藏身其中。那個世界溫暖而親切，能在他住的這幢古老而巨大的屋子裡增添一點光采和生氣。

但不知為何，在酒精與音樂之下，他還是注意到亨利消失了。

他檢查了廁所、自助餐臺、舞廳安靜的角落，但他仍不見人影。他試著問阿波，在噪音之中喊著亨利的名字，但阿波只是微笑聳肩，並從一旁經過的一名職業船手頭上拿走一頂棒球帽。

他很……說擔心好像不太對。他覺得很煩。又好奇。觀察自己的行為在亨利臉上造成的影響很有趣。他一直找，直到他在走廊上的其中一扇大窗戶旁絆到自己的腳。他爬起身，往外看向花園。

在雪中的一棵樹下，正在吐出陣陣煙霧的，是一個高挑、精瘦、肩膀寬闊的身影，那一定是亨利。

他沒有細想，就溜到門廊上。當門在他身後關上時，音樂聲軋然而止，這裡只剩下他和亨利，還有這座花園。喝醉的人定睛在某個目標上時，視線是一片模糊而昏暗，只有目標是清晰的，就像在隧道裡一樣。他跟隨著這條隧道走下階梯，來到鋪滿雪的草坪上。

亨利靜靜地站在那裡，雙手插在口袋，仰頭看著天空。如果不是因為他搖搖晃晃地向左邊傾斜，他看起來幾乎是清醒的了。愚蠢的英式自尊，就連在喝了龍舌蘭之後都還放不下。亞歷克想要把他的臉埋進灌木叢裡。

亞歷克絆到一條長椅，聲響驚動了亨利。當他轉身時，月光灑落在他身上，他的面孔在陰影下看起來柔和許多，在亞歷克眼中，似乎帶著一種他無法解讀的邀請意味。

「你在這裡幹嘛？」亞歷克走到他身邊，和他一起站在樹下。

亨利瞇起眼。這樣近看，他有點鬥雞眼，視線聚焦的地方在他自己和亞歷克之間。看來他也沒那麼有尊嚴。

「我在找獵戶座。」亨利說。

亞歷克哼笑一聲，抬起頭。什麼也沒有，只有冬季肥厚的雲朵。「你一定是在平民圈裡待得太無聊了，才寧可跑出來盯著雲看。」

「我不無聊啊。」亨利喃喃說道。「那你在這裡幹嘛？美國第一金童不是應該有一堆花痴粉絲要安撫嗎？」

「該死的白馬王子還敢說我啊？」亞歷克回答，同時露出一抹微笑。

亨利對著天空擺出一個非常不王子的表情。「差得遠囉。」

他們並肩而立，亨利的指關節擦過亞歷克的手，在寒冷的夜晚中帶來一點點的溫暖。亞歷克觀察著他的側臉，眼神因酒精而迷茫，隨著他鼻樑柔和的線條來到他下唇中央微微的凹陷處，一切都灑上一層淡淡的月光。氣溫寒冷徹骨，亞歷克只穿著自己的西裝外套，但他的胸口因為酒精而發熱，他的腦中有個念頭不斷冒出，但他無法指明。除了他耳朵中突突流動的血液，花園一片靜謐。

「但你還沒有回答我的問題欸。」亞歷克說。

亨利呻吟一聲，一手搓了搓臉。「你就是沒辦法自己好好安靜一下，對不對？」他向後仰起頭，後腦勺輕輕撞在樹幹上。「有時候這一切有點太……累人了。」

亞歷克一直看著他。通常情況下，亨利的嘴角會背叛他，透露出一點點友善的意味，但有時候，就像現在這樣，他的嘴角緊繃下垂，將他的防衛心牢牢釘在原處。

亞歷克換了個姿勢，幾乎不由自主地跟著向後靠在樹上。他把自己的肩膀貼在亨利身邊，看見亨利的嘴角微微抽動了一下，有些什麼東西蜻蜓點水地拂過他的臉。這些事物——辦這些大活動，讓人們吸收他過剩的精力——很少讓他覺得太累人。他不確定亨利的感覺，但他腦中吸收了太多龍舌蘭的那部分，認為也許亨利可以只承擔他能承擔的部分，剩下的交給亞歷克就好了。也許他可以把太累人的那些部分，藉由他們肩膀的接觸吸收過來。

亨利下顎的一條肌肉動了動，一抹像是微笑的東西拉動了他的嘴唇。「你有沒有想過。」他緩緩說道。「如果我們只是這世界上的一個不具名的人，會是什麼樣子？」

亞歷克皺起眉頭。「什麼意思？」

「就是，你知道。」亨利說。「如果你媽不是總統，你只是一個普通人，過著平凡的生活，事情會是什麼樣子？你會做什麼？」

「啊。」亞歷克思考著。他伸出一隻手，敷衍地甩了甩手腕。「嗯，我當然會去當模特兒。我已經上過兩次《少年 Vogue》的封面了，別小看我身上這些基因遺傳。」亨利翻了個白眼。「那你呢？」

亨利懊惱地搖搖頭。「我會當作家。」

亞歷克笑了一聲。他覺得他已經知道亨利的這部份了，但這還是令人有點招架不住。「你現在不行嗎？」

「身為貴族，花時間寫自己的中年危機，好像不是什麼值得追求的職業生涯。」亨利酸溜溜地說。「再說，我們的家族傳統事業是職業軍人，所以大概就是這樣了，不是嗎？」

亨利咬著嘴唇，頓了頓，然後再度開口。「我可能也會交往更多次吧。」

亞歷克忍不住又笑了起來。「對啦，因為身為王子，實在太難找人約會了。」

亨利的視線轉到亞歷克身上。

「出乎你的意料吧。」

「為什麼？你又不是沒有選擇。」

亨利一直看著他，和他視線相交的時間多了兩秒。「我想要的選項……」他欲言又止。「對我來說可能連選項都不是。」

亞歷克眨了眨眼。「什麼？」

「我是說，我有……有興趣的對象。」亨利轉過來面對亞歷克，笨拙而意有所指，好像在暗示什麼。「但我不該追求對方，至少以我的身分來說不行。」

他們現在是醉到不能用英文溝通了嗎？亞歷克模糊地想著。**亨利不知道懂不懂西班牙文。**

「我不知道你在說什麼。」亞歷克說。

「你不知道？」

「不知道。」

「你真的不知道？」

「我真的、真的不知道。」

亨利挫敗地垮下臉，雙眼看向天空，彷彿在向某個毫不在意的天神尋求幫助。

「老天，你真的很難搞。」他說，然後雙手捧住亞歷克的臉，吻上他。

亞歷克愣在原地，還在適應亨利的嘴唇壓上來的重量，以及他的羊毛大衣袖口刮著他下巴的觸感。整個世界在他腦中只剩下雜訊，他的思緒完全跟不上，還在試著把青少年時期的仇恨與婚禮上的意外和半夜兩點的簡訊加總在一起，卻依然不知道這些東西是怎麼把他引導到現在這步田地的。只是……嗯，他很意外，他其實一點都不介意。完全不介意。

在他腦中，他試著在混亂中列個清單，但他只列出第一條：亨利的嘴唇很軟，然後他就短路了。

他試著主動回應，靠向對方，然後發現亨利的嘴巴滑開，舌頭和他的輕觸，哇喔。這和先前與諾拉的吻不一樣——也和他這輩子所有的吻都不一樣。這個吻像是他們腳下的大地一樣堅定而穩重，也和他身上的每個部分一樣熱烈，幾乎要讓他無法呼吸。亨利的一隻手伸進他的頭髮裡，抓著他的髮根，他聽見自己發出一聲聲響，打破了這窒息的寧靜，然後——

突然間，亨利用力放開他，幾乎讓他向後踉蹌了幾步，亨利喃喃咒罵一聲，低語了一聲道歉，瞪大雙眼，然後一個轉身，快步踩著地上的積雪離開。在亞歷克來得及說或做任何事之前，他就消失在轉角了。

最後，亞歷克終於輕輕地說了一聲：「喔。」

他碰了碰自己的嘴唇，然後說：「該死。」

5

所以，亞歷克完全無法不去想那個吻。

他試過了。當亞歷克回到室內時，亨利和阿波和他們的隨扈早就已經消失。酒醉後的恍惚和隔天早上宿醉的陣陣頭痛，都沒辦法把那個畫面從他的腦海中抹去。

他試著旁聽他媽媽的會議，但他沒辦法專心，所以他被薩拉趕出了西廂房。他讀遍了傳過議院的每一份法案，並考慮著要不要去拍拍議員們的馬屁，但他激不起興致。就連製造和諾拉的緋聞，似乎都沒有這麼有趣了。

他的最後一個學期開學了，他去上課，去和社交祕書計畫自己的畢業晚餐會，埋首於畫滿重點的註解與補充閱讀裡。

但在這一切之下，他就是無法忘記英國王子站在花園裡的椴樹下，髮梢帶著月光，親吻著他。只要想到這件事，亞歷克就覺得自己的內臟都要融化了，而他只想縱身躍下白宮的階梯。

他還沒有和任何人提起，就連諾拉和茱恩都沒有。他甚至不知道自己到底要說什麼。技術上來說，他真的可以跟別人說嗎？他已經簽了那份保密條款了。這是那份保密條款的目的嗎？亨利一直都有這個念頭嗎？所以這代表，亨利對他有意思囉？如果亨利喜歡他，他為什麼又要表現得像是天字第一號大混蛋？

亨利沒有給他任何獨家的看法，或是任何消息。截至目前為止，他還沒有回應過任何一則亞歷克的訊息或電話。

「好了，夠了。」一個週三中午，茱恩從她的房間中走出來，來到他們那條走廊上的起居室裡。她穿著她的運動服，頭髮盤起。亞歷克趕緊把手機塞進口袋裡。「我不知道你是有什麼毛病，我已經試著工作兩小時，但聽見你走來走去的聲音，我真的什麼都寫不出來。」她把一頂棒球帽扔給他。「我要出去跑步，你跟我來。」

卡修斯陪著他們前往倒映池。茱恩踢了亞歷克的膝蓋後方一腳，逼他起跑，而亞歷克低喊一聲，咒罵著邁開腳步。他覺得自己像是一隻狗，需要帶出來散散步發洩精力。尤其是當茱恩自己說出來的時候：「我覺得你像一隻狗，需要出來散散步發洩精力。」

「我有時候真的很討厭妳。」他對她說，然後把耳機塞進耳朵裡，播起基德庫迪的歌。

他一邊跑一邊想到，整件事最蠢的地方是，他是個異性戀。

或者，他滿確定自己是異性戀的。

他能一一指出人生中幾個特定的時刻，他是這麼對自己說的：「看，所以我就是不可能跟男人在一起。」像是他讀國中時，他第一次吻了一個女孩，而當下他想的並不是哪個男生，只是她的頭髮很軟，感覺不錯。或是當他升上十年級時，他的其中一個朋友出櫃了，而他完全不能想像自己做那種事。

或是當他十二年級時，他喝得太醉，和連恩在自己的單人床上親密調情了一個小時，他也沒有為此產生性向錯亂的恐慌——這代表他是異性戀對吧？因為如果他真的對男生有興趣，那和男生待在一起的時候，他應該會覺得很可怕，但他並沒有。青少年時期最好的朋友有時候就會這樣，像是他們會一起在連恩的房間裡看A片打手槍……或是有一次連恩伸手幫他打完，而亞歷克並沒有阻止他。

他瞄了一眼茱恩，看著她嘴角微微揚起的樣子。她聽得見他的想法嗎？或是她不知怎麼的猜到了？茱恩總是什麼都知道。他加快腳步，好讓她的表情消失在視線範圍裡。

跑第五圈的時候，他回想著賀爾蒙過度發達的青少年時期，想起自己在淋浴間裡暗自想著女孩子的事情，但他也記得幻想過有男生的手碰他的身體，還幻想過堅毅的下巴線條和寬闊的肩膀。他記得自己幾次在休息室裡，強迫把自己的眼神從某個隊友身上轉開，但那是一件很客觀的事。他當時怎麼會知道，自己到底是想要看起來像其他男生，或是他是想要其他男生？或者，他怎麼知道那些青少年時期的性衝動真的能代表什麼？

他是個民主黨員的兒子。這是他一直都很熟稔的議題。所以他一直覺得，如果他不是異性戀，那他就會知道的，就像他知道自己喜歡冰淇淋上的焦糖煉乳醬，或是知道自己需要一份井井有條的行事曆才能把事情都辦好。他以為他已經對自己的各種身分都瞭若指掌，已經沒有什麼討論空間了。

跑到第八圈的轉角處時，亞歷克終於開始看見自己邏輯中的一些謬誤。

他之所以從來沒有去檢視自己是否對男人有興趣，其實還有另一個原因。自從二〇一六年，他媽媽在選舉中勝出，白宮三巨頭則變成政府面對青少年與二十歲上下成年人的門面後，他就成了眾人目光聚集的焦點。他們三個——他自己、茱恩和諾拉——各有自己扮演的角色。

諾拉是又酷又聰明的那個，負責在推特上吐槽當紅的科幻影集，或是分享各種冷知識。她不是異性戀——她一直都不是——但對她來說，那就只是她個人特質中的一部分。她不介意公開出櫃；那些情緒並不像他的那樣會將她吞噬。

他看向茱恩——現在已經跑在他前頭，焦糖色的挑染在晃動的馬尾中，承接著日正當中的陽光——他也知道她的定位。她是華盛頓郵報的新銳專欄寫手，是每個人晚上品紅酒吃起司時都希望能邀請到的時尚引領人。

但亞歷克自己則是金童。他是美國甜心，是玩世不恭的英俊公子哥。他應該要不費吹灰之力地度過自己的人生，逗每個人發笑。他是整個第一家族中公眾支持率最高的人。他這個人的重點，就是他的形象要能讓越多人接受越好。

現在……不管他開始懷疑自己是什麼，那對選民來說都絕對不是非常可以接受的東西。他身為半墨西哥血統的身分，就已經夠扯後腿了。

他希望他媽媽在不用處理複雜的家庭問題的狀況下，依然能夠保持高公眾支持率。他想要成為美國歷史上最年輕的參議員。他很確定那個親了英國王子還樂在其中的人，不會獲選代表德州的。

但當他想到亨利時，噢。

只要想到亨利，他的胸口就有什麼東西揪了一下，像是他一直逃避去伸展的一條筋。

他想著半夜三點電話另一端亨利低沉的嗓音，然後他突然知道腹中那股灼熱的感覺是什麼了。他想著在花園裡，亨利的手放在他臉上，拇指滑過他的太陽穴。亨利的手如果在他身上的別處，亨利的嘴在他的許可下還能做些什麼。他想著亨利寬闊的肩膀和長腿和窄腰，想著他下顎與脖頸連接處，想著他肩頸相連的地方，想著他肩胛的肌腱，以及當亨利轉頭挑釁地看他一眼時肌肉活動的樣子，還有他不可思議的藍眼睛——

他踢到步道上的一條裂縫，向前撲倒，劃破了自己的膝蓋，還把耳機扯了下來。

「天啊，你到底在幹嘛？」茱恩的聲音說道。她正站在他上方，雙手撐著膝蓋，皺著眉喘氣。「你的大腦現在顯然就是在另一個太陽系裡遊蕩啊。你到底是要不要告訴我？」

他接住她的手，拖著流血的膝蓋站起來。「沒關係，我沒事。」

茱恩嘆了一口氣，又看了他一眼，最後決定放下這個話題。他一瘸一拐地跟在茱恩身後回家，她去洗澡，他則從浴室的櫃子裡翻出一條美國隊長的ＯＫ繃，貼在傷口上。

他需要列個清單：現在他已知的事實。

一、他對亨利有興趣。

二、他想要再吻亨利一次。

三、也許他想吻亨利很久了。也許這整段時間都是。

他一邊想著，一邊在腦子裡再列一份清單。亨利。夏安。連恩。韓索羅。拉斐爾．路那和他解開的領口。

他回到自己的桌邊，拉出他媽媽給他的資料夾：公眾參與計畫：參與團體與聯繫方式。他的手指滑到 LGTBQ+ 的那一欄，翻到他想找的那一頁。標題是他母親典型的飄逸字體。

勇敢發聲：認識美國雙性戀群體

「我想要現在就開始。」亞歷克衝進條約廳，說道。

他媽媽把眼鏡壓到鼻尖，從一堆文件上方看著他。「開始什麼？在我工作的時候衝進來，你是想被打屁股嗎？」

「那份工作啦。」他說。「競選工作。我不想等到畢業了。我已經把妳給我的資料都看完了。看了兩次。我現在很閒。我可以現在就開始。」

她瞇起眼。「你吃錯什麼藥了？」

「不是，我只是……」他的一隻腳不耐煩地抖個不停。他逼自己停下來。「我準備好了。我只剩下一個學期耶，還有什麼是我非學會不可的？讓我上場嘛，教練。」

所以他在某個星期一的下午下課後，由一名嗑咖啡因嗑得比他還多的員工帶著，在競選總部裡參觀。他得到了一份貼著自己照片的名牌，一個和人共享隔間的辦公桌，還有一個長得超典型金髮碧眼的同桌同事，對方來自波士頓，名叫韓特，長著一張欠揍到不行的臉。

亞歷克接過一份最新焦點小組的資料，並要他開始起草下週要用的政見點子，而欠揍的韓特則在一旁問了關於他媽媽的五百個問題。亞歷克謹守職業分寸，沒有動手揍他。他只想要專心工作。

他絕對沒有在想亨利。

在他第一週工作的二十三個小時裡，他絕對沒有在想亨利；在他把剩下的時間投入在課堂和報告和長跑和三倍濃度的咖啡、或在參議員的辦公室裡打探消息時，他也絕對沒有在想他。他沒有在淋浴的時候想他，或是在半夜一個人失眠的時候想他。

除了他在想的時候。也就是所有時候。

通常他都能應付得很好的。他不知道為什麼這次自己應付不來。

在競選總部時，他一直在民調區巨大而忙碌的白板之間晃來晃去；諾拉每天都在那裡，浸淫在圖像和工作表之間。她已經和同事的交情不錯了，畢竟在競選社交圈裡，競爭力就直接代表了受歡迎的程度，而沒有人比她更擅長數字了。

對他來說，這稱不上是嫉妒。他在他自己的部門裡也很熱門，不斷在膠囊咖啡機旁被攔截，要他幫忙改別人的草稿，或是邀請他下班後去喝一杯，但他從來沒有時間赴約。至少有四個不同性別的員工表明在撩他，欠揍韓特還不斷試圖說服他去參加他的即興脫口秀。他只能帥氣地捧著咖啡微笑，講幾個嘲諷意味滿點的笑話，把亞歷克．克雷蒙—迪亞茲的魅力發揮到淋漓盡致。

但諾拉交的是朋友，而亞歷克則只有交到點頭之交，他們卻都覺得自己認識他，因為他們讀過了他在紐約雜誌裡的資料，或是身材超好的俊男美女，只想要把他從酒吧裡帶回家。但這一切都還不夠——其實從來就不夠，但這一點他從來不在意，直到現在和亨利相比。亨利真的認識他。亨利看過他戴眼鏡的樣子、忍受他最討人的時刻，卻仍然像是真的想要他一樣地吻他，好像他想要的不只是他的形象而已。

所以就是這麼回事，而亨利一直都在，在他的腦中、在他的課堂筆記裡、在他的小隔間，每天每日，不管他喝幾倍濃度的咖啡都洗刷不去。

真要說的話，諾拉應該是最顯而易見的求救人選，如果她不是一直埋首在民調數字裡的話。當她像這樣沉迷在工作中時，和她說話就像是在和一臺高速電腦對話，只不過這臺電腦超愛吃捲餅，還會嘲笑你穿衣服的品味。

但她是他最好的朋友，又稍微算是個雙性戀。她從來不交往——沒時間也沒興趣——但如果她要挑對象，她說實習生圈子裡人人都有機會。對於這個話題，她的了解就和其他方面的知識一樣深。

「哈囉。」當他把一袋捲餅放在茶几上時，她從地上這麼說道：「你可能得直接把酪梨酸醬餵進我嘴裡了，因為接下來的四十八小時內，我的雙手都會很忙。」

諾拉的祖父母是副總統和副總統夫人，兩人住在海軍天文臺，她父母則住在蒙彼利埃的近郊，但她自從轉學自麻省理工學院到華盛頓大學之後，就一直住在哥倫比亞山莊一間通風的單人公寓裡。公寓裡塞滿了書和盆栽，她還製作了複雜的工作表來安排澆水時間。今晚，她坐在客廳地上，身邊圍繞著發光的螢幕，有點像是在進行什麼邪教儀式。

她左手邊擺著競選用的筆電，螢幕上是亞歷克看不懂的資料頁和長條圖。右手邊，她的私人電腦正同時開著三個新聞網。她面前的電視正在播 CNN 的共和黨初選報導，她腿上的平板則跑的是一集好久以前的變裝皇后選美節目。她一手拿著手機，亞歷克聽見電子郵件寄出時小小的虛擬風聲，最後她才終於抬頭看他。

「牛肉絲的嗎？」她滿懷希望地問道。

「我又不是第一天認識妳，廢話。」

「果然是我未來的老公。」她傾身從袋中抽出一條捲餅，拆掉包裝紙，然後直接塞進嘴裡。

「如果妳吃捲餅的樣子一定要這麼難看，我絕對不要和妳假結婚。」亞歷克看著她咀嚼。一顆黑豆從她嘴裡掉了出來，落在其中一個鍵盤上。

「你不是德州人嗎？」她帶著滿嘴食物說。「我看過你灌完一整瓶烤肉醬欸。你最好注意一點，不然我就要跟茱恩結婚了。」

這或許是他開啟那個話題的好時機。欸，妳每次都開玩笑說要和茱恩交往，那如果我和男人交往呢？他不是真的想和亨利交往。完全沒有。從來沒有。這只是假設性的問題。

接下來的二十分鐘，諾拉進入了資料宅模式，開始和他說起什麼波耶摩爾演算法的最新狀態和變項，還有這對她在競選總部的工作有什麼幫助。

老實說，亞歷克斯的注意力完全不在這上面。當她終於講夠了的時候，他正在積蓄開口的勇氣。

「欸，所以，呃。」趁她吃捲餅的時候，亞歷克試探道：「記得我們有約會過一段時間嗎？」

諾拉吞下一大口食物，咧嘴一笑。「什麼，當然了，亞歷山大。」

亞歷克強迫自己笑了一聲。「所以，既然妳這麼了解我——」

「超級了解。」

「我愛上男人的機率有多高？」

這讓諾拉愣了愣，然後她偏了偏頭，說道：「七十八趴的機率你有晚發性雙性戀的傾向。然後，這百分之百不是假設性的問題。」

「嗯，所以，」他清清喉嚨。「發生了一件怪事。妳記得亨利有來跨年舞會嗎？他算是……親了我？」

「喔，是喔？」諾拉讚賞地點點頭。「不錯啊。」

亞歷克瞪大雙眼看著她。「妳不意外嗎？」

「不會啊。」她聳聳肩。「他是同性戀，你又這麼帥。有什麼好意外的。」

他迅速挺身坐直，差點把手上的捲餅掉到地上。「等等，等等——妳為什麼會覺得他是同性戀？他告訴妳的嗎？」

「不是，我……你知道。」她比手畫腳，像是要解釋她的思路。但這就跟她的腦子一樣難以理解。「我觀察了他的行為模式和細節，然後得到符合邏輯的結論，反正他就是同性戀。他一直都是同性戀。」

「我……什麼？」

「這位大哥，你到底有沒有見過他？他不是你最好的朋友嗎？他是同性戀，跟國慶日放煙火的機率一樣百分之百。你真的不知道？」

亞歷克無助地抬起手。「不知道。」

「亞歷克，我還以為你很聰明。」

「我也以為啊！他怎麼可以——他怎麼可以突然親我，還不告訴我他是同性戀？」

「我在猜，」她試探道。「他有沒有可能認為你早就知道了？」

「但他一直和女孩子出去啊？」

「對，因為身為王子，你不能是同性戀。」諾拉像是在陳述全世界最明顯的事實。「不然你覺得他的約會為什麼會一直被拍到？」

亞歷克細想了半秒，然後想起來現在的重點應該是他自己的同性戀危機，而不是亨利的。

「好吧，所以，等等。天啊。我們可以先聊聊他親了我這件事嗎？」

「喔，當然。」諾拉舔掉手機螢幕上的一團酪梨醬。「樂意之至。他厲害嗎？有舌吻嗎？你喜歡嗎？」

「算了。」亞歷克立刻說。「當我沒問。」

「你從什麼時候開始這麼保守了？」諾拉質問道。「去年你還逼我聽你跟那個安珀・佛斯特上床的細節欸。你記得她嗎？茱恩實習那時候認識的？」

「別提了。」亞歷克把臉埋在臂彎裡。

「那就快說。」

「妳幹嘛不去死一死好了。」他說。「對，他很厲害，也有舌吻啦。」

「媽的，我就知道。」她說。「惦惦吃三碗公喔。」

「閉嘴啦。」他哀號。

「亨利王子很可愛啊，」諾拉說。「讓他親個夠吧。」

「我要走了。」

她仰頭笑個不停，亞歷克只覺得自己真的得多交幾個朋友了。「但是你喜歡嗎？」

一陣沉默。

「什麼，呃。」他開口。「妳覺得那代表什麼？如果我喜歡的話？」

「嗯，親愛的。你一直希望他可以上你一輩子對不對？」

亞歷克差點被自己的舌頭噎死。「什麼？」

諾拉看著他。「喔，該死。你連這個也不知道？該死，我不應該這樣告訴你的。你準備好要談這件事了？」

「我……應該吧？」他說。「呃，什麼啊？」

她把自己的捲餅放在茶几上，甩了甩手指，像是她準備要開始寫一支很困難的程式一樣。亞歷克突然覺得她的全神貫注很可怕。

「我幫你整理幾個事實，」她說。「你自己推斷。首先，你跟踨哥．馬份盯著哈利一樣，盯著亨利好幾年了——不要打岔——然後在婚禮之後，你拿到他的手機號碼，但你不是和他計畫公開露面的時機，而是開始遠距離跟他打情罵俏，沒完沒了。你老是盯著手機看，如果有人問你在和誰聊天，你就像是被人抓到看A片一樣緊張。你知道他的睡覺時間，他也知道你的，而且如果你有一天沒有跟他說到話，你的心情就會變得超差，超明顯的。整個跨年晚會，你徹底無視其他那些想要和全美第一黃金單身漢上床的正妹，只是盯著亨利站在泡芙塔旁邊。然後他親了你——還是舌吻！——然後你也喜歡。所以客觀來說，你覺得這代表什麼？」

亞歷克瞪大雙眼看著她。「這個嘛，」他緩緩說道。「我……不知道。」

諾拉皺起眉頭，顯然是放棄了，再度吃起她的捲餅，並把注意力轉回筆電上的新聞。「好喔。」

「不是啦，好吧，聽著。」亞歷克說。「我知道客觀來說，這聽起來就是超丟臉的暗戀，但是，呃啊，我不知道啊！幾個月之前，他還是我不共戴天的仇人，然後我們應該勉強變成朋友，然後他又親了我，我不知道我們現在是……什麼。」

「嗯哼。」諾拉說，擺明了沒有在聽。「好喔。」

「但是話說回來，」他繼續說下去。「就性向這點來說，這樣我算什麼？」

諾拉的視線倏地回到他身上。「喔，我以為我們已經確定你是雙性戀了。」她說。「原來還沒嗎？我又跳太快了？我的錯。哈囉，你要跟我出櫃嗎？我在聽喔，哈囉。」

「我不知道啦！」他悲慘地喊道。「我是嗎？妳覺得我是雙性戀？」

「我沒辦法告訴你，亞歷克！」她說。「這就是重點啊！」

「該死。」他一頭倒在椅墊上。「我需要有個人告訴我確定的答案。妳是怎麼知道妳是的？」

「我不知道。我那時候十一年級，摸過一個女生的胸部。不是什麼了不起的大事。不是那種百老匯音樂劇等級，可歌可泣的重大發現。」

「多謝喔。」

「沒錯。」她若有所思地咀嚼著捲餅。「那你打算怎麼樣？」

「我不知道。」亞歷克說。「他現在完全搞失蹤，所以我猜他覺得那個吻很糟糕，或是超蠢的酒後亂性，所以他很後悔，或者——」

「亞歷克。」她說。「他喜歡你。他嚇壞了。你得決定你對他有什麼感覺，然後再看著辦。他現在什麼都不能做。」

亞歷克不知道自己還能說什麼了。諾拉的視線回到她的其中一個螢幕上，安德森．庫柏正在報導共和黨最新的總統初選可能名單。

「除了理查之外，還有人有機會被提名嗎？」

亞歷克嘆了口氣。「沒，至少我問過的人都沒提到。」

「看其他人這麼努力，也是滿可愛的。」她說，然後兩人陷入沉默。

亞歷克又遲到了。

今天這堂課要為第一次大考做複習，但他遲到了，因為他忙著記他這週去內布拉斯加助選用的講稿，導致他徹底忘了時間。今天是週四，他正趕著從工作的地方趕往教室，他的大考在下週二，但他一定會不及格，因為他錯過了複習。

這門課叫做國際關係倫理。他真的不能再選這種和他的人生有這麼明確關聯的課了。

整堂課，他寫著漫不經心的小抄，然後晃回官邸。說實話，他現在超不爽。他對一切都不爽，那是一種沒有特定目標、在心底蔓延的壞心情，而他帶著這股情緒爬上樓梯，前往臥室。

他把背包丟在房間門邊，然後把鞋子踢飛到走廊上，看著它們歪斜地彈過醜陋的老地毯。

「嗯，我也很高興見到你，小甜心。」茱恩的聲音說道。亞歷克抬起眼，看見她在走廊對面自己的房間裡，正坐在一張粉紅色的高背椅上。「你看起來慘爆了。」

「多謝喔，混蛋。」

他認出她腿上擺的一疊八卦雜誌，但正當他決定他一本都不想看時，她卻硬是把一本塞給了他。

「新的時人雜誌。」她說。「你在第十五頁。喔，然後，你最好的朋友在第三十一頁。」

他故作隨性地撥開她放在他肩膀上的手，退回自己房間裡，帶著雜誌跌坐在門邊的沙發上。既然都拿到了，那不如就看一眼吧。

第十五頁上有一張他兩個星期前讓媒體團隊拍的照片，簡短報導了他是如何幫助史密森尼美術館辦了一個小展覽，介紹他媽媽的參選歷史。照片裡的他正在解釋一塊「二〇〇四年，克雷蒙議員懇請支持」的立牌背後的故事，照片旁寫著一小段註解，說他對自己家族的事業是多麼熱衷之類的廢話。

他翻到第三十一頁，然後差點咒罵出聲。

標題寫著：亨利王子私會神祕金髮女子？

裡面附著三張照片：第一張，亨利出現在倫敦的一間咖啡廳，正隔著咖啡對一名美麗的不知名金髮女人微笑；第二張，照片裡的亨利對焦不是很清楚，正拉著她的手，兩人一起躲到咖啡廳的後方；第三張，被樹叢擋住一半的亨利，正親吻著她的嘴角。

「這是什麼狗屁？」

簡短的報導文章寫了女人的名字，叫艾蜜莉什麼的，是個演員。在這之前，亞歷克還只是心情單純不爽，但現在有了一個非常特定的目標，他的整個爛心情全對準了照片上亨利的嘴唇碰觸著某個不是他的人的皮膚。

亨利到底以為他是誰啊？一個人到底要——到底要多自以為、多蠢、多自私，才會花好幾個月去成為某人的朋友，讓對方在你面前展現自己最奇怪、最噁心、最脆弱的一面，親吻對方，讓對方質疑自己的一切，接下來又消失好幾個星期，然後再和另一個人出去，還上報紙？任何有請過公關的人都知道，任何會上時人雜誌的消息，都是你希望讓全世界知道的消息。

他扔下雜誌，跳起身，開始踱步。去你的亨利。他根本不應該相信這個含著金湯匙出生的小混蛋。他應該要相信自己的直覺的。

他深呼吸，吐氣。

重點是。重點是——在第一波怒氣過後，他不知道自己該不該相信亨利真的會做這種事。如果他把十二歲時在雜誌上看見的亨利、奧運時遇到對他冷淡至極的亨利、過去幾個月逐漸在他面前揭露的亨利、還有在白宮陰影中親吻他的亨利通通加起來，他實在不明白。

亞歷克的腦子善於策畫。是政治家的腦子。它運作得很快，而且可以同時進行好幾項多工。而現在，他正試圖解開一份拼圖。他不擅長思考如果你是他，你的人生會是怎樣，你又會怎麼做？這種問題，他想的是：我該怎麼把這些碎片拼在一起？

他想著諾拉說的：你覺得他的約會為什麼會一直被拍到？

然後他想著亨利的自我防衛，想著他是如何小心翼翼地把這世界與他自己分開，以及他嘴角一直以來的緊繃，然後他想，如果有一個王子，他是同性戀，然後他吻了一個人，也許這件事很嚴重，那麼那位王子也許需要一點障眼法。

然後一個突然的情緒轉變，亞歷克不再只是生氣了。他也很難過。

他踱回門邊，從自己的郵差包裡拿出手機，滑開簡訊的介面。他不知道自己該順從哪一股衝動，也不知道該怎麼把這些衝動轉成文字，說給某個人聽，然後促使某件事——任何事——發生。

但在這一切之下，他也微微感覺到，看著一位亦敵亦友的男性和別人接吻的照片出現在雜誌裡，他現在的反應絕對不是非常異性戀。

他笑了一聲，走到床邊坐下，一邊思索著。他猶豫要不要傳訊息給諾拉，跟她說他現在去找她，然後和她告解一番。他也在猶豫要不要打給拉斐爾，找他出來喝啤酒，然後叫他說說自己身為反法西斯分子的青少年時期，第一手的同性戀經驗。然後他又想著是不是要下樓，找艾米聊聊，問她是怎麼轉變的、她的老婆如何，還有她怎麼知道自己和別人不同。

但此刻，追溯到源頭似乎是最正確的選擇，去問問某個人，當一個男孩碰觸他時會是什麼感覺。

亨利已經不是選項了。他只有一個人選。

「喂？」電話另一頭的聲音說。距離他們上次說話已經有至少一年的時間了，但連恩的德州口音在亞歷克的耳裡仍然清晰而溫暖。

他清了清喉嚨。「呃，嗨，連恩，我是亞歷克。」

「我知道。」連恩說，口氣如荒地般冷淡。

「你，呃，你好嗎？」

一陣沉默。背景傳來低聲說話的聲音，還有碗盤的碰撞聲。「你打來幹嘛，亞歷克？」

「喔。」他開口，又停了下來，然後他再試一次。「這應該聽起來很怪，但是，呃，高中的時候，我們兩個，嗯，算是在一起嗎？我錯過了嗎？」

電話另一端傳來一陣哐啷聲響，像是一隻叉子掉到盤子上。「你真的打來問我這個問題？我現在在和我男友吃午餐欸。」

「喔。」他不知道連恩有男友。「抱歉。」

聲音變得有點悶，當連恩再度開口時，他正在對另一個人說話。「是亞歷克。對，就是他。我不知道，寶貝。」他的聲音恢復清晰。「你想問什麼？」

「我是說，我們那時候有點亂來，但是，那真的有代表什麼嗎？」

「我應該不能幫你回答這個問題。」連恩告訴他。如果他還和亞歷克記憶中的他一樣，那麼他現在一定用一手摩著下巴，搓著自己的鬍渣。他忍不住猜測，在他記憶中對連恩的鬍渣清楚如昨日的印象，是否就已經回答了他的問題。

「也是。」他說。「你說得對。」

「聽著。」連恩說。「我是不知道你現在面臨了什麼性向危機，也許四年前還會有點意義，但不是現在。我不是說我們高中的那些事把你變成了同性戀或雙性戀，但我可以告訴你我是，而儘管當時我表現得好像不是那麼一回事，但那時候我們的行為還是超級同性戀的。」他嘆了口氣。「這樣有幫助嗎，亞歷克？我眼前現在有一杯血腥瑪莉，等一下我還得解釋這通電話。」

「呃，好。」亞歷克說。「應該有幫助。謝了。」

「不客氣。」

連恩聽起來備受折磨又身心俱疲。亞歷克回想著高中時連恩看他的眼神，還有近年來的無消無息，突然覺得自己應該補上一句：「還有，呃，對不起。」

「我的天啊。」連恩哀號一聲，然後掛掉電話。

6

亨利不可能躲他一輩子。

皇家婚禮後的協議裡還有一個安排還沒完成：亨利必須出席一月底的州際晚宴。英國的總理還算新上任，愛倫想要見見他。亨利也會一起來，基於禮貌，他會在官邸留宿。

亞歷克撫平自己燕尾服的領口，和茱恩及諾拉站在一起，在靠近記者區的北側入口看著賓客魚貫而入。他知道自己正在焦慮地踮著腳，但他沒辦法阻止自己。諾拉對著他心知肚明地竊笑，但什麼都沒說。她一直在替他保密。他還沒打算告訴茱恩；一旦讓她知道就沒有退路了，在他搞清楚自己在幹嘛之前，還不能這麼做。

亨利出場的模樣無懈可擊。

他的西裝是黑色的，平滑而優雅。完美。亞歷克只想把它扯掉。

他的表情原本很中性，但當他看見入口處的亞歷克時，臉卻突然垮了。他的腳步頓了頓，好像在考慮要不要逃跑。亞歷克在考慮要不要飛過去來個擒抱。

不過最後他選擇走上階梯，然後——

「好了，拍照時間。」薩拉在亞歷克身後說道。

「喔。」亨利像個傻瓜般說道。亞歷克討厭自己這麼喜歡他發出的這麼一個單音，以及尾音微微捲起的愚蠢口音。他根本不喜歡英國腔，結果他喜歡的是亨利的英國腔。

「嘿。」亞歷克低聲說，露出假笑和亨利握手。相機閃光燈閃個不停。「真高興你沒死或是其他幹嘛幹嘛了。」

「呃。」亨利說，在他示範的母音清單上又加上一筆。很不幸的是，這一聲也相當性感。過了這麼多禮拜，亞歷克的標準變得超低。

「我們得談談。」亞歷克說，但薩拉硬是把他們兩個推在一起，製造出友好的畫面。攝影師們繼續拍照，直到亞歷克和女孩們一起被請進宴會廳，亨利則被拉去和英國總理合照。

晚宴邀請來的表演者是一名長得像根莖類植物的英國獨立搖滾樂手，在亞歷克這個年齡層的人口之間非常受歡迎，但亞歷克完全不懂為什麼。亨利被排在總理的座位旁邊，亞歷克狠狠地嚼著食物，好像飯菜得罪了他一樣，一面望著房間另一端的亨利，怒火中燒。亨利時不時會抬起頭，對上亞歷克的視線，耳朵漲成粉紅色，然後再低頭盯著自己面前的中東肉飯，好像那是全世界最有趣的一道菜。

亨利竟敢這樣走進他家，看起來像個該死的詹姆士．龐德後代，還若無其事地和總理喝著紅酒，表現得像是他沒有把舌頭滑進亞歷克嘴裡、然後又搞失蹤一個月。

「諾拉。」趁茱恩跑去和一名《神秘博士[61]》的女演員聊天時，亞歷克傾身對諾拉說道。晚宴已經快要接近尾聲，亞歷克也早已無心用餐。「妳有辦法把亨利騙走嗎？」

她斜眼看了他一眼。「這是邪惡的色誘計畫嗎？」她問。「如果是的話，當然好。」

61 《神秘博士（Doctor Who）》，英國廣播公司（BBC）製作的長壽科幻電視劇。

「當然，沒錯。」他說，然後站起身走到房間後方的牆邊，那是特勤組坐鎮的地方。

「艾米。」他低聲說道，抓住了她的手腕。她的身子突兀地震了一下，顯然是在壓下擊倒對方的反射行為。「幫我一個忙。」

「威脅在哪？」她立刻說道。

「不是啦，不是，老天。」亞歷克吞了一口口水。「不是那種幫忙。我需要讓亨利王子落單。」

她眨眨眼。「我聽不懂。」

「我要和他私下談談。」

「如果你要和他說話，我可以陪同你到外頭去。但我得先和他的隨扈談好。」

「不。」亞歷克說。他一手抹過臉，回頭瞄了一眼，確認亨利有被諾拉堵在原處。「我要單獨和他說話。」

艾米的臉上閃過一絲最微小的情緒。「我最多只能讓你們去紅室，更遠就不行了。」

他再度轉頭，看向宴會廳另一側的高大出入口。紅室在門的另一邊，準備讓賓客享用晚餐後的雞尾酒。

「我有多少時間？」他說。

「五分——」

「那夠我用了。」

他轉身朝裝飾用的巧克力塔走過去；諾拉大概是拿巧克力奶油捲把亨利給帶過去的。他一腳踩到兩人之間。

「嗨。」他說。諾拉露出微笑。亨利的下巴掉了下來。「抱歉打斷你們。我有很重要的，嗯，國際關係事務要討論。」然後他拉住亨利的手肘，把他整個人拖走。

「可以輕一點嗎？」亨利還有膽這麼說。

「閉上你的狗嘴。」亞歷克快步將他從桌邊帶走。賓客們忙著聊天和聽音樂，完全沒注意到亞歷克綁架了英國王儲。

他們來到門邊，艾米正等在那裡。她一手放在門把上，猶豫著。

「你不會殺了他吧？」她說。

「應該不會。」亞歷克告訴她。

她把門拉開一條小縫，剛好夠他們兩人通過，亞歷克把亨利拖進紅室。

「看在上帝的份上，你到底在幹嘛？」亨利質問道。

「閉嘴，給我閉嘴，天啊。」亞歷克嘶聲說道。如果他不是已經下定決心要用嘴摧毀亨利那張令他火大的臉，他很可能就會改用拳頭了。他把注意力放在自己的腎上腺素所帶來的動力，大步跨過古老的地毯，抓住亨利的領帶，看見亨利的眼中閃過光芒。他把亨利推到最近的一面牆上，然後狠狠撞上他的嘴。

亨利驚嚇得無法做出回應，嘴巴微微張開，不像是邀請，而更像是驚訝。有那麼一個可怕的瞬間，亞歷克以為自己全都搞錯了，但隨後亨利回吻了他，而那便成了亞歷克的全世界。這和他印象裡的一樣好——甚至更好，而他不記得這段時間他們為什麼沒這麼做，也不記得他們為什麼要互相追著對方的尾巴跑這麼久，卻沒有試圖做出改變。

「等等。」亨利抽開身。他向後退開一點，瞪大雙眼看著亞歷克，嘴唇泛紅，而如果不是怕隔壁宴會廳的達官顯貴會聽見，他真想對著亨利尖叫。「我們是不是應該——」

「什麼？」

「我是說，呃，我們是不是應該——我也不知道——慢一點？」亨利畏縮得一隻眼睛都閉起來了。「先去吃個晚餐，或是——」

亞歷克真的要宰了他。

「我們才吃完晚餐。」

「對。我是說——我在想——」

「不要想了。」

「好吧。遵命。」

亞歷克一把揮掉一旁桌上的燭臺，然後把亨利推上去，讓他背靠著一幅畫坐在那裡——亞歷克抬頭，差點歇斯底里地笑出來——那是一幅亞歷山大．漢密爾頓的肖像。亨利的雙腿像是在等他一般張開，亞歷克便擠入中間，將亨利的頭向後扳，給了他另一個令人窒息的吻。

他們的動作大了起來，互相扯著對方的西裝，亞歷克咬住亨利的嘴唇，亨利的頭撞在後方的畫上，讓整個畫框晃動不已。亞歷克埋在他的頸部，心情說不上是憤怒或是興奮。此刻他心中懷抱著過去幾年的恨意，還有一種他開始懷疑一直都存在的感覺。那股感覺熾熱而強烈，在體內燃燒，讓他覺得自己像是要發瘋。

亨利的回應同樣熱烈，一邊的膝蓋勾在亞歷克的大腿後方，作為支撐，王室優雅的氣息在他牙齒的咬合下蕩然無存。亞歷克已經漸漸意識到亨利和他想的並不一樣，但是這麼近距離的感受下，那又是另外一回事了。那股在他體內悄悄燃燒的熱情，那個隱藏在完美的外表下試探、推拉、渴望，已經起了生理反應的男孩。

他的一隻手落在亨利的大腿上，感受到那裡如電擊般的抽動，以及堅硬的肌肉上光滑的布料。他的手繼續向上推進、推進，亨利的手掌趴的一聲拍上他的手背，指甲刺進他的皮膚裡。

「時間到！」艾米的聲音從推開的門縫中傳來。

他們僵住身子，亞歷克的腳落回地上。他們現在都能聽見人聲逐漸靠近，準備結束晚宴的聲音。亨利的腰不由自主地頂了他一下，讓亞歷克咒罵一聲。

「我要死了。」亨利無助地說。

「我要殺了你。」亞歷克告訴他。

「對，真的。」亨利同意道。

亞歷克不穩地向後退了一步。

「大家很快就要進來了。」亞歷克一邊小心不要摔個倒栽蔥，一邊把燭臺從地上撈起來放回桌上。亨利在地上站好，看起來有點虛弱，衣衫不整，頭髮亂成一團。亞歷克驚慌地伸出手，試圖把他的頭髮撫平。「幹，你看起來——幹。」

亨利忙著把上衣下襬塞回褲腰裡，睜大雙眼，開始低聲唱起《天佑女王》。

「你在幹嘛？」

「天啊，我在想辦法讓這個——」他用不雅的手勢在自己的褲頭比劃了一下。「——消下去。」

亞歷克很努力不要往下看。

「好吧，所以。」亞歷克說。「好，所以計畫是這樣的。接下來這個晚上，你要跟我保持五百公尺以上的距離，不然我一定會在這一堆重要人士面前做出讓我非常後悔的事。」

「好……」

「然後。」亞歷克說，然後再度抓住亨利的領帶，靠近領結的地方，然後把嘴移到距離亨利只有一寸之遙的地方。他聽見亨利吞嚥的聲音。他想要順著那個聲音一路吻到亨利的脖子。「然後今晚十一點，你到二樓的東臥室來，我要對你做非常非常壞的事情。如果你敢搞失蹤，我就要把你列入聯邦禁飛名單裡。聽見了嗎？」

亨利嚥下一聲差點憋不住的哼聲，然後喘著氣說：「一清二楚。」

亞歷克快要發瘋了。

現在是十點四十八分。他在房間裡焦慮地踩著步。

一回到房間，他就立刻把自己的外套和領帶丟到椅背上，並解開襯衫最上面的兩顆釦子。

他抓著自己的頭髮。

沒關係。沒關係的。

這絕對是個很爛的點子，但是沒關係。

他不確定自己還要不要脫掉其他東西。他不知道邀請自己曾經的天敵、後來又變成假的好朋友的對象來房間和自己做愛的時候，到底要穿什麼比較好，尤其是這房間還在白宮裡，尤其是這個對象是個男人，而且這個男人還是英國的王子。

房間裡的燈光昏暗——他只開了一盞檯燈，在沙發邊的角落裡，把深藍色的牆壁照成了咖啡色。他已經把所有的競選資料都移到桌子上，也把床單鋪平了。他看著古老的壁爐，邊緣的雕刻細節幾乎跟這個國家一樣古老，雖然這裡不是肯辛頓宮，但看起來還可以。

老天，如果今晚還有任何一個開國元老的鬼魂在白宮裡遊蕩，他們一定會後悔的。

他試著不要去預想接下來會發生什麼事。他或許沒有實際操作的經驗，但他有查過資料了。他有看過圖表。他可以的。

他真的非常、非常想做。至少這點是可以確定的。

他閉上眼睛，指尖撐在冰涼的桌面上，穩住自己。桌面上滿是散落的紙張。亨利閃過他的腦海中，他想起亨利西裝柔順的布料，還有當他親吻亞歷克時呼吸劃過他臉頰的感覺。他的腹部一陣翻攪，羞恥的感覺讓他決定打死不要告訴任何人。

身為王子的亨利。站在花園裡的亨利。在他床上的亨利。

他提醒自己，他甚至沒有真正喜歡上這個男孩。

門外傳來一聲敲門聲。亞歷克看了一眼手機上的時間：十點五十四分。

他打開門。

亞歷克緩緩吐氣，看著亨利。他不確定自己有沒有這樣好好看過一個人。

亨利又高又帥，帶著一半貴族、一半電影明星的血統，紅酒的顏色仍然留在他的嘴唇上。他沒穿自己的西裝外套和領帶，襯衫袖子捲到手肘。他的眼角帶著一點緊張的感覺，但他對亞歷克勾起一邊的嘴角微笑道：「抱歉，我早到了。」

亞歷克咬了咬嘴唇。「一路上還順利嗎？」

「有個特勤組的人幫了我一下。」亨利說。「我記得她叫做艾米？」

亞歷克現在露出了大大的微笑。「進來吧。」

亨利咧開嘴；這不是他拍照用的笑容，而是帶著皺紋、不設防，而且極富感染力的笑容。他的手指勾住亞歷克的手肘後方，亞歷克便順著他的帶領，光著的雙腳卡在亨利的皮鞋之間。亨利的呼吸籠罩著亞歷克的嘴唇，兩人的鼻子摩擦著。當他們終於接觸到時，他的嘴角帶著微笑。

亨利把門上鎖，一手覆上亞歷克的頸窩。他親吻的動作變得有點不一樣了——這是經過計算，刻意為之。非常輕柔。亞歷克不知道為什麼、也不知道要怎麼應對。

他扭了一下腰，把亨利拉近，兩人的身軀緊貼在一起。他回吻著亨利，但任由亨利以他想要的方式吻他。他一直以來都認為和白馬王子接吻就應該要是這樣的：甜蜜而深刻，好像他們站在一片荒地中，沐浴在夕陽下。他都可以感受到微風吹過他的頭髮了。有夠荒謬。

亨利退開身子，說道：「你想要怎麼做？」

然後亞歷克突然想起來，這不是在荒野裡曬太陽的情境。

他抓住亨利打開的衣領，輕輕推了他一下，然後說：「去沙發上。」

亨利的呼吸停頓了一下，然後照著他說的做了。亞歷克走到他面前，低頭看著他柔軟的粉紅色嘴唇。他覺得自己站在一座非常高、極其危險的懸崖邊緣，而且他一點都不想要有退路。亨利抬頭看著他，期待著，渴求著。

「你躲了我好幾個星期。」亞歷克說。他張開雙腿，跨在亨利的膝蓋兩側。他彎下身，一手撐在沙發椅背上，另一隻手則劃過亨利脆弱的頸窩。「你還跟別的女生出去。」

「我是同性戀。」亨利語調平板地告訴他。他寬闊的手掌覆上亞歷克的腰，亞歷克倒抽一口氣，不知是因為這個碰觸，或是因為終於聽見亨利親口承認了。「作為王室成員，這不是個明智的性取向。而且我也不知道親了你之後，會不會被你殺掉。」

「那你幹嘛親我？」亞歷克問道。他靠向亨利的脖子，嘴唇一路滑到他耳後敏感的肌膚。他覺得亨利現在正屏住呼吸。

「因為我——我希望你不會殺掉我啊。我本來也有在懷疑……你是不是也想要我。」亨利說。亞歷克咬了一口他的頸側，讓他倒抽了一口氣。「或者是，因為我看到你和諾拉，我就有點……吃醋……我那時候喝醉，又不想再等答案了。」

「你吃醋了。」亞歷克說。「而且你想要我。」

亨利的身子一動，抓住亞歷克，讓他失去平衡，跌坐在他腿上，並用亞歷克從未聽過的低沉而致命的聲音說道：「對，你這個自戀狂。我已經想要到沒辦法再容忍你挑逗我了，一秒都不行。」

亞歷克第一次發現，原來接受亨利的皇家命令，是這麼性感的一件事。當他再度被亨利熱烈長吻時，他覺得他大概永遠不會原諒自己了。去他的少女心。

亨利抓住亞歷克的腰，把他挪向自己，讓亞歷克扎實地坐他的大腿上。現在他的吻變得很用力，就像在紅室裡那樣，帶著牙齒咬合的動作。這不應該感覺這麼爽的——這根本就不科學——但是真的很爽。他們兩人之間有某種奇異的默契，儘管兩人的燃點不盡相同，亞歷克帶著無止境的能量，而亨利則是百分之百的肯定。

他摩擦著亨利的大腿，當他碰到亨利已經半硬挺的褲檔時，他不由地哼了一聲，亨利咒罵的回應則沒入亞歷克的嘴裡。他們的吻變得紊亂，急迫而無禮，亞歷克迷失在亨利嘴唇的移動之下，以及深吻的甜蜜中。他把手指伸入亨利的頭髮裡，觸感就和他小時候看著茱恩雜誌中的照片時幻想的一樣柔軟。亨利在他的觸碰下融化，手臂圈住亞歷克的腰，把他固定在原位。但亞歷克哪都沒打算去。

他吻著亨利，直到自己幾乎無法呼吸，直到他幾乎要忘記他們的名字和身分，直到他們只是兩個不具名的人，在一間黑暗的房間裡交纏，正準備犯下沒有退路的滔天大錯。

他想辦法解開自己襯衫的另外兩顆鈕釦，但亨利直接抓住他的上衣下襬，從頭頂脫了下來，並快速脫下自己的襯衫。亞歷克試圖不讓自己讚嘆他手指明快的動作，或者去幻想古典鋼琴和多年的馬球訓練，會讓亨利變成什麼樣子。

「等等。」亨利說，亞歷克開口抗議，但亨利向後退開一點，用手指抵住亞歷克的嘴唇。「我想——」他欲言又止，看起來正在努力下定決定，不要再畏縮。他整理好自己的思緒，一手輕觸亞歷克的臉，然後挑釁般地說道：「我想要在床上。」

亞歷克靜了下來，動也不動，直直望著亨利的雙眼，以及裡頭的質問：都已經到這樣了，你還要喊停嗎？

「那就來呀，王子殿下。」亞歷克說，在起身之前，還刻意挪了一下重心，再挑逗了亨利一次。

「真下流。」亨利說，但他微笑著跟在亞歷克身後。

亞歷克爬上床，在枕頭旁用手肘撐起上半身，看著亨利踢掉自己的鞋，然後調整好自己的姿勢。他在燈光下的模樣似乎有什麼改變了，像是生活淫亂驕縱的酒神，身體彷彿覆蓋著一層金色光澤，頂著一頭亂髮，眼皮半闔。亞歷克容許自己盯著他瞧；亨利皮膚下精實的肌肉，纖細、瘦長而富有韌性。他肋骨下方靠近腰窩的地方，那裡的皮膚看起來不可思議地柔軟，而如果接下來五秒之內他碰不到那塊肉，亞歷克大概就要死了。

在那一瞬間，如電光石火般，亞歷克甚至不相信自己曾經自以為是異性戀。

「別拖了。」亞歷克刻意打斷自己的思路，說道。

「霸道耶。」亨利說，然後照做了。

亨利的身體帶著溫暖而堅定的重量，來到他的上方，一邊的大腿滑進亞歷克的雙腿之間，雙手撐在枕頭上。亞歷克感受到他們的肩膀、胸口與腰部的接觸，傳來一陣陣如電流的感覺。

他的一隻手滑上亞歷克的肚子，然後停了下來。他看著亞歷克掛在脖子上那條項鍊的銀色鑰匙。

「這是什麼？」

亞歷克不耐煩地哼了一聲。「那是我媽德州老家的鑰匙。」他把一隻手伸進亨利的頭髮中。「我搬過來之後就一直戴在身上了。我覺得這可以提醒我自己的根在哪裡，之類的——我剛剛是不是叫你別拖了？」

亨利抬起雙眼直視他，一聲不吭，亞歷克便把他拉了下來，再度給了他一個足以吞噬一切的吻。亨利將重心完全放在他身上，把他壓入床內。亞歷克的另一隻手找到亨利的腰窩，那個觸感讓他忍不住低吟出聲。他從來沒有被人這樣吻過，好像體內的感覺要將他整個人給淹沒，亨利的身體覆蓋著他的每一寸身軀。他的嘴唇離開亨利的嘴，來到他的頸側，來到耳下，一個吻接著一個吻，然後他咬了他一口。他知道這應該會留下吻痕，而這完全違背了政治世家暗地裡一夜情的第一條守則（或許對貴族而言也一樣）。但亞歷克不在乎。

他感受到亨利在他的褲腰摸索，來到釦子、拉鍊、內褲的鬆緊帶，然後他的腦子突然變得一片混沌。

他睜開眼，看見亨利把手移到他優雅高貴的嘴邊，然後在手掌上吐口水。

「我親愛的上帝啊。」亞歷克說。亨利勾著一邊的嘴角微笑，然後繼續手上的動作。

「幹。」他的身體移動著，嘴上說個不停。「真的是——天啊，你真的是這世界上最靠北的混蛋——幹——你真的是有夠討厭，你實在是——」

「你能不能暫時安靜？」亨利說。「受不了你那張嘴。」當亞歷克的雙眼再度聚焦時，他發現亨利正饒富興味地看著他，眼神明亮，帶著笑意。他保持著視線接觸，手上的節奏也沒停。亞歷克發現自己錯了，是亨利會殺了他。

「等等。」亞歷克緊抓住床單。亨利的動作立刻停了下來。「我不是說那個，天啊。但是你要是繼續，我就要——」亞歷克找回呼吸的節奏。「我不要——在那之前——我要先看你脫光。」

亨利歪了歪頭，微微一笑。「好吧。」

亞歷克把兩人的位置翻了過來，踢掉自己的長褲，只剩下內褲掛在他的臀部下方。他爬上亨利的身體，看著他的表情變得緊張而渴切。

「嗨。」他和亨利的視線對上。

「哈囉。」亨利回答。

「我現在要脫你褲子了。」亞歷克告訴他。

「很好，繼續吧。」

於是亞歷克就繼續了。亨利的一隻手架住亞歷克的大腿，讓他們兩人的身軀再度相碰，兩人的硬挺正好接觸。他們低聲呻吟。亞歷克有點暈眩地想著，這場前戲已經醞釀得夠久了。

他的嘴唇沿著亨利的胸口往下，感受亨利的心跳在意識到亞歷克的目的後震了一下。他自己的心跳現在或許也已經亂了。他一頭栽得太深了，但是這樣也不錯——這還在他的舒適圈內。他吻著亨利的胸口、肚子、以及褲腰上方的那一片肌膚。

「我，呃。」亞歷克開口。「我還沒有做過這種事。」

「亞歷克。」亨利伸出手撫著亞歷克的頭髮。「你不用這樣做，我——」

「但是我想要。」亞歷克扯著亨利的褲頭。「只是如果我做得很爛，你要告訴我。」

亨利再度語塞，好像不敢相信自己的好運。「好吧。當然。」

亞歷克想像著肯辛頓宮廚房裡的亨利，光著腳，而那是他第一次瞥見亨利微小的脆弱。現在亨利卻躺在他床上，雙腿大張，渾身赤裸，渴望著他。在這麼多事發生後，這不可能是真的，但是奇蹟似的，這是眼前的事實。

根據亨利的身體反應，還有他抓住亞歷克一頭捲髮的動作來判斷，他覺得自己的處男秀應該還不錯。他的眼神掃過亨利的身體，然後和亨利灼熱的視線對上，潔白的牙正緊咬著下嘴唇。亨利的頭向後摔回枕頭上，嘴裡碎念了一句像是「該死的睫毛」之類的話。他有些不可思議地看著亨利的身體在床上弓起，聽著他高傲而甜美的聲音對著天花板低聲喊出一串髒話。亞歷克享受著亨利失控的模樣，讓他在一間上鎖的房間裡與亞歷克獨處時，能夠成為他任何想要成為的樣子。

他很驚訝自己會再度往上爬，飢渴地親吻亨利。他遇過幾個女孩在完事後不願意接吻的，也遇過不在乎的，但看他專注深吻的模樣，亨利是陶醉其中。他很想要吐槽他的自戀，但他只是——

「不會太爛吧？」亞歷克在兩個吻之間的換氣空檔問道，把頭靠在亨利旁邊的枕頭上，調整呼吸。

「絕對有中上水準。」亨利咧嘴回答，然後伸手把亞歷克撈到他的胸口，好像試圖一口氣碰觸他的全身。亨利的大手覆在他的背上，一整天下來的鬍渣讓他的下巴變得粗糙。當他翻身將亞歷克壓在床墊上時，他的肩膀寬得足以將亞歷克整個人遮住。這是亞歷克前所未有的體驗，但沒有比較糟，甚至更好。

亨利再度給了他一個極富侵略性的吻，帶著亨利這人身上少有的自信。現在的他混亂而渴望，粗暴而專注，不再是一名身負重任的王子，而只是一位平凡的、二十來歲的年輕人，正在享受他喜歡、而且十分拿手的事。而且他真的很會。亞歷克在心中暗自註明，要查出是哪一位可疑的同性戀貴族教會亨利這些的，他一定要送對方一個水果籃致謝。

亨利快樂地、飢渴地回饋著他，而亞歷克並不知道也不在乎自己嘴裡發出了什麼聲音、或說出了什麼話。他記得自己應該喊了「親愛的」，還有「操他媽的」，剩下的還有一些是西班牙文。亨利實在太有才華，有太多隱藏的技能了，亞歷克半瘋狂地想道。真的是天才。天佑女王。

當他完事時，他在亞歷克掛在他肩上的腿窩裡，印下了一個濕黏的吻，動作不知為何能夠如此彬彬有禮。亞歷克想要把亨利拉上來，但他的身體疲軟無力。他整個人快要虛脫了。現在他的意識就像漂浮在宇宙中，只剩下一雙眼睛看著眼前的一片渾沌。

床墊一陣晃動，亨利回到枕頭上，把臉埋在亞歷克的頸窩。亞歷克含糊地應了一聲同意，然後將手臂繞過亨利的腰，但除此之外他什麼也做不了。

「嗯。」亨利低哼一聲，鼻尖和亞歷克的相碰。「早知道這樣就能讓你閉嘴，我幾年前就該這麼做了。」

亞歷克用盡吃奶的力氣，好不容易擠出三個字：「去你的。」

在他意識的深處，穿過一片逐漸清晰的迷霧，透過一個亂糟糟的吻，亞歷克忍不住想像起自己跨過了某條楚河漢界，就在這間幾乎和這個國家一樣老的房間裡，像當時華盛頓跨過德拉威爾河一樣。他對著亨利的嘴大笑起來，腦中出現自己和亨利的油畫肖像，他們分別身為這世代年輕人的象徵，正全身光裸，渾身汗濕地沐浴在檯燈的光線之下。他真希望亨利也能看見，想知道他會不會也覺得這畫面很好笑。

亨利滾到一旁，仰躺在床上。亞歷克的身體想要跟過去，擠到他身邊，但他留在原位，隔著幾寸的安全距離看著他。他看見亨利下顎的一條肌肉抽動了一下。

「嘿。」他說。他戳了戳亨利的手臂。「別抓狂。」

「我沒有抓狂。」他一字一句清楚地說。

亞歷克在床單上挪近亨利一點。「剛剛很好玩。」亞歷克說。「我很開心。你應該也是？」

「當然。」亨利說。他的口氣讓一股酥麻感從亞歷克的脊椎根部升起。

「好喔。只要你想，我們隨時都可以來。」亞歷克用手指關節滑過亨利的肩膀。「你知道這不會改變我們之間的任何東西，對吧？我們還是……之前的樣子。你知道，只是多了互相口交而已。」

亨利一手遮住眼睛。「對啦。」

「所以，」亞歷克伸了個懶腰。「我應該要告訴你，我是雙性戀。」

「聽到了。」亨利說。他的視線跳到亞歷克光裸的腰部，然後像是在對自己說話一般說道：「我是非常、非常徹底的同性戀。」

亞歷克看著他淺淺的微笑，以及他眼角起皺的樣子，並非常刻意地阻止自己去親他。他某部分的大腦還在感嘆，看著亨利這麼開放、這麼赤裸的樣子，是如此奇怪、卻又奇怪地完美。亨利跨過枕頭，在亞歷克的嘴唇上印下輕柔的一吻，亞歷克感受到指尖撫過他的下巴。他的手勢如此之輕，亞歷克不得不再度提醒自己，不要太在意他。

「嘿。」亞歷克把嘴唇靠向亨利的耳邊。「我非常歡迎你在這裡待著，但如果要對我們兩個都好，你可能還是在天亮之前回去你的房間吧。除非你希望你的隨扈們把整個官邸封鎖，然後再從我的閨房召喚你出來。」

「啊。」亨利說。他從亞歷克身邊退開，然後再度仰躺在床上，看著天花板的樣子像是一個人在尋求盛怒神祇的諒解。「你說得對。」

「你如果想的話，也是可以再來一輪啦。」亞歷克提議。

亨利咳了一聲，一手耙過自己的頭髮。「我想我還是——我還是回去房間吧。」

亞歷克看著他從床尾撈過自己的內褲，套上後坐起身，活動了一下肩膀。

這是最好的方式，他告訴自己；沒有人會對這樣的安排起疑心。他們不可能共度一整晚，或是在對方的臂彎中醒來，或者一起用早餐。雙方都滿意的性關係並不是交往的保證。

就算他有這個念頭，也有千百個理由讓這件事永遠不可能成真。

亞歷克跟著他走到門邊，看著他在那裡尷尬地躊躇著。

「嗯，呃……」亨利試探地說，垂下眼皮看著自己的腳。

亞歷克翻了個白眼。「看在上帝的份上，你剛剛才把我的老二含在嘴裡欸，你可以給我晚安吻啦。」

亨利的視線回到他身上，嘴巴大張，不可置信地看著他，然後仰起頭大笑起來。此時他只是一個神經質、甜蜜、罹患失眠的神經質富二代，一個會一直傳狗照片給亞歷克的大男孩，而有什麼東西好像突然串了起來。他彎下身，重重親了亞歷克一下，然後咧開嘴，轉身離開。

時間比他們兩人預計得還快——距離州際晚宴只過了兩個星期，亞歷克只花了兩個星期的時間想要亨利回到他身下，也只花了兩星期的時間和亨利用訊息互撩。茱恩看著他的表情，像是要準備把他的手機扔進波多馬克河一樣。

「你說你要幹嘛？」

「這週末有一場僅限受邀者參與的慈善馬球賽。」亨利在電話的另一端說道。「地點是在……」他頓了頓，可能正在向夏安確認正確的資訊。「康尼迪克州的格林尼治？一個座位要一萬美金，但我可以把你加到名單上。」

亞歷克差點把咖啡打翻在南側入口上，艾米瞪了他一眼。「我的天啊，這也未免太黑了吧！你們是要幫什麼東西募款？小嬰兒的單邊眼鏡嗎？」他用手遮住手機的收音口。「薩拉呢？我要把這週末的行程清空。」他把手拿開。「聽著，我想我可以試著過去，但我現在真的很忙。」

「打擾一下，薩拉說你會缺席這週的募款活動，因為你要去康尼迪克看馬球比賽？」那天晚上，茱恩站在他的房門口問道，差點害他打翻另一杯咖啡。

「聽著，」亞歷克告訴她。「我這是在進行一項地緣政治性的公關策略。」

「老弟，人家都在寫你們兩個的同人文了——」

「對，諾拉有給我看過。」

「——我想你應該可以收手了吧。」

「女王希望我去啊！」他飛快地撒謊。她看起來不怎麼相信，離開時給了他一個表情，如果他現在腦子裡裝的不全都是亨利的嘴的話，他很可能會擔心一下。

於是週六時，他穿著一身最好的 J.Crew 套裝，出現在格林尼治馬球俱樂部，一邊懷疑自己到底哪根筋不對。坐在他前面的女人帽子上有一隻完整的鴿子標本。高中的曲棍球賽可沒有教他怎麼應付這種體育活動。

看亨利騎在馬背上已經不是新聞了。亨利穿著全套馬球裝備——頭盔、長度正及二頭肌的袖套、長靴、塞進靴裡的白色長褲、扣環錯綜複雜的護膝，還有皮手套——也是很熟悉的畫面。這些他都看過。就分類而言，他應該會覺得很無聊才對。這不應該勾起他任何本能的、肉體的、或是讓他精神分裂的感覺。

但亨利策馬跑過球場，大腿的那股力量，以及他的屁股在馬鞍上劇烈彈跳的樣子，還有他的手臂揮舞時肌肉舒張和活動的模樣……看著他的動作和他穿的服裝——這些實在有點太超過了。

亞歷克熱汗淋漓。這裡是二月的康尼迪克州，但亞歷克卻在自己的大衣中冒著汗。

最可惡的是，亨利打得很好。亞歷克不打算假裝自己對馬球規則有興趣，但他的性欲總是會占上風。看著亨利的靴子緊踩馬鐙作為施力點，他就會忍不住想起靴子內小腿的模樣，以及他打著赤腳跪在床上的樣子。亨利的腿也是以同樣的方式張開，只是在中間的是亞歷克。汗從亨利的眉毛落下，滴在亞歷克的喉嚨上。就是，呃……就是這樣。

他想要——老天，假裝沒有這回事這麼多個月之後，他現在又想要了，現在，馬上。球賽進行的時間像是地獄六道輪迴般這麼久，亞歷克覺得要是他不馬上碰到亨利的身體，他就要昏厥或是尖叫了。他現在腦中唯一的念頭就只有亨利的身體和他潮紅的臉，而這世界上其他存在的分子都只是擋路而已。

「我不喜歡你現在的樣子喔。」當他們來到看臺底部時，艾米觀察著他的雙眼。「你看起來……很熱。」

「我要去，呃。」亞歷克說。「跟亨利打個招呼。」

艾米的嘴巴拉成一條不悅的直線。「請不要詳述細節。」

「對，我知道。」亞歷克說。「妳要撇清關係。」

「我不知道你在說什麼。」

「當然，」他用一隻手梳過頭髮。「沒錯。」

「好好享受你和英國代表選手的高峰會吧。」她平板地告訴他，亞歷克則在心中暗自感謝工作人員保密協定的存在。

他朝馬廄走去。光是想到亨利的身體越來越靠近他，他就已經開始起雞皮疙瘩了。又長又精實的腿，草汁沾在潔白的緊身褲身上，這項運動為什麼一定要這麼噁心，亨利在打的時候卻又看起來這麼棒——

「喔靠——」

他差點一頭撞上正好繞過馬廄角落的亨利。

「喔，哈囉。」

他們站在那裡對看著，距離上次亨利對著亞歷克房間的天花板咒罵的時候已經隔了十五天，他不知道下一步要怎麼辦。亨利還穿著全套馬球裝備、戴著手套，而亞歷克無法決定他現在是覺得快樂，還是想要拿馬球桿砸他的頭。馬球棒？馬球棍？馬球……槌？這個運動根本就是個劣質的仿冒品。

亨利補了一句話打破沉默。「我其實正要去找你。」

「喔，那好啊，我在這了。」

「你在這了。」

亞歷克回頭看了一眼。「呃。這裡有攝影機。三點鐘方向。」

「對。」亨利挺起肩膀。他的頭髮很亂，有點潮濕，臉頰仍然帶著運動後的血色。他們去參加賽後記者會的時候，他在照片裡會看起來像是該死的太陽神阿波羅。亞歷克微笑著，知道大家都會買帳。

「嘿，不是有個東西。」亞歷克說。「你打算，呃，要給我看的嗎？」

亨利看著他，眼神轉向附近走動的百萬富翁和社交名流，然後又回到他身上。「現在？」

「我花了四個半小時搭車上來，再過一小時就要回去華盛頓特區了，所以我不知道你還有什麼更好的時間。」

亨利頓了頓眼光轉向四周的攝影機，然後露出一個營業用的微笑，笑了一聲，一手拍上亞歷克的肩膀。「啊，是的。沒錯。這邊請。」

他轉過身，領路前往馬廄後方，然後向右轉進一扇門內，亞歷克跟在後方。這是一間很小的房間，沒有窗戶，連在馬廄旁。室內瀰漫著一股皮革油和木頭的味道。牆上掛著沉重的馬鞍、馬鐙、轡頭和韁繩。

「原來有錢白人的性愛調教室長這樣啊。」亞歷克感嘆道。亨利從他身後走過，從牆上的鉤子上取下一條粗皮帶，亞歷克差點沒暈過去。

「什麼？」亨利漫不經心地說，經過他身邊，把門綁死。他轉過身，一臉無害而不可置信的表情。「這叫做馬具室。」

亞歷克扔下自己的大衣，跨了三個大步來到他面前。「我其實不是很在乎。」他說，然後抓住亨利愚蠢 Polo 衫的愚蠢領子，吻上他愚蠢的嘴唇。

這個吻很棒，又深又熱情，而亞歷克無法決定自己要把手放在哪裡，因為他想要同時碰觸亨利的所有地方。

「吼。」他怒氣沖沖地低吼，把亨利向後推開，然後故作嫌棄地上上下下打量了他一圈。「你看起來超蠢的。」

「我應該要——」亨利退開一步，把一隻腳放在旁邊的椅子上，準備把自己的護膝拆下。

「什麼？不，不要拿下來。你穿著。」亞歷克說。亨利僵在原處，像是刻意在擺姿勢一樣，大腿大張，一隻膝蓋抬起，布料緊繃在肌肉上。「我的天啊，你在幹嘛？我看不下去了。」亨利皺起眉頭。「不，老天，我的意思是——我真的會被你氣死。」亨利小心翼翼地把靴子踩回地上。亞歷克好想死。「過來啦，靠。」

「我有點困惑。」

「我他媽也是啊。」亞歷克覺得自己一定是前世造了什麼孽，才要受這種折磨。「聽著，我不知道為什麼，但是這整個東西——」他比了比亨利的全身體上下。「——真的讓我……很有感。所以我必須要。」他沒有再多說什麼，只是跪了下來，開始解開亨利的皮帶，拉著他褲頭的扣環。

「喔，天啊。」亨利說。

「對。」亞歷克同意，然後拉下亨利的四角褲。

「喔，天啊。」亨利重複，這次帶著滿滿的感覺。

這一切對亞歷克來說還是好新，但是跟著自己腦中過去一小時不斷重複播放的各種細節，這對他來說也不是很難。他抬起眼，看見亨利的臉色潮紅，表情呆滯，嘴唇微開。看他的樣子，幾乎都讓亞歷克心痛了——運動員式的專注、身為王室的一切裝飾全都為了他而敞開。他正看著亞歷克，眼神深邃而迷茫。亞歷克直直地回應他的目光，兩人全身上下的神經都集中到單一點上了。

一切發生得又快又下流，亨利不停咒罵，雖然這還是讓亞歷克覺得不可思議的性感，但這次髒話之間還夾帶著稱讚，不知為何似乎更火辣了。亞歷克沒想到「很好」用亨利的白金漢口音說起來會是這樣，也沒想過高級皮革讚賞地滑過他的臉頰、或是戴著手套的拇指滑過他嘴角的感覺會是這樣。

等到亨利結束後，他讓亞歷克坐在長椅上，然後讓自己的護膝派上用場。

「我還是很不爽你。」亞歷克像戰敗般向前一倒，額頭靠在亨利的肩膀上。

「當然了。」亨利模稜兩可地說。

亞歷克把亨利扯過來，給了他一個又深又流連的吻，和自己說的話完全搭不上邊。然後他們吻了又吻，亞歷克決定不要去數、也不要細想。

他們安靜地溜出馬具室，來到保母車等待的賽馬場出入口時，亨利碰了碰亞歷克的肩膀，手掌壓進他的羊毛大衣和肌肉。

「我想你短時間之內應該不會出現在肯辛頓宮附近囉？」

「那個鬼地方？」他眨了一下眼。「可以的話當然不會。」

「喂，」亨利咧嘴笑了起來。「這句話可是對王室的大不敬。是抗命，這是會被丟進地牢的大罪喔。」

亞歷克轉過身，倒退著走向他的車，揮起雙手。「不要拿大好時光來威脅我。」

[電子郵件內容：西元二〇二〇年，三月]

寄件人：**A** <agcd@eclare45.com>

收件人：**亨利**
主旨：**巴黎行？**

尊敬的不知道哪裡的亨利王子殿下：

別逼我記你的稱號。
這週末的保育雨林募款活動在巴黎舉辦，你會去嗎？

亞歷克
你前任殖民地的第一公子

寄件人：**亨利** <hwales@kensingtonemail.com>
收件人：**A**
主旨：**Re：巴黎行？**

致英國附屬地的第一公子亞歷克：

首先，你該知道如此刻意胡說我的稱號有多麼不妥當，這般大不敬已足以讓我下令將你製成王宮沙發的椅墊。你該慶幸的是，我覺得你和我的起居室裝潢不太搭。

其次，我不會去參加巴黎的募款活動，因為我事前已有其他安排。你可能需要另尋在更衣室裡勾搭的對象。

敬祝　安好

威爾斯親王　亨利王子殿下　謹此

寄件人：**A** <agcd@eclare45.com>

收件人：**亨利**

主旨：**Re：巴黎行？**

讓人頭超痛的不管你是誰的亨利王子：

有那麼大一根皇家權棍插在你屁股裡，你居然還能坐下來寫信也是挺厲害的。我記得你明明很喜歡被我「勾搭」呀。

反正那裡的人一定都很無聊。你要幹嘛？

討厭募款活動的第一公子亞歷克

寄件人：**亨利** <hwales@kensingtonemail.com>
收件人：**A**
主旨：**Re：巴黎行？**

喜歡逃避責任的第一公子亞歷克：

皇家權棍的正式名稱是「權杖」。

我被派去參加一場在德國的高峰會，假裝自己好像真的懂什麼風力發電。我要在那裡聽穿著吊帶短褲的老人上課，然後和風車合照。英國王室決定表態我們在乎永續能源——或至少我們想要看起來像這樣。一派胡言。

至於募款活動的賓客，我以為你也覺得我很無聊？

祝　安好

慷慨激昂的王子殿下

寄件人：**A** <agcd@eclare45.com>
收件人：**亨利**
主旨：**Re：巴黎行？**

讓人反胃的王儲：

我是最近才注意到你不像我以為的那麼無聊，有時候啦。尤其是你用舌頭那樣做的時候。

專門在半夜寄問題郵件的第一公子亞歷克

寄件人：**亨利** <hwales@kensingtonemail.com>
收件人：**A**
主旨：**Re：巴黎行？**

專門在我早上開會期間寄來不恰當郵件的第一公子亞歷克：

你現在是在調戲我嗎？

祝　安好

帥氣的王室異端

寄件人：**A** <agcd@eclare45.com>
收件人：**亨利**
主旨：**Re：巴黎行？**

尊敬的王室性愛大師：

如果我要調戲你，你馬上就會知道了。

例如：我這整週都在回味你的唇緊貼著我的畫面，所以希望你能來巴黎讓我付諸實行。

我也希望你知道怎麼選購法式起司，我超沒概念的。

想要買起司和咬咬的第一公子亞歷克

寄件人：**亨利** <hwales@kensingtonemail.com>

收件人：**A**

主旨：**Re：巴黎行？**

讓我在早上會議把茶灑出來的第一公子亞歷克：

我討厭你。會想辦法離開德國的。

（飛吻）

7

亨利真的從德國跑來了，他和亞歷克在小丘廣場旁一群吃可麗餅的觀光客旁碰面，身穿一件正藍色的夾克，臉上帶著邪惡的微笑。兩瓶紅酒之後，他們跌跌撞撞回到亞歷克的飯店房間，亨利跪在白色大理石地面上，用深不見底的藍色大眼望著亞歷克，而亞歷克不知道世界上有什麼語言可以形容他。

他好醉，亨利的嘴好軟，這一切都法式得讓他忘了把亨利送回自己的飯店。他忘了他們不會一起過夜。所以，他們一起過夜了。

早晨時分，他發現亨利蜷曲在他身邊，他的脊椎在背上形成一個個尖銳的小凸起，但當亞歷克伸手去碰觸時，他發現那其實還是軟的。他的動作很小心，不去吵醒他，因為他難得好好睡著一次。客房服務送來了脆皮法國麵包、塞滿杏仁的甜塔，還有一份世界報；亞歷克要亨利翻譯給他聽。

他模糊地記得，他告訴過自己，他們不會做這種事的。但現在這已經變得不太清楚了。

等亨利走了之後，亞歷克在床邊的便條紙上發現亨利留下來的字：尼可・巴瑟洛繆起司舖。留給你祕密一夜情的對象起司專賣店的地址，亞歷克真的不得不承認，這完全就是亨利的作風。

稍晚，薩拉傳了一張內容農場的螢幕截圖給他，上面寫著他和亨利「本世紀最佳男男戀」的故事。文章裡整理了很多他們的照片：幾張來自州際晚宴，還有他們在格林尼治的馬廄外對著彼此微笑的畫面，另一張則是在巴黎，一個法國女孩的推特上貼的偷拍照，亞歷克靠在一家小咖啡館外的椅子上，亨利則正在喝掉兩人之間的那瓶紅酒。

報導下方，薩拉心不甘情不願地寫了一句：幹得好，你這個小廢物。

他想，這就是他們的應對方式了——這世界會一直把他們兩人視為最好的朋友，他們也要繼續這樣保持下去。

客觀來說，他知道自己該自律一點。這只是單純的肉體關係。但是固執又完美的白馬王子會在他高潮的時候大笑出聲，或是在奇怪的半夜時分傳簡訊給他：你這個卑鄙下流無恥的惡魔，我要親你親到你連話要怎麼說都忘記。亞歷克其實滿吃這一套的。

亞歷克決定不要想太多。通常狀況下，他們一年只會見幾次面；他們得用點創意來安排各自的行程，或是和他們雙方的團隊甜言蜜語幾句，才有可能在他們的身體有需求的時候見到彼此。至少他們還有一套面對國際公關關係的策略。

後來他發現，他們的生日只隔了不到三個星期，這代表在大部分的三月之中，亨利二十三歲，而亞歷克二十一歲。（我就知道他是個該死的雙魚座，茱恩是這麼說的。）三月底，亞歷克正好在紐約大學有一場選民登記運動，而當他把這件事傳給亨利時，他十五分鐘後得到了亨利簡短的回應：把紐約的慈善機構事務改到這個週末了。到時候紐約見，準備好好給你一頓生日教訓。

當他們在大都會博物館前見面時，攝影師們已經一個個現身了，所以他們握著彼此的手，亞歷克則露出拍照專用的微笑說道：「我現在就想要跟你獨處。」

在美國本土，他們的行事就更加小心了，兩人分開進入飯店，亨利由兩名隨扈伴隨著從後門進入，片刻後，亞歷克則和卡修斯一起進來，後者心知肚明地笑著，但什麼都沒說。

這一次的過程中充斥著香檳、接吻、以及亨利不知道從哪裡弄來的生日杯子蛋糕上的奶油，黏在亞歷克的嘴邊、亨利的胸口、亞歷克的喉嚨、以及亨利的雙股之間。亨利把他的手腕摁在床上，把他整個人都吞噬，亞歷克醉得一塌糊塗，魂都飛了，感受著二十二歲生日這一天，某種一生只有一次的放縱。而另一個國家的王子的腦袋可能正好合用。

這是他們幾個星期內的最後一次見面了，而在各種逗弄與也許一點點的拜託下，他終於說服亨利去下載了Snapchat。大部分的時候，亨利傳來的都是安分的、衣著完整的性感照，讓亞歷克在上課的時候坐立難安：對著鏡子的自拍、沾著泥土的白色馬褲、或是穿著俐落西裝的照片。某個星期六，當亞歷克正在看公共事務電視網的節目時，亨利傳來了一張他站在遊艇上，對著鏡頭微笑的照片，金黃的陽光灑在他的裸肩上，而亞歷克的心臟節奏變得好怪，他不得不把臉埋在手心裡整整一分鐘才恢復正常。

（但是，嗯，還好啦。這也不是全部。）

在這些照片之間，他們會聊亞歷克的競選事業，亨利的慈善事業，還有他們兩人的公開活動。他們也聊到阿波如何宣稱自己完全愛上茱恩了，並且在他和亨利相處的時候，有一半的時間都在瘋狂地頌讚茱恩、或是拜託他問亞歷克她喜不喜歡花（喜歡）或是異國鳥類（喜歡看，但不想擁有）或是做成她臉形狀的珠寶（不喜歡）。

很多日子裡，亨利都很樂意收到他的訊息，也回得很快，帶著幽默感，對亞歷克的陪伴和他腦中糾結的思緒飢渴不已。但有些時候，他會被某種陰暗的情緒給淹沒，講話會尖酸刻薄很多，變得既陌生又脆弱。他會以這樣的姿態面對亞歷克幾小時或幾天，而亞歷克開始了解到這是亨利的陣痛期、憂鬱情緒的小小發作、或是一切都太累人了的時候。亨利討厭這種時刻。亞歷克希望自己幫得上忙，但他其實不太介意。他只是對亨利的陰暗面、他恢復正常的過程，以及在這之間各種各樣的其他情緒同樣有興趣。

他也發現只要有正確的楔子，就能戳破亨利淡定的言行舉止。他喜歡提起那些會讓亨利一講就停不下來的話題，像是：

「聽著。」某個週四晚上，亨利在電話的另一邊熱烈地說。「我不在乎喬安納有什麼話好說，雷木思・路平絕對是同到不能再同的同性戀，我絕不接受別人的反對意見。」

「好吧。」亞歷克說。「老實說，我同意你的看法，但是還是請你解釋一下吧。」

於是接下來亨利就開始一連串長篇大論，亞歷克聽著他說，一方面覺得有趣、一方面又不得不讚嘆，直到亨利講到自己的結論：「我只是在想，身為這該死國家的王子，如果真的要說什麼英國的正向文化里程碑，我們大可做到不出賣我們自己的小眾族群。人們美化了佛萊迪・墨裘瑞、艾爾頓強、或是大衛鮑伊，容我說一句，他們可是在七〇年代時在街頭大跳傑格舞步的人。但那種美化就不是事實。」

這是亨利的另一個習慣——他會丟出他讀到、看到或聽到的分析，讓你知道他同時有英語文學學位、又對自己國家的同性戀歷史有廣泛的研究。亞歷克一直都知道美國的同性戀歷史——畢竟他父母的政治生涯一直都和這有關——但直到他搞清楚自己的狀態後，他才開始和亨利一樣認真參與。

他開始理解自己第一次讀到石牆風暴時，為什麼胸口會有一股難以平復的騷動，或是當二○一五年美國最高法院通過同性婚姻法案時，他為何會有那種隱隱作痛之感。他開始在空閒時間大量閱讀：詩人惠特曼、一九六一年伊利諾州法、一九七九年舊金山暴動、以及紀錄片《巴黎在燃燒[62]》。他在辦公桌上貼了一張照片，鏡頭中是八○年代的某場遊行，一個男人穿著一件夾克，上頭寫著：如果我死於愛滋——別埋葬我了——把我丟到食品藥物管理署門口就好。

當茱恩某天經過辦公室來和他吃午餐時，她無法把視線從那張照片上移開，臉上的表情很詭異，跟亨利溜進他房間後的隔天早上、他們喝咖啡時，她看他的表情一樣。但她什麼也沒說，只是繼續邊吃壽司、邊聊著她手頭上最新的計畫，想要把她所有的筆記集結起來，做成一本回憶錄。亞歷克不知道這一切會不會被她寫進去。如果他快點告訴她，也許有機會。他應該要快點告訴她了。

很奇怪，和亨利現在的關係反而讓他了解了自己很大的一個部分。當他陷入自己的思緒，開始想像起亨利的手、結實的指關節和優雅的手指時，他不懂自己為什麼從來沒發現。當他下一次在柏林的一場舞會見到亨利時，他再度感受到那股引力，拉著他乘著禮車跟在亨利後方，然後用亨利自己的領帶把他的手腕綁在飯店床鋪的柱子上，而他覺得他又更了解了自己一點。

62《巴黎在燃燒（Paris Is Burning）》，拍攝於一九八○年代中後期，記錄當時紐約市的同性戀及變性人社群文化。

兩天後，他參與了每週固定的簡報會議，而薩拉用一手抓住他的下巴，硬是把他的頭轉到一邊，仔細看著他的頸側。「那是草莓嗎？」

亞歷克僵在原地。「我……呃，不是吧？」

「我看起來很笨嗎，亞歷克？」薩拉說。「這是誰種的？你為什麼沒有讓他們簽保密協定？」

「我的天啊。」他說。認真說，薩拉最不需要擔心資訊外流的對象就是亨利了。「如果我需要保密協定，我早就告訴妳了。安啦。」

薩拉不喜歡人家對她說「安啦」。

「看著我。」她說。「我從你還會在抽屜裡貼貼紙的時候就認識你了好嗎。你覺得我會看不出來你什麼時候在說謊？」她尖銳而繽紛的指甲戳上他的胸口。「不管那是誰留下的，那最好是在競選期間你准許會面的女孩子之一。你離開我的視線之後我就會再寄一份名單給你，以免你已經弄丟了。」

「最後提醒你一下。」她繼續說。「我說什麼都不會讓你任何白痴行徑毀掉你媽媽——我們的第一任女性總統——成為繼該死的喬治．布希之後第一個沒有連任成功的總統。你聽懂了嗎？如果有必要，我會把你鎖在房間裡一整年，你可以用摩斯密碼考期末考。如果你需要管好你的小頭，我可以幫你用釘書機釘在大腿上。」

她若無其事地轉回去埋首在她的筆記上，好像不知道自己剛剛才威脅要取他性命。在她後方，他看見茱恩坐在桌子旁，同樣也非常清楚地知道他在說謊。

「你姓什麼？」

打給亨利的時候，亞歷克從來沒有真正和他打過招呼。

「什麼？」對方的聲音和往常一樣饒富興味，慵懶地問道。

「你的姓啊。」亞歷克重複道。現在是傍晚時分，官邸外頭正狂風暴雨。他躺在日光室的中間，正在讀著工作要用的草稿。「我有兩個。你用你爸的姓嗎？亨利．福克斯？這聽起來超屌的。還是王室的姓比較重要，所以是用你媽的姓？」

他聽見電話另一頭傳來摩擦聲，便猜測亨利可能躺在床上。他們已經好幾個星期沒見了，所以他腦中立刻就浮現了那個畫面。

「官方姓氏是蒙克里斯頓—溫瑟。」亨利說。「跟你的一樣是連字。所以我的全名是……亨利．喬治．愛德華．詹姆士．福克斯—蒙克里斯頓—溫瑟。」

亞歷克瞪著天花板看。「我的天啊……」

「沒錯。」

「我還以為亞歷山大．蓋比瑞爾．克雷蒙—迪亞茲已經夠糟了。」

「你這是根據誰命名的嗎？」

「亞歷山大是開國元勳，蓋比瑞爾則是外交守護神。」

「這簡直就是命中註定了。」

「對吧，我連選都沒得選。我姐叫卡塔莉納[63]．茱恩，是取自那座島和茱恩．卡特．凱許[64]，但我的就是個自證預言。」

「我的確也有兩個同性戀國王的名字。」亨利指出。「我這也是預言啊。」

亞歷克大笑，把他的競選資料夾踢到一邊。他今晚不會再用了。「三個姓也太慘了吧。」

亨利嘆了一口氣。「在學校裡，我們都只是用威爾斯而已。不過現在在皇家空軍裡，菲力已經是溫瑟中尉了。」

「所以是亨利．威爾斯囉？那還好啊。」

「一點都不好。你是為了這個打來的嗎？」

「也許喔。」亞歷克說。「就當作我是對歷史好奇吧。」但事實是，他想聽亨利微微拖長的語調，而他在打這通電話前已經猶豫了一個星期了。「講到對歷史的好奇心，跟你說一件事：我現在所在的房間，就是南西．雷根發現雷納德．雷根被槍殺的房間欸。」

「老天。」

「也是老二總統跟他家人說他要請辭的房間。」

「抱歉——誰是老二總統？」

「尼克森啊！聽著，你現在是在毀掉這個國家所有祖輩嘔心瀝血的成果，在強奪公民所栽培出的美麗鮮花。你至少要知道基本的美國歷史吧。」

63 聖卡塔莉納島（Santa Catalina），位於美國加州近海的小島。

64 茱恩．卡特．凱許（June Carter Cash），五次獲得葛萊美獎的美國歌手。

「我不覺得強奪是個正確的字眼。」亨利朗聲說道。「如果是如此，那我至少該有處女新娘可以搶。但現在顯然不是如此。」

「嗯哼，我想你那些技巧大概也都是從書上學來的吧。」

「嗯，我的確有去上大學。只是不是從書上學來的。」

亞歷克哼了幾聲以示同意，然後讓鬥嘴的節奏停在這裡。他看向房間另一端——那扇窗戶原本只有薄紗窗簾作為遮擋，是塔夫脫總統一家在熱天晚上睡覺用的房間，艾森豪總統以往打牌的角落，現在則堆滿了里歐的舊漫畫。那些藏在表面下的東西。亞歷克總是能把它們挖出來。

「嘿。」他說。「你聽起來怪怪的。沒事吧？」

亨利屏住呼吸，清了清喉嚨。「我沒事。」

亞歷克什麼也沒說，只是讓沉默在兩人之間拉成一條細細的線，然後才開口打破：「你知道，我們這個安排……你也可以跟我說一些事的。我什麼都告訴你，政治的、學校的、還有八點檔的家事。我知道我不是最正常的人類溝通典範，但是，你懂的。」

又是一個停頓。

「我……一直以來，我都不是很會說話。」亨利說。

「嗯，我以前也不是很會口交啊，但我們都要邊學邊成長，小甜心。」

「以前不是？」

「喂！」亞歷克喝斥道。「你是說我現在還是很爛嗎？」

「不是，不是。我哪敢這樣說啊。」亨利說，而亞歷克可以聽見他聲音裡淺淺的笑意。「只是第一個，嗯。至少很有熱忱啦。」

「我可不記得你當時有抱怨喔。」

「對啊，但我當時可是等了超級久。」

「好啦，你看看。」亞歷克指出。「你這不就說了嗎？你也可以告訴我其他事啊。」

「這是兩回事。」

他翻身趴在地上想了一下，然後非常刻意地說了一聲：「寶貝。」

這已經變成一種默契了。他知道的。他幾次不小心說溜嘴，而每一次，亨利都明顯地融化了，亞歷克只是假裝沒有注意到。現在他打算來陰的。

電話另一邊發出一聲細細的吐氣聲，像是空氣穿過窗戶上的一個裂縫。

「現在，嗯，現在不是個好時機。」他說。「你是怎麼形容的？八點檔的家事。」亞歷克癟起嘴唇，咬住臉頰內側。終於。

他一直在想，亨利什麼時候才要告訴他王室家庭的內幕。他會用模糊的隱喻來表示菲力被緊緊困住，使他像個原子鐘一樣衰敗，或者提到他祖母又不同意什麼事了，而他也和亞歷克提起茱恩的頻率一樣常常提起小碧。但亞歷克知道遠遠不止這樣。但他沒辦法說自己是什麼時候注意到的，就像他也不知道自己是什麼時候開始算起亨利的情緒變化的。

「啊，」他說。「我知道了。」

「你應該沒有在關注英國的八卦小報吧？」

「盡量不看。」

亨利發出最苦澀的笑聲。「嗯，每日郵報一直都很喜歡揭露我們家的醜事。他們，呃，他們幾年前給了我姐一個綽號。『白粉公主』。」

亞歷克似乎有點印象。「那是因為……」

「是的，古柯鹼，亞歷克。」

「嗯，聽起來滿耳熟的。」

亨利嘆了口氣。「嗯，有人想辦法越過了隨扈，在她的車上噴了『白粉公主』的字。」

「靠。」亞歷克說。「然後她就炸毛了？」

「你說小碧嗎？」亨利笑了，這次聽起來比較真誠了一點。「不，她其實不介意這種事。她還好。她比較介意的是居然有人能闖過隨扈。祖母把一整隊的隨扈都開除了。但是……我也不知道。」

他的話音漸落，但亞歷克猜得到。

「但你很在乎。因為雖然你是弟弟，但你還是想要保護她。」

「我……對。」

「我知道這種感覺。去年夏天，我在芝加哥音樂節的時候差點動手揍一個人，因為他想摸茱恩的屁股。」

「但你沒有嗎？」

「茱恩把自己的奶昔倒在他身上了。」亞歷克解釋道。他聳了聳肩，但知道亨利也看不到。「然後艾米又用電擊槍放倒他，胖豬哥身上的草莓奶昔燒焦的味道真的滿屌的。」

這讓亨利放聲大笑。「她們其實不需要我們，對吧？」

「真的。」亞歷克同意道。「所以你生氣是因為這些傳言不是真的嗎？」

「嗯……其實那是真的。」

喔。亞歷克想。

「喔。」亞歷克說。他不知道自己還能怎麼回應，於是把希望轉向自己平常的政治場面話，但卻覺得每一句都既現實又令人難以忍受。

亨利有點緊張地繼續說下去。

「你知道，小碧一直都只想學音樂。」他說。「可能是因為她小時候，爸媽放太多強尼・米歇爾的歌給她聽了。她想學吉他，但祖母想要她學小提琴，因為這比較正式。小碧兩個都學了，但大學她唸的是古典小提琴。總之，她大四的時候，我爸死了。事情發生得……很快。他就那樣走了。」

亞歷克閉上眼睛。「靠。」

「對。」亨利說，聲音變得有些沙啞。「我們都有點招架不住。菲力不得不變成一家之主，我變成了一個混蛋，我媽變得足不出戶。小碧則是覺得一切都瞬間變得沒有意義了。她大學畢業的時候，我剛入學，菲力那時候在阿富汗服役。她每天晚上都跑出去，跟一堆倫敦憤青混在一起，在地下場所表演吉他，又嗑了一大堆的古柯鹼。那些八卦小報愛死這段了。」

「天啊。」亞歷克低聲說道。「我很遺憾。」

「沒事。」亨利說，聲音裡逞強的語調揚起，好像他有時候會固執地揚起下巴那樣。亞歷克真希望自己能看到。「不管如何，這些過度檢視和狗仔的照片，還有那個該死的綽號，一切都變得太超過了，然後菲力就回來了一個星期，祖母則逼她去勒戒，然後對媒體宣稱她身體微恙休養。」

「等等——抱歉。」亞歷克來不及阻止自己就脫口道。「只是。你媽媽呢？」

「在我爸去世之後，我媽就很少露面了。」亨利吐了一口氣，然後打住。「抱歉，這樣講也不公平。只是……當時她完全被悲傷給困住了。她當時完全沒有行動能力。現在還是。她曾經是一個非常有活力的人。我也不知道。她還是會聽我們說，也努力要做點什麼，她希望我們都幸福。但我不知道的是，她還有沒有辦法成為任何人幸福中的一部分。」

「這樣……好可怕。」

一個沉重的沉默。

「總之，小碧她……」亨利繼續說下去。「她拒絕勒戒，不覺得自己有什麼問題，但是她那時候已經瘦到連肋骨都凸出來了，而且雖然我們從小一起長大，但她已經好幾個月沒跟我說話了。我記得有一天晚上她傳簡訊給我，叫我帶她出去，我就抓狂了。我那時候幾歲啊，十八歲？我開車去勒戒中心，看到她坐在房間裡，穿著高跟鞋，準備讓我載她去夜店。我就坐在地上哭起來，跟她說她不能這樣把自己毀掉，因為爸已經死了，我是同性戀，我不知道我還能怎麼辦。我是這樣跟她出櫃的。

「隔天，她就戒了，而且在那天之後就完全沒再碰過。我們從來沒跟別人提過那晚的事。我猜現在是第一次吧。我不知道我為什麼會說這些，我只是，真的從來沒說過。我是說，阿波是有參與到大部分的事，我——我也不知道。」他清了清喉嚨。「總之，我這輩子應該沒有一口氣說過這麼多個字，所以現在，隨時歡迎你打斷我的悲劇。」

「不，不。」亞歷克急急忙忙地說，差點咬到舌頭。「我很高興你願意告訴我啊。這樣有讓你覺得好一點嗎？」

亨利安靜了下來，而亞歷克好想看到他臉上的情緒變化，好想碰觸他的臉。亞歷克聽見電話另一端傳來吞咽聲，然後亨利說：「我想有吧。謝謝你願意聽。」

「當然了。」亞歷克對他說。「我是說，像我這麼可怕又累人的人，有時候聽聽跟我無關的事也是挺好的。」

這句話讓亨利低吼一聲，而當亨利再開口時，他忍不住吞下嘴角的微笑。「你真的很掃興。」

「對啦，對啦。」亞歷克說，然後他趁此機會問了他一個自己想問好幾個月的問題。「所以，呃。還有其他人知道嗎？你的事？」

「小碧是整個家族裡唯一一個知道的，但我猜其他人也懷疑過。我一直都有點不一樣，不像其他人那麼堅毅。我猜我爸知道，但他一點都不在乎。不過有一天，祖母等我上完課之後，叫我坐下，然後狠狠訓了我一頓，叫我不要讓任何人知道，我有這種很可能會製造王室醜聞的奇怪性癖，並告訴我如果有必要，有些辦法能幫我維持形象。」

亞歷克的腹部一陣翻攪。他想像著青少年時期的亨利，背負著無法想像的沉重悲傷，卻又被人要求得吞下去、並把其餘的自己給封閉起來。

「屁啦，認真的嗎？」

「王室奇談之一。」亨利高傲地說。

「天啊。」亞歷克一手搓著臉。「我是為了我媽假裝過一些事啦，但從來沒有人這麼直接地叫我對自己的事情說謊。」

「我覺得她不認為那叫做說謊，她只覺得那是必要之惡。」

「就是屁話。」

亨利嘆了一口氣。「但我也沒有什麼其他選擇了，不是嗎？」

一陣長長的停頓，而亞歷克想著皇宮裡的亨利，想著亨利過去的那些年歲，以及他是怎麼走到今天這裡的。他咬了咬嘴唇。

「嘿，」亞歷克說。「跟我說說你爸吧。」

再次停頓。

「什麼？」

「我是說，如果你不——如果你想的話啦。我只是在想，除了他是詹姆士・龐德之外，我還真的不太認識他。他是怎樣的人？」

亞歷克在日光室裡一程一程地走著，聽亨利說話，講著一個和亨利一樣金黃髮色、鼻樑筆挺的男人的故事，但他只有在亨利說話、移動或大笑的時候才偶爾瞥見這男人的一點影子。他聽著那些偷溜出皇宮、並在郊區蹓躂的故事，或是他怎麼學駕駛帆船，或是坐在導演椅上的事情。在亨利記憶中，這個男人既是超人，又讓人心碎地有血有肉。這個男人主導了亨利的整個童年，取悅了全世界，但他同時也只是一個普通的人。

亨利描述他的方式就像是在進行一尊雕塑，兩端角落因喜愛而上揚，但中間則因為沉甸甸的重量而凹陷。他用低沉的聲音說著他父母的相遇——凱瑟琳，第一個有博士學位的公主，當時二十五歲，正在學習莎士比亞。她去莎士比亞環球劇場看《亨利五世[65]》的表演，而亞瑟正是主角，然後她就這樣跑去後臺，躲開她的隨扈，和他一起消失在倫敦的夜裡，跳舞跳了整整一夜。女王反對他們，但她還是和他結婚了。

他告訴亞歷克在肯辛頓皇宮長大的過程，小碧多喜歡唱歌、而菲力是怎樣黏著祖母，但他們很快樂，穿著羊毛衣和及膝襪，搭著直升機和閃亮亮的車在各個國家之間穿梭。他爸爸在他七歲生日時送了他一架銅製望遠鏡。他在四歲時就知道全國人都知道他的名字，他告訴他媽媽他不喜歡這樣，而她跪下來告訴他，她永遠、永遠不會讓任何東西傷害他。

於是亞歷克也開始說。亨利幾乎已經知道了他現有生活的所有大小事，但談起過去的成長經驗，他們似乎都有一條跨不過去的界線。他說起賈維斯郡，說起五年級時為學生競選，用美術紙做成的海報，還有去瑟夫賽德度假的家族旅行，他是如何一頭栽進浪花裡。他說著他舊家的大片落地窗，而亨利沒有說出口的是，他愛死了亞歷克以前藏在椅墊下的那些紙片。

外頭的光線逐漸轉暗，官邸外是沉悶而潮濕的傍晚時分。亞歷克下樓回到自己的房間，爬上床。他聽著亨利講自己大學時期形形色色的對象，說他們一開始是如何享受和王子上床的感

65《亨利五世（Henry V）》，莎士比亞於十六世紀末創作的歷史劇，講述英格蘭國王亨利五世的一生。

覺，但在見識到所有的保密協定和文件之後就立刻抽身；還有亨利無意間提到自己對這些保密和文件的負面情緒。

（「呃，但是，當然了。」亨利說。「在我跟你之後……就沒有……」

「我知道。」亞歷克回答得比自己想像的快。「我也沒有其他人了。」）

他聽著自己嘴裡說出來的話，那些他不敢相信自己敢說出口的話。他說著連恩，說著那些夜晚，還有當他的成績下滑時，他是如何偷偷幹走連恩的「聰明藥」，然後讓自己兩、三天不睡覺。他也講起茱恩，說她是如何住在這裡照顧著他，還有他因為自己無法離開姐姐而產生的罪惡感。他說起有些關於他媽媽的謊言是多麼傷人，還有他多害怕她會選輸。

他們講了好久，久到亞歷克不得不把手機插上充電器，以免直接關機。他翻過身聽著亨利說話，一手手背撫過旁邊的枕頭，想像亨利躺在電話另一端的床上，兩人之間相隔了三千七百英里。他看著自己咬得脫皮的指緣皮膚，想像著亨利在他的手指下，想像他們只隔著幾寸的距離在說話。他想像著亨利的臉，在這片藍灰色的黑暗中會是什麼樣子。也許他會有一小層淺淺的鬍渣，等著早上起床再刮，也許他的黑眼圈在黑暗中會顯得不那麼明顯。

但亞歷克曾經以為這人無所在乎，全世界的人也仍然相信他就是一位親切、無拘無束的白馬王子。他花了好幾個月的時間才到今天這步田地：他完全意識到自己錯得有多離譜。

「我好想你。」亞歷克脫口而出。

他立刻就後悔了，但亨利說：「我也想你。」

「欸，等等。」

亞歷克坐在椅子上，從自己的辦公隔間裡滑出來。下班後的清潔阿姨停下手邊的工作，一手握著咖啡壺的把手。「我知道這看起來很噁，但妳可以把它留給我嗎？我想要喝完。」

她懷疑地看了他一眼，但把最後一點煮得像爛泥一般的咖啡渣留下，然後推著她的推車離開了。

他低頭看著自己「唯一支持克雷蒙」的馬克杯，對裡頭沉澱的杏仁牛奶皺眉。這間辦公室為什麼就是沒有正常的牛奶？所以德州人才討厭華盛頓菁英。就是他們毀了整個乳製品產業。

他的桌上有三疊資料。他一直盯著那些紙張看，希望如果他在腦中複誦的次數夠多，他就會知道怎麼說服自己已經準備得夠好了。

第一疊是槍枝資料。這裡面詳細記載了每一種美國人能夠合法持有的瘋狂槍枝，還有每一州不同的槍枝管理條例，他得研究這份資料，好起草一份新的聯邦武器規範。這份資料夾上有一塊很大的披薩油印，因為它讓他壓力大到暴飲暴食了。

第二疊則是跨太平洋伙伴關係資料。他知道他得好好面對這份文件，但他幾乎沒有動過它，因為它實在無聊到極點。

第三份則是德州資料。

他不應該有這份資料的。這份資料不是政策組的主管給他的，也不是競選團隊裡任何人授權的。這甚至跟政見一點關係都沒有。而且與其說是文件夾，這份資料實際上是一個大風琴夾。他應該要稱呼它為德州資料包。

德州資料包是他的寶貝。他貪婪地守護著它，每當他離開辦公室時，他都會把它一起塞進自己的郵差包裡，避開欠揍韓特的注意。裡頭有一份德州地圖，記滿了複雜的投票人口分析，同時搭配著當地非法移民孩童的人數、沒有登記投票的合法住民，以及過去二十年的投票傾向。他在資料包裡塞了滿滿的數據表、投票紀錄、還有他拜託諾拉幫他計算的曲線圖。

二〇一六年時，當他媽媽在普選時獲勝，最讓人不爽的就是他們輸掉了德州。她是繼尼克森總統之後，第一個打贏選戰、但輸掉自己戶籍州的總統。他們其實不意外，因為德州一直都是泛紅的選區，但他們一直都默默希望洛梅塔的小希望能破除這個魔咒。她失敗了。

亞歷克一直回頭去看二〇一六年至二〇一八年之間的數字，一區一區地比較，而他沒辦法假裝自己沒感受到一絲希望。這裡面有一點什麼，有些什麼在改變。他敢發誓。

他並不是不對起草政見這個工作心懷感激，只是……那和他以為的不太一樣。這份工作既讓人挫敗又慢得可以。他應該要更專心、花更多時間在上面，但他反而一直回頭去看他的資料包。

他從欠揍韓特的哈佛筆筒裡抽出一支鉛筆，開始第一百萬次勾勒出德州的地圖，重新畫出過去那些老白人為了選票而規畫出來的選區。

亞歷克一直都希望自己能做到最好，而當他每天花這麼多個小時坐在他的辦公桌前，被所有枝微末節的資料壓得坐立難安時，他實在不知道自己做到了沒。但如果他能找到一個方法，讓德州的選票真正反應出它的精神……他當然沒有實力一手改造德州不公平的選區劃分，但要是他能——

一陣連續的震動聲將他拉回現實，他從背包底部挖出自己的手機。

「你在哪裡？」茱恩的聲音在電話另一端質問道。

幹。他看了一下時間：九點四十四分。他一個多小時前就應該要去和茱恩吃晚餐的。

「靠，茱恩，對不起啦。」他從桌邊跳起來，把東西掃進背包裡。「我工作耽誤了——我、我完全忘了。」

「我發了大概一百萬條簡訊給你。」她的聲音聽起來像是已經在幫他策畫喪禮了。

「我的手機關靜音了。」他無助地說，同時往電梯移動。「對不起對不起，我是個王八蛋，我現在就走。」

「別忙了。」她說。「我外帶了，回家見。」

「老姐。」

「拜託你現在別那樣叫我。」

「茱恩——」

通話切斷了。

當他回到官邸時，茱恩正坐在床上，吃著塑膠盒裡的義大利麵，平板上正在放《天涯小築[66]》的影集。她刻意無視出現在門口的亞歷克。

他想起他們小時候的一件事——那時候他八歲，茱恩十一歲。他記得他們一起站在茱恩的浴室鏡子前，看著他們兩人面孔的相似之處：圓圓的鼻尖，同樣粗濃而不受控制的眉毛，以及

---

66 《天涯小築（Parks and Recreation）》，由美國全國廣播公司（NBC）製播的喜劇電視影集。

遺傳自他們媽媽的堅毅下巴。他記得開學第一天，自己在刷牙時研究著茱恩的表情；那天他們的爸爸替茱恩編了辮子，因為媽媽人當時正在華盛頓特區，沒辦法陪他們。

他現在也在茱恩臉上看見了類似的表情：小心翼翼藏起來的失望。

「真的很對不起。」他又試了一次。「我現在真的覺得自己很爛，拜託不要生我的氣。」

茱恩繼續咀嚼，死死盯著螢幕上的萊絲莉．諾普。

「我們明天可以一起吃午餐。」亞歷克焦急地說。「我請妳。」

「我才不在乎一頓蠢飯，亞歷克。」

亞歷克嘆了一口氣。「那妳希望我怎麼做呢？」

「我希望你不要變得跟媽一樣。」茱恩終於抬起眼看著他。她把食物蓋起來，爬下床，走到房間的另一端。

「好吧，」亞歷克舉起雙手。「妳是說我現在就是了嗎？」

「我——」她深吸一口氣。「不是。我不該那麼說的。」

「妳的意思很明顯了啊。」亞歷克說。他把郵差包扔到地上，走進房裡。「妳乾脆把話說清楚好了。」

她轉過臉來面對著他，雙手交抱在胸前，背緊貼著她的衣櫃。「你真的不知道？你都不睡覺，不斷讓自己投入下一個工作。你樂意讓媽隨意利用你，讓那些八卦媒體追著你跑——」

「茱恩，我一直都是這樣啊。」亞歷克溫和地打斷她。「我要成為一個政治家。妳一直都知道的。我一畢業就要開始——只剩下一個月了。我的人生以後就會是這樣，好嗎？這是我的選擇。」

「嗯，也許這是個錯誤的選擇。」茱恩咬著嘴唇。

他把重量壓在自己的腳跟上。「妳這句話是從哪冒出來的？」

「亞歷克，」她說。「你也幫幫忙。」

他不知道她到底想要表達什麼。「在今天以前，妳一直都是挺我的呀。」

她揮起一隻手強調，直接打翻櫃子上的一盆仙人掌。「因為在今天以前，你也還沒有跟英國王子上床啊！」

這句話很有效地堵住了亞歷克的嘴。他走到沙發區，一屁股跌坐在一張扶手椅上。茱恩看著他，臉頰漲紅。

「諾拉告訴妳了。」

「什麼？」她說。「她才不會做這種事。但是你選擇告訴她而不是我，這實在讓人滿不爽的。」她再度環抱起雙臂。「對不起，我本來一直想要等到你自己告訴我的，但是老天，亞歷克，你一次又一次自願參加那些國際性的公開活動，我們以前可是避之唯恐不及，你要我怎麼相信？而且，你忘了我這輩子幾乎一直都睡在你對門的房間裡嗎？」

亞歷克瞪著自己的鞋子，還有茱恩精心挑選的中世紀地毯。「所以妳要為了亨利的事生我的氣？」

茱恩發出一聲喪氣的低吼，當他抬起眼時，茱恩正在挖著櫃子上層的抽屜。「我的天啊，你為什麼可以同時這麼聰明又這麼笨啊？」她從內衣下方撈出一本雜誌。他正準備告訴她他現在沒有心情，但她已經把雜誌丟到他身上了。

那是一本年代久遠的《J14 雜誌》，正中間攤開，上面印著十三歲的亨利。

他抬起眼。「妳早就知道了？」

「我當然知道！」她說，一面戲劇性地坐到他對面的椅子上。「你每次都會留下油油的小指印！你怎麼老是覺得你可以裝沒事矇過去啊？」她發出一聲長長的嘆息。「我一直都不知道他對你而言究竟是什麼，直到後來我懂了。我以為你只是一時的暗戀什麼的，或是我可以幫你找個新朋友，但是亞歷克，我們遇過這麼多人。成千上萬的人，有很多人是白痴，也有很多獨一無二、了不起的人，但我幾乎從來沒有遇過能和你平分秋色的人。你知道嗎？」她傾身向前，一手搭上他的膝蓋，粉紅色的指甲襯著他的藍色長褲。「你是這麼有想法的人，要找到能和你相提並論的人實在太難了。但他可以，蠢蛋。」

亞歷克瞪大雙眼看著她，試著吸收她所說的話。

最後亞歷克決定說「我覺得妳把妳的少女心投射到我身上了」，茱恩立刻抽回手，再度怒瞪他。

「你知道分手其實不是伊凡提的嗎？」她說。「是我提的。我本來要和他一起去加州，跟爸住在同一個時區，然後在該死的沙加緬度蜜蜂報找一份工作。但是我放棄了那一切，選擇來這裡，因為那才是我該做的事。我和爸做了一樣的事——我選擇了最需要我的地方，因為這是我的責任。」

「但妳後悔了？」

「沒有。」她說。「我不知道。我不覺得啦。但是——有時候我還是會想想。爸有時候也會。亞歷克，你不用猶豫。你不用和我們的爸媽一樣。你可以留住亨利，然後再考慮其他東西。」她現在看著他的眼神平靜而堅定。「有時候你的火燒屁股根本就沒有理由，你會把自己燒乾的。」

亞歷克向後一靠，一手拇指撫著扶手上的縫線。

「所以呢？」他問。「妳要我放棄政治這條路，跑去當公主嗎？這很不女權喔。」

「女權也不是這樣運作的好嗎。」她翻了個白眼。「我也不是那個意思。我是說……我也不知道。你有沒有想過，你還有別種方式能夠發揮你的天賦？或是用其他方式在這世界中產生最大的影響？」

「我覺得我跟不上妳的速度。」

「嗯。」她低頭看著自己的手指。「像是蜜蜂報這件事——這從頭到尾都行不通的。那是我在媽變成總統之前的夢想。但是身為第一小姐，我不可能再進行那種新聞工作了。現在這個世界因為有她而變得更美好，所以我也在找一個更好的夢想。」她迪亞茲家的棕色大眼睛直視著他。「所以，我不知道。也許你也可以有不一樣的夢想，或是不只一種達成的方法。」

她聳了聳肩膀，歪著頭坦然地看著他。茱恩時常讓人覺得摸不透，像是一團複雜的情緒和想法，但她的心是誠實而真摯的。在亞歷克心中，她就是南方精神最神聖的化身：永遠慷慨、溫暖而真誠，工作勤奮而可靠，是一盞不會熄滅的燈。她只是希望他得到最好的，毫無私心、毫無算計。他突然意識到，她想和他談這些已經很久了。

他低頭看著那本雜誌，感覺到自己的嘴角緩緩上揚。他不敢相信這麼多年了，茱恩居然還留著它。

「他看起來好不一樣。」長長的一分鐘過去後，他開口說。他看著書頁上稚嫩的亨利，還有他那股偽裝不來的輕鬆而堅定的態度。「我是說，長得當然差很多啦。但是他的姿態。」他的手指滑過紙張，就像他小時候做的那樣，經過他金黃色的頭髮，不過他現在已經知道它的觸感了。在他知道現在的亨利是怎麼成長的之後，這是他第一次看見這張照片。「有時候，想到這件事就讓我很不爽，他到底都經歷了些什麼。他是個好人。他真的很有心，也很努力。他不應該被這樣對待。」

茱恩傾身向前，和他一起看著照片。「你跟他說過嗎？」

「我們不是……」亞歷克咳了一聲。「我也不知道。我們不太會這樣說話。」

茱恩深吸一口氣，然後用嘴巴發出一聲超大的放屁聲，打破了嚴肅的氣氛。亞歷克鬆了一口氣地滑落到地上，爆出一串歇斯底里的大笑。

「喔，少來！」她喊道。「你的情緒用詞都到哪裡去了？我們的祖先經歷幾世紀的戰爭和瘟疫和大屠殺，我真不敢相信他們會造就你這種可悲的傢伙。」她把抱枕往他臉上丟去，正好擊中，他發出一聲尖笑。「你應該試著把那些話告訴他啊。」

「別再把我的人生珍．奧斯汀化了好嗎！」他喊回去。

「聽著，他是一位神祕的年輕退休貴族，你是一位個性強烈的天真少女，勾起了他的興趣，這一切都不是我的錯好嗎？」

他大笑著，試著爬走，她卻抓住他的腳踝，又拿起另一顆枕頭掄他的頭；他還是對於放她鴿子的事情感到很抱歉，但他想他們現在應該沒事了。他會努力的。他們在她的頂棚大床上搶著位子，然後她逼他講起和一個真正的王子幽會到底是什麼感覺。所以茱恩就知道了，她知道了他的祕密，然後擁抱了他，然後她一點都不介意。直到這股恐懼消失，他才意識到自己有多麼害怕。

她再度放起《天涯小築》，並讓廚房送了冰淇淋過來，亞歷克想著她說你不用和我們的爸媽一樣時的口氣——她從來沒有像這樣，把他們的爸媽相提並論。他知道她向來不滿他們的媽媽在世界上占有這樣的地位，不滿他們沒辦法有正常的生活，也不滿媽媽把自己從他們的生活中抽離。但他從不知道她對於爸爸，也和他有同樣的失落感。只是她對於爸爸的失望已經是面對過、也釋懷了的。而和媽媽的部分，她還在應付。

他還是覺得她錯了——他不相信他現在需要在政治與亨利之間選邊站，也不覺得他的事業起步得太快。但是……他想到他的德州資料包，還有其他像德州一樣的州、還有幾百萬需要有人為他們奮戰的人，還有他腹中那股激動，好像他充滿鬥志，而他能把這些動力集中成為某個實際的作為。

他還有法律學院這個選項。

每次當他看著德州資料包時，他知道這會是他跑去考該死的法學院入學考試的一大誘因，他父母也一直都希望他能往這條路前進，而不是一頭栽進政治圈裡。他一直、一直拒絕。他不喜歡等待，也不喜歡像這樣花時間，更不喜歡被人指使。

他從來都把這個選項當作一條別人為他鋪好的路而已，沒有認真去思考過。也許他該想一想了。

「我如果現在跟妳說，亨利那個超性感又超有錢的好朋友，基本上已經完全愛上妳了，妳會不會覺得我很靠北？」亞歷克對茱恩說。「他就是某種億萬富翁、天才、瘋子、精靈和夢想慈善家的綜合體。我覺得妳應該滿吃這一套的。」

「麻煩你閉嘴。」她說，然後把冰淇淋桶搶了回來。

在茱恩知道後，心照不宣的小圈圈就變成七個人了。

遇到亨利之前，他作為美國第一公子的戀愛關係，一直都是屬於僅限一次的意外，卡修斯或艾米在事前會先沒收對方的手機，在事後又會安排對方簽保密協定——艾米是技術性的專業，卡修斯則帶著遊艇船長般的沉穩。他們兩個不可避免地會知道。

然後就是夏安，除了亨利的諮商師之外，夏安是王室成員中唯一一個知道亨利是同性戀的人。只要不惹上麻煩，夏安完全不在乎亨利的形象。他是一個穿著潔淨無瑕西裝的完美主義者，對於世上的一切都無動於衷，他對他主子的溺愛，在他把亨利當成一株盆栽植物般來照顧的行為中表露無遺。夏安和艾米與卡修斯知道的原因一樣：這是百分之百的義務。

再來就是諾拉，每當這個話題出現時，她總是表現出一副洋洋得意的樣子。還有小碧，有一天她不小心亂入了他們晚上的視訊時間，讓亨利接下來的一天半都只會口吃和放空。

至於阿波，他好像一直以來都知道這個祕密。亞歷克想像著那天，在甘迺迪花園裡接吻後，亨利是怎麼在連夜逃離美國時被阿波質問的。

當亞歷克在華盛頓時間的凌晨四點打視訊電話給亨利，預期他應該在喝早餐茶的時候，接起來的人是阿波。亨利正在家族擁有的一間鄉村宅邸裡放假，而亞歷克卻在大學最後一週的煉獄中生不如死。他不知道自己的偏頭痛，為什麼會想要靠亨利舒服而優雅、坐在綠色鄉間喝茶的畫面來舒緩。他只是按下了手機上的通話鍵。

「亞歷山大，親愛的寶貝。」接通時，阿波說道。「在這麼嘆為觀止的週日早晨，你竟然願意致電你的阿波阿姨，真是個討人喜歡的孩子。」他坐在一輛看來十分豪華的車子副駕駛座，面帶微笑，戴著一頂大得荒謬的遮陽帽，肩披條紋披肩。

「哈囉，阿波。」亞歷克咧嘴笑起來。「你們在哪裡？」

「我們出來兜風，享受一下卡馬森郡的可人風景。」阿波告訴他，同時把鏡頭轉向駕駛座。「跟你的姘頭說聲早安吧，亨利。」

「早安，姘頭。」亨利暫時把視線從路上轉開，對著鏡頭眨了眨眼睛。他的臉看起來清新而放鬆，灰色亞麻襯衫的袖子捲起，亞歷克知道在威爾斯的某處，亨利難得睡了一場好覺，這讓他平靜了許多。「你怎麼四點還沒睡啊？」

「我該死的經濟學期末考。」亞歷克翻身，瞇起眼睛看著螢幕。「我的腦子已經轉不動了。」

「你不能想辦法弄一副特勤組用的那種耳機嗎？讓諾拉幫你啊。」

「我可以幫你擺平。」阿波插嘴道，一邊把鏡頭轉向自己。「我有的是錢。」

「對啦對啦，阿波，我們都知道你無所不能。」亨利的聲音從畫面外傳來。「你不用特別強調。」

亞歷克偷笑著。從阿波拿電話的角度，他可以看見車窗外快速劃過的威爾斯風景，帶著戲劇化的色彩。「嘿，亨利，再說一次你們這次住的房子叫什麼名字？」

阿波把鏡頭轉向亨利，正好照到他的半個微笑。「林威維摩。」

「再說一次。」

「林威維摩。」

亞歷克哀號一聲。「我的天啊。」

「我本來很期待你們會開始開黃腔的，」阿波說。「請你們繼續吧。」

「我不覺得你招架得住喔，阿波。」亞歷克告訴他。

「噢，是嗎？」畫面回到阿波身上。「那如果我把我的——」

「阿波。」亨利的聲音說著，然後一隻小指戴著紋章戒指的大手伸了過來，捂住阿波的嘴。「求求你了，亞歷克。我說他『無所不能』，你就真的這麼想挑戰？拜託，你會害死我們兩個的。」

「這不就是我的目標嗎？」亞歷克快樂地說。「所以你們今天要幹嘛？」

阿波舔了舔亨利的手掌，逼他把手拿開，然後繼續說：「我們要在山間裸奔，把羊嚇死，然後再回到屋裡進行例行公事：喝茶、吃小麵包，一邊歌詠愛神，一邊頌揚克雷蒙—迪亞茲姐弟倆。在亨利跟你搞上之後，我就正式變成一人單戀了。我們以前可是一起灌著白蘭地，一邊互舔傷口，在那邊哀號他們什麼時候才會注意到我們——」

「不要跟他說這個！」

「——現在我只會問亨利說：『你的訣竅是什麼？』然後他就說：『我只是一直羞辱亞歷克，好像滿有效的。』」

「我要把車調頭了。」

「那對茱恩行不通喔。」亞歷克說。

「先讓我拿支筆——」

原來他們這個假期是用來構思慈善活動的。亨利這幾個月以來都在告訴亞歷克，他們想要把事業國際化，而現在他們在討論的是，在西歐設立三個難民專案、在內羅畢和洛杉磯設立愛滋門診，還有在四個不同的國家裡成立 LGBT 青少年收容中心。這野心很大，但既然亨利的日常開銷都是用他爸爸給他的龐大遺產，他的王室戶頭還完好如初。他一直都決定要把王室的錢用在慈善上。

當華盛頓特區的太陽升起時，亞歷克蜷曲著身子，抱著枕頭和他的手機。他一直都希望自己死後能留下一些什麼。亨利毫無疑問地會是那樣的人。這讓他滿亢奮的。但是沒關係，他只是熬夜熬過頭了。

最後的最後，期末考週比亞歷克想像得更平淡地結束了。這一週擠滿了考試和報告和通宵達旦的準備，然後就這樣結束了。

他的大學生涯基本上都像是這樣。他從來沒有那些其他人有過的經驗，他總是被自己的名聲孤立，或是被隨扈包圍。當他滿二十一歲時，他從沒機會在酒吧裡蓋一個額頭上的章，也從來沒有像其他人一樣跳入道根噴水池裡。有時候他覺得自己甚至沒進過喬治城大學，而是一口氣唸完了一系列課程，只是剛好和這間大學在同一個地理位置上而已。

不管如何，他是畢業了，而全禮堂的人都向他起立致敬，雖然感覺很奇怪，但還是滿酷的。他的一群同學們在典禮結束後想要找他合照。他們全都知道他的名字，但他從來沒和任何一個說過話。他對著他們父母的手機微笑，一邊想著自己以前是不是該釋出一點善意的。

亞歷克．克雷蒙──迪亞茲畢業於喬治城大學，獲得政治系學士學位。禮車上，他甚至還來不及脫下自己的帽子和長袍，他的谷歌通知就跳了出來。

白宮辦了一場很大的花園派對。諾拉身穿一件夾克和洋裝，臉上掛著狡猾的微笑，吻了一下亞歷克的下顎側邊。

「白宮三巨頭的小弟終於也畢業了，」她咧嘴說道。「而且你甚至不用賄賂或色誘教授就能拿到學位耶。」

「我想有些教授終於可以把我從他們的惡夢裡趕出去了。」亞歷克說。

「你們上學到底都在幹嘛啊。」茱恩微微哽咽。

與會的人都是有權有勢的政治家和家族朋友──包括兩者皆是的拉斐爾．路那。亞歷克看見他站在海鮮沙拉旁，看起來很累卻又帥氣十足，正和諾拉的祖父，也就是副總統，比手畫腳地聊個不停。亞歷克的爸爸剛結束一場優勝美地的旅行，皮膚曬得黝黑，臉上帶著驕傲的微笑。薩拉給了他一張卡片，上面寫著：恭喜你成功符合期待了。而當他試著擁抱她時，她差點就把他推進了一旁的雞尾酒盆裡。

一小時後，他的手機在口袋裡震動了一下，他話講到一半便忍不住分神去看螢幕，換來茱恩的一記怒視。他本來都準備不把這則訊息當一回事了，但在他周圍，突然所有人都紛紛從口袋裡撈了手機出來。

是欠揍韓特發來的簡訊：賈辛多剛招開記者會，據說宣布退出初選，現在正式變成克雷蒙對戰理查了。

「靠。」亞歷克把手機螢幕轉向茱恩。

「來得真是時候啊。」

她說得對——才不過短短幾秒，一半的桌子就空了，競選團隊和國會議員紛紛離席，聚在一起交頭接耳。

「這有點太戲劇化了吧。」諾拉評論道，同時從牙籤上咬下一顆橄欖。「我們都知道他最後一定會把提名讓給理查。搞不好是被關在禁閉室裡嚴刑拷打，才不得不退選。」

亞歷克沒有聽見諾拉接下來說的話，因為棕櫚廳旁的一個動靜吸引了他的目光。他爸爸正拉著路那的手臂，兩人一起消失在一道側門邊，朝管家的辦公室前進。

他把自己的香檳留給兩位女孩，然後沿著一條蜿蜒小徑來到棕櫚廳外，假裝在滑自己的手機。然後，在他衡量過負責乾洗的員工會給他的責備，還是覺得這麼做值得之後，他便彎身鑽進灌木叢裡。

管家辦公室面南那道牆的第三扇窗戶，有一片鬆動的玻璃。它微微從窗框上翹起，讓它防彈和抗噪的功能有失水準。整個官邸中，有三片玻璃是這樣的。剛搬來白宮的前半年，他就發現了，那是茱恩畢業、諾拉轉學之前的事，那時的他只有一個人，除了這些小小的在地調查之外，他實在無事可做。

他從沒和人提起這些玻璃的事。他一直都猜測這有一天會派上用場。

他蹲低身子，爬到窗邊，憑著直覺前進，泥土落進他的懶人鞋裡，直到他找到那扇對的窗戶。他靠過去，試著把耳朵更貼近窗戶一點。風聲吹動他身邊的樹叢，但他還是能聽見兩個低沉而緊繃的聲音。

「……該死，奧斯卡。」其中一個聲音用西班牙文說著。是路那。「你跟她說了嗎？他知道你要我這麼做嗎？」

「她太小心了。」他爸爸的聲音說。他也是說西班牙文——以防被偷聽，他們兩人偶爾會採取這種措施。「有時候，她還是不要知道比較好。」

一陣吐氣與身體移動的聲音。「我不會背著她做違背這種違背我自己意願的事。」

「所以你是在告訴我，在理查對你做過那種事之後，你還是不會想要把那個混蛋燒成灰燼囉？」

「當然不是，奧斯卡。老天。」路那說。「但你我都知道這他媽的沒那麼簡單。從來就沒那麼簡單。」

「聽著，拉斐。我知道你有所有的紀錄。你甚至不需要公開發表什麼言論，你只要把它外流給媒體就好。你覺得有多少孩子，在那之後——」

「不要說了。」

「——還會有多少——」

「你不認為她有辦法自己打贏這場選戰，對吧？」路那打斷他。「在一切的一切之後，你還是對她沒有信心。」

「並不是這樣。這一次不一樣。」

「你何不把我和二十年前發生過的一件爛事，和你對你前妻放不下的感情分開，嗯？然後好好專心面對這場該死的選舉，奧斯卡？我不——」

路那打住了，因為此時傳來門把轉動的聲音，有人走進了辦公室。

奧斯卡切換成清脆的英語，找了一個討論法案的藉口，然後對路那用西班牙文說：「你再想想就是了。」

接下來是奧斯卡和路那離開辦公室的窸窣聲，亞歷克則跌坐在草皮上，思索著自己剛才究竟錯過了什麼。

一切都始於一場募捐活動、絲綢套裝和一張支票，還有一場晚宴。一如往常地，這一切也是始於一封簡訊：下週末在洛杉磯有募款。阿波說要幫我們每個人都弄一件繡花和服。我幫你登記三人同行囉？

他和爸爸一起吃了午餐，但每次只要亞歷克提起路那，他爸爸就會直接轉移話題。午餐後，他便前往舞會會場，而這是他第一次正式與小碧見到面。她比亨利矮了好多，甚至比茱恩還嬌小，有著和亨利一樣的伶牙俐齒，和他們母親的棕髮與心型臉蛋。她在自己的雞尾酒洋裝外罩了一件機車夾克，而她的姿勢有點像是亞歷克的媽媽，那種已經戒了菸的老菸槍才會有的動作。她對著亞歷克露出開闊而淘氣的微笑，然後亞歷克立刻就懂她了：她也是個叛逆的孩子。

亞歷克喝了很多香檳，握了太多雙手，並聽了一場阿波的演說，而他一如往常地充滿魅力。活動結束後，他們雙方的隨扈便出現在出口處，護送他們離開。

阿波遵守約定，為他們準備了六套絲綢和服，每一件的背面都繡著一部電影裡的某個名字的改寫。亞歷克的和服是鮮豔的藍綠色，上頭繡著：婊子戴姆倫。亨利的則是萊姆綠的和服，上面繡著：王子新娘。

最後，他們來到西好萊塢的一間破爛但燈光閃爍的卡拉OK酒吧。阿波不知道為何知道這裡，而儘管卡修斯和隨扈團隊們在他們抵達的半小時前就已經來這裡檢查過，並交代過人們禁止拍照和攝影，這裡的霓虹燈還是耀眼奪目，幾乎讓亞歷克覺得不像是他們事先安排好的。酒保的嘴唇塗著完美無瑕的粉紅色口紅，鬍渣從厚厚的粉底下刺出，並很快地準備了五杯一口酒與一杯萊姆汽水。

「喔，天啊。」亨利低頭看了看自己的空酒杯。「這是什麼？伏特加嗎？」

「沒錯。」諾拉確認道，而阿波和小碧在一旁發出了一陣竊笑。

「怎麼了？」亞歷克說。

「喔，我大學畢業後就沒有再喝過伏特加了。」亨利說。「它會讓我變得、呃，嗯——」

「光彩奪目？」阿波提議道。「無拘無束？淫蕩？」

「有趣？」小碧建議。

「真是不好意思喔，我一直都很有趣！我超討喜好嗎！」

「哈囉，不好意思，我們可以再點一輪一樣的嗎？」亞歷克對著吧臺喊道。

小碧歡呼起來，亨利大笑著舉起雙手，比了一個勝利的手勢，然後一切就像亞歷克所喜歡的那樣迷濛而溫暖了起來。他們跌跌撞撞地進入一個圓形的包廂，燈光昏暗，他和亨利保持著安全距離，不過亞歷克忍不住看著特效燈不斷打在亨利臉上、讓他的臉在藍色與綠色的燈光下光影分明。他就像是來自另一個世界——身穿一套兩千美元的西裝和一件和服，已經醉了一半，臉上掛著燦爛的笑。亞歷克無法轉開自己的視線。他伸手招來一瓶啤酒。

當事情真的開始的時候，沒人知道小碧是怎麼被叫上臺去的，但她從臺上的道具櫃裡翻出一頂塑膠皇冠，然後高歌了一曲金髮美女的《打給我[67]》。他們一行人歡呼尖叫著，而酒吧裡的群眾才終於意識到原來兩名王室成員、一名百萬慈善家、還有白宮三巨頭，正穿著色彩鮮豔的彩虹和服窩在一個包廂裡。三輪一口酒出現在他們的桌上——一輪是來自一旁正在舉辦單身派對的女人們，一輪是來自吧臺邊一群打扮中性的女孩，另一輪則是來自一桌變裝皇后們。他們舉杯敬酒，而亞歷克從沒覺得自己這麼受禮遇，就連在他們打贏選戰的晚會上都沒有。

阿波上臺，獻上一曲惠妮．休斯頓的《如此動情[68]》。他的假音意外地毫無瑕疵，整間酒

67《打給我（Call Me）》，美國龐克搖滾樂團金髮美女（Blondie）於一九七八年發行的歌曲。

68《如此動情（So Emotional）》，美國流行歌手惠妮．休斯頓（Whitney Houston）於一九八七年發行的單曲。

吧的人都站了起來，在他飆出全曲最高音時歡聲雷動。亞歷克興奮而驚訝地看向亨利，後者則只是大笑著聳了聳肩。

「我跟妳們說過，沒有他辦不到的事啊。」他的聲音壓過噪音喊道。

整場表演，茱恩的雙手都捧著臉，張著嘴，靠向諾拉的方向，醉醺醺地喊道：「噢，不……他……好……性感……」

「我知道，寶貝。」諾拉喊回來。

「我想我要……把手伸進他嘴裡……」她呻吟著，聽起來很驚恐。

諾拉爆笑起來，讚賞地點點頭，說道：「我可以幫忙嗎？」

小碧已經喝了五種不同的萊姆汽水，此時茱恩被阿波拉上了臺，她手上的酒杯便到了小碧手上。她禮貌地將一口杯遞給亞歷克，而亞歷克仰頭一飲而盡。灼熱的感覺讓他微笑起來，腿也張得稍微開了一點，而在他意識過來之前，他已經把手機掏出來握在手上了。他在桌面下傳了一封簡訊給亨利：想幹點蠢事嗎？

他看著亨利拿出自己的手機，露出微笑，並對他挑起一邊的眉。

還有什麼可以比這個更蠢？

片刻後，當他收到亞歷克的回覆時，亨利的嘴便張開了一個難看的角度，讓他看起來又醉又驚慌，卻又同時興奮不已，看起來像隻性感的比目魚。亞歷克微笑著靠到包廂的椅背上，刻意用自己濕潤的嘴唇含住啤酒瓶的瓶口。亨利的表情像看到了人生跑馬燈，然後他用高了八度的聲音說道：「對，嗯，我——我去一下洗手間！」

他趁整群人還沉醉在阿波與茱恩的表演時，往廁所前進。亞歷克在心底默數十，才從諾拉身邊溜走，跟上他。他對著站在牆邊的卡修斯使了一個眼色，後者為了融入環境而圍著一條淺粉紅的羽毛圍巾。他翻了個白眼，但還是離開牆邊，去廁所門口守著。

進入廁所後，亞歷克看見亨利靠在洗手臺上，雙臂交抱。

「我最近有沒有說過你根本是惡魔？」

「有啦有啦。」亞歷克再度確認四周沒有閒雜人等，然後拉著亨利的皮帶，將他拖進一間小隔間裡。「等一下再跟我說一次。」

「你——你知道這樣還是不能逼我上去唱歌，對吧？」當亞歷克吻著他的脖子時，亨利勉強吐出這句話。

「你真的覺得挑戰我是個好主意嗎，親愛的？」

所以，半小時之後，又經過兩輪伏特加的洗禮，亨利便站在一群瘋狂尖叫的觀眾前，高歌著皇后合唱團的《別想阻止我[69]》。諾拉幫他和音，小碧則往他腳邊灑下金色的玫瑰。他的和服掛在一邊的肩膀上，所以他背後的繡花看起來只是新娘兩字。亞歷克不知道那些玫瑰是哪來的，他也大概知道問了也不會得到答案。話說回來，他大概也聽不到答案，因為他已經扯著喉嚨尖叫整整兩分鐘了。

「我要把你變成超音速美女！」亨利大喊著，朝一旁撲過去，雙臂環住諾拉。「別阻止我！別阻止我！別阻止我！」

69《別想阻止我（Don't Stop Me Now）》，英國搖滾樂團皇后合唱團（Queen）於一九七八年發行的熱門金曲。

「嘿！嘿！嘿！」整個酒吧的觀眾們喊了回來。阿波已經爬到旁邊的桌上了，用一手捶著包廂的牆壁，另一手則幫助茱恩爬上一張椅子。

「別阻止我！別阻止我！」

亞歷克的雙手在嘴邊彎曲成喇叭狀。「噢，噢，噢！」

在一陣大喊大叫、手舞足蹈、無法控制的生理反應及舞臺燈光之後，這首歌終於進入了一段吉他獨奏，而當這位英國王子雙膝著地滑過舞臺，熱情而性感地彈奏著空氣吉他時，整個酒吧裡，沒有一個人坐在座位上。

諾拉不知道從哪裡弄來一瓶香檳，開始對著亨利噴灑。亞歷克笑得快要失去神智，爬到自己的座位上，吹著口哨。小碧已經完全玩瘋了，淚水順著臉頰了下來。阿波站在桌面上，茱恩在他身邊跳著舞，而他銀白色的頭髮上印著一個亮晃晃的唇印。

亞歷克感覺到有人拉了他的手臂——是小碧，拉著他來到舞臺上。她抓住他的手，帶著他旋轉了一圈，他拿起一朵金色玫瑰含在嘴裡，然後兩人一起看著亨利，相視而笑。在無數的酒精之下，亞歷克感覺有某種情緒，清晰無比地從他身上釋放了出來，而他和小碧都知道，亨利的這一面有多麼難得又美好。

亨利再度對著麥克風扯開喉嚨，腳步踉蹌，他的西裝和和服被香檳黏在身上，變成一團性感的混亂。他向上看去，迷茫而炙熱，毫不猶疑地與舞臺邊緣的亞歷克對視，然後露出一個寬闊而凌亂的微笑。「我要把你變成音速小子！」

最後的最後，人們對他行了一個注目禮，小碧則帶著邪惡的微笑，用手撥亂他被香檳噴得又黏又濕的頭髮。她引導他回到包廂，來到亞歷克身邊，他則拉著她在另一側坐下，然後他們六人便歇斯底里地大笑起來，疊成一團，昂貴的鞋子糾纏在一起。

亞歷克看著大家。阿波臉上帶著開朗的微笑和無法抑制的喜悅，他銀白色的頭髮與黝黑光滑的皮膚呈現耀眼的對比。小碧一邊吃著一片萊姆，手腕與腰際的輪廓清晰可見，臉上帶著桀驁不馴的笑容。諾拉有著一雙長腿，一腳翹在桌面上，另一腳則越過了小碧，裙子向上撩起，露出她的一截大腿。然後是亨利，臉色漲紅，乳臭未乾的模樣，卻又有著精實的身材，十足優雅，又如此敞開。他的臉始終面對著亞歷克，嘴唇因為大笑而張開，像是在表達歡迎。

亞歷克轉向茱恩，口齒不清地說：「雙性戀真是個美好又複雜的存在啊。」茱恩大笑著往他嘴裡塞了一張紙巾。

接下來的一個小時，亞歷克幾乎沒什麼印象了——他只記得一群人擠進禮車後座，諾拉和亨利搶著要坐在他的大腿上，他們一起去了一趟速食店買外帶，茱恩在他耳邊對著阿波尖聲大叫：我說的是動物薯條，你有聽見我說動物薯條嗎？不要再笑了，阿波！然後他們來到飯店，進入預約好的三間頂樓套房，亞歷克則是被卡修斯背著走過大廳的。

當他們跌跌撞撞地拿著油膩的漢堡紙袋，走過走廊前往房間時，茱恩一直在噓他們，要大家安靜，但她的聲音其實才是最大的那個。小碧是整團人裡唯一一個清醒的人，隨便選了一個房間，把茱恩和諾拉推到大雙人床上，然後把阿波放進空的浴缸裡。

「我想你們應該可以自理？」她在走廊上對亞歷克和亨利說道，眼神中閃爍著淘氣的光芒，一邊把第三把鑰匙遞給他們。「我現在很想換上浴袍，好好嘗試一下諾拉教我的，用薯條沾奶昔的吃法。」

「是的，碧翠絲，我們不會做出有辱王室的舉動。」亨利說。他的雙眼變得有點鬥雞眼。

「不要耍白痴。」她說，然後很快地吻了他們兩人的臉頰一下，接著消失在轉角。

當亞歷克摸索著打開房門時，亨利正把臉埋在他頸窩的捲髮之間，笑個不停。他們跌跌撞撞地撞上牆，然後再一起來到床上，衣服在途中一件件掉落。亨利身上有著昂貴的古龍水和香檳的氣味，還有一股從來沒有真正散去的孩提時期亨利的味道，清新、帶著草地的氣味。他們來到床邊，他的胸口壓著亞歷克的背，雙手搭著他的腰。

「音速小子。」亞歷克低聲說道，扭過頭貼近亨利的耳朵，亨利笑了起來，一邊撞上他的膝蓋後方。

兩人笨拙地跌到床上，互相貪婪地探索著對方的身體。亨利的褲子還掛在一腳的腳踝上，但這也無所謂，因為亨利的眼睛已經閉上，微微顫抖著，而亞歷克終於能再度親吻他。

他的雙手憑直覺下移，身體依然對亨利緊貼著他的畫面有強烈的記憶，直到亨利伸手阻止他。

「等等，等等。」亨利說。「我才突然想起來，從剛剛到現在，你今天都還沒有射過吧？」他的頭向後仰倒在枕頭上，瞇著眼睛打量亞歷克。「嗯。這樣不行啊。」

「嗯，什麼？」亞歷克說。他趁機吻上亨利的脖子，他鎖骨凹陷的地方，以及他的喉結。「那你要怎麼樣？」

亨利一手伸進他的頭髮裡，輕輕一拉。「我要給你這輩子最棒的高潮體驗。你喜歡怎麼做？討論稅收重整嗎？我說這些話會加分嗎？」

亞歷克抬起眼看他。亨利正咧嘴笑著。「我討厭你。」

「還是曲棍球的角色扮演？」亨利笑了起來，伸手摟住亞歷克的肩膀，把他往自己身上壓。「隊長，我親愛的隊長。」

「你真的爛透了。」亞歷克說，然後爬上前去，再度親吻他，先是一個溫和的吻，然後逐漸加深、加長，速度放慢，帶著熱度。他感覺到亨利的身體在他下方扭動著，逐漸放開。

「等等。」亨利說著，打破了凝結的空氣。「等一下。」亞歷克睜開眼睛，而當他的視線落下時，亨利臉上的表情是他更熟悉的那種：緊張、有點不所措。「我其實，呃，有個點子。」

他的一隻手滑過亨利的胸口，來到他的下顎，用一隻手指點著他的臉頰。「嘿，」他現在很認真了。「我在聽。真的。」

亨利咬了咬嘴唇，像是在尋找正確的用詞，然後顯然是得到了結論。

「過來。」他說，然後抬起身體吻上亞歷克。現在他把全身都用上了，雙手滑下至亞歷克的臀部。亞歷克感覺到一個聲音無法抑制地從喉頭冒出，他盲目地跟隨著亨利的帶領，將他深壓進床墊裡，跟隨著亨利的身體移動。

他感覺到亨利的大腿——那雙騎了多年的馬、打了多年馬球的大腿——在他身邊移動，柔軟溫暖的皮膚包覆著他的腰，腳踝抵著他的背。當亞歷克停下來看他時，亨利臉上的表情一如往常的昭然若揭。

「你確定嗎？」

「我知道我們還沒做過。」亨利輕輕說道。「但是，呃，我以前有，所以，我可以教你。」

「嗯，至少我很熟悉這個動作。」亞歷克微微一笑，而他看見亨利的嘴角勾起一邊，反射著他的微笑。「但你要讓我這麼做嗎？」

「對。」他說。他挺起腰，兩人都發出了一聲不由自主的低吟。「對，沒錯。」

亨利把他的盥洗用品放在床頭櫃上，他伸出手，胡亂摸索著，然後找到了他的目標——一個保險套和一小罐潤滑劑。

這畫面讓亞歷克差點笑出來。旅行包的潤滑劑。他以前嘗試過一些比較不同的做愛方式，但他從來沒想過這種東西真的存在，更沒想過亨利會把這種東西和他自己的牙線放在一起旅行。

「我沒試過。」

「嗯，對。」亨利握住亞歷克的一隻手，拉到嘴邊親吻他的指尖。「我們都要經過學習才會成長，對吧？」

亞歷克翻了個白眼，正準備回嘴，但亨利把他的兩隻手指含進嘴裡，非常有效地讓他閉嘴了。亨利的自信一直都是像這樣一陣一陣的，他那麼掙扎、就是無法開口要求自己想要的東西，但又在得到許可之後立刻抓住機會，就像在酒吧時，只要給他一點推力，就能讓他上臺又唱又跳，好像他一直都在等人告訴他可以這麼做。這實在讓人很不可置信又備感困惑。

他們已經不像先前那麼醉了，但他們體內還有足夠的酒精，因此他們接下來要做的事不會像清醒時那麼讓人緊張。亞歷克的手指開始移動。亨利的頭向後仰倒在枕頭上，他閉上眼睛，讓亞歷克主導。

和亨利做愛的其中一個特點是，每一次的感覺都不一樣。有時候他很快就進入狀況，隨著感覺走，有時他又十分緊繃，需要亞歷克讓他慢慢放鬆、慢慢卸下他的心防。有時候和他鬥嘴會讓他高潮得很快，但其他時候，他們兩人都希望亨利能好好發揮他體內的每一滴王子的威嚴，直到他許可，直到亞歷克哀求，才讓他得到釋放。

這種無法預測的性愛對他來說很有趣，讓他陶醉不已，因為亞歷克向來熱愛挑戰，而他——嗯，亨利本身就是個挑戰，從頭到腳、自始至終都是。

今晚，亨利表現得十分單純、溫暖而期待，他的身體快而柔順地給了亞歷克他所想要的東西，而他自己對於碰觸的反應又讓他忍不住笑出來，無法置信。亞歷克湊過去親吻他，亨利便在在他的嘴角低聲說道：「準備好就可以來了，親愛的。」

亞歷克深吸一口氣，然後屏住氣息。他準備好了。他覺得他準備好了。

亨利的手伸向他的下顎，輕撫著他的下巴、滑過他汗濕的髮際線。亞歷克滑入他的兩腿之間，讓亨利右手的手指與自己的左手交纏。

他看著亨利的臉——現在他除了亨利的臉之外，什麼也看不進去——他的表情好溫柔、好快樂，亞歷克忍不住沙啞地喊了一聲「寶貝」。亨利微微一點頭，動作很輕，如果不是像亞歷克這麼了解他的一舉一動，別人很有可能根本看不出來。但他完全知道他的意思。所以他壓下身子，含住亨利的耳垂，然後再度叫了他一次寶貝。亨利說了一聲「好」，還有「拜託」，然後伸手拉住他的頭髮。

亞歷克輕咬著亨利的喉嚨，雙手扶住他的腰，然後讓自己沉入一片熾熱之中，享受兩人的身體極度靠近、得以共享他的軀體。不知道為何，當他發現這一切對亨利來說也同樣美好時，他還是覺得很不可思議。亨利的臉揚起，正對著他，臉頰潮紅，表情迷茫，他覺得這樣的表情應該已經犯法了。亞歷克感覺自己的嘴角勾起微笑，充滿讚嘆與驕傲。

事後，他的神智終於一點一點回到體內——他的膝蓋仍然深埋在床墊裡，微微顫抖，肚子一片濕黏，雙手伸入亨利的頭髮之間，溫柔地撫摸。

他覺得自己像是靈魂出竅了之後，發現一切都有了些微的重整。當他的視線再度回到亨利的臉上時，他發現那個感覺又回來了：他想要在亨利覆蓋著白牙的上唇尋找他要的答案。

「老天。」最後，亞歷克這麼說道，然後發現亨利正用一隻眼睛的餘光看著他，面露微笑。

「你覺得剛剛那樣算是超音速嗎？」他說，然後亞歷克呻吟一聲，伸手拍了他的胸口一下，兩人一同爆笑出聲。

他們稍微拉開身體距離，親吻著對方，然後爭論著誰要睡在床上濕掉的位置，直到凌晨四點時兩人都體力不支地昏睡過去。亨利側身面向亞歷克的背，把他整個人包了起來，他的肩膀裹著亞歷克的肩膀，其中一條腿跨過亞歷克的腿，手臂垂在亞歷克身上，手掌貼著亞歷克的手，每一寸肌膚都緊貼著彼此。這是亞歷克幾年以來睡得最舒服的一覺。

三小時後，他們的手機鬧鐘響了起來，催促他們準備回家。

他們一起淋浴。喝晨間咖啡時，由於不得不趕回倫敦，亨利的心情變得很鬱悶，而亞歷克笨拙地親吻他，保證會打給他，並說希望自己還能做得更多。

他看著亨利刮鬍子，在頭髮抹上髮油，穿上今天的 Burberry 西裝，然後發現自己希望能每天早上都這樣看著他。他喜歡亨利解放的樣子，但是坐在昨晚兩人一起胡鬧的床上，看著亨利一點一點打造出威爾斯王子的模樣，這又似乎有某種無法言喻的親密感。

在一陣陣的宿醉頭痛中，他懷疑這些感覺，就是他一直不敢真的和亨利做愛的原因。

而且他可能會吐。但這應該又是另外一回事了。

他們在走廊上和其他人會合，亨利看起來有點宿醉，但還是很帥，而亞歷克只能盡自己最大的努力抵抗衝動。小碧看起來像睡了一場好覺，十分清醒，而且為此感到十分自豪。茱恩、諾拉和阿波衣衫不整地從房間裡走出來，看起來像是剛逮到金絲雀的貓，但實在看不出來誰是金絲雀、誰又是貓。諾拉的脖子後方有一個唇印。亞歷克什麼都沒問。

他們在電梯旁遇上一手拿著六杯咖啡的卡修斯，他看著他們，忍不住低聲笑了起來。照顧宿醉的酒鬼不是他的職務範圍，但他已經當保母當習慣了。

「所以你們現在就一起混了是吧。」

然後亞歷克突然驚覺：他現在有朋友了。

8

［電子郵件內容：二〇二〇年，六月］

寄件人：**亨利** <hwales@kensingtonemail.com>
收件人：**A**
主旨：**你是個黑巫師**

亞歷克：

我實在不知道還能用什麼開頭，希望你能原諒我的用辭和我的踰矩：你他媽超美的。

我這整週都過得渾渾噩噩，不斷被人載去參加會議和公開活動，我希望自己真的有為這些場合帶來一點點有意義的貢獻。不過知道亞歷克．克雷蒙—迪亞茲就在這世上的某處，誰有辦法專心在手邊的事情上呢？我一直分心。

但我實在無法可解，因為當我沒有在想你的臉時，我想的就是你的屁股或你的手，或是你的嘴砲。我懷疑後者才是我變得這麼魂不守舍的原因。沒有人敢在王子面前放肆，除了你。你第一次叫我變態的時候，我的命運就這樣定下了。噢，我的祖裔們！噢，我的父輩們！願你們奪走我頭上的金冠，將我埋沒在腳下亙古的大地之中。只願你們能了解一位美國男孩的伶牙俐齒，是如何讓你們的同志後裔產生無法克制的生理反應。

其實，你知道英國史上有至少兩名同性戀國王嗎？我覺得應該還有更多。詹姆斯一世[70]在一場劍術決鬥後，便瘋狂地愛上了一名帥氣卻憂鬱的騎士，並且立刻將對方封為寢殿紳士（這是一個真正的稱號）。我相信他會對我的祈求特別開恩的。

我這麼說可能不太好，但我想你。

（飛吻）

亨利

70 詹姆斯一世（James I），英國國王，在位期間一六〇三至一六二五年。

寄件人：**A** <agcd@eclare45.com>

收件人：**亨利**

主旨：**Re：你是個黑巫師**

H：

所以你是在說你是詹姆斯一世、而我是胸大無腦的運動員嗎？我除了一身完美無缺的骨架和超有彈性的屁股之外，還是很有內涵的好嗎，亨利！！！

不要為了你說我漂亮道歉，因為這樣的話，你在LA那時讓我魂都沒了、而且如果我們沒辦法盡快再來一次的話，我就要爆炸了——我這麼說的話，是不是也要道歉？這樣哪叫踰矩啊？你真的要跟我玩這套？聽好了，我現在就要飛去倫敦，把你從沒意義的會議裡拖出來，然後逼你承認你有多喜歡我叫你「寶貝」。我會用牙齒把你生吞活剝，小甜心。

（飛吻＋抱抱）

A

寄件人：**亨利** <hwales@kensingtonemail.com>
收件人：**A**
主旨：**你是個黑巫師**

亞歷克：

你也知道，如果你跟我一樣去牛津唸了英國文學，全世界都會想知道你最喜歡的英國作家是誰。媒體團隊幫我準備了一串標準答案。他們想要一個現實主義作家，於是我提議喬治．艾略特[71]——不行，艾略特其實是瑪莉．安妮．伊凡斯的筆名，不是一個陽剛的男性作家。他們希望我能選個英國小說的開創者，所以我就說丹尼爾．德福[72]——不行，他是個異教徒。所以我一度選了喬納森．斯威夫特[73]，只為了看這群人因為我選了一名愛爾蘭政治諷刺作家而集體崩潰的樣子。

71 喬治．艾略特（George Eliot），本名瑪莉．安妮．伊凡斯（Mary Anne Evans），十九世紀英國文學作家，維多利亞時代三大小說家之一，作品多以寫實風格描寫平凡小人物，在女性文學發展中占據重要地位。

72 丹尼爾．笛福（Daniel Defoe），十七世紀後期至十八世紀初期的英國文學作家，被稱為英國小說之父，代表作為《魯賓遜漂流記（Robinson Crusoe）》。雙親都是長老會教徒，不信仰英國國教。

73 喬納森．斯威夫特（Jonathan Swift），又譯綏夫特，十七世紀後期至十八世紀初期的英國文學作家，被公認為最傑出的英文諷刺作家，代表作為《格列佛遊記（Gulliver's Travels）》。

最後他們挑選了狄更斯，這簡直不能更好笑了。他們想要比真正的實話再普通一點的答案，但是有什麼劇情能比一個女人穿著婚紗、躲在衰敗的豪宅裡鬱鬱寡歡更娘啊？

真正的實話是：我最喜歡的英國文學作家是珍・奧斯汀[74]。所以我要從《理性與感性》裡借一段文字：「除了耐性之外，你什麼都不要——或者換成更吸引人的名字，將其稱之為希望。」換句話說：我希望很快就能見到你那張下流的嘴說到做到。

你心癢難耐的亨利

亞歷克覺得一定有人警告過他有關私人信箱伺服器的事，但他對細節已經有點模糊了。他並不覺得這件事有什麼重要性。

剛開始，當亨利的電子郵件就和其他任何需要花時間經營的東西一樣，不能當下立即滿足他的需求時，他不懂到底為什麼要寫郵件。

但當理查告訴尚恩・哈尼提，說他媽媽作為一名總統卻什麼都沒做時，亞歷克只是捂著

74 珍・奧斯汀（Jane Austen），十八世紀後期至十九世紀初期的英國文學作家，代表作為《傲慢與偏見（Pride and Prejudice）》、《理性與感性（Sense And Sensibility）》等書。

臉在內心尖叫了一陣，然後就回頭去翻那封「有時候你說話的方式，就像是一袋糖破了洞，灑得滿地都是」的郵件。當欠揍韓特在同一天提到第五次哈佛划船隊的豐功偉業時，他則去看：「你的屁股穿著那條褲子，根本是誘人犯罪。」當他受夠了陌生人的碰觸時，他看的是：「等你結束在穹蒼之間的遨遊，請回到我身邊，親愛的詩人。」

現在他終於懂了。

他爸爸對情勢的預估並沒有錯，理查引導選票的手段的確很骯髒。猶他式的骯髒、基督徒式的骯髒，躲在人畜無害的表情與微笑背後的骯髒。他們寫了一篇篇的右翼社論，矛頭直指他和茱恩，不斷暗指墨西哥人連第一家庭的工作都要搶。

他不能真的開始害怕選輸。他靠著咖啡因來面對競選團隊的工作，靠著咖啡因和亨利的郵件來集中注意力，然後再灌下更多的咖啡。

在他經歷過雙性戀覺醒後，華盛頓特區終於迎來又一場同志大遊行，但他人卻在內華達，而他一整天都嫉妒地刷著推特，看別人的貼文——五彩紙片是如何從華府國家大草坪上方灑落，大將軍拉斐爾．路那是如何在頭上圍著一條彩虹絲帶。他只能窩在飯店房間，對著房裡的迷你吧臺說這件事。

在這一片混亂之中，唯一的亮點，是他在辦公室和他的椅子（以及他自己的媽媽）相處的時間終於有所回報了：他們要在休士頓的美粒果公園球場舉辦一場大型的造勢活動。民調正往他們從未見過的方向前進。《政治雜誌》的當週頭條標題是：德州會成為二〇二〇總統大選的主戰場嗎？

「好啦，我會讓所有人都知道休士頓造勢是你的點子。」前往德州的飛機上，他媽媽心不在焉地說著，一邊背著自己的講稿。

「妳這邊應該要說『強硬』，不該說『堅毅』。」茱恩在她後方讀著逐字稿。「德州人都喜歡『強硬』這個詞。」

「你們倆個能不能換到其他地方坐？」她說，不過她還是做了個筆記。

亞歷克知道很多的團隊成員仍心存懷疑，就算他們親眼見到了數字也一樣。所以當他們在美粒果公園球場前停下來，然後發現民眾的人數已經蔓延到公園之外時，他只能心存感激。他覺得很自豪。他母親上臺對著上千人發表演說，而亞歷克想著，對啦，德州，就是這樣。給那些混蛋們好看。

接下來的那週一，當亞歷克刷卡進入競選辦公室時，他的鬥志還很高昂。他已經厭倦了坐在座位上、一次又一次地研究焦點小組的工作方式，但他覺得自己又有力氣繼續奮鬥了。

不過當他走過轉角，進入自己的小隔間時，欠揍韓特手中拿著德州資料包的畫面，便瞬間將他打回原形。

「喔，你把這個留在桌上了。」欠揍韓特故作輕鬆地說道。「我以為這是他們派給我們的新任務呢。」

「不管我有多討厭你的落踢墨菲[75]電臺，我有跑到你那邊去把你的音樂關掉嗎？」亞歷克質問道。「不，韓特，我可沒有。」

75 落踢墨菲（Dropkick Murphys），美國龐克流行樂團。

「嗯，但你的確拿走我好幾枝鉛筆——」

亞歷克在他把話說完之前，就一把搶回他的資料包。「這是私人物品。」

「所以它是什麼？」在亞歷克把它塞回自己的背包裡時，韓特這麼問道。他不敢相信自己會忘了收起來。「那些數據，還有選區劃分——你要那些資料幹嘛？」

「沒幹嘛。」

「這跟你推動的休士頓造勢有關嗎？」

「休士頓的場子辦得很成功。」亞歷克立刻自我防衛了起來。

「老兄……你不會是真心認為德州有可能轉藍吧？那可是全國最落後的州之一欸。」

「你是從波士頓來的，韓特。你有什麼立場去評論誰偏執？」

「沒有，我只是說說而已。」

「你知道嗎？」亞歷克說。「你們都以為因為波士頓是個藍軍大本營，你們就跟制度種族主義扯不上關係。但不是每個白人至上主義者都是來自於密西西比荒原的毒蟲——有很多都是在杜克或賓大唸書的富二代。」

欠揍韓特像是被嚇到了，但是並不買帳。「不管如何，泛紅地區從來沒有藍過。」他笑著說道，好像這件事可以當成一個笑話來講。「那些選民從來也就沒有在乎過自己投給什麼人才好。」

「如果我們真的願意努力去造勢，讓他們知道我們其實在乎，還有我們的政策是為了要幫助、而不是拋棄他們，也許那些選民就會更願意去投票了。」亞歷克激動地說。「如果一個政黨嘴巴上說有把你們的需求看在眼裡，但卻從來沒有試圖派人去該州展開對話呢？如果你是一名重刑犯，或是——叫選民身分證登記法去死，如果那些人沒辦法離開工作崗位去辦呢？如果他們沒辦法接觸到民調呢？」

「對，就算我們真的能奇蹟似地動員所有那些在泛紅地區裡的邊緣選民，造勢的時間和資源還是有限的。我們得按照規畫來安排優先順序。」欠揍韓特的說法，好像身為第一公子的亞歷克不懂選戰要怎麼打似的。「泛藍州裡的偏執選民就是沒那麼多。如果他們真的不想被拋下，也許泛紅地區的選民可以自己想想辦法。」

然後亞歷克就直接爆炸了。

「你是不是忘了，你現在工作的競選總部，就是屬於一個該死的德州人？」他說，而他的聲音已經高到四周座位的同事們開始盯著他們看了，但他一點都不在乎。「還是你忘了每一個州都有三K黨的總部？你覺得佛蒙特就沒有所謂的白人至上主義者嗎？老兄，我很感謝你在這裡工作，但你也難辭其咎。你沒資格坐在那裡假裝事不關己。沒人有資格。」

他抓起自己的包包和資料，衝出辦公室。

他的前腳才踏出大樓，他就衝動地掏出手機，打開網頁。這個月還有招生考試。他知道的。

他打字搜尋：「法學院入學考試」、「華府地區大考中心」。

二〇二〇年，六月二十三日

三個天才與亞歷克的小圈圈

12:34 PM **我：**茱妮婆

12:34 PM **老姐：**這不是我的名字，閉嘴啦

12:34 PM **我：**那，防彈少年團的隊長金南茱

12:35 PM **老姐：**我要封鎖你了

12:35 PM **亨利王子討厭鬼：**亞歷克，別告訴我阿波也拿韓國偶像團體洗腦你了

12:35 PM **我：**嗯，你也讓諾拉拖你去玩變裝皇后了啊，所以

12:36 PM **惡魔化身：**[混亂邪惡動圖]

12:38 PM **老姐：**亞歷克你到底想幹嘛？？？

12:39 PM **我：**我的密爾瓦基講稿到哪裡去了？我知道是妳拿走的

12:39 PM **亨利王子討厭鬼：**你們一定要在群組裡討論這個嗎？

12:40 PM **老姐：**那篇講稿有些地方要重寫啦！！！我把它放回你

郵差包的外面口袋了

12:40 PM **我：**妳如果繼續這樣搞，戴維斯總有一天會殺了妳

12:41 PM **老姐：**戴維斯知道賽斯・梅耶上星期的講稿轉折有多漂亮，所以他不會來靠北我

12:45 PM **我：**為什麼我包裡還有一塊石頭

12:46 PM **老姐：**那是用來招好運和保護頭腦清晰的白水晶，不要找我碴，我們現在需要所有可能的幫助

12:46 PM **我：**不要在我的東西上下咒！

12:46 PM **惡魔化身：**獵殺女巫

12:49 PM **惡魔化身：**欸，你們覺得用這個＃造型去參加大學選民活動如何？

12:49 PM **惡魔化身：**［傳送了一張圖片］

12:50 PM **惡魔化身：**我的構想是，我是一個憂鬱的女同志詩人，然後在夜總會遇到超～辣的瑜伽老師，讓我愛上了冥想和陶藝，現在我成為了事業女強人，準備開始販售本人手製的陶土水果盤

12:51 PM **我：**……

12:52 PM **亨利王子討厭鬼：**婊子，妳害我射了

12:52 PM **我：**alskdjfadslfjad

12:52 PM **我：**諾拉妳把他搞壞了

12:52 PM **惡魔化身：**哈哈哈哈哈哈哈哈哈

邀請函是裝在一個蓋了官印的信封裡，從白金漢宮航空直送過來的。瘦長的書法字體用鑲著金邊的墨水寫道：錦標賽管理委員會主席敬邀亞歷山大・克雷蒙—迪亞茲入座王室包廂，共襄盛舉，日期二〇二〇年七月六日。

亞歷克拍了一張照片傳給亨利。

一、這是三小？你國家裡的窮人都到哪去了？

二、我已經進過王室包廂啦

亨利回他：你這罪犯，你這瘟疫。然後下一封是：拜託來好嗎？

所以亞歷克就請了一天假，飛到溫布頓，只為了能再度坐在亨利旁邊。

「所以，我已經跟你說過了。」當他們前往王室包廂時，亨利說道。「菲力也會在場，還有其他你可能不得不打照面的貴族，那些有權有勢的人。」

「我想我應該可以應付王室成員啦。」

亨利看起來很懷疑。「你很勇敢。我應該能借用一點你的勇氣。」

難得一次，當他們踏出戶外時，陽光正高照著倫敦，在幾乎坐滿的觀眾席上流淌。他看見大衛．貝克漢穿著合身的西裝——他到底怎麼會覺得自己是直男啊？——在貝克漢轉身後，他才發現剛才他是在和小碧說話。當她看到他們時，她的表情立刻變得燦爛。

「嘿，亞歷克！亨利！」她越過包廂裡低語的聲音喊道。她穿著一席萊姆綠的低腰洋裝，鼻子上架著一副巨大的 Gucci 圓框太陽眼鏡，兩側裝飾著立體的蜜蜂。

「妳看起來美呆了。」亞歷克讓小碧吻了他的臉頰一下。

「怎麼，謝謝你啦，親愛的。」小碧說。她一手挽著一個人的手臂，領著他們走下階梯。「其實是你姐幫我挑的洋裝，是麥昆的。她真的是個天才耶，你知道嗎？」

「我有發現了。」

「到囉。」當他們來到第一排時，小碧說。「我們的位子在這裡。」

亨利看著包廂最前方，座位上奢侈的綠色椅墊，還有又厚又閃亮的二〇二〇年溫布頓賽程表。

「第一排正中央？」他的聲音有點緊張。「真的假的？」

「是的，亨利，別忘了，你是王室的一分子，而這裡是王室包廂。」她對著下方的攝影師們揮揮手，看著他們瘋狂閃起快門，一邊靠向他們兩人低聲說：「別擔心，我想他們從草地上，應該不會發現你們兩個之間濃濃的荷爾蒙味。」

「哈哈，很好笑，小碧。」亨利紅著耳根，毫無表情地說道。而儘管不安，他還是選擇坐在亞歷克和小碧之間。他的手肘小心翼翼地貼著自己的身體，避開和亞歷克的接觸。

直到中午，菲力和瑪莎才現身。菲力看起來一如往常地帥得很平凡。亞歷克不懂為什麼同一對父母的基因可以排列出如此不同的組合，讓小碧和亨利長得與眾不同，臉上總像是帶著淘氣的微笑，還有高聳的顴骨，但卻狠狠擺了菲力一道。他看起來像是一張圖庫裡的照片。

「早。」菲力走到小碧身邊的保留席。他的眼神掃過亞歷克兩次，而亞歷克可以感覺到他心中的質疑，為何他會在這裡見到他。也許亞歷克出現在這裡是有點奇怪。但他不在乎。瑪莎也用奇怪的眼神看著他，但也許她只是單純在不爽他毀了他們的結婚蛋糕而已。

「午安，小菲。」小碧禮貌地說。「嗨，瑪莎。」

一旁的亨利變得僵硬。

「亨利。」菲力說道。亨利拿著賽程表的手，在大腿上緊繃起來。「好久不見了，小弟。最近很忙喔？空窗了一年？」

他的語氣帶著一層暗示。你這一年都在哪裡？你這一年都在幹什麼？亨利下顎的一條肌肉抽動了一下。

「是的。」亨利說。「我和波西做了很多事。真的很忙。」

「對，那個歐康喬基金會，對吧？」他說。「可惜他今天無法參加。我想我們只好和我們的美國朋友一起玩囉。」

他對亞歷克露出一個酸溜溜的微笑。

「沒錯。」亞歷克有點太大聲的回答，同時大大咧開嘴。

「但我想，波西如果在這裡，他看起來應該也會有一點突兀，對吧？」

「菲力。」小碧說。

「小碧，別這麼大驚小怪。」菲力敷衍地說。「我只是說，他很特別。他穿的那種連身裙，對溫布頓來說是有一點太超過了。」

亨利的表情平靜而友善，但他一邊的膝蓋已經卡到亞歷克的腿了。「那是西非流行的達西基，菲力，而且他也只穿過一次。」

「對。」菲力說。「你知道我不批判人的。你知道，我只是在想，你還記得我們年輕一點的時候，你會和我大學同學們一起玩嗎？或是阿嘉莎夫人的兒子，那個會去獵鷓鴣的？你應該多和……門當戶對的人做朋友。」

亨利的嘴抿成一條細線，但他什麼也沒說。

「不是每個人都能像你一樣，和蒙波扎特家族做朋友，菲力。」小碧低聲說。

「不管如何。」菲力無視她，繼續說。「如果你不參與適當的社交圈，你就很難娶老婆了，對吧？」

菲力低聲笑了笑，然後繼續看他的球賽。

「不好意思，失陪一下。」亨利說。他把賽程表丟在座位上，然後人就消失了。

十分鐘之後，亞歷克在俱樂部裡的一大瓶倒掛金鐘旁邊找到了他。他的下嘴唇已經咬得和他外套胸前口袋的國旗一樣紅了。

「哈囉，亞歷克。」

亞歷克立刻理解了他的語氣。「嗨。」

「有人帶你來逛過俱樂部了嗎？」

「沒有。」

「那就請吧。」

亨利用兩隻手指輕觸他手肘的後方，亞歷克立刻就照做了。

他們走下一道階梯，穿過一扇隱藏的小門，經過第二條暗道，然後進入一間堆滿椅子和桌巾的小房間。牆上掛著一隻古老的網球拍。門一關上，亨利立刻就把亞歷克摁在牆上。

他逼向亞歷克的身前，但沒有吻他。他在那裡猶豫著，只隔著一道鼻息的距離，雙手搭著亞歷克的腰，嘴角扯出一個歪斜的笑。

「你知道我想要什麼嗎？」他說，他的聲音低沉而炙熱，直搗亞歷克的核心。

「什麼？」

「我想要。」他說。「我想要做我現在最不應該做的事。」

亞歷克抬起下巴，咧開嘴，挑釁道：「那就開口啊，甜心。」

亨利舔著自己的嘴角，伸手用力扯開亞歷克的皮帶，然後說：「上我。」

「嗯。」亞歷克低聲說道。「偏偏要在溫布頓。」

亨利沙啞地笑了起來，傾身吻他，嘴巴渴求地張開。他的動作很快，知道他們時間有限，而當亞歷克低吟著抓住他的肩膀，轉換兩人的姿勢時，他也很快就順著亞歷克的引導。亞歷克讓亨利的背貼著他的胸口，亨利的手掌則抵在門上。

「所以我們先講清楚。」亞歷克說。「你想要惹你的家人生氣，所以我們要在這間儲藏室裡做愛。是這樣嗎？」

亨利顯然把他的旅行裝潤滑劑放在口袋裡到處跑。「對。」他說，然後把潤滑劑拋給亞歷克。

「很好，我最喜歡為了挑釁別人而做事了。」亞歷克不帶挑釁意味地說道，然後把亨利的雙腿頂開。

而這——這應該是很好玩的。這應該是很性感、很愚蠢、很荒謬、很淫穢的，應該要在亞歷克的做愛新體驗清單上加上一筆才對。它的確是，但是……這不應該同時感覺像是上一次那樣，好像自己一停下來就會死掉。有一股笑意在他心底擴散，但他笑不出來，因為他知道這是他在幫亨利一個忙。幫助他叛逆。

你很勇敢。我應該能借用一點你的勇氣。

事後，他狠狠吻著亨利的嘴，把手指深入亨利的髮間，像是要將他體內的空氣抽出。亨利上氣不接下氣地靠在亞歷克的頸部微笑，好像對自己的所做所為很是滿意，然後說道：「我們還是回去把網球看完吧，如何？」

所以他們躲在人群之中，由隨扈和雨傘遮掩著。回到肯辛頓宮後，亨利帶亞歷克回到他的廂房。

他的「住所」是由二十二間房間聚集而成的，位於皇宮最靠近柑橘溫室的西北角。他和小碧共用這些房間，但是那些挑高的房間和沉重復古的傢俱，幾乎不帶有他們姐弟倆的個人色彩。少數有個人風格的東西，又幾乎都是小碧的：掛在躺椅上的皮夾克是她的，韋伯先生蹲在角落裡，牆上還掛著一幅名為《上廁所的女人》的十七世紀荷蘭油畫，只有可能是小碧從王室收藏品中挑出來的。

亨利的臥室就和亞歷克想像中的一樣冰冷、奢華、並且金光閃閃得讓人難以忍受，放著一張鑲金的巴洛克式大床，還有眺望花園的窗戶。他看著亨利脫下西裝，一邊想像著住在這裡是什麼感覺，他不知道亨利是不被允許布置自己的房間，或是他根本從來沒想過自己可以有不同的選擇。那些失眠的夜晚，他是怎麼一個人在這些看似永無止境、冷漠無情的房間之間遊蕩，像是一隻被困在博物館裡的鳥？

唯一一間感覺真的像是小碧和亨利的房間，是位於二樓的一間起居室，兩人把它改造成了一間音樂練習室。這裡的色彩也是最鮮明的：深紅色與紫羅蘭色交織而成的土耳其地毯，還有一張菸草色的中型沙發。小坐墊和擺滿了裝飾品的小桌子，像蘑菇般生長在房間地上，牆上掛滿了電吉他和小提琴，幾架豎琴，還有一把笨重的大提琴靠在角落。

房間的中央是一架平臺式鋼琴，亨利坐下，開始懶洋洋地彈了起來，把玩著旋律，似乎是一首殺手樂團[76]的老歌。米格魯大衛安靜地趴在腳踏板旁打著盹。

「彈一些我沒聽過的。」亞歷克說。

在德州唸高中的時候，亞歷克已經是運動員之間最有文化的一個了，因為他是個書呆子，又是個政治狂熱分子。他是唯一一個在進階美國歷史課中能辯論卓德．史考特[77]觀點的預選球

76 殺手樂團（The Killers），美國另類搖滾樂團。

77 卓德．史考特（Dred Scott），十九世紀初的黑人奴隸，曾在主人逝世後向法院提起訴訟要求自由身分（史考特訴山福特案），後成為美國南北戰爭的關鍵起因之一。

員。他會聽妮娜・賽門[78]和奧提斯・雷汀[79]的音樂，喜歡昂貴的威士忌。但是亨利的知識庫是完全不同等級的。

所以他只是邊聽邊點頭，微笑地看著亨利解釋布拉姆斯[80]的曲風是什麼樣子，華格納[81]又是什麼樣子，而為什麼浪漫主義運動時兩人會是兩種完全相反的路線。**你聽得出來差別嗎？**他的手移動的速度之快，幾乎像是毫不費力，甚至連他突然岔題講起浪漫主義時期的戰爭，以及李斯特[82]的女兒拋棄自己的丈夫和華格納私奔的時候，他也切換得毫無破綻。那是當時的一大醜聞。

他轉而彈起一首亞歷山大・史克里亞賓[83]的奏鳴曲，提起作曲家的名字時，還對亞歷克眨了眨眼。行板部分——第三樂章——是他最喜歡的部分，他解釋道，因為他曾經讀過一段介紹，說這段是為了要讓人聯想到城堡的廢墟，而他當時覺得這是某種黑色幽默。他沉默下來，全神貫注，在樂章中沉醉了長長的幾分鐘。然後毫無預警地，曲風又變了，騷動的和弦帶回了某種熟悉感——是艾爾頓・強[84]的歌單。亨利閉著雙眼，憑記憶彈奏——是《寫給你的歌》。噢。

78 妮娜・賽門（Nina Simone），二十世紀美國非裔歌手及作曲家，創作歌曲類型主要包括藍調、節奏藍調和靈魂樂。
79 奧提斯・雷汀（Otis Redding），二十世紀美國非裔靈魂樂歌手。
80 約翰尼斯・布拉姆斯（Johannes Brahms），十九世紀浪漫主義中期的德國作曲家。
81 理查・華格納（Richard Wag ner），十九世紀德國作曲家及劇作家。
82 李斯特・費倫茨（Franz Liszt），十九世紀匈牙利作曲家及鋼琴演奏家，是浪漫主義音樂的代表人物之一。
83 亞歷山大・史克里亞賓（Alexander Scriabin），二十世紀初的俄國作曲家及鋼琴家，是無調性音樂的先驅。
84 艾爾頓・強（Elton John），英國流行樂傳奇歌手，獲選為「史上最成功的藝人」之一。《寫給你的歌（Your Song）》是艾爾頓・強於一九七一年發行的成名曲，由創作伙伴伯尼・陶平（Bernie Taupin）作詞，再由艾爾頓・強譜曲而成。

亞歷克的心沒有跳到他的胸膛之外，他也不需要扶著沙發穩住自己。如果他能在這座皇宮裡和亨利談戀愛，而不是像現在這樣，兩人都得飛越地球才能碰觸到彼此、還得消聲匿跡，他才會承認自己需要這麼做。他不是來這裡戀愛的。不是的。

他們懶洋洋地在沙發上親吻、觸碰對方，或許過了好幾個小時——亞歷克想要在鋼琴上接吻，但那好像是什麼無價的古董——然後才跌跌撞撞地前往亨利的房間，來到宏偉的床上。亨利讓亞歷克用極度的耐心與精準度緩緩將他肢解，他不斷喊著上帝的名字，好像整個房間都受到了聖靈的洗禮。

這讓亨利像是跨過了某一條界線，在奢華的床單上融化、瘋狂。事後，亞歷克又花了將近一小時的時間，讓亨利一陣陣發顫，心中讚嘆著他的表情是如何表達出不可思議又舒服的痛苦；他的手指蜻蜓點水地畫過他的鎖骨、他的腳踝、膝蓋內側、手背上細小的骨頭，還有他下唇的凹陷處。他不斷觸碰、觸碰，直到他光憑著手指和嘴唇，吻過他手指碰觸的所有地方，又讓亨利高潮了一次。

然後亨利說了和在溫布頓的密室時同樣的兩個字，這次甚至強調了一句「拜託，我求你」。他還是不敢相信亨利會說這種話，也不敢相信自己會是唯一聽見的人。

所以他照做。

當他們再度平靜下來時，亨利在他的胸口昏睡過去，一個字也沒說。他精疲力竭，全身疲軟，亞歷克忍不住輕笑著拍了拍他汗濕的頭髮，聽著他幾乎是立刻傳來的輕微鼾聲。

但他花了好幾個小時的時間才睡著。

亨利在他身上流口水。大衛爬上床，趴在他們腳邊。亞歷克幾小時之後就得搭上飛機，前往紐澤西參加另一場造勢，但是他睡不著。這是時差的關係。一定只是時差。

好像是來自好幾百萬年以前的印象，他記得自己對亨利說，不要對這段關係想太多。

「作為你們的總統。」傑弗瑞．理查的臉，在競選辦公室的其中一塊螢幕上說道：「我的第一目標，就是讓年輕人能更多參與政府。如果我們想要掌握國會、奪回白宮，我們會需要下一代站起來，加入戰局。」

范德堡大學的共和黨組織在直播現場歡呼，亞歷克則對著自己剛起草的政策草案乾嘔了幾聲。

「妳要不要上臺呢，布麗特妮？」一名漂亮的金髮女學生走上臺加入理查，他便身手環住她的肩膀。「布麗特妮是今天這場活動的主辦，而她的表現實在可圈可點，帶給我們這麼棒的成果！」

更多歡呼聲傳來。一個中階主管對著螢幕丟了一坨紙。

「就是像布麗特妮這樣的年輕人，給我們這個政黨的未來帶來希望。所以，作為總統，我很榮幸地宣布，我要發起所謂的『理查青年議會』計畫。其他政治人物不會想讓人——尤其是像你們這些敏銳聰明的年輕人——靠近我們的辦公室、看我們辦事的所有眉眉角角——」

我想看你外婆和這個該死的食屍鬼組隊和我媽對打。亞歷克回到自己的辦公桌時，發了一封簡訊給亨利。

此時是民主黨全國委員會的前一個星期，而他已經好幾天來不及在咖啡壺被清空之前去攔截了。自從兩天前，他們正式發布了競選的論壇之後，政見的信箱就被灌爆了，而欠揍韓特就像是把命賭在上面一般拚命發著郵件。他對於亞歷克上個月的發飆沒有再多說什麼，但他現在開始會戴耳機工作，不再強迫亞歷克接受他的音樂品味。

他又發了一封簡訊，這次是給路那的：你有辦法去上安德森．庫柏的節目之類的，解釋一下你幫論壇代筆寫的那段稅法，讓大家不要再問了嗎？我一直都抽不出時間。

他這個星期一直在發簡訊給路那，自從理查陣營透露消息，說他們已經選了一名無黨籍議員作為他們的預期內閣。可惡的老史丹利．康納直接拒絕了所有請他背書的邀請——最後路那偷偷告訴亞歷克，康納沒有跑出來參加初選已經算是他們幸運了。當然一切都還沒有正式公開，但所有人都知道康納就是理查說的人。但假設路那知道什麼時候才要宣布這件事，他顯然沒有打算分享。

現在是倒數一週了。民調數據並不理想，保羅．萊恩對於第二修正案的態度很偽善，而且現在有些社論在到處流竄，如果愛倫．克雷蒙並不是個傳統意義上的美女，她還有可能當選嗎？如果不是因為她每天早上都有冥想的習慣，亞歷克確信他媽媽大概已經掐死自己身邊的幾個副手了。

至於亞歷克的部分，他想念亨利的床、亨利的身體、亨利這個人、還有一個距離選戰生產線幾千英里遠的地方。三個星期前的溫布頓行，現在對他來說像是一場夢，更撩人的是，幾天前亨利和阿波才到紐約一趟，為了某個位於布魯克林的 LGBT 青少年收容中心跑文件流程。那天亞歷克實在抽不出空找藉口去紐約，而且不管全世界多喜歡他們的公開友情，他們已經快要把所有合理的見面藉口都用完了。

這次的全國委員會和二〇一六年那次令人窒息的旅行不一樣。那時，他爸爸代表的加州給了讓她致勝的選票，他們所有人都哭成了一團。在她發表當選演說之前，亞歷克和茱恩為她做了開場。茱恩的手抖得厲害，但亞歷克的手卻很堅定。群眾歡聲雷動，亞歷克的心也在回應他們。

這一年，他們全都因為在全國跑透透、又得同時競選，而累得東倒西歪，就連前往安排一晚的全國委員會行程都很勉強。集會的第二晚，他們擠上空軍一號——原本應該是海軍一號，但他們不可能全塞進一架直升機裡的。

「你有做過成本效益分析了嗎？」當他們起飛時，薩拉正對著電話說道。「因為你知道我是對的，而只要你不同意，這些資產隨時都可以轉移。是的。對，我知道。好。跟我想的一樣。」一陣長長的沉默後，她輕聲說道：「我也愛你。」

「呃。」亞歷克在她結束通話之後問道。「妳有什麼要和我們分享的嗎？」

薩拉的視線甚至沒有離開她的手機。「是的，剛剛那是我男友，還有不行，你不能再問任何跟他有關的問題。」

茱恩把筆記本闔上，突然充滿了興趣。「妳怎麼可能有我們不知道的祕密男友？」

「我看到妳的時間比看見乾淨的內褲時間還多欸。」亞歷克說。

「因為你換內褲的頻率不夠高，親愛的。」他媽媽從機艙的另一端插嘴道。

「我常常不穿內褲啊。」亞歷克敷衍地說道。「這跟『我的加拿大女友』一樣嗎？」亞歷克非常生動地打了上下引號的手勢。「他跟妳『去的是不同學校嗎？』」

「你真的很想要被我推出逃生門外對不對？」她說。「我們是遠距離，但不是你想的那樣，不要問了。」

卡修斯也來參了一腳，表示自己是白宮員工裡的戀愛大師，所以他有權知道，然後他們便辯論起和同事分享資訊的合理界線，但這實在很荒謬，因為卡修斯已經幾乎對亞歷克的私生活瞭若指掌了。他們在紐約上方繞行，茱恩突然停止說話，注意力再度回到薩拉身上，因為後者也沉默了下來。

「薩拉？」

亞歷克轉過頭，看見薩拉紋風不動地坐在那裡。這和她平常總是奔忙的樣子天差地遠，使所有人也都僵住了。她瞪著自己的手機螢幕，嘴巴半開。

「薩拉。」他媽媽極度嚴肅地重複道。「怎麼了？」

她終於抬起眼，手機仍緊緊握在手中。

「華盛頓郵報終於公布了那個加入理查內閣的無黨籍議員。」她說。「不是史丹利．康納。是拉斐爾．路那。」

「不。」茱恩說著。她手中提著高跟鞋，雙眼在溫暖的光線下閃閃發亮，正靠近他們同意見面的飯店電梯旁。她的頭髮從辮子裡憤怒地刺了出來。「我同意跟你碰面，你就應該要謝天謝地了好嗎，所以你要不就把這答案吞下，要不拉倒。」

華盛頓郵報的記者眨了眨眼睛，手指在錄音筆上不知所措地游移了一下。從他們降落在紐約之後，這傢伙就開始狂打茱恩的私人手機，要她給他一句關於全國委員會的引言，而現在他又開始要求茱恩對路那的事發表看法。茱恩平時並不是一個容易動怒的人，但她已經累了一天，而她此刻的表情像是準備拿手中的高跟鞋，去扎對方的眼窩了。

「那你呢？」記者問亞歷克。

「如果她不說，我也不會說。」亞歷克說。「她人比我好太多了。」

茱恩在記者厚重的文青眼鏡前彈了彈手指，雙眼冒著熊熊怒火。「你不准跟他說話。」茱恩說。「你就抄我這句好了：作為現任總統，我母親還是致力於打贏這場選戰。我們是來這裡支持她，務必要將整個黨團結起來，作為她的後盾。」

「但是路那議員——」

「謝謝你。請投克雷蒙一票。」茱恩緊繃地說，伸手捂住亞歷克的嘴。她把他推進等待的電梯裡，並在他舔她的手掌時狠狠肘擊了他一下。

「那個該死的叛徒。」當他們抵達自己的樓層時，亞歷克說道。「騙人的王八蛋！我——是我幫他當選的。我花了連續二十七小時幫他助選。我去參加了他妹妹的婚禮。我還幫他記得所有的速食店訂單！」

「我知道，亞歷克。」茱恩把磁卡插進凹槽裡。

「那個長得像吸血鬼週末主唱的小混蛋怎麼會有妳的私人號碼？」

茱恩把鞋子往床上扔去，兩隻鞋便分別往不同方向彈開了。「因為我去年和他上過床，亞歷克，你以為呢？不是只有你會在壓力爆表的時候選一些愚蠢的對象上床好嗎。」她跌坐在床上，開始摘下自己的耳環。「我只是不懂他有什麼目的。我是說，路那想幹嘛？還是他是從未來來的某種祕密特工，準備要偷偷把我們都幹掉？」

此時已經很晚了——他們九點之後才進入紐約市，然後立刻又召開了好幾個小時的危機處理會議。亞歷克還是覺得很焦慮，但當茱恩抬頭看他時，他發現她眼中閃閃發光的，其實是挫敗的淚水，他便軟化了下來。

「如果要我猜，路那是覺得我們要輸了。」他輕輕告訴她。「他覺得如果他加入理查的內閣，他就能把理查往更左派的方向推。要滅火就要從自家滅起的概念。」

茱恩看著他，雙眼疲累地搜索著他的臉。她也許是姐姐，但政治是亞歷克的專業。他知道如果他有選擇，他還是會走上這條路。但他同時也知道，她不會。

「我想……我得睡覺了。我想睡整整一年。至少一年。等普選結束之後再叫我起來。」

「好，老姐。」亞歷克彎身吻了吻她的頭頂。「完全沒問題。」

「謝了，小弟。」

「不要那樣叫我。」

「小不拉機的小寶寶弟弟。」

「滾啦。」

「去睡覺了。」

卡修斯在走廊上等他，身上的西裝已經換成了便服。

「你還好嗎？」他問亞歷克。

「嗯，我不能不好啊。」

卡修斯巨大的手掌拍了拍他的肩膀。「樓下有間酒吧。」

亞歷克想了一下。「嗯，好吧。」

幸運的是，畢克曼酒吧的深夜時段人少又安靜，光線昏暗，金色的牆面與吧臺椅的深綠色皮革點綴著室內。亞歷克點了一杯純威士忌。

他看著自己的手機，一邊把自己的挫折感和著威士忌吞下。三小時前，他發了短短的「三小？」給路那。一小時前，他收到了回覆：我不期望你會理解。

他想打給亨利。他想這應該很合理——他們一直都是對方世界裡的錨點、吸引對方的磁極。現在，來點簡單的物理法則會讓一切變得比較好接受。

老天，威士忌讓他變得傷春悲秋了。他又點了一杯。

他在考慮要不要發簡訊給亨利，儘管他現在應該位於大西洋另一端的某處。就在此時，一個聲音在他耳邊響起，溫和而溫暖。他知道這一定是他的幻想。

「我要一杯琴湯尼，謝謝。」那聲音說道，然後亨利的身軀就出現了，靠在旁邊的吧臺桌上，身穿一件淺灰色的襯衫和牛仔褲，看起來有點狼狽。有那麼一秒，亞歷克懷疑是自己的大腦創造出了某種壓力引發的海市蜃樓，直到亨利用更低沉的聲音說道：「你一個人喝酒，看起來實在太悲慘了。」

這肯定是真的亨利了。「你是——你在這裡幹嘛？」

「你知道，作為這世界強權國家之一的傀儡領導人，我還是有在關注國際政治的。」

亞歷克挑起一邊的眉。

亨利低下頭，有點心虛。「我讓阿波先回家了，因為我很擔心。」

「果然如此。」亞歷克眨了眨眼。他拿起酒杯，擋住一個他覺得一定很哀傷的微笑；冰塊撞上他的牙齒。「別提那個混蛋的名字。」

「乾杯。」酒保把酒遞給他後，亨利說道。

亨利喝了一口，然後從大拇指上吸掉沾到的檸檬汁，而看在上帝的份上，他長得真好看。他的臉頰和嘴唇泛著紅潤，他的英國血統並不習慣布魯克林的夏季氣溫。他像是某種溫柔鄉，讓亞歷克想要沉醉其中，而他發現自己胸口糾結的焦慮感終於緩解下來了。

除了茱恩之外，很少人會特地來關心他。大部分時候，那是他自找的，他總是用大眾情人的形象、反復無常的喃喃自語和固執的獨立感來拒人於千里之外。但亨利看他的樣子，像是他完全不受這些外在形象影響。

「快把那杯喝完，威爾斯。」亞歷克說。「樓上有一張加大雙人床在呼喚我的名字了。」

他在椅子上換了個姿勢，讓自己一邊的膝蓋在吧臺下方摩過亨利的腿，卡進他的雙腿之間。

亨利瞇著眼看他。「霸道耶。」

他們在那裡待到亨利喝完，亞歷克聽著亨利撫慰人心的喃喃自語，解釋琴酒不同的品牌，突然很慶幸亨利可以自得其樂地說個不停。他閉上眼睛，把一天的災難屏除在腦海之外，試圖遺忘。他想起亨利幾個月前在花園裡說的話：你有沒有想過，如果我們只是這世界上的一個不具名的人，會是什麼樣子？

如果他只是一個默默無名的普通人，不會在歷史上留下痕跡，那麼他就只是一個普通的二十二歲青年，正微醺地扯著一個男人的皮帶，把他拉進自己的飯店房間。他的齒間咬著對方的嘴唇，雙手在背後摸索著檯燈的開關，而他正想著：我喜歡這個人。

他們的吻突然結束了。亞歷克睜開眼睛，發現亨利正在看著他。

「你真的不想聊聊這件嗎？」

亞歷克呻吟一聲。

重點是，他想，而亨利也知道。

「這真的是……」亞歷克開口。

他向後退開，雙手撐在腰上。「他應該就是我二十年後的樣子，你知道嗎？我第一次見到他的時候，我才十五歲，我那時候……好崇拜他。他就是我當時想成為的樣子。他在乎百姓，也在乎自己做的是對的事，因為我們是要讓人們的生活變得更好。」

在單盞檯燈的微弱光線下，亞歷克轉身在床沿坐下。

「到了丹佛之後，我才更加確定我想要從政。我看著這個年輕的男同志累倒在辦公桌上，為了讓他家鄉的公立學校孩子們有免費營養午餐吃，我就覺得，我也想要這樣。我真的不知道我夠不夠好、或夠不夠聰明，以後能不能變得像我的父母一樣，但我可以變得像他。」他垂下頭。「他從來沒有把最後那句說給任何人聽過。「而現在我只覺得，那個王八蛋背叛了我們，所以也許那一切都是假的，也許我真的只是一個天真的孩子，相信的都是現實生活中不存在的魔法。」

亨利走到亞歷克的面前站定，他的大腿摩擦著亞歷克的膝蓋內側，伸出一隻手摁住亞歷克焦慮的身軀。

「別人的選擇並不會改變你這個人。」

「我覺得會啊。」亞歷克告訴他。「我曾經想要相信某些人是好人，想要相信某些人這麼做是為了做對的事。他們大部分的時候會做對的事，大部分的時候都有正確的理由。我想要有這樣的信念。」

亨利的手撫過他的肩膀、他的頸間，還有他的下巴。當亞歷克終於抬起眼時，亨利的視線溫柔而堅定。「你還是有啊。因為你還是這麼地在乎。」他彎下身，吻了吻亞歷克的頭髮。「而且你很棒。大部分的事物，大部分的時候都很糟糕，但你很好。」

亞歷克深吸一口氣。亨利會這樣聽著他意識流般混亂的言詞，然後用亞歷克一直想要做出的最清晰、最明確的結論回應他。如果亞歷克的腦袋是一團風暴，亨利就是閃電劃破天際擊中地面的那個點。他希望亨利說的是對的。

他讓亨利把他推倒在床上，親吻他，直到他的腦子變得一片空白。亨利小心翼翼地褪去他的衣服。他深入亨利的身體，並感覺到他肩膀緊繃的肌肉開始放鬆，就像亨利鬆開一艘船的船帆那樣。

亨利一次又一次地吻著他的唇，低聲重複著：「你很棒。」

當房間外傳來急促的敲門聲時，亞歷克還沒有準備好迎接這種程度的噪音。那種尖銳的聲響讓他在她開口前就認出是薩拉，而他伸手抓過自己的手機，想著她怎麼沒有先打來，卻發現自己的手機徹底沒電了。該死。難怪他的鬧鐘沒響。

「亞歷克．克雷蒙—迪亞茲，快七點了。」薩拉在門外喊道。「你在十五分鐘之後有一場策略會議，而我有鑰匙，所以我不管你現在身上有沒有穿，如果你在三十秒之內不開門，我就要進去了。」

他一邊揉著眼睛，一邊發現自己是徹底的全裸。他草草一瞥貼在他背上的身軀：亨利也是毫無疑問的全裸。

「喔，殺了我吧。」亞歷克咒罵道。他從床上彈了起來，卻被被單纏住，跌跌撞撞地摔下了床。

「呃。」亨利低吟一聲。

「去他的。」亞歷克說，現在他僅剩的字彙量只剩下髒話了。他甩掉被單，伸手去抓他的長褲。「操他媽的。」

「什麼？」亨利的聲音平板地對著天花板說道。

「我聽見你的聲音了，亞歷克，我發誓——」

門外傳來另一個聲音，像是薩拉踹了門一腳，而亨利也從床上跳了下來。他現在的模樣的確像是一幅畫，臉上除了驚慌與恐懼之外，就沒有其他情緒了。他的眼神偷偷地轉向窗簾，好像在考慮躲到窗簾後面。

「我親愛的上帝啊。」亞歷克拉著褲子碎唸。他抓起地上的隨便一件襯衫和內褲塞給亨利，然後指向衣櫃：「進去裡面。」

「還真的。」他評論道。

「對，我們等一下再來討論這個諷刺的象徵，快去。」亞歷克說，亨利便照做了。當門被推開時，薩拉正站在那裡，手中握著她的保溫瓶，臉上的表情明確地告訴他，她的碩士學位可不是用來當一個成年人（還剛好是總統的兒子）的保母的。

「呃，早安。」他說。

薩拉的眼睛快速掃過整個房間——地上的被單、兩個睡過的枕頭、還有床頭櫃上的兩支手機。

「她是誰？」她質問道，衝到浴室門口，打開門，好像預期會在浴缸裡看見某位好萊塢小演員。「你讓她帶手機進來？」

「沒有人啦，老天。」亞歷克說，但他到中途就破音了。薩拉聳起眉。「幹嘛？我只是昨晚喝得有點多而已。沒事。」

「對，你偏偏挑今天宿醉，真的沒事。」薩拉在他身邊繞了一圈。

「我沒事。」他說。「沒關係啦。」

而此時，就像是他們套好招的一樣，衣櫃門裡傳來一陣碰撞聲，然後還沒有把亞歷克的內褲完全穿上的亨利，就這樣摔出了衣櫃。

亞歷克半歇斯底里地想到，這真是個非常具象化的雙關。

「呃。」亨利在地上說。他把內褲拉過屁股。他眨了眨眼。「妳好。」

「我——」薩拉開口。「你要不要解釋一下現在是什麼狀況？他現在怎麼會在這裡？地理意義上他應該要在英國，還有為什麼——不，不。不要回答我。我不想知道。」她又喝了一口咖啡。「我的天啊，是我的錯嗎？我從來沒想過……我那樣安排的時候……我的天啊。」

亨利從地上爬了起來，穿上一件襯衫。他的耳根一片通紅。「我想，那也許有點幫助。呃。這有點不可避免。至少對我來說。所以不要自責。」

亞歷克看著他，試著想些話來補充，但薩拉伸出一隻手指戳中他的肩膀。

「好吧，我希望這至少是好玩的，因為只要有人發現這件事，我們就通通完蛋了。」薩拉說。她狠狠地指著亨利。「你也一樣。我想我應該不用給你簽保密協定吧？」

「我已經幫他簽過一份了。」亞歷克提議。亨利的耳朵從紅色轉成了讓人擔心的紫色。六個小時前，他還沉醉在亨利的胸膛，而此時他卻半裸地站在這裡，討論著文件流程。他恨死文件了。「我想這應該夠用了。」

「喔，那敢情好。」薩拉說。「真高興你想得這麼周到。很好。這件事持續多久了？」

「從，呃，跨年開始。」亞歷克說。

「跨年？」薩拉瞪大眼睛重複道。「你們已經這樣七個月了？所以你才會——我的天啊。我還以為你對國際關係有興趣了咧。」

「我是說，技術上來說——」

「你如果把那句話說完，我今天晚上可能就要在監獄過夜了。」

亞歷克一陣瑟縮。「拜託不要跟媽說。」

「你認真嗎？」她大喊。「你在選舉前最大的全國政治集會前，發生這麼大一個政治危機時，在一座滿是攝影機的城市裡，一間塞滿記者的飯店中，肛了一個國家男性領導人，像是要讓我最可怕的惡夢真實上演一樣，還希望我不要告訴總統？」

「呃，可以嗎？我還沒，呃，跟她出櫃過。」

薩拉眨眨眼，抿起嘴，然後發出一聲像是被人勒住脖子的聲音。

「聽好了。」她說。「我們現在沒有時間處理這個，你媽也已經忙到沒有精力來消化她兒子的性向危機了，所以──我不會告訴她的。但等全國大會結束之後，你就要自己說。」

「好。」亞歷克吐出一口氣。

「如果我叫你不要再見他了，這有用嗎？」

亞歷克看向亨利，後者正衣衫不整、緊張又害怕地站在床腳。「不會。」

「該死的上帝。」她用手掌根部揉著額頭。「真的是每跟你見一次面，我就會減壽一年。我要下樓了，而你最好五分鐘之內穿好衣服下來，好讓我們拯救這場該死的選舉。還有你。」她轉向亨利。「現在立刻給我滾回英國，如果有人看見你離開，我會親手殺了你。我才不吃王室那一套。」

「聽到了。」亨利用微弱的音量說道。

薩拉狠瞪了他最後一眼，轉過身，大步走出房間，然後重重把門甩上。

9

「好喔。」他說。

他母親坐在桌子對面，雙手交疊，期待地看著他。他的手掌開始冒汗了。他們所處的房間，是西廂房裡一間比較小的會議室。他知道他應該找她去吃個午餐什麼的，但是，嗯，他有點慌了。

他猜他還是直接切入重點就好。

「我最近，呃。」他開口。「我最近開始發現了一些關於我自己的事。然後……我想要讓妳知道，因為妳是我媽，我希望妳是我的人生中的一部分，我也不想瞞妳。而且，呃，從形象的角度來說，這跟選舉也有關。」

「好。」愛倫的語氣平穩。

「好喔。」他又說了一次。「好吧，就是呢，呃，最近我發現，我不是異性戀。我是雙性戀。」

她的表情變得輕鬆，然後笑了起來，鬆開雙手。「喔，就這樣嗎，甜心？老天，我剛剛還以為是什麼更可怕的事呢！」她伸出手，覆上他的手。「那很好啊，寶貝，我很高興你願意告訴我。」

亞歷克微微一笑，他胸口的焦慮稍微緩和了一點，但他還有一顆震撼彈還沒投。「呃，還有一件事。我算是……有對象了。」

她歪了歪頭。「是嗎？嗯，那很好啊。我希望你讓他簽過文件——」

「媽，呃，」他打斷她。「是亨利。」

一陣沉默。

她皺起眉頭。「亨利……？」

「對，亨利。」

「亨利……王子嗎？」

「對。」

「英國的那個？」

「對。」

「所以沒有其他的亨利了？」

「沒有了，媽。威爾斯的亨利王子。」

「我還以為你討厭他？」她說。「還是……現在你們是朋友了？」

「在不同時間點，兩者都成立。但是，現在，呃，我們比較像是，在交往。一陣子了。大概……有七個月了？之類的。」

「我……知道了。」

她看了他很長一段時間。他不舒服地在椅子中換了換姿勢。

然後，她突然抓起手機站起來，把椅子踢到桌子下靠好。

「好，我要把我的下午行程排開。」她說。「我，呃，需要一點時間準備資料。你一個小時之後有空嗎？我們再在這裡會合。我會叫外送。把你的護照、收據、還有其他相關的文件都帶來，甜心。」

她沒等他回應，就倒退著走出房間，消失在走廊上。門還沒完全關上，他的手機就跳出一個通知。行程安排要求：下午兩點，西廂房一樓，國際關係倫理與性向認知簡報。與會人：老媽。

一小時後，會議室的桌上擺了幾盒中式料理，投影幕上投射著一份簡報。簡報第一頁寫著：與異國王室的性向實驗：灰色地帶。亞歷克不知道現在跳樓自殺還來不來得及。

「好吧。」在他坐下後，她說道。她的口氣幾乎和他稍早的時候一模一樣。「在我們開始之前，我——我想先說，我愛你，也永遠會支持你。但是坦白說，這件事的處理方式和倫理問題很重要，所以我們要很確定我們的看法一致，好嗎？」

下一張投影片的標題是：性向探索：健康行為，但非得要是英國王子不可嗎？她道歉說她沒時間下更好的標題了。亞歷克突然覺得死亡真是甜美的解脫。

再下一張投影片則是：聯邦資金、旅行開銷、性愛電話與你的關係。

她比較在意他有沒有用國家贊助的私人噴射機去和亨利碰面——沒有——並要求他簽署好幾份文件，把他們兩人都囊括在內。這一切都感覺好現實、好討厭，像是在幫他的感情關係打勾，尤其是這些文件裡有一半都在要求一些他還沒和亨利討論過的事。

這過程實在很痛苦，但最後終於結束了，而他還好好活著，這應該有代表一些什麼吧。他媽媽接過最後一份紙張，和其他文件一起放進一個信封袋裡。她把信封放到一旁，摘下老花眼鏡，也放到一邊去。

「所以。」她說。「是這樣的。我知道我給了你很多壓力。但我這麼做是因為我信任你。你是個傻瓜，但我相信你，我也相信你的判斷。我幾年前就向你保證過，我不會逼你成為你不想成為的樣子，所以身為一個總統、或一個母親，我不會禁止你和他交往。」

她換了一口氣，等亞歷克點頭表示聽懂了。

「但是。」她繼續說下去。「這件事真的非常、非常嚴重。他不是你的同學或是白宮實習生。你得想得很遠、很認真，因為你正在讓你自己、你的事業，還有整個選舉和整個組織陷入險境。我知道你很年輕，但這是個永恆的決定。就算你沒有和他走到最後，如果這件事公開了，這也會永遠成為你的一部分。所以你得搞清楚，你有沒有想要和他走下去。如果沒有，你就要斷乾淨。」

她把手放在桌面上，沉默在兩人之間擴散。亞歷克覺得自己的心臟已經跳到喉嚨來了。

永遠。這個詞聽起來沉重得不可思議。這應該是他十年後才需要開始擔心的事情。

「還有，」她說。「對不起，我真的不想這麼做，甜心，但你不能再參與助選了。」

亞歷克突然被現實擊中，肚子向下一沉。

「等等，不——」

「這沒有討論的空間，亞歷克。」她告訴他，而她臉上的表情看起來確實很抱歉，但他太熟悉她下顎的角度了。「我不能冒這個風險，你太靠近核心了。我們會告訴媒體你開始往其他職業選項發展。我會安排這週末幫你清空辦公桌。」

她伸出一隻手，亞歷克低頭看著她的手掌，以及上頭密密麻麻的掌紋，然後才突然想通。

他從口袋裡掏出競選總部的識別證。這是他整個職業生涯的第一個紀念，但才幾個月就被他自己玩掉了。他把識別證交了出去。

「喔，還有最後一件事。」她的口氣突然又變得公事公辦，一邊從整疊資料夾下方摸索出一樣東西。「我知道德州的公立學校沒有性教育，我們剛才也沒有聊到這個，所以我只想讓你知道，你們一定要乖乖使用保險套，就算是肛——」

「好喔，多謝了，媽！」亞歷克大叫著往門邊跑，差點把自己的椅子撞翻。

「等等，親愛的！」她在他身後喊道。「是我讓計畫生育協會送來的手冊耶，拿一本啊！他們用腳踏車快遞送來的耶！」

［電子郵件內容：二〇二〇年，八月］

寄件人：**A** <agcd@eclare45.com>

收件人：**亨利**

主旨：**世人無非是蠢材與無賴**

H：

你有讀過亞歷山大・漢密爾頓[85]寫給約翰・勞倫斯[86]的信嗎？我在說什麼啊，你當然沒看過了，不然大概早就因為身懷革命思想被剝奪繼承權了。

既然我已經被革除在競選團隊之外，我真的什麼事都不能做，只能在家裡看有線電視的新聞頻道（每天都殺死我不少腦細胞）、重看哈利波特，還有整理大學時寫過的垃圾報告。我就看著那疊紙，一邊想著真是太棒了，我花了一整晚通宵沒睡，寫了一份九十八分的報告，最後只讓自己這輩子的第一份工作被開除，再把自己關在房間裡！幹得好，亞歷克！

你每天關在皇宮裡就是這種感覺嗎？真是爛透了。

先別管這些。我在翻大學的東西時，找到了一份我針對漢密爾頓戰爭時期的書信寫的分析報告，然後，聽清楚囉：我覺得漢密爾頓應該是雙性戀。他寫給勞倫斯的信，幾乎和寫給老婆的信一樣浪漫，有一半的信署名是「你的」或「愛你的」，而在

85 亞歷山大・漢密爾頓（Alexander Hamilton），美國開國元勳之一，同時是美國憲法起草人之一及第一任美國財政部長，也是國家金融體系、聯邦黨、美國海岸警衛隊和紐約郵報的創始人。

86 約翰・勞倫斯（John Laurens），美國獨立戰爭時期的軍官，與亞歷山大・漢密爾頓一同擔任華盛頓的侍從官，並成為摯友。在獨立戰爭末期戰死沙場，當時年僅二十七歲。

勞倫斯去世前的最後一封信，漢密爾頓的署名是「永遠屬於你的」。我不懂為什麼沒有人討論過我們的開國元勳可能不是直男的這種可能性。好吧，我知道原因，但還是一樣。

總之，我找到他寫給勞倫斯的某封信的節錄，那段話讓我想到了你，也許也包括我自己：

事實是，我是一個不幸的誠實之人，對自己的感受從無保留。之所以會跟你說這些，是因為你懂，而且不會用膚淺的眼光看待我。我厭惡我們的國會——厭惡軍隊——厭惡——這個世界——也厭惡我自己。世人無非是蠢材與無賴，我敢說只有你例外……

想著這些歷史，我忍不住也想到，不知道等我哪一天也成為歷史時，那會是什麼樣子。還有你也是。我有點希望現代人也這樣寫信。

歷史是吧？我敢保證我們的也會一樣精彩。

愛你的，逐漸失去理智的，
褻瀆開國元勳的第一公子亞歷克

寄件人：**亨利** <hwales@kensingtonemail.com>
收件人：**A**
主旨：**Re：世人無非是蠢材與無賴**

喜歡找史料尻尻的第一公子亞歷克：

每次聽你說你在白宮內慢慢腐爛，我就忍不住覺得是我的錯，覺得自己很糟糕。對不起。我早該知道不該惹出這件事的，我得意忘形了，所以沒有好好思考。我知道那份工作對你來說有多重要。

我只是想要……你知道，給你多一點選項。如果你想要少放一點重心在我這裡，多一點重心在另一邊——工作、或是比較不複雜的事——我也能理解，真的。

不過不管如何……也許你不會相信，但我其實有讀過一點漢密爾頓，原因有三：第一，他是一位傑出的作家。第二，我知道你的名字是取自於他（你們兩個的人格特質也像得嚇人：強烈的決心、永遠不知道什麼時候該閉上嘴等等）。第三，某個小騷包曾試圖把我釘在這個人的肖像畫上，而在記憶的殿堂中，有些東西是需要完整前提的。

你現在是在暗示我，你想玩革命士兵的角色扮演嗎？我必須告知你，在那種情境下，我體內僅存的英王喬治三世血液會在血管裡凝結，讓我在你面前完全沒有招架之力。

還是你在告訴我，你比較喜歡那種在燭光下手寫的信？

我想告訴你，當我們分開的時候，我會在夢裡看見你的身體。當我睡著時，我會看見你的身體，你腰際的弧度、下背的雀斑。當我清晨醒來時，你好像就在身邊，你的手碰觸我後頸的感覺清晰無比，完全不像幻想。我可以感覺到你的肌膚貼著我，讓我魂不守舍。而有那麼一段時間，我能屏住呼吸，回到夢境裡、回到任何地方，繼續和你待在一起。

我想漢密爾頓寫給伊萊莎[87]的信說得更好一些：

妳完全占據了我的思緒，使我再無心思考其他——妳不只在日間掌控著我的心，連我的夢也無法倖免。在每場夢境中我都能見到妳——當我轉醒，我便無法再闔上眼，只為細細回味妳的甜美。

如果你決定要接受我一開始的提議，我希望你沒有把下面這些

87　伊萊莎（Eliza），伊莉莎白・斯凱勒（Elizabeth Schuyler）的暱稱，亞歷山大・漢密爾頓之妻。

垃圾話讀完。

祝 好

無藥可救的浪滿主義異端及究極傻瓜王子亨利

寄件人：**A** <agcd@eclare45.com>

收件人：**亨利**

主旨：**Re：世人無非是蠢材與無賴**

H：

別傻了。我們之間永遠不可能變得不複雜。

不管如何，你應該去當作家。你就是個作家。

就算經歷了這麼多事，我還是一直想再更了解你一點。這聽起來會很扯嗎？我只是坐在這裡想著，這個知道漢密爾頓、還能寫出這種字句的傢伙到底是誰？像這樣的人是怎麼出現的？我一開始怎麼能錯得這麼離譜？

這實在很奇怪，因為我看人一向很準，我的直覺想法通常不會離實際狀況太遠。我確實對你產生了某種直覺想法，只是當時沒有足夠的認知去理解。但我想我還是一直跟著直覺跑，就像只是盲目地前進再前進，然後聽天由命。我想這代表你是我的北極星囉？我想再見你一面，越快越好。我一直重讀那一段，一次又一次，你知道我在說哪一段。我希望你在這裡，和我在一起。我渴望你的身體，也想要所有其他部分。我想離開這間該死的屋子。看著茱恩和諾拉在電視上公開亮相，卻少了我，這簡直就是折磨。

我們每年都會有一場家族旅行，去我爸在德州的湖邊小屋度假，一整個週末消聲匿跡。湖上有座私人小碼頭，而且我爸還會煮一堆好吃到爆炸的東西。你想一起來嗎？我的腦中一直出現你被太陽曬得發紅，坐在美國鄉野間的美麗畫面。我們計畫下下周出發。如果夏安能和薩拉或誰安排一下，讓你飛到奧斯汀，我們就能去那裡接你。來嘛？

屬於你的亞歷克

PS：艾倫・金斯堡[88]致彼得・奧洛夫斯基——寫於一九五八年

我的確渴望著落在我倆之間、使你我相連的陽光，但我像想家一般思念著你。**親愛的，願你的光芒照耀回來，並請想念我。**

88 艾倫・金斯堡（Allen Ginsberg），美國現代詩人，活躍於六、七〇年代，同時是反越戰抗議及左翼運動中的重要角色。彼得・奧洛夫斯基（Peter Orlovsky）是他的同性伴侶。

寄件人：**亨利** <hwales@kensingtonemail.com>
收件人：**A**
主旨：**Re：世人無非是蠢材與無賴**

亞歷克：

如果我是北方，我實在不敢想像神要帶領我們走向哪裡。

我一直在想我的身分、還有你問我這樣的人是怎麼出現的，我只好極盡所能地說一個故事給你聽：

從前，有一個在城堡中誕生的小王子。他的母親是位學者公主，他的父親則是全地最英俊、最懾人的騎士。孩提時期，人們會給予這位小王子所有他夢想的東西。最美麗的絲綢華服，果園中熟成的水果。有時候他好快樂，他覺得他永遠不會厭倦當一個王子。

他是一位位王子的後裔，但從來沒有一位王子像他這樣：當他出生時，他長著一顆異於常人的心。

當他還年幼，他的家人會笑著告訴他，長大就會好了。但隨著年齡增長，那顆心依然如此，鮮紅，清晰可見，充滿生命力。

他並不十分介意，但每一天，他的家人們越來越擔心王國的人民會發現、並屏棄這位王子。

他的祖母，也就是女王，住在一座高塔裡，而不論是過去與現在，她都只與其他的王子說話，只有那些健全的王子。

然後，小王子的騎士父親，在一場戰鬥中被人打敗了。長矛刺穿了他的盔甲和他的身軀，將他留在塵土之間血流不止。所以當女王送來新的服裝和盔甲，要王子把他的心好好收起來時，小王子的母親並沒有阻止。因為她也開始害怕了：她怕她兒子的心也被人撕裂。

所以王子就乖乖穿上了，許多年來，他一直認為這是對的。

直到他遇上鄰近小鎮的一位最讓人難以忘懷的農村男孩，他對王子說了許多大不敬的話，讓王子覺得自己從沒這麼充滿生命力過，爾後他又發現，這位男孩是最瘋狂的巫師。他能憑空變出金子、伏特加，還有杏子塔，而王子的人生從此便隨著紫色的煙霧緩緩上升。整個王國的人們說道：「真不敢相信我們會這麼訝異。」

我當然要去湖邊小屋了。我得承認，我很高興你要離開白宮了。我怕你會把那個地方燒掉。這代表我會見到你爸囉？

我好想你。

（飛吻）

亨利

PS：這聽起來很羞辱又傷感，坦白說，我希望你讀完之後就立馬忘記。

PPS：亨利・詹姆斯[89]致亨德里克・C・安德森[90]，寫於一八九九年：

希望你在糟糕的美國也過得一切順心。親愛的男孩，我對你有信心——這對我來說是一種喜悅。我最堅定的希望、欲望和同情與你隨行。因此，請保持警惕，並隨著美國的成長，告訴我你的那些（不可避免地、多少有點奇異的）美國故事。不論如何，願你所遇見之人都能善待你。

89 亨利．詹姆斯（Henry James），十九世紀美國寫實主義文學的代表作家，後定居英國，成為英國公民。

90 亨德里克．C．安德森（Hendrik C. Andersen），美國雕塑家及藝術家。比亨利．詹姆斯年輕近三十歲，兩人之間的關係沒有定論，但在往來的諸多信件中透漏了超越友情的情感。

「住手。」諾拉越過副駕駛座。「這是系統化的整理，妳必須尊重系統。」

「我在度假的時候才不管什麼系統不系統。」茱恩的上半身跨過亞歷克的身體，試圖拍開諾拉的手。

「這是數學。」諾拉說。

「數學在這裡沒有說話的地方。」茱恩告訴她。

「到處都有數學邏輯，茱恩。」

「妳走開啦。」亞歷克把茱恩從肩膀上推開。

「你應該要站在我這邊才對啊！」茱恩喊道，同時扯著他的頭髮，並得到他的苦瓜臉作為回應。

「我可以讓你看一邊的奶。」諾拉告訴他。「好看的那一邊。」

「兩邊都很好看啊。」茱恩突然間被轉移了話題。

「我兩邊都看過了，而且現在我兩邊都看到不少了。」亞歷克比了比諾拉今天的穿著。她今天穿著一件破破爛爛的吊帶短褲，還有一件看起來像某種敷衍到極致的平口小可愛的東西。

「對，這叫做度假奶。」她說。「拜託啦啦啦。」

亞歷克嘆了一口氣。「對不起，老姐。但諾拉的確花了比較多時間在做那份播放清單，所以應該把機會給她。」

後座傳來兩個女孩交織的聲音，一個極度嫌惡，一個則帶著勝利。諾拉把手機接上音源線，一邊發誓她寫了一種防呆演算法，可以選出最棒的公路旅行播放清單。四頂尖合唱團[91]的《愛在阿卡普爾科》前奏的小喇叭聲響起，亞歷克終於把車駛出加油站。

這輛吉普車是翻修的，是亞歷克的爸爸在他十歲左右時完成的作品。現在它大部分的時間都在加州，但每一年的這個週末，他爸爸都會把這輛車開進德州，留在奧斯汀，讓亞歷克和茱恩可以開進來。

某一年的暑假，亞歷克在峽谷裡學會了駕駛吉普的技巧，而現在油門在他腳下的感覺依然良好。他魚貫地跟上兩臺黑色的特勤組休旅車，朝州際公路前進。現在他幾乎沒有機會自己開車去任何地方了。

天空一片敞開，萬里無雲，早晨的太陽懸掛在低空，亞歷克戴著太陽眼鏡，身穿一件背心，放下車子的頂棚。他把音樂聲調大，覺得自己可以把一切的煩惱拋到從他髮間呼嘯而過的強風之中，然後它們就會像是從沒發生過一樣，好像除了他胸口強勁的心跳之外，其他事物都再也不重要。

但是隱藏在多巴胺的影響之下的那些問題還是存在：失去助選的工作、成天漫無目的地在房間裡踱步，還有他母親問他的那個問題：你有沒有想要和他走下去？

他抬起下巴，迎向故鄉溫暖粘膩的空氣，看著後照鏡裡自己的雙眼。他看起來皮膚黝黑、嘴唇柔軟，十分年輕，就只是一個德州男孩，和前往華盛頓特區之前的那個他一樣。所以今天他不會去思考那些人生大事。

---

91 四頂尖合唱團（Four Tops），美國六〇年代的四重唱男聲合唱團，《愛在阿卡普爾科（Loco in Acapulco）》是其代表歌曲之一。

停機坪外站著一群隨扈，亨利穿著短袖格紋襯衫、短褲，臉上戴著一付時尚的太陽眼鏡，Burberry的旅行袋掛在一邊肩上；他看上去是一場具象化的仲夏夜之夢。諾拉的播放清單跳到了朵莉·巴頓[92]的《又是你》，亞歷克從吉普車側邊揮起一隻手臂。

「對，哈囉，哈囉，我也很高興見到你們！」亨利在茱恩和諾拉令人窒息的擁抱中含糊地說道。亞歷克咬著嘴唇，看著亨利輪流摟過她們兩人的腰，然後終於輪到亞歷克了。他大口吸入他身上乾淨清爽的氣味，在他的頸窩笑了出來。

「嗨，愛人。」他聽見亨利輕聲說道，就在他耳朵正上方，而亞歷克有一瞬間忘了怎麼呼吸，只能無助地笑著。

「鼓聲，請！」吉普車的音響傳來一聲大喊，然後《夏日時光》[93]的前奏響起。亞歷克贊同地歡呼起來。等亨利的隨扈團隊也跟上特勤組的車，他們整組人便再度上路。

車隊沿著四十五號公路往下，亨利咧嘴笑得十分燦爛，隨著音樂搖頭晃腦，亞歷克則無法克制地不斷用眼角餘光偷瞄著他。不敢相信亨利——那個亨利王子——真的在這裡，身處德州，準備和他一起回家。茱恩從她座位下的冷藏箱裡拿出四瓶墨西哥可樂，傳給大家，而亨利喝了一口之後就整個人融化了。亞歷克伸出一隻手，握住亨利空著的手，手指在兩人之間的中控臺上緊扣著。

他們花了一個半小時才離開奧斯汀，開始往林登詹森湖前進。而當他們朝著湖邊蜿蜒行駛

92 朵莉·巴頓（Dolly Parton），美國鄉村音樂創作歌手，《又是你（Here You Come Again）》是她的暢銷歌曲之一。

93 《夏日時光（Summertime）》，美國經典爵士老歌，出自一九三五年的音樂劇《波吉和貝絲（Porgy and Bess）》。

時，亨利問道：「為什麼這座湖會被叫做喇叭詹湖啊？」

「諾拉，交給妳了。」亞歷克說。

「喇叭詹湖。」諾拉說。「又叫作林登詹森湖，是科羅拉多河上六座德州高原湖中的其中一座，由水壩構成。是喇叭詹總統在農村電氣化時期蓋好的。他在這邊也有買一間房子。」

「沒錯。」亞歷克說。

「還有一個冷知識，喇叭詹對自己的屌一直都很自豪。」諾拉補充道。「他給它取了一個名字叫『大根』，動不動就掏出來亂甩。在同事、在記者面前，他完全沒在怕的。」

「這也是真的。」

「美國政客。」亨利說。「真的很迷人呢。」

「你有什麼話說嗎，亨利八世？」亞歷克說。

「隨便啦。」亨利涼涼地說。「你們從什麼時候開始來這裡度假的？」

「爸媽離婚之後，老爸就買了這間房子，所以從我十二歲開始。」亞歷克告訴他。「他希望搬走之後還是有一間離我們近一點的屋子。我們以前夏天花超多時間在這裡玩的。」

「噢，亞歷克，記得你第一次在這裡喝茫的時候嗎？」茱恩說。

「我們那天喝了一整天的草莓雞尾酒欸。」

「你吐超慘的。」她寵溺地說。

他們駛上一條被大樹環繞的車道，來到山丘上的房子前。這棟屋子仍然有著鮮艷的橘色外牆和平滑的拱樑，四周種著仙人掌和蘆薈。他媽媽對於莊園式建築從來不感興趣，所以當他爸爸買下這間湖邊建築時，他便豁出去了，裝潢高大的藍綠色大門、沉重的木樑和西班牙式的粉紅色屋瓦。屋外有一圈環繞式的陽臺，還有通往山丘另一邊碼頭的階梯，所有面湖的窗戶全部打開，窗簾在溫暖的微風中飛舞。

他們的隨扈團隊殿後，檢查周邊環境——他們租了隔壁的房子，以增加額外的隱私性，並確保盡到隨扈的責任。亨利毫不費力地一肩扛起茱恩的保冷箱，而亞歷克很努力地阻止自己讚嘆出聲。

奧斯卡·迪亞茲的喊聲從轉角傳來。他渾身滴著水，顯然剛從湖裡爬上來。他穿著自己的舊印地安涼鞋和一件印著鸚鵡的泳褲，兩手朝著太陽舉起，茱恩便立刻跳進他的懷裡。

「小茱茱！」他抱著她轉了一圈，將她放在灰泥欄杆上。下一個輪到諾拉，最後又給了亞歷克一個幾乎掐碎他骨頭的擁抱。

亨利向前走去，奧斯卡則打量著他——Burberry背包、肩膀上的飲料箱、優雅的微笑和伸出的一隻手。當亞歷克問他能不能帶一個朋友同行、並不小心提起這朋友是英國王子時，他爸爸有點困惑，但完全配合他的提議。他不知道這件事會怎麼發展。

「哈囉。」亨利說。「很高興見到你。我是亨利。」

奧斯卡一手拍上亨利的手掌。「希望你準備好瘋狂開趴囉。」

奧斯卡也許是他們家的大廚，但負責烤肉的永遠都是亞歷克的媽媽。這在潘伯頓山莊也許不是這麼常見——他的墨西哥爸爸在家裡認真地做著三奶蛋糕，他的白人媽媽則在後院裡煎漢堡排——但這分工還行得通。亞歷克遺傳了兩人的優點，所以他現在是這群人裡面唯一一個可以處理一整排肋排的人，爸爸則負責其他的工作。

湖邊莊園的廚房面對著湖泊，永遠都瀰漫著柑橘、鹽和香草的味道，而每次他們來玩的時候，他爸爸總是會準備滿滿的大番茄和入口即化的酪梨等著他們。此時，亞歷克站在打開的大窗戶前，面前的爐臺上排著三排的牛肋，在平底鍋上煎著。他爸爸則在水槽邊，剝著玉米的外皮，一邊跟著比森特·費南德茲的舊專輯哼唱。

黑糖。煙熏紅辣椒。洋蔥粉。辣椒粉。大蒜粉。墨西哥辣椒。鹽。青椒。還有更多的黑糖。亞歷克憑著手感準備適量，倒進碗裡。

下面的碼頭邊，茱恩和諾拉則展開了一場即興騎馬打仗，騎著動物浮艇衝向對方，並用浮條當作武器。亨利已經喝醉了，裸著上身，試圖當兩人的裁判，站在碼頭上，一腳踩著木樁，一手舉著博克精釀啤酒的瓶子，像瘋子般揮個不停。

亞歷克自顧自地微笑起來，看著他們，看著亨利和他的姐妹們。

「所以，你想聊聊嗎？」他爸爸的聲音操著一口西班牙文，從他左邊的某處傳來。

亞歷克嚇得跳了一下。他爸爸已經來到距離他幾呎遠的吧檯旁，正在攪拌烤玉米要用的柯蒂亞起司和調味料。

「呃。」他有表現得這麼明顯嗎？

「我是說拉斐。」

亞歷克吐出一口氣，垂下肩膀，把注意力轉回乾煎的肋排上。

「啊，那個王八蛋。」他說。在新聞傳出之後，父子倆對於這個話題只有交換過幾則簡訊。那種被背叛的感覺可不是只有一個人有的。「你覺得他在想什麼？」

「我對他的看法也沒有比你高明到哪裡去。我也沒有任何合理的解釋，但是……」他若有所思地頓了頓，手上繼續攪拌著。亞歷克知道他現在正在衡量腦中幾個想法，他常常這樣。「我也不知道。在發生了那些事之後，我只想知道他還有什麼理由，讓自己和傑弗瑞．理查共處一室。但我真的想不通。」

亞歷克想著他在管家辦公室窗外偷聽到的對話，不知道他爸爸會不會讓他知道事情的全貌。他不知道要怎麼開口問，才不會讓他爸發現他爬到窗外的灌木叢裡偷聽。他爸和路那的關係一直都是那樣——充滿了大人的對話。

亞歷克第一次見到路那，是在他爸爸選議員的一場募捐活動上。亞歷克當時才十四歲，但就已經很認真在做筆記了。路那毫不避諱地在西裝衣領上別了一個同志彩虹旗的別針；亞歷克把這點寫了下來。

「你為什麼會選他？」亞歷克說。「我還記得那場助選活動。我們認識了很多同樣也很優秀的潛力政治人物。你為什麼不選另一個更容易選上的人？」

「你是說，我為什麼要賭在一個同性戀身上嗎？」

亞歷克努力讓自己的表情保持中立。

「我是不會用這種形容啦。」他說。「但是，沒錯。」

「拉斐有沒有告訴過你，他十六歲的時候就被他爸媽趕出來了？」

亞歷克一陣瑟縮。「我知道他大學前過得不是很好，但他沒有明講。」

「對，他們對於他的性向接受度不是很高。他有幾年過得很辛苦，但這養成了他堅韌的個性。我們認識他的那天晚上，那是他被踢出去之後第一次回到加州，但他打定主意要為了某個墨西哥城來的兄弟奮鬥。就像當薩拉出現在你媽奧斯汀的辦公室、說要證明那些混蛋們都錯了的時候，你一看就知道這個人是個鬥士。」

「嗯。」亞歷克說。

比森特的聲音在背景低唱著，奧斯卡則沉默地攪拌手中的醬料，片刻後才再度開口。

「你知道……」他說。「那一年，我派你去幫他助選，是因為你是我手中最好的尖兵。我知道你辦得到。但我也認為你可以從他身上學到不少東西。你們兩個的共同點很多。」

有很長一段時間，亞歷克什麼也沒說。

「我得承認。」他爸說道。當亞歷克再度抬起眼時，爸爸正看著窗外。「我以為王子會看起來再更孬一點。」

亞歷克笑了起來，朝窗外的亨利瞥了一眼，看見他的背影在午後的陽光中搖晃。「他比外表看起來強悍很多。」

「歐洲人這樣算不錯了。」他爸說。「比起一半茱恩帶回家的傻子好多了。」亞歷克的雙手僵住了，扭頭看向爸爸，但後者還繼續攪動手中沉重的木湯匙，面不改色。「也比你帶回家一半的女孩優秀多了。但還比不上諾拉。她一直都是我心中最棒的。」亞歷克瞪大雙眼看著他，直到他爸終於對上他的視線。「怎樣？你沒有你想像中的那麼會藏好嗎？」

「我——我不知道。」亞歷克結巴地說。「我以為你會需要一點天主教徒的時間來接受這個事實？」

爸爸用木湯匙敲了一下他的手臂，留下一坨奶油和起司的痕跡。「對你老爸有點信心好嗎？對加州性別平等廁所的推動者有點感恩的心好嗎？小王八蛋。」

「好啦，好啦！對不起嘛！」亞歷克笑著說道。「我只是以為如果是你自己的小孩，那又是另外一回事了。」

他爸爸也笑了，一手搓了搓他的山羊鬍。「其實不是。至少對我來說不是，我懂的。」

亞歷克微笑。「我知道。」

「你媽知道了嗎？」

「嗯，我幾個星期前跟她說了。」

「她的反應怎麼樣？」

「嗯，她不在乎我是雙性戀。但她很介意我的對象是他。她還幫我做了一份簡報。」

「聽起來滿像她的。」

「她開除我了。還有，呃。她叫我想清楚，我對亨利的感情值不值得冒這個風險。」

「嗯，那，值得嗎？」

亞歷克哀號一聲。「拜託不要問我這個問題，我在度假耶。我想要喝個爛醉，然後好好享受烤肉。」

爸爸抱歉地笑了笑。「你知道，從很多角度來說，你媽和我在一起，本身就是一個爛主意。我覺得我們雙方都知道這不可能持續下去的。我們都太他媽驕傲了。但老天，那個女人啊。沒什麼好懷疑的，你媽是我這輩子的真愛。我不可能像愛她那樣愛上另一個人了。那種感覺是野火燎原，你懂嗎？再說，我還得到了你和茱恩，這是我這個老混蛋能得到的最棒的禮物了。那種愛是很難得的，就算結果證明那只是一場徹頭徹尾的災難。」他吸了吸牙縫，思考了一下。「有時候你跳了就是跳了，只能祈禱你跳下去的地方不是懸崖。」

亞歷克閉上眼睛。「你的老爸獨白說完了嗎？」

「你真的很混蛋。」他朝他丟了一條廚房的擦手巾。「去烤肋排啦，我今天想吃。」他對著亞歷克的背影喊道。「你們今晚最好睡上下鋪喔，聖母瑪利亞在看呢！」

那天晚上，後院裡堆滿了烤玉米、玉米粉蒸豬肉佐莎莎醬、一大盆燉豆子和烤肋排。亨利每一種食物都舀了一點，然後盯著盤子看，好像在等它自己解開什麼祕密，然後亞歷克才意識到，亨利從來沒有用手吃過烤肉。

亞歷克示範給他看，然後帶著藏不住的笑意，看著亨利小心翼翼地用指尖拿起肋排，考慮自己要怎麼下口，並在亨利終於扯下一口肉時歡呼出聲。亨利驕傲地咀嚼著，一坨烤肉醬沾在他的上唇和鼻尖。

亞歷克的爸爸在客廳裡放了一把舊吉他，茱恩把它拿到陽臺上，父女倆就能輪流彈奏。諾拉在自己的比基尼之外罩了一件亞歷克的亞麻襯衫，打著赤腳進進出出，幫每個人的杯子斟滿白桃和黑莓泡的桑格利亞。

他們圍著火堆，彈著強尼・凱西[94]的老歌，然後是席琳娜[95]、再來是佛利伍麥克[96]。亞歷克聽著蟬聲、水聲，還有他爸爸老牛仔般的沙啞歌聲，等到他睏得不得不去睡覺後，又換成了茱恩的婉轉歌喉。他覺得自己的心被一股暖流填滿，在月光下漸漸轉變。

他和亨利來到陽臺邊緣的一座鞦韆上坐下，他蜷縮在亨利身邊，把臉埋在他的頸窩。亨利伸出一隻手攬著他，用帶著煙燻味的手指輕觸亞歷克下巴的下緣。

茱恩彈起了《安妮之歌》[97]。如同夜晚的森林，我的感官只感受到你。微風撫過最高的樹梢。湖面上升到堤防的高度。亨利低下頭，吻上亞歷克的嘴唇。而亞歷克覺得自己幸福得快要死掉了。

隔天早上，亞歷克帶著輕微的宿醉，手肘上纏著亨利的泳褲，從床上摔了下來。技術上來說，他們的確是睡在不同的床鋪上。他們只是不是一開始就在那裡。

亞歷克來到廚房的水槽邊，灌下一杯水，然後看向窗外。湖面上，陽光耀眼地令人睜不開眼，而他胸口有一股熾熱的確定感。

這個地方——完全遠離華府、熟悉的杉木和乾辣椒的氣味，還有這裡的清明感。這裡是他的根。他只要走到外面，把手指伸進生機勃勃的土壤裡，好像就能搞懂自己的一切。

94 強尼・凱西（Johnny Cash），二十世紀美國鄉村音樂創作歌手。
95 席琳娜・戈梅茲（Selena Gomez），美國創作歌手及演員。
96 佛利伍麥克（Fleetwood Mac），成立於七〇年代的美國搖滾樂團。
97 《安妮之歌（Annie's Song）》，美國鄉村音樂創作歌手約翰・丹佛（John Denver）於一九七四年發行的民謠搖滾歌曲。

而他現在的確了解了。他愛亨利，這不是什麼新聞。他已經愛他好幾年了，也許從他第一眼在雜誌上看見他的照片時，他就愛上他了，而自從他把他壓制在醫院的儲藏室地上、叫他閉嘴時，他絕對已經戀愛了。就是有這麼久。就是有這麼濃。

他微笑著拿起一個平底鍋。他知道這是他不可能抗拒的風險。

當亨利穿著睡衣晃進廚房裡時，桌上已經擺了一整桌的早餐，亞歷克正站在火爐邊，翻著他的第十二片鬆餅。

「那是圍裙嗎？」

亞歷克用空的那隻手揮了揮他罩在內褲外的圓點圍裙，像是在炫耀他的設計師西裝。「早安呀，小甜心。」

「抱歉。」亨利說。「我在找另外一個人。長得很帥，很任性，不高，而且不睡到早上十點之後不甘心。你有看到他嗎？」

「滾啦。一百七十五公分是標準身高好嗎。」

亨利笑了起來，貼到他身後，輕吻了一下他的臉頰。

「親愛的，我們都知道你每次都無條件進位好嗎。」

亨利只差一步就能搆到咖啡機，不過亞歷克向後伸出一隻手，在他來得及離開之前把手指伸進亨利的頭髮裡，然後將他拉過來，吻上他的嘴。亨利驚訝地低呼一聲，不過很快就回應起來。

有那麼一刻，亞歷克忘了手上的鬆餅、或是其他的一切，並不是因為他想要對亨利做骯髒的事——而且還要穿著圍裙做——而是因為他愛他，並且知道就是這股愛讓那些骯髒事都變得這麼棒——

「我不知道原來我們還有爵士早午餐啊。」諾拉的聲音突然冒了出來，讓亨利整個人向後彈開，差點坐進打麵糊的碗裡。她懶洋洋地走向被人遺忘的咖啡機，狡猾地對他們咧嘴一笑。

「這樣感覺不太衛生耶。」茱恩在桌邊的一張椅子坐下，一邊打著呵欠說道。

「對不起。」亨利心虛地說。

「別。」諾拉告訴他。

「我就不覺得啊。」亞歷克說。

「我宿醉欸。」茱恩說著，朝桌上的含羞草調酒伸出手。「亞歷克，這些都你做的喔？」

亞歷克聳聳肩，茱恩瞇起眼睛，雖然視線模糊，但心知肚明。

那天下午，隔著小船的隆隆引擎聲，亨利和亞歷克的爸爸聊起在海上駕駛風帆的事，並開始認真討論起亞歷克完全跟不上的舷外發動機。他向後靠在船舷上，看著這個畫面，然後發現他能夠輕易想像這個畫面：未來的每年暑假，亨利都會和他一起來這裡，學著如何烤玉米和打乾淨俐落的繩結，並恰恰好地融入他奇怪的家庭之中。

他們跑去游泳，然後七嘴八舌地聊了一陣子政治，最後又傳起了吉他。亨利和茱恩及諾拉拍了一張左擁右抱的合照，兩位女孩都穿著比基尼。諾拉一手握著他的下巴，伸出舌頭，作勢舔他的側臉；茱恩的手指纏在他的頭髮裡，頭靠在他的頸窩，對著鏡頭露出天使般的微笑。他把照片傳給阿波，然後收到他回傳的一串痛苦的亂碼和大哭的表情符號，所有人都笑到差點尿出來。

一切都很完美。一切都非常、非常完美。

那天晚上，亞歷克睡不著。他喝了太多精釀、吃了太多烤棉花糖，他盯著上鋪木板上的年輪，一邊想著在這裡成年的事。他記得自己年幼時乳臭未乾、天不怕地不怕，整個世界是如此美好、無邊無界，彷彿一切都在情理之中。他會把衣服堆在碼頭上，然後一頭跳進湖裡。一切都是這麼的適得其所。

他還是把童年那個家的鑰匙掛在脖子上，但他不記得自己最後一次真正想起那個孩子是什麼時候了。

也許失去那份工作沒有他想像的那麼糟糕。

他想著他的出身，想著他的母語和第二語言。他想著自己小時候的夢想和現在的夢想，還有它們的交集。也許這個交集就在這裡，在圍繞著他的湖水之中，或是在拆信刀刻出的字母之間，或是在某個人靠著他時穩定跳動的脈搏裡。

「亨利？」他低聲說。「你醒著嗎？」

亨利嘆了一口氣。「一直都醒著啊。」

他們壓低聲音，溜過在陽臺上打瞌睡的其中一個亨利的隨扈，跑過草地，衝到碼頭上，途中玩鬧地推著對方的肩膀。亨利的笑聲又高又清晰，他曬傷的肩膀在黑暗中仍呈現明亮的粉紅色，亞歷克看著他，突然覺得胸口有個什麼東西在膨脹，好像他能一口氣游過整座湖，連換氣都省了。他把自己T恤脫下來，扔到碼頭的另一邊，然後開始脫下自己的內褲。當亨利對他挑起眉時，亞歷克大笑起來，躍進湖裡。

「你這個危險分子。」當亞歷克再度浮出水面時，亨利說道。但他只猶豫了一下下，就開始脫去自己的衣服。

他裸身站在碼頭邊緣，看著亞歷克的頭和肩膀在水中載浮載沉。他的身體線條在月光下拉的很長，膚色籠罩著一層藍色的光芒；他看起來好美，亞歷克忍不住想，這一刻，伴隨著輕柔影子和白皙的腿和嘴角的淺笑，這就應該是亨利在歷史上留下的肖像。螢火蟲在他的頭四周飛舞，停在他的頭髮上，像是一頂皇冠。

他跳水的樣子優雅得令人生氣。

「你做事情可以不要每次都這麼浮誇嗎？」在他浮出水面後，亞歷克立刻用水潑他。

「你還真好意思這麼說我。」亨利說。他臉上露出接受挑戰般的笑容，好像世界上沒有任何比被亞歷克肘擊更愉悅的事了。

他們繞著碼頭追逐著彼此，然後相繼下潛到湖水不深的底部，再一口氣衝回月光下，手肘和膝蓋彼此碰撞。最後亞歷克終於想辦法圈住了亨利的腰，將他定在那裡，潮濕的嘴唇滑過亨利的喉嚨。他想要就這樣被亨利的腿纏著，直到永遠。他想要將亨利鼻子上新曬出來的雀斑和他們頭上的星星比對起來，然後叫亨利為那些星座命名。

「嘿。」他說，他的嘴距離亨利的嘴唇只有一個鼻息的距離。他看著一滴水珠滑下亨利完美的鼻樑，消失在他嘴裡。

「嗨。」亨利回答，而亞歷克想著，老天，我真的好愛他。這個念頭一直回到他腦中，而他看著亨利溫柔的微笑，越來越難阻止自己把這句話說出口。

他踢了一下水，讓兩人緩緩地旋轉起來。「你在這裡看起來好棒。」

亨利的微笑往一邊勾了起來，有點害羞地低下頭，嘴唇擦過亞歷克的下巴。「是嗎？」

「是啊。」亞歷克說。他的手指纏繞著亨利的濕髮。「你跟我們來了，我滿開心的。」

亞歷克聽見自己這麼說。「最近壓力實在太大。我……我真的很需要你。」

亨利的手指輕戳了一下他的肋骨，溫和地責備道。「你承擔太多了。」

他直覺地想要回一句「才沒有」或是「我就是想要啊」，但他把這些話吞了回去，然後說：「我知道。」然後他意識到這是事實。「你知道我現在在想什麼嗎？」

「什麼？」

「我在想，明年就職典禮之後，我再帶你來這裡，就我們兩個。我們就可以坐在月光下，什麼都不用擔心了。」

「喔。」亨利說。「聽起來很棒啊，只是不太可能。」

「拜託，考慮一下嘛，寶貝。明年。我媽又會連任，我們就不用擔心什麼選舉了。我終於可以鬆一口氣。噢，光用想的就超棒的啊。我早上可以炸玉米蛋餅，我們可以游一整天的泳，在碼頭上親親抱抱，而且不用擔心被鄰居看到。」

「嗯，還是要擔心的。我們永遠都要擔心的。」

他向後退開一點，發現亨利臉上的表情深不可測。

「你知道我的意思吧。」

亨利一直看著他，而亞歷克突然覺得這好像是亨利第一次真正看見他。他發現這也許是第一次他刻意和亨利談起「愛」這回事，而他的表情肯定是昭然若揭了。

亨利的眼神中有什麼在流動。「你想表達什麼？」

亞歷克試著把他想告訴亨利的話轉換成真正的字句。

「茱恩說我像熱鍋上的螞蟻一樣瞎忙。」他說。「我也不知道。你知道人們總是說一步一腳印、慢慢來，但我總是想要一口氣就先規畫十年的事。像是我在高中的時候，我爸媽關係超差，我姐要搬去大學了，有時候我會在淋浴間裡偷看其他男生，但如果我只想著未來的目標，這些事情就都影響不了我。如果我修這堂課、或是接這個實習、或是做這份工作，我就會很安全。我以前會想，如果我好好想著自己想要變成的樣子，然後把我所有的焦慮都集中到那個點上，我就可以達成目標，就能把焦慮所帶來的力量用在其他地方。我好像從來沒有學會怎麼好好做自己。」亞歷克深吸一口氣。「而現在我在這裡，和你在一起。我在想，也許我要開始嘗試一步一腳印。只要……好好感受現在的感覺就好。」

亨利什麼也沒說。

「甜心。」他的雙手捧住亨利的臉，潮濕的指腹撫過亨利的顴骨。湖水在他身邊緩緩地晃動。

蟬聲和風聲和水聲也許仍然存在，但現在在亞歷克耳中已經聽不見了。現在他只聽得到自己的心跳。

「亨利，我——」

亨利突然一個轉身，從他手中溜開，潛到水面下。

他在靠近碼頭的地方浮出水面，頭髮貼在額頭上，亞歷克轉過身來，瞪大雙眼看著他，突然忘了怎麼呼吸。亨利吐出一口湖水，朝他的方向打起一波水花，亞歷克不得不笑了一聲。

「老天。」亨利打向一隻停在他手臂上的蟲。「這些地獄生物叫什麼啊？」

「蚊子。」亞歷克提示。

「牠們太可怕了。」亨利高高在上地說。「我會得異國瘟疫的。」

「呃……對不起？」

「我只是說，菲力是繼承人，而我是備胎，如果那個神經緊張的混球在三十五歲時心臟病發作，我又得了瘧疾，那誰來繼承王位啊？」

亞歷克又虛弱地笑了一聲，但他有一股直覺，好像在他來得及動手之前，某樣東西就從他手中溜走了。亨利的聲音變得輕盈、簡短、膚淺。這是他的營業用模式。

「不管如何，我已經精疲力盡了。」亨利說著。亞歷克無助地看著他轉身，開始往碼頭上爬，一邊把褲子套上發抖的雙腿。「如果你也是的話，我覺得我們該睡覺了。」

亞歷克不知道該說什麼，只能看著亨利沿著長長的碼頭走向前，消失在黑暗中。

一股被電擊般的酸澀感從他的臼齒開始一路往下，流過喉嚨，進入他的胸口，最後落入腹中。有什麼地方出錯了，他知道，但他怕得不敢回嘴或多問。他突然意識到，這就是讓「愛」攪和進來的風險——如果有事情不對勁，他不知道自己要怎麼面對。

自從亨利在花園裡如此肯定地吻了他之後，這是他第一次產生這個念頭：如果他根本從頭到尾都沒有選擇權呢？如果他完全被亨利的樣子給騙了——他寫的那些郵件、他的那種誠懇、相思的態度——而完全忘記，也許這就是他的本質、這就是他面對所有人的方式呢？

如果亞歷克做了曾經發誓絕對不可能做的事，愛上了一名王子，就因為這是個童話故事呢？

當他回到他們房間時，亨利已經靜靜地躺在自己的床位上，背對著他。

隔天早上，亨利已經不見了。

亞歷克醒來時，發現他的床位鋪得整整齊齊，枕頭包覆在毯子底下。他衝出房間，跑上陽臺，差點把門都拆了，卻發現陽臺也是空的。後院是空的，碼頭也是空的，好像亨利從來沒有來過一樣。

他在廚房裡找到一張字條：

亞歷克：

我得早點回去處理家事。跟隨扈一起走了。我不想吵醒你。

謝謝你給的一切。

飛吻。

這是亨利給他的最後一封訊息。

10

第一天，他傳了五封簡訊給亨利。第二天兩封。第三天，一封都沒有了。他這輩子花了太多時間在說個不停，讓他不知道對方不想聽的時候會是什麼樣子。

他開始強迫自己兩小時才檢查一次手機，而不是一小時一次，逼自己一定要時間到了才能打開。有幾次，他其實因為太專注地看著關於選戰的報導，回過神來時才發現自己好幾個小時沒有碰手機了。而每一次手機震動，他都迫不及待地想知道有沒有來自亨利的訊息。但是從來沒有。

他以前總覺得自己已經夠無所畏懼了，但現在他才懂——唯有不把愛攪和進來，才能讓他在這件事中保持僅存的理智，不完全迷失自己，而現在的他已經失控了、變愚蠢了、被愛沖昏了頭，變成了一場徹頭徹尾的災難。沒有工作來分散他的注意力。他現在的行為完全落入了「熱戀中的人才會有的言行」的範疇裡。

所以，他才變成了這樣：

某個週二晚上，他爬上官邸的屋頂，在那裡焦慮地來回踱步，直到自己的腳跟裂開，血滲進他的懶人鞋裡。

他離職後，辦公室替他把桌上的東西寄了回來，而那個小心翼翼地打包好的「唯一支持克雷蒙」馬克杯，就像是在嘲笑他為此而失去了什麼。他把這個杯子狠狠砸碎在浴室的水槽裡。

廚房裡飄出伯爵茶的香味，而這氣味讓他的喉頭緊緊收縮了起來。

他做了兩個半的夢，在夢裡，他的手指纏繞著金色的髮絲。

他寫了一封只有三行字的電子郵件，是從漢密爾頓寫給勞倫斯的信裡摘錄的句子：「你不應該在未取得我同意的情況下，強行入侵我的感情，奪走我的好感。」又在寄出前刪除。

第五天，拉斐爾．路那以理查競選代理人的身分做了第五次停留，作為理查表示自己廣納異己的象徵。亞歷克的情緒來到了鑽牛角尖的極致：他想要摧毀某個東西、或是乾脆摧毀他自己。最後他把自己的手機扔到華府外的人行道上。當天晚上，他的螢幕就修好了。但那並沒有讓亨利的訊息奇蹟般地出現。

第七天早上，當他翻著衣櫃時，他從深處挖出了一團藍綠色的絲綢——那是阿波為他準備的白痴和服。自從那趟洛杉磯的旅行結束後，他就再也沒有把它拿出來了。

他正準備把它塞回衣櫃的角落，卻摸到口袋裡的某樣東西。他摸出一張折成四方形的小紙片。那是那天晚上，亞歷克內心的一切都經歷了一次翻轉的那個晚上，他們留宿的飯店內所附的信紙。上頭是亨利的草寫筆跡。

我親愛的提絲蘿，

真希望那堵牆不存在。

愛你的

皮拉穆斯

他手忙腳亂地掏出手機，差點再度把手機砸了。搜尋引擎告訴他，皮拉穆斯和提絲蓓是希臘神話中的一對愛人，生於兩個世仇之家，以至於他們不能相愛。他們唯一的溝通方式，是隔著他們之間那道牆上一條細小的縫隙說話。

而這段文字，是壓垮他的最後一根該死的稻草。

他接下來幹的事，他知道未來他絕對不會記得，在記憶中只會剩下一團白噪音的空檔，只是要讓他從一處前往另一處時產生的必要空白。他傳了一封簡訊給卡修斯：接下來的二十四小時，你有沒有空？亞歷克從皮夾裡拿出緊急信用卡，刷了兩張直達的頭等艙機票。兩小時內登機。起點：杜勒斯國際機場，終點：倫敦希斯洛機場。

在亞歷克「他媽的有種」在杜勒斯機場打電話給薩拉後，她氣得差點不願意為他叫車。當他們晚上九點左右抵達倫敦時，外頭正下著傾盆大雨，而等他們駛進肯辛頓宮的後門時，一下車，他們就被淋成了落湯雞。

顯然有人通知了夏安，因為他就站在通往亨利住所的門前，身上穿著一件完美無瑕的灰色大衣，衣服乾燥清爽，紋風不動地撐著一把黑傘。

「克雷蒙—迪亞茲先生。」他說。「真是稀客。」

亞歷克沒有時間陪他玩。「走開，夏安。」

「班克斯頓小姐提早打來，警告我們你們在路上。」他說。「我想當你們順利開進後門的時候，你應該就知道了。我們認為，讓你在更私人一點的地方發脾氣會比較好。」

「讓開。」

夏安微笑著，好像很享受看著兩個無助的美國人被淋成落水狗的樣子。「你應該知道現在已經很晚了，我也完全有能力讓保全把你們請出去。沒有任何王室成員邀請你們進皇宮。」

「屁話。」亞歷克咬牙說道。「我得見亨利。」

「恐怕我不能讓你這麼做，王子並不希望被打擾。」

「該死──亨利！」他往旁邊踏出一步，開始對著亨利的臥室窗戶大喊。窗內的燈亮著。斗大的雨水落進他的眼睛裡。「亨利，你這個王八蛋！」

「亞歷克──」卡修斯的聲音在他身後緊張地說。

「亨利，你這個混蛋，給我滾下來！」

「你這樣讓自己很難堪。」夏安平靜地說。

「是嗎？」亞歷克繼續大叫。「不然我就繼續這樣叫下去，我們看看哪家的記者會先出現啊！」他轉過去繼續對著窗戶，開始揮舞起雙臂。「亨利，該死的王子陛下！」

夏安一手伸向自己的耳機。「勇敢小隊，我們有狀──」

「看在上帝的份上，亞歷克，你在幹嘛？」

亞歷克僵在原地，嘴巴還張開到一半；亨利出現在夏安背後的門廊裡，光著腳，額頭上掛著汗水。亞歷克的心一沉。亨利看起來很不爽。

他垂下雙臂。「叫他讓我進去。」

亨利嘆了一口氣，捏了捏鼻樑。「沒關係。讓他進來吧。」

「多謝喔。」他狠狠瞪了夏安一眼，後者彷彿一點也不在乎他會不會失溫而死。他拖著濕搭搭的腳步走進宮裡，在卡修斯和夏安消失在門外後，他便踢開自己濕透的鞋。

亨利領著他往前走，甚至連回頭和他說句話也沒有。亞歷克只能跟著他走上宏偉的樓梯，來到他的房間。

「你很好嘛。」亞歷克在他身後喊道，一面盡可能地讓自己邊走邊多滴一點水。他希望他毀了這條地毯。「你他媽的搞了一星期的失蹤，讓我像約翰・庫薩克一樣站在那裡淋雨，現在還一句話都不說。真是多謝你的待客之道。我現在終於懂你們為什麼都要近親通婚了。」

「我不想在有可能被聽見的地方說這些。」亨利在走廊上向左轉。

亞歷克重重地踩著腳步，跟他進了臥室。「說什麼？」亨利關上門之後，亞歷克說道。「你想幹嘛，亨利？」

亨利終於轉過頭來看著他。現在亞歷克的眼睛已經不再被雨水襲擊，他終於可以看清亨利的臉；他的眼袋又青又紫，眼眶發紅。他的肩膀帶著亞歷克好幾個月沒有看見的緊繃感，至少在他面前沒有。

「我讓你把想說的話講完，」亨利聲音平板地說。「說完你就走。」

亞歷克瞪大雙眼看著他。「然後呢，我們就結束了嗎？」

亨利沒有回答他。

有股什麼感覺從亞歷克的喉頭升起──憤怒、困惑、受傷，還有胃酸。他覺得自己快哭出來了。

「認真嗎？」他無助而挫敗地說，身上還在滴水。「現在到底是什麼狀況？一個星期前，你還在寫電子郵件告訴我你有多想我，你還跟我爸見面，然後就這樣？你覺得你可以就這樣搞失蹤？我沒辦法像你一樣說斷就斷，亨利。」

亨利朝房間另一端的華麗壁爐走了過去，靠在爐臺上。「你覺得我不在乎嗎？」

「你表現的顯然就是這樣啊。」

「我真的沒有時間跟你解釋你錯得有多離譜——」

「天啊，你能不能有二十秒的時間，不要當一個徹頭徹尾的混蛋？就二十秒就好？」

「多謝你飛這麼大老遠來羞辱我——」

「我愛你，好嗎！」亞歷克終於忍不住大喊出聲。靠在壁爐上的亨利變得一動也不動。亞歷克看著他吞了一口口水，看著他下顎的肌肉抽動，好像他整個人要脫皮了一樣。「幹，我發誓，你真的讓這件事情變得很困難。但是我愛你。」

一聲小小的脆響打破了沉默：亨利把他的紋章戒指拔了下來，放在壁爐上。他把手舉到胸口，按摩著手掌，火爐中跳動的火光在他的臉上打下戲劇化的陰影。「你知道這代表什麼嗎？」

「我當然知道——」

「亞歷克，求你了。」亨利說，當他終於看向亞歷克時，他看起來痛苦又悲慘。「別這樣。這就是一切的重點，不是嗎。我沒辦法，你也知道我為什麼沒辦法，所以拜託，不要逼我說出口。」

亞歷克嚥下一口口水。「你連嘗試讓自己快樂都不願意嗎？」

「看在上帝的份上。」亨利說。「我整個愚蠢的人生都在試著讓自己快樂。但是我與生俱來的特權是一個國家，而不是自己的快樂。」

亞歷克從口袋裡拿出被浸濕的字條，真希望那堵牆不存在，然後用力朝亨利扔去。他看著他彎腰撿起。「如果你不想要這段感情，那這又是什麼意思？」

亨利看著自己幾個月前寫下的字跡。「亞歷克，提絲蓓和皮拉穆斯兩個人最後都死了。」

「我的天啊。」亞歷克哀號一聲。「所以，你一直都知道這不可能有結果的嗎？」

然後亨利就抓狂了。

「如果你真的覺得會有結果，那你才是徹底的白痴。」亨利把紙條狠狠捏成一團。「自從我第一次碰你開始，我什麼時候假裝自己不愛你了？你真的有自我中心到覺得這只和你有關嗎？或是就只有我愛不愛你這麼單純而已？你忘了我他媽的是王位繼承人嗎？你至少還有選擇不要生活在眾人目光下的權利，但我自始至終都只能活在這些皇宮、這個家族裡，所以你少跑來質疑我愛不愛你，因為那才是會毀掉一切的重點。」

亞歷克一句話也沒說、一步也沒動、一口氣也沒喘。亨利沒有看他，而是看著壁爐上的某處，一面忿忿地扯著自己的頭髮。

「這從來都不該是個問題的。」亨利繼續說，聲音變得沙啞。「我以為我只需要占有一部分的你就好，我什麼都不用解釋，你也永遠都不用知道，有一天你就會厭倦了、然後離我而去，因為我是——」他欲言又止，伸出一隻顫抖的手在自己面前比劃，無助地示意自己的整個人。「我從來沒想過我有一天要站在這裡，面對從來不是我能做的選擇。因為我從來……從來沒想過你也會愛我。」

「好吧。」亞歷克說。「我是愛你，而且你有選擇啊。」

「你明明知道我不能。」

「你至少可以試試看。」亞歷克說，好像這是全世界最簡單的真理。「你到底想要什麼？」

「我想要你——」

「那就開口啊。」

「——但我不想要這個。」

亞歷克好想抓住亨利的肩膀搖醒他，想要對著他尖叫，想要砸爛這房間裡所有無價的骨董。「你到底在說什麼？」

「我不想要這種關係！」亨利大叫起來。他的雙眼閃爍著，帶著淚光和怒火和恐懼。「你看不出來嗎？我跟你不一樣。我沒辦法義無反顧，我也沒有家人支持我。我不會大搖大擺地走在街上，要每個人都接受我真正的樣子，或是幻想我能走政治這條路，好讓全世界的人更能放大檢視我的一舉一動、把我大卸八塊。我可以愛你、想要你，但我不想要那種生活。對，我是可以選擇，而這並不代表我是個騙子，這只是讓我成為一個自我保護的人，和你不一樣。你沒有資格跑來指責我是個懦夫。」

亞歷克深吸一口氣。「我從來沒說你是個懦夫。」

「我……」亨利眨眨眼。「但我的立場還是一樣。」

「你以為我就想要你的生活嗎？你以為我想要瑪莎的生活嗎？生活在該死的牢籠裡，幾乎沒有資格在媒體前公開說話、或是表達任何看法——」

「所以我們到底在這裡幹嘛？如果我們的人生完全沒有交集，我們還要吵什麼？」

「因為你也不想要那種人生，不是嗎！」亞歷克堅持道。「你也一點都不想要這些爛事。你恨死這一切了。」

「別自以為我想要什麼。」亨利說。「你根本不懂那種感覺。」

「聽著，也許我不是什麼該死的貴族。」亞歷克跨過腳下醜陋的地毯，朝亨利走去。「但我懂被自己的原生家庭決定人生的感覺，好嗎？我們想要的人生——其實沒有那麼大的落差。至少在原則上差不多。你想要帶著你生來的一切躲到另一個世界去，我也是。我們可以——我們可以想辦法一起達成的。」

亨利沉默地凝視著他，亞歷克彷彿可以看見他在腦中權衡著這件事。「我不覺得我辦得到。」

亞歷克轉開頭，像是被人甩了一巴掌般退了一步。「好吧。」他最後說道。「你知道嗎，算了。我走。」

「很好。」

「我走。」他轉回來，傾身靠向亨利。「只要你叫我滾蛋，我就走。」

「亞歷克。」

他現在就站在亨利面前。如果他今晚注定要心碎，那他至少要逼亨利親自動手。「跟我說我們之間結束了。我馬上就上飛機。就這樣。然後你可以躲在你的高塔裡，一輩子悲慘地過下去，然後拿這個當主題寫一整本悲傷的詩集。隨便你。你只要開口就好。」

「去你的。」亨利的聲音破碎，一把抓住亞歷克的襯衫領子，而亞歷克知道自己會愛這個固執的王八蛋一輩子。

「說啊。」他說，嘴角露出似有若無的微笑。「叫我滾啊。」

他的身體比他的腦子先感受到自己撞上了身後的牆，亨利的嘴唇壓上他的嘴，急切而狂亂。淡淡的血腥味在他舌頭上擴散，而他微笑起來，感受著，並把自己的舌尖推入亨利口中，雙手拉扯著他的頭髮。亨利呻吟著，亞歷克的下腹一陣騷動。

他們在牆邊擁吻，直到亨利把他整個人抬了起來，踉蹌地往身後的床邊前進。亞歷克落在床墊上彈了一下，而亨利站在他上方，瞪著他喘了幾口氣。亞歷克願為了瞭解他腦中此刻的想法放棄一切。

他突然意識到，亨利在哭。

他嚥下一口唾沫。

而這就是重點：他不知道。他不知道這是某種儀式般的性愛，或是最後一次的分手砲。如果是後者，他不知道自己有沒有辦法真的做完。但是他不想要兩手空空地回家。

「過來。」

這一次，亞歷克的動作很慢、很深。如果這次最後一次，他們兩人都在顫抖、喘息，伴隨著數不清的吻和淚水。柔軟的床鋪上，亞歷克就像是那種陳腔濫調的故事，他恨死自己這個樣子了，但是他真的好愛亨利。他無藥可救地愛上了亨利，而亨利也愛他，而至少這個晚上，只有這一點是重要的，儘管他們隔天早上就要假裝忘了這一切。

亨利高潮時，臉轉向了亞歷克張開的手掌，下嘴唇貼著他手腕突出的關節。亞歷克試著記住每一個細節，包括他的睫毛掃過他臉頰的觸感，還有從他耳下擴散開的紅暈。他告訴自己過度運轉的腦袋：這一次別錯過任何一點。他太重要了。

當亨利的身體終於平靜下來時，窗外一片漆黑，壁爐的火已經熄了，整個房間安靜得出奇。亞歷克翻過身，兩隻手放在自己的胸膛、他項鍊掛的鑰匙旁邊的肌膚上。他的心臟仍然一如往常地跳動著。他不知道他是怎麼辦到的。

他們中間有一段長長的沉默，直到亨利在他身邊翻了個身躺平，並拉起被單蓋在他們兩人身上。亞歷克想要講些什麼，但他什麼也說不出口。

亞歷克獨自一人在床上醒來。

他花了一點時間，才將昨晚發生的事在心中整理好。鍍金的華麗床頭板，繡花繁複的床被，還有整個房間之中唯一由亨利親自挑選的、下方柔軟的羊毛毯。他把手滑向床的另一端，屬於亨利的那一側。床單在他的觸覺下顯得冰冷。

清晨的肯辛頓宮灰暗而陰沉。壁爐上的時鐘顯示現在甚至不到七點，大雨狂暴地敲打著巨大的落地窗，窗簾半開。

亨利的房間幾乎不帶有亨利的個人跡象，但在早晨的靜謐中，他的蛛絲馬跡仍然可見。桌上放著一疊他的筆記本，最上面的那本沾著因為飛機氣壓而爆開的墨水。一件被穿得破舊的寬版毛衣，丟在窗邊一張高背椅的扶手上。大衛的狗鍊掛在門把上。

而他旁邊的床頭櫃上，擺著一份世界報，壓在皮革精裝版的大部頭王爾德全集之下。他看見了日期：巴黎行的日子。那是他們第一次在彼此身邊醒來的日子。

他閉緊雙眼，有生以來第一次覺得自己應該要學著別再那麼雞婆了。他意識到，現在他要開始練習接受亨利能力範圍內的付出。

被單聞起來有亨利的味道。他現在已知的事情有三：

一、亨利不在這裡。

二、昨晚亨利並沒有答應給他任何形式的未來。

三、這也許是他最後一次聞到任何有亨利氣味的東西了。

但是第四、在壁爐上的時鐘旁，亨利的戒指仍躺在那裡。

門把轉動，亞歷克睜開眼睛，看見亨利拿著兩只馬克杯站在那裡，臉上掛著憔悴的微笑，表情深不可測。他全身覆著一層薄汗，帶著早晨的水霧。

「你睡醒的髮型真的是世界奇景之一。」亨利一句話打破沉默。他走到床邊，將其中一個杯子遞給亞歷克。裡頭裝著咖啡，加了一顆糖、還有肉桂。亨利知道他喜歡的咖啡口味，但他不想為此產生任何感情波動，尤其不是在他就要被甩的時候。

只是，當亨利再度看向他，看著他感激地喝了第一口咖啡時，他臉上誠懇的笑容又再度出現了。他伸出一隻手，隔著被子輕撫著亞歷克的腳。

「嗨。」亞歷克小心地說著，一邊瞇著眼，隔著咖啡杯回望他。「你看起來……沒那麼火大了。」

亨利笑了一聲。「你還好意思說。衝進皇宮裡找碴，還罵我是個『遲鈍的王八蛋』的人可不是我。」

「我得為自己辯護一下。」亞歷克說。「你之前的確是個遲鈍的王八蛋啊。」

亨利頓了頓，啜了一口茶，然後把馬克杯放在床頭櫃上。「我的確是。」他同意道，然後傾身向前，嘴唇貼上亞歷克的嘴，一手扶住他的馬克杯，以免咖啡潑出來。他嚐起來有牙膏和伯爵茶的味道，而也許，亞歷克覺得自己還沒有要被甩。

「欸。」當亨利退開時，他說。「你剛才去哪裡了？」

亨利沒有回答。亞歷克看著他踢掉自己潮濕的球鞋，爬上床，坐在亞歷克張開的雙腿之間。他把雙手放在亞歷克的大腿上，將注意力完全放在他身上。當他看向亞歷克的雙眼時，他的眼睛顏色湛藍，神情專注。

「我需要去跑個步。」他說。「好讓我的腦子清醒一下，想想……接下來要怎麼辦。就像傲慢與偏見的達西先生在彭伯利莊園時那樣。然後我遇到了菲力。我沒跟你說，不過他和瑪莎這星期住在這裡，因為安梅爾大宅正在整修。他好像為了出席什麼活動而起得很早，在那邊吃吐司。白吐司而已。你有看過有人只吃白吐司，什麼都不加嗎？真的很恐怖。」

亞歷克咬住自己的下唇。「你想說什麼，寶貝？」

「我們聊了一下。他似乎還不知道你昨晚的……拜訪，謝天謝地。但他在跟我聊瑪莎、聊房地產、還有未來要準備出現的下一代繼承人，他們正在努力做人。但是菲力很討厭小孩。然後我突然覺得……好像你昨天晚上說的話又在耳邊響起。我就在想，天啊，就是這樣，對不對？只是跟著計畫走。而且他也沒有不開心。他很好。一切都很好。一輩子都這樣也很好。」他撥弄著棉被上的一根線頭，然後再度抬起視線，直直看進亞歷克的雙眼，說道：「但這樣對我來說是不夠的。」

亞歷克的心臟急切地跳了一下。「是嗎？」

他抬起手，用拇指撫過亞歷克的顴骨，動作像是在虔誠地祈禱。「我不像你……這麼會表達這些事，但是我一直認為……自從我知道我自己的狀況、或者更早之前，我覺得我好像不太一樣的時候——然後又經歷過過去幾年的風風雨雨，我的大腦失控了一段時間——我一直覺得我是個麻煩，也許還是藏著比較好。我不太相信我自己，也不太相信自己想要的東西。在遇到你之前，我一直都是被動地讓事情發生在我身上。我真的從來不覺得我有選擇權。」他的手移動著，指尖輕觸亞歷克耳後的一撮鬈髮。「但你讓我覺得我有。」

亞歷克的喉頭腫脹得幾乎疼痛起來，但他強迫自己嚥下那股感覺。他伸出手，把馬克杯放在亨利的杯子旁邊。

「你的確有。」他說。

「我覺得我好像真的開始相信這句話了。」亨利說。「如果不是你願意幫我相信，我真的不知道這要花我多久時間。」

「而且你也沒有什麼毛病。」亞歷克告訴他。「當然，除了有時候你是個遲鈍的王八蛋之外。」

亨利再度笑了起來，眼角布著細細的紋路。亞歷克覺得他的心臟快要從胸口跳出來，彷彿能夠一舉飛到華麗的浮雕天花板上，脹得滿滿的，足以填滿整個房間，直至火爐上那枚閃閃發光的戒指。

「對不起。」亨利說。「我——我不敢聽你想說的話。那天晚上在湖邊……那是我第一次讓自己去想，也許你真的會說出口。我嚇壞了，而那很孬、很不公平，我也不會再這樣做了。」

「你最好不要。」亞歷克告訴他。「所以你的意思是……你接受囉？」

「我的意思是。」亨利開口了，他緊張地皺著眉，但他還是繼續說下去。「我很害怕，我的整個人生都很混亂，但這一週試圖逼自己放棄你，我真的快要死了。而今天早上我醒來，這樣看著你……對我來說，再也沒有得過且過這回事了。我不知道我這輩子有沒有機會告訴全世界，但是我……我想要這樣做。總有一天。如果我要在這該死的地球上留下任何一點東西，我希望就是這個。所以我可以把一切都給你，不管你想要的是什麼，我也能許你未來的人生。所以，如果你願意等我，我希望你能幫我。」

亞歷克看著他，將他整個人看進眼裡。幾世紀以來的王室血統，此刻正坐在他面前，坐在肯辛頓宮一座古老的水晶燈之下。他伸出手撫上亨利的臉，想起自己在母親的就職大典時，也用同一隻手握著起誓用的聖經。

然後他突然意識到那股沉甸甸的重量。他們兩個再也沒有回頭路了。

「好啊。」他說。「我最喜歡創造歷史了。」

亨利向前傾身，用一個微笑的吻封住這句話，然後兩人一起跌回枕頭上，亨利的濕髮和運動褲與亞歷克裸露的四肢在奢華的床舖上糾纏。

年幼時，還沒有人知道亞歷克是誰的時候，他覺得愛就像是一個童話，好像那個人會乘著一頭飛龍咻的一聲飛進他的人生裡。等他長大，他發現不管你多麼迫切地渴望愛情，它還是隨時都有可能破碎，但你還是會奮不顧身地做出選擇。他從沒想過，有一天他會發現這兩者可以並存。

亨利的手不疾不徐地在他身上移動，動作輕柔。他們懶洋洋地接吻、親熱，不知過了幾小時或幾天，享受著難得的奢侈時光。他們半途停下來休息，喝完涼掉的咖啡和茶，亨利吩咐廚房準備了司康和黑莓醬。他們整個早上的時間都在床上，用筆電看著英國烘焙大賽的主持人為了杯子蛋糕爭論不休，聽著窗外的雨聲逐漸轉小。

然後亞歷克從床尾的牛仔褲裡撈出他的手機。螢幕上顯示三通來自薩拉的未接來電，一通他媽媽的語音訊息，還有四十七則他和茱恩與諾拉的群組未讀訊息。

亞歷克，薩拉說你現在在倫敦？？？？？？？

亞歷克我的老天啊

我發誓，如果你做了什麼蠢事被抓到，我會親手宰了你

但是你居然去追他了！！！這也太珍．奧斯汀了吧

等你回來我一定要揍你，不敢相信你沒跟我說

所以怎麼樣？？？你現在跟亨利在一起嗎？？？？？

我要揍你了

亞歷克發現那四十七則訊息裡面，有四十六則是茱恩的，第四十七則才是諾拉，問他們兩人有沒有看到她的白色帆布鞋。亞歷克回道：妳的帆布鞋在我床底下，然後亨利跟妳們說嗨。

他的訊息才剛發出去，茱恩就立刻打來了，要求亞歷克開擴音，把事情從頭到尾說一遍。在那之後，亞歷克不想自己面對薩拉的怒火，所以他說服亨利打給夏安。

「呃，你可以打給班克斯頓小姐，讓她知道亞歷克現在平安地和我待在一起嗎？」

「當然，殿下。」夏安說。「我需要安排車讓他離開嗎？」

「呃。」亨利說，然後轉向亞歷克，用唇語問他，留下嗎？亞歷克點點頭。「明天可以嗎？」

電話的另一端沉默了很長一段時間，然後夏安才說：「我會告訴她的。」他的聲音聽起來像是恨不得自己有其他事可做。

當亨利掛掉電話時，亞歷克笑了起來。但他再度拿起自己的手機，看著來自媽媽的語音留言。亨利看著他的手指在撥放鍵上猶豫著，便用手肘頂了頂他。

「我想我們有時候還是要承擔後果的。」他說。

亞歷克嘆了一口氣。「我應該還沒跟你說過，但是她，呃，在她開除我的時候，她說，如果我不是一百萬分確定我對你是認真的，那我就要斷乾淨。」

亨利把鼻子湊到亞歷克的耳後。「一百萬分的確定喔？」

「對啦對啦，不要太得意了。」

亨利又肘擊了他一次，亞歷克大笑起來，抓住他的頭，用力親了一下他的臉頰，把他的臉壓進枕頭裡。等亞歷克終於玩夠時，亨利的臉已經紅透，頭髮亂成一團，但看起來心情很好。

「但我一直在想啊。」亨利說。「跟我在一起，會一直破壞你的職業生涯。你想要三十歲進議會，不是嗎？」

「拜託，看看這張臉。大家愛死這張臉了好嗎。其他的東西，我會自己想辦法。」亨利看起來很懷疑，亞歷克再度嘆了口氣。「聽著，我也不知道好嗎。我也不知道如果我的男友是另一個國家的王子，我到底要怎麼當議員。所以，你知道，還有些事情要想辦法。但是一天到晚都有比我更有問題的爛人當選嘛。」

亨利看著他的眼神很犀利，好像他是一隻被釘在箱子裡的昆蟲標本。「你真的完全不擔心未來會發生什麼事嗎？」

「當然不是，我也會怕啊。」他說。「這件事情一定要等到選舉之後。我也知道場面到時候一定會一團糟。但如果我們能趕在媒體之前先發制人，等到正確的時機、再用我們自己的方式處理，我想應該沒問題。」

「你想這些事情想多久了？」

「有意識的嗎？大概是從全國大會開始的吧。沒有意識、在心中一直自我否定的話，大概長到無法計算了。至少從你親我開始吧。」

亨利從枕頭上看著他。「這樣……真是不可思議。」

「那你呢？」

「我？」亨利說。「老天，亞歷克，一直都在想啊。」

「一直？」

「從奧運開始。」

「奧運？」亞歷克把亨利的枕頭一把抽走。「但是那時──」

「對，亞歷克，就是我們見面的那天，你就是喜歡翻舊帳對不對？」亨利試著把枕頭搶回來。「那你呢？你還好意思問，好像你不知道──」

「閉嘴啦。」亞歷克說，笑得像個白痴，然後放棄和亨利繼續搶枕頭，翻身跨到亨利身上，將他壓在床上吻。他拉起毯子，兩人消失在枕頭和被單之間，笑著、親吻、拉扯著，直到亨利翻身滾到手機上，他的屁股壓到了語音訊息的播放鍵。

「迪亞茲，你這個無藥可救的浪漫小王八蛋。」美國總統的聲音在床上模糊地說：「你最好和他在一起一輩子。小心安全。」

令人意外的是，半夜兩點在沒有隨扈陪同的情況下溜出皇宮，居然是亨利的主意。他拿出兩件連帽衫和帽子──這是世界級名人偽裝用的標準配備──然後在小碧位於皇宮另一端吵吵鬧鬧的聲東擊西之下，兩人快速衝過花園。現在他們來到南肯辛頓荒涼而潮濕的小路上，四周是高聳的紅磚建築，還有一塊路標——

「等等，你在開玩笑嗎？」亞歷克說。「親王路？我的天啊，快幫我跟路標合照一張。」

「我們還沒到啦！」亨利回頭喊道。他用力拉了一下亞歷克的手臂，督促他繼續跑。「快點移動，你這個廢人。」

他們又跑過一條街，然後鑽到兩根大柱子之間的壁龕裡。亨利拿出一個鑰匙圈，上頭掛了幾十把鑰匙。「當王子的一大好處，就是如果你好好說，人們基本上會把什麼東西的鑰匙都給你。」

亞歷克看著亨利在一面看似平淡無奇的白牆上摸索。「我一直以為這段關係裡，我才是負責搞破壞的那個呢。」

「什麼，你以為我是那種乖乖牌書呆子嗎？」亨利推開牆上的一道縫隙，將亞歷克拉進一個寬敞而黑暗的廣場。

地面有點傾斜，白色磁磚讓他們奔跑的聲音顯得格外響亮。結實的維多莉亞式建築高聳在夜色之中，圍繞著庭院，而亞歷克在心中噢了一聲：維多利亞和艾伯特博物館。亨利有維多利亞和艾伯特博物館的鑰匙。

有一位身材矮胖的老警衛站在門前。

「感激不盡，凱文。」亨利說。亞歷克注意到亨利在他們握手時塞給對方一團厚厚的鈔票。

「文藝復興之城，對吧？」凱文問。

「如果你願意的話。」亨利回答。

然後他們再度上路，急急忙忙穿過一個個房間裡的中國藝術品和法國雕像。亨利自在地穿梭在展示廳之間，掠過一尊黑石雕刻的佛像和光裸的施洗約翰青銅像，腳步毫無停頓。

「你很常這樣跑來嗎？」

亨利笑了起來。「哈，這應該算是我的小祕密。我小時候，爸媽常常會在早上開館之前帶我們來。我想他們是希望我們能對藝術有點概念，但重點是歷史。」他慢下腳步，指著一座巨大的藝術品，一隻木頭老虎撕咬著一名身穿歐洲軍人服裝的男人，標示上寫著「蒂普的老虎」。「我媽會帶我們來看這個，然後偷偷跟我說：『你看老虎是怎麼把那個人撲倒的？我的曾曾曾曾祖父從印度把這個偷來。我想要把它還給人家，但是你祖母說不要。』」

亞歷克看著亨利的半側臉，一點點痛苦的情緒在他的臉上流動，但他很快就恢復了，並再次牽起亞歷克的手。他們再度奔跑起來。

「現在我都喜歡晚上來。」亨利說。「幾個比較高階的警衛是認識我的。有時我覺得，我會喜歡這裡，是因為這個地方一直在提醒我，不論我去過多少地方、讀過多少書，我永遠都還有不知道的東西。這裡就像是西敏寺：你隨便看著一個雕刻或是一片彩繪玻璃，然後你就知道這裡充滿了故事，每一個東西之所以存在於某一個特定的位置，都有其特殊的原因。一切都有意義，都有某個目的。這裡有這麼多的作品——曾經出現在莎士比亞的《第十二夜》、班・

瓊森[98]的《沉默女人》、還有《唐璜[99]》裡的威爾鎮大床，就在這裡。每個展品都有故事，沒有說完的一天。你不覺得這很了不起嗎？還有這裡的檔案室，老天，我可以在那裡蹲好幾個小時，那裡——嗚嗯。」

他的話只說了一半，因為亞歷克半途停在走廊上，將他拉了回來，給他一個長長的吻。

「哈囉。」等他們終於分開後，亨利說。「這是幹嘛？」

「沒有啊。」亞歷克聳聳肩。「我只是真的很愛你。」

這條走廊帶著他們來到一座隱蔽的天井裡，展廳圍繞著它朝四面八方展開。只有幾間的燈還是亮著的，亞歷克看見一盞巨大的水晶吊燈掛在高聳的圓頂大廳上，一串串、一顆顆的玻璃泡泡閃爍著藍色、綠色與黃色的光線。在吊燈後方，是一座華麗的鐵製屏風，莊嚴地站在上層的平臺。

「就是這裡。」亨利拉起亞歷克的手，往左邊走去。光線從一道巨大的拱門裡透出來。

「我事先打給凱文，叫他把燈留給我們。這是我最喜歡的展廳。」

亞歷克曾經在史密森尼博物館裡幫忙過展覽，還睡在以前尤里西斯．S．葛蘭特的岳父住過的房間裡，但當亨利拉著他穿過大理石柱之間時，他還是忍不住屏住呼吸。

在半亮的燈光下，房間就像是活過來了一樣。拱形的天花板像是無窮無盡地延伸進倫敦墨色的天空中，而在那之下，這個展廳布置成了像是佛羅倫斯的某個城市廣場，四處可見高聳的

98 班．瓊森（Ben Jonson），英格蘭文藝復興時期的劇作家及詩人。《沉默女人（Epicœne, or The Silent Woman）》是班．瓊森的喜劇作品之一。

99 《唐璜（Don Giovanni）》，由莫札特譜曲的十八世紀義大利語歌劇。

大柱、聖壇和拱門。雕像群站立在沉重的底座上，之間隔著一座座噴泉，肖像則立在黑色的門廊裡，耶穌復活的故事刻在它們的石板上。最後方的牆則被一片巨大的哥德式大理石屏風所占據，裝飾著華麗的聖人像，黑色與金色的光芒顯得莊嚴而神聖。

當亨利再度開口時，他的聲音非常輕柔，好像他深怕打破這裡的魔咒。

「晚上的時候來這裡，就像是真的走進一座義大利的露天廣場。」亨利說。「但是在這裡沒有人會試著碰你、盯著你、或是偷拍你。你可以做自己。」

亞歷克看向他，發現亨利的表情很小心、像是在等待著什麼，然後他就懂了，這就是像亞歷帶亨利去湖邊小屋時一樣：這裡是他最神聖的角落。

他握了握亨利的手，說道：「解釋給我聽。」

於是亨利照做，帶著他走過一件件展覽品。其中一件是一座等身大的西風之神塑像，由弗蘭卡維拉雕塑而成，頭上頂著一頂王冠，一腳踩著雲朵。另一件是納西瑟斯，跪在水池邊，被自己的倒影所迷惑；原本人們都以為這是米開朗基羅的邱比特像，但其實是喬利的作品。你看這裡，這是後人用灰泥修補他指關節的痕跡。還有冥王將普西芬妮綁架到地下世界，以及傑森和他的金羊毛。

最後他們回到第一件展品前，那是當他們剛進入展廳時讓亞歷克忘了怎麼呼吸的塑像——參孫擊殺非利士人。他從沒有看過這樣的藝術品——光滑的肌肉，身體的凹陷處，像是會呼吸與流血的生命力，全在詹波隆那的巧手之下從大理石中現形。如果他能碰觸這個作品，他敢發誓，他摸到的皮膚一定是溫暖的。

「這其實滿諷刺的，你知道。」亨利抬頭看著這尊雕像。「我身為被詛咒的同性戀後裔，正站在維多利亞女王的博物館裡，但是她卻是最大力推行雞姦法的那個人。」他咧嘴一笑。「其實……你記得我跟你說過那個同性戀國王詹姆斯一世嗎？」

「你說有個運動員笨蛋男友的那個嗎？」

「對，就是他。他此生的摯愛其實是一個叫做喬治．維利爾斯的男人。他們稱他為『全英國最俊美的男人』。詹姆斯愛死了他，所有人都知道，法國詩人狄爾菲爾還寫了一首詩。」他清了清喉嚨，開始朗誦：「一個男人上了大帝，一個男人上了雷霆伯爵，而眾所皆知，英國國王上了白金漢公爵。」亞歷克的表情一定非常呆滯，因為亨利接著補充道：「嗯，這在法文裡是押韻的。總之，你知道，英王欽定版的聖經之所以存在，是因為英國教會對他和維利爾斯的關係太不爽了，所以他才把這個譯本指定為正式版，好安撫他們。」

「你在開玩笑吧。」

「他就站在樞密院之前，說：『耶穌有約翰，而我有喬治。』」

「我的天啊。」

「沒錯。」亨利還看著雕像，但亞歷克忍不住直盯著他臉上狡黠的笑容，迷失在自己的思緒裡。「詹姆斯一世的兒子，查理一世，就是參孫像在這裡的大功臣。就只有這尊詹波隆那的塑像離開了佛羅倫斯。這是當時西班牙國王送給查理的禮物，而查理把這尊巨大、無價的傑作送給了維利爾斯。幾世紀之後，他就出現在這裡了。這是我們所擁有的作品裡最漂亮的雕像之一，而且不是我們偷來的。是維利爾斯勾引王室男人的功勞。對我來說，如果英國要有一個國際同志地標，絕對就是這座參孫像。」

亨利的笑容就像是一個驕傲的爸爸，好像參孫像是他的，亞歷克也不由得感受到同一股自豪感。

他拿出手機，拍了一張照片。照片裡的亨利看起來溫柔而親民，微笑著站在世界上最讓人嘆為觀止的藝術作品旁。

「你在幹嘛？」

「我在幫國際同志地標拍照。」亞歷克告訴他。「還有一尊雕像。」

亨利寵溺地笑了起來，亞歷克朝他走去，摘掉亨利的棒球帽，踮起腳尖，吻了吻亨利的眉骨。

「滿好笑的。」亨利說。「我一直把這件事當作我這個人身上最不可原諒的事，但你表現得像是這是最棒的一點。」

「喔，當然。」亞歷克說。「我最愛你的幾件事，第一名是你的腦子，第二是你的屌，再來，就是把雕像當作革命性的同志標誌。」

「你真的是維多利亞女王最大的惡夢。」

「所以你才愛我。」

「老天，沒錯。我愛上你的原因，就是因為你最可以氣死我恐同症的祖先。」

「啊，而且別忘了，他們還種族歧視呢。」

「真的。」亨利嚴肅地點點頭。「下次我們去逛逛喬治三世的收藏，看他們會不會氣到冒火好了。」

穿過大理石屏風，後方有第二個更深的房間，放滿了教會的遺物。以前留下來的彩繪玻璃和聖人像，房間的最尾端放著一個高聳的聖壇，是從原本的教堂裡搬來的。下方的告示牌說，這些聖物本來是放在十五世紀佛羅倫斯聖基亞拉女修道院教堂的後殿，放置在一座壁龕內的深處，創造出真正聖殿的感覺，旁邊還有聖基亞拉和阿西西的聖弗朗西斯雕像。

「在我小的時候。」亨利說。「我曾經幻想過帶自己的愛人來這裡，站在教堂裡面，而這個人會跟我一樣愛上這個地方，然後我們會在聖母像前面慢舞。就是個……無知少年的青春幻想。」

亨利猶豫了一下，然後掏出手機。他按了幾個按鍵，然後對亞歷克伸出手。《寫給你的歌》開始從小小的揚聲器中播放出來。

亞歷克笑了出來。「你要不要先問一下我會不會跳華爾滋？」

「不跳華爾滋。」亨利說。「從來不喜歡。」

亞歷克伸出手，然後亨利轉身，像個緊張的神職人員般面向教堂，他的臉頰在陰暗的光線下稜角分明。接著他把亞歷克拉了進去。

他們接吻時，亞歷克的耳裡響起天主教教義問答的幾句古老箴言：我兒，你要吃蜜，因為是好的。而他嘴裡幾乎可以感受到蜂蜜的甜味。他不知道聖基亞拉會怎麼看他們，像是迷途的大衛和約拿單，就在他面前緩緩地旋轉著。

亞歷克小心而虔誠地舉起亨利的手，來到他嘴邊，親吻著他的指關節、他藍色的靜脈管，他的血液、他的脈搏，以及保存在這些牆內永留的古老血統。他內心想著：**奉聖父、聖子、聖靈之名，阿們。**

亨利安排了一架私人飛機送他回家，而亞歷克光是想到自己入境美國後要接受的斥責，就覺得一肚子怨氣，但他試著不要想太多。簡易機場裡，狂風吹著他的頭髮，而亨利從外套中掏出一樣東西。

「聽著。」亨利把握緊的拳頭伸出口袋。他把亞歷克的一隻手拉過來，翻面，將一個堅硬的小東西壓進他的手心。「我想讓你知道，我也是認真的。一百萬分確定。」

他抽開手，而亞歷克帶著繭的手掌上，多出了一枚紋章戒指。

「什麼？」亞歷克的雙眼猛一抬，卻看見亨利臉上掛著溫柔的笑容。「我不能——」

「收下吧。」亨利告訴他。「我已經戴膩了。」

雖然這是私人機場，但還是有一定的風險。所以他伸手緊緊抱住亨利，然後在他耳邊用力低語道：「我真的他媽的愛死你了。」

飛機開始盤旋上升時，他拿下脖子上的鏈條，把戒指掛上去，靠在老家的鑰匙旁。他把項鍊藏回衣服之下，感受到兩者輕輕地碰撞了一下，就像兩個並排在一起的家。

11

[電子郵件：西元二〇二〇年，九月]

寄件人：**A** <agcd@eclare45.com>
收件人：**亨利**
主旨：**家庭事務**

H：

我已經到家三小時了。開始想你了。這真是有夠靠北的。

欸，我最近有說過你很勇敢嗎？我還記得你在醫院裡跟那個小女孩討論天行者路克的話：「路克證明了一件事，那就是不論你從哪裡來、或是出生自什麼家庭，都不重要。」甜心，你也是。

（然後，我們這段關係裡，我一定是韓索羅，你一定是莉亞。別試著爭辯，你贏不了我的。）

我也在想德州的事，只要選舉的事讓我壓力很大，我就會忍不住一直想。我還有好多東西沒有讓你看過。我們連奧斯汀都還沒有玩完！我想要帶你去富蘭克林燒烤餐廳。我們得排好幾個小時，但那是整個體驗的重點之一。我真的很想看一個王室成員為了吃烤牛肉而排好幾個小時的隊。

你還有在想我走之前你跟我講的話嗎？跟你家人出櫃的事？你當然沒有義務這麼做啦，只是你在說的時候看起來滿有誠意的。

我現在被禁足在白宮裡（至少我媽沒有為了偷跑的事情殺掉我），所以我會在這裡用心靈支持你的。

愛你喔。

（飛吻抱抱飛吻抱抱）

A

PS：維塔・薩克維爾—威斯特[100]致維吉尼亞・吳爾芙[101]，寫於一九七二年

但對我而言，它是如此簡潔明瞭：我好想妳，甚至超越我的想

100 維塔・薩克維爾—威斯特（Vita Sackville-West），英國近代詩人及小說家。

101 維吉尼亞・吳爾芙（Virginia Woolf），英國作家，二十世紀現代主義與女性主義的先鋒。

像；我準備好要承擔起如此的思念了。

寄件人：**亨利** <hwales@kensingtonemail.com>
收件人：**A**
主旨：**Re：家庭事務**

亞歷克：

這的確是很靠北。我真的很想打包走人，永遠不再回來。也許我可以像個隱士一樣住在你的房間裡。你可以讓人幫我送食物進來，你開門的時候，我就偽裝起來，躲在角落陰影裡。這簡直就是《簡・愛[102]》的劇情。

每日郵報會開始瘋狂推敲我可能的蹤跡，猜測我是自殺了或是跑去澳洲的聖科達海灘躲起來了，但其實我只是躲在你的床上，看書、吃巧克力派，還有和你瘋狂做愛，直到我們兩個都淹死在巧克力醬裡。這會是最棒的發展。

但我恐怕還是得被困在這裡。祖母一直在問我媽，我到底什麼時

102《簡・愛（Jane Eyre）》，十九世紀英國作家夏綠蒂・勃朗特所著的英國文學名著。

候要入伍，還說菲力在我這個年紀都已經當兵一年了。我真的要想想我該怎麼辦，因為我這一年的空檔已經差不多要結束了。請務必——美國政客都是怎麼說的？——掛念我、為我祈禱。

奧斯汀聽起來很讚啊。也許再過幾個月，等事情沉澱一點之後？我真的很想放個長假。我們可以去你媽媽的老家嗎？看看你的房間？你的那些曲棍球獎盃還在嗎？希望你的海報也都還貼在牆上。讓我猜猜：韓索羅、歐巴馬，還有……露絲・巴德・金斯堡。

（我認同你說你是韓索羅、我是莉亞的推論，因為你確實是個邋遢的書呆子，正準備帶我們航向小行星帶。而我剛好喜歡好人。）

我有想過要跟我家人出櫃的事了。所以我才決定現在要待在這裡。小碧說如果我想的話，我跟菲力說這件事的時候，她可以陪我。所以我應該就會這麼做了。這件事也幫我祈禱吧。

我真的好愛你，希望你很快就能回來。我需要幫我房間挑一張新床；我已經決定要把那個金色的怪物給扔了。

愛你的，

亨利

PS：瑞克里芙・霍爾[103]致伊芙格尼亞・蘇琳，寫於一九三四年

親愛的——我不知道妳是否明瞭，我有多麼需要妳來英國，以及這對我來說何等重要——這對我來說就是全世界。我的全人都屬於妳，而妳也屬於我，我的摯愛。我們將躺在彼此的臂彎，緊緊依偎，每天每夜，都只想要更加靠近彼此。我會親吻妳的嘴、妳的眼、妳的胸口——我會親吻妳的軀體——而妳會像是在巴黎那樣地回吻我。除了我們之外，其他事物再也無關緊要，只有我們的愛，終將結合為一。

寄件人：**A** <agcd@eclare45.com>
收件人：**亨利**
主旨：**Re：家庭事務**

靠。你覺得你會入伍嗎？我還沒有認真去研究這個。我要叫薩拉找人幫我準備一個資料包了。入伍是怎樣？你會需要去海外嗎？會很危險嗎？？？還是你只是要穿著軍服坐辦公室？我在

103 瑞克里芙・霍爾（Radclyffe Hall），近代英國詩人及作家。伊芙格尼亞・蘇琳（Evguenia Souline）是她的同性情人。

英國的時候，我們怎麼沒有聊這個？？？？？

抱歉，我有點慌了。不知道為什麼我居然會忘記這件事。不管你怎麼決定，我都支持你就是了。只是記得提醒我什麼時候開始要坐在窗邊，等待我的愛人從戰場歸來。

有時候光是想到你對自己的人生沒有更多掌控權，就讓我快要瘋了。每次想像什麼事情會讓你快樂，我就會想著你擁有一間自己的公寓，在皇宮外的某處，你還會有一張自己的桌子，讓你可以寫一套同志歷史的大全集。然後我會跟你住在一起，把你的洗髮精用光，逼你跟我一起去買菜，並且每天都跟你在同一個時區醒來。

等選舉結束，我們就可以想想下一步要怎麼辦了。我很想跟你待在一起一段時間，但我也知道你還有事情要做。你只要知道我相信你就好。

告訴菲力是個好主意。如果你失敗了，那就跟我一樣就好，表現得像個徹頭徹尾的大混蛋，直到你大部分的家人都自己發現就行了。

愛你唷，然後幫我跟小碧說嗨。

A

PS：愛蓮娜・羅斯福[104]給洛雷娜・希科克[105]，寫於一九三三年

親愛的，我好想妳。每天最棒的時光，就是我寫信給妳的時候。最近妳經歷了風風雨雨，但我一樣想念妳。我沒辦法忍受想像妳哭著睡著的模樣。喔！我多麼希望能在現實中擁妳入懷，而不只是在精神上。我只能吻著妳的照片，強忍的淚水在眼眶中打轉。請把妳的心留在華盛頓和我同在，因為我的心已經在妳身上了！

寄件人：**亨利** <hwales@kensingtonemail.com>
收件人：**A**
主旨：**Re：家庭事務**

亞歷克：

你有沒有這種經驗，把一件事搞砸得太徹底、太全面、太可怕，讓你想把自己裝進大砲裡、然後發射到幾百萬光年以外的外太空去？

---

104 愛蓮娜・羅斯福（Eleanor Roosevelt），第三十二任美國總統之妻。
105 洛雷娜・希科克（Lorena Hickok），美國記者，因與愛蓮娜・羅斯福來往密切而出名。

我有時候真的會懷疑，我或是其他任何東西存在的意義到底是什麼。我真的應該像我之前說的那樣，打包走人就好。我可以躲在你床上，擺爛到死，把自己養成一個只會做愛的肥宅，直到我的青春被我浪費殆盡。威爾斯王儲亨利王子安眠於此。他的死一如他的生：逃避計畫、只對別人的屌有興趣。

我告訴菲力了。準確來說，沒有提到你——只有說我的事情。我跟夏安和菲力當時正在討論入伍的事，我跟菲力說，我寧可不要照著家族傳統去當兵，我也不覺得我在軍隊裡有什麼用處。他問我為什麼我就偏要褻瀆我們家族男人的傳統，然後我大概就很直地（雙關喔）岔開話題了，因為我突然很大嘴巴地說：「因為我跟這個家族裡大部分的男人都不一樣，例如我是個非常徹底的同性戀，菲力。」

等到夏安想辦法把他安撫下來後，菲力就開始對我講很多大道理，像是我「很困惑或是被誤導了」，還有我該「確保能延續家族血脈」，還要我「尊重家族遺產」。說實話，我大部分都不記得了。其實我覺得，他應該不意外我不是一個異性戀王儲，但他很驚訝我不打算假裝我是個異性戀王儲。

所以，對，我知道我們討論過，也希望跟我家人出櫃會是不錯的第一步。不過我現在不覺得這是個好兆頭，尤其想到我們之後要面對的是公共大眾。我也不知道。說實話，為此，我已經吃掉太多佳發蛋糕了。

有時候我都在想，如果我搬去紐約，接下阿波在那裡建設青少年收容中心的工作，那該有多好。一走了之，再也不回頭。也許離開的時候，我還可以順便把什麼東西給燒了。那一定很爽。

突然想到一件事。你知道，我最近才發現，我從來沒有真正告訴你，我對我們第一次見面有什麼看法。

對我來說，回憶是一件很痛苦的事。大部分的記憶都是如此。關於憂傷的一大重點是，它會占據你的整個人生，它占據了你人生中最關鍵的一段時間，讓你變成現在這樣的人，讓你痛苦得難以回想。而因為你的記憶中有這樣一段空白，你不得不創造一個全新的系統來面對身邊的一切。

所以我開始把我自己和我這輩子所有的回憶，都變成白金漢宮裡一間又一間黑暗古老的房間。我把我去勒戒中心看小碧、求她認真戒毒的那個晚上，放進一間牆上有著粉紅牡丹壁紙、中央還有個金色豎琴的房間。我把十七歲時，第一次和我哥的一個大學同學發生關係的事，塞進一間最小最小的掃具櫃，假裝它不存在。還有我父親在世的最後一晚，他的臉如何變得無力，他手上的味道，他發的高燒，還有永無止盡的等待，直到最後再也不需要等待，我找了一間最寬敞、最黑暗的舞廳，把這些東西全部關在裡面，關起窗戶、拉下窗簾。鎖上大門。

但在里約第一次見到你的記憶，我把它帶到花園裡去了。我把它收在銀楓的葉子裡，插在滑鐵盧花瓶中。它不屬於任何一個房間。

你正在和諾拉和茱恩說話，快樂、生動、充滿生命力，你生活在一個我到不了的次元裡，而且看起來好美。你那時候的頭髮比現在長。你當時甚至還不是總統的兒子，但你依然無所畏懼。你的口袋裡插了一枝黃色的巴西風鈴木。

我想著，你是我見過最不可思議的存在，而我最好跟你保持安全距離。我想著，如果有個像你這樣的人來愛我，那會毀了我。

然後我還是當了一回粗心的傻子，終究還是愛上你了。當你在最莫名其妙的半夜時間打給我的時候，我就愛上你了。當你在最噁心的公廁裡吻我、在飯店的酒吧裡鬧彆扭、並讓我這個自我封閉的人體會到前所未有的快樂時，我更加愛你。

但最不可思議的是，你居然有膽子愛我。你相信嗎？

就連現在，有時候，我還是不敢相信。

很遺憾菲力的事情進展並不順利。真希望我告訴你的是好消息。

屬於你的，

亨利

PS：米開朗基羅致托馬索・卡瓦列里[106]，寫於一五三三年。

我很清楚，此時此刻，我很容易就遺忘了你的姓名，就像我忘了自己是吃什麼食物度日；不，要忘記食物比忘記你的名字容易，因為食物只悲慘地滋養了我的肉體，而你的名字卻滋養了我的肉體與靈魂，用無與倫比的甜蜜充滿我，使我在回憶你時，擔心與懼怕都不能侵擾你在我心中的樣貌。想想，若我的雙眼也安於現狀，我該如何找回我自己？

寄件人：**A** <agcd@eclare45.com>

收件人：**亨利**

106 托馬索・卡瓦列里（Tommaso Cavalieri），十六世紀義大利貴族，米開朗基羅的情人。

主旨：**Re：家庭事務**

H：

靠。

好遺憾。我不知道我還能怎麼說。我真的很抱歉。茱恩和諾拉說她們都愛你。但當然沒有我這麼愛了。

請不要擔心我這邊的狀況。我們會想到辦法的。只是可能需要一點時間。我正在鍛鍊自己的耐性。我從你身上學到太多東西了。

天啊，我該怎麼寫才能讓你覺得好受一點呢？

我不知道你的這些郵件是不是讓我更想你了。有時候，看著你寫的那些信，我覺得我好像是一片最清澈美麗的大海中一顆奇怪的石頭。你的愛超越了你自己，超越了這世上的一切。不敢相信我有這麼幸運，能目睹這一點——甚至能夠成為得到你的愛的人，還得到這麼多，這已經不是運氣了，而是命運。神讓我成為你寫這些信的對象。我會唸五次聖母瑪利亞的祈禱詞。

感謝不盡，聖母瑪利亞。

我沒辦法寫像你那麼好的文章，但我的確可以寫一份清單給你。

未完成清單：我愛威爾斯王儲亨利王子的地方

1. 當我惹你生氣時，你發出的笑聲
2. 你的高級香水味，聞起來有點像是剛洗好的衣服，又像是剛修剪過的草地（這是哪來的魔法啊？）
3. 當你把下巴抬起來，想表現得強硬的時候
4. 你彈鋼琴的手
5. 我因為你而開始更了解自己
6. 你認為絕地大反攻是星戰系列最棒的一集，因為你的本質是個無藥可救、哭哭啼啼、丟臉至極的浪漫主義者，只想要最後幸福快樂的結局
7. 你會背濟慈的詩
8. 你會背《沙漠妖姬》[107]裡伯納德的獨白
9. 你很努力
10. 你一直都很努力
11. 你決定要繼續努力下去
12. 當你的肩膀緊靠著我的時候，這個愚蠢世界上的其他一切都不

107《沙漠妖姬（Priscilla, Queen of the Desert）》，一九九四年首演的澳洲音樂劇，講述三名異裝皇后（Drag Queen）開著巴士穿越澳洲內陸的故事，後改編成電影，成為同志影史經典。

重要了

13. 你還留著那份世界報，還放在你的床頭櫃上（對我看到了）
14. 你剛睡醒的樣子
15. 你的肩腰比例
16. 你那寬大、善良、荒謬、堅不可摧的心
17. 一樣很大的屌
18. 你看到上一行時的表情
19. 你剛睡醒的樣子（對，我知道我說過了，但我真的真的很愛）
20. 你一直以來都愛著我

自從你告訴我之後，我就一直在想最後那一條。我真是個大白痴。有時要我跳脫自己的思考真的太難了，但現在回想起第一晚，我在我房間跟你說的那些話，還有當你提議要放我走時，我是怎麼打發你的，還有我以前都是怎樣假裝自己不在乎。我甚至不知道你那個提議對你來說代表了多大的決心。老天，我想要揍那些曾經傷害過你的人，但我也是其中之一，對吧？這段時間以來，真的很抱歉。

請保持你現在的美好、堅強與不可思議。我想你，我想你，我

想你，我愛你。這封信寄出去之後我就會打給你了，但我知道你喜歡保留一份文字版的。

A

PS：理查・華格納致伊麗莎・威爾，寫於一八六四年（記得你之前彈華格納的作品給我聽嗎？他是個垃圾，但是這段話還是很好）

> 真的，我年輕的國王由衷地喜愛我。妳不會了解我們之間的關係。我想起我年幼時的一場夢。我夢到莎士比亞還活著，我真的看見他、和他對話了。我永遠也忘不了那場夢給我帶來的印象。然後我希望我見到的是貝多芬，但他是真的死透了。當這個可愛的男子和我待在一起時，類似的感覺一定也發生在他身上。他說他不敢相信他真的已經擁有了我。若任何人讀過他寫給我的信，一定也會像我一樣驚訝和著迷。

12

當薩拉拿著咖啡杯和一大疊厚厚的資料出現時，她的手指上戴著一枚鑽戒。他們此刻正在茱恩的房間，狼吞虎嚥地吞下早餐，好讓薩拉和茱恩出發去匹茲堡造勢。看到這一幕，茱恩的鬆餅瞬間掉到了床單上。

「我的天啊，薩拉，那是什麼？妳訂婚了嗎？」

薩拉低頭看著戒指，聳聳肩。「我上週末請假啦。」

茱恩愣愣地看著她。

「妳到底是跟誰在一起？」亞歷克問。「妳哪來的時間？怎麼可能？」

「喔噢，不可以。」她說。「這場選戰裡，有祕密交往對象的人可不是只有我而已。」

「有道理。」亞歷克同意道。

她打發掉這個話題，茱恩則開始用睡褲擦掉床上沾到的糖漿。「我們有很多事要做，所以專心了，克雷蒙姐弟們。」

她為兩人準備了詳細的日程表，雙面印刷的紙張上寫滿了項目符號，而她立刻就切入重點。當她的手機跳出通知時，他們已經討論到週四在錫達拉皮茲的選民登記活動了。她拿起手機，隨手滑過螢幕。

「所以我需要你們兩個都打扮好，做好準備，然後……」她分心地把手機湊近，多看了兩眼。「然後，呃……」她突然暴怒地倒抽一口氣。「喔，殺了我吧。」

「什麼鬼——？」亞歷克開口，但他自己的手機也在大腿上震動了一下。他垂下視線，看見一則CNN的推播信息：衛星攝影機畫面流出，亨利王子出現在全民大會飯店裡。

「喔，靠。」亞歷克說。

茱恩湊過來，在他身後一起看著新聞：不知道為什麼，某個「匿名消息來源」拿到了那天晚上畢克曼酒吧大廳的監視器畫面。

這畫面並不是特別糟糕，但它的確顯示出他們倆人一起走出酒吧，肩並肩，由卡修斯護送著，然後是電梯的監視器，畫面上的亨利攬著亞歷克的腰，正在和卡修斯說話。最後，他們三人一起在頂樓離開電梯。

薩拉抬起眼看著他，眼神像是準備把他掐死。「你能不能解釋一下，那個晚上到底要怎麼樣才能不再陰魂不散？」

「我也不知道啊。」亞歷克悲慘地說。「怎麼會是這一次——我是說，我們以前還幹過更危險的——」

「你覺得這樣會讓我比較好過嗎？」

「我的意思是，是誰把電梯的畫面流出去的？是誰在負責的？又不是有什麼明星在那間飯店裡——」

茱恩的手機響了一聲，打斷他的話。她看了一眼訊息就咒罵出聲。「天啊，那個郵報記者發簡訊問我，對於你和亨利的感情狀況有什麼看法，還有——還有這和你退出助選團隊有什麼關係。」她瞪大眼睛看著薩拉和亞歷克。「這樣很糟糕，對不對？」

「不太樂觀。」薩拉說。她的手指急忙忙在手機上敲打，大概是在向媒體團隊發出一封封憤怒的命令郵件。「我們現在需要轉移一下焦點。我們得——得幫你安排一場約會之類的。」

「如果我們——」茱恩開口。

「靠，或是讓他去約會。」薩拉說。「你們兩個都去約會。」

「我可以——」茱恩又試了一次。

「我該打給誰？現在哪個女生會願意來淌這場渾水？」薩拉用手掌的根部揉著眼睛。「上帝啊，你為什麼要這樣對我？」

「我有個點子！」茱恩終於大喊出聲。當他們兩人終於看向她時，她咬了咬嘴唇，看著亞歷克。「但我不知道你會不會喜歡。」

她把手機轉過來，讓他們看到她的螢幕。他認得那張照片，是他們在德州時拍給阿波的那張，茱恩和亨利站在碼頭上的畫面。她把諾拉的那一半裁掉了，所以畫面上只有他們兩人，亨利的太陽眼鏡下掛著調情般的微笑，茱恩正吻著他的臉頰。

「我也住那層樓。」她說。「我們不需要真的承認或否認什麼事。我們可以暗示就好。稍微分散一下新聞熱度。」

亞歷克嚥了一口口水。

他一直都知道茱恩會願意為他擋子彈，但是這個？他永遠都不可能開口求她這麼做的。但現在……這應該行得通。他們的好交情已經有滿滿的媒體紀錄，就算有一半的報導都是奇怪的GIF動圖。茱恩手上的這張照片，不清楚情境的人，只會覺得他們像是一起出去度假的異性戀金童玉女。他看向薩拉。

「這點子不壞。」薩拉說。「我們得跟亨利套好招。你能處理嗎？」

亞歷克吐出一口氣。他的確不喜歡，但他也沒有其他選擇了。「嗯。好。我想可以吧。」

「我們說過這是我們最不想做的事。」亞歷克對著自己的手機說。

「我知道。」亨利在電話的另一端回答。他的聲音顫抖著。菲力在亨利的另一線上等著他。「但是沒辦法。」

「對。」亞歷克說。「沒辦法。」

茱恩把那張德州的照片貼在推特上，然後它立刻就一躍成為她被人按讚最多次的貼文。幾小時之內，這張照片就在網路上傳瘋了。內容農場整理了一份亨利和茱恩的交往事件表，一路追到他們在王室婚禮共舞時的那張照片。媒體挖出了他們在洛杉磯酒吧裡的照片，分析他們兩人在推特上的互動。一篇報導寫著：大家都以為茱恩．克雷蒙—迪亞茲已經是人生勝利組的代表了，沒想到這段時間她一直都在和白馬王子交往？另一篇文章則推測：是亨利王子最好的朋友亞歷克介紹他們認識的嗎？

茱恩鬆了一口氣，但那只是因為她又想辦法保護了他一次，代價是讓全世界開始翻她的人生、挖她的隱私，想找出答案和證據，這讓亞歷克恨不得殺了所有人。他也想要抓住每個人的肩膀，搖醒他們，告訴他們亨利是屬於他的。但茱恩這麼做的用意就是為了增加可信度。他不應該覺得這麼不對勁的。但當他意識到，今天只要性別對換，在福斯新聞上就會出現完全不一樣的報導時……嗯，這真的很傷人。

亨利很安靜。他沒說太多，只是點到為止地告訴亞歷克，菲力氣到快中風了，而女王陛下雖然不是很高興，但至少很樂意知道亨利終於交了女朋友。這讓亞歷克覺得難受至極。這種扼殺亨利內心的命令，要他假裝成另一個人——亞歷克一直試圖要保護亨利遠離這樣的傷害。但他現在卻也成了加害者之一。

這很糟糕，讓人胃痛、喘不過氣，知道一旦走錯就沒有退路的那種糟糕。他一週前才在倫敦，站在詹波隆那的塑像前和亨利擁吻，但現在一切風雲變色。

他們手中還有一張更有說服力的王牌。那是他人生中唯一能獲得更多媒體關注的交往關係了。這天，諾拉來到官邸，唇上塗著正紅色的口紅，將冰涼的手指貼在他的太陽穴上，然後說道：「帶我出去約會吧。」

他們選了一個大學城，那裡的人會瘋狂拍照、然後貼在網路上。諾拉把手伸進他的褲子口袋，而他試著專注在她站在他身旁的溫度，還有她的捲髮搔著他臉頰的熟悉感。

有那麼一瞬間，他容許自己想像著，如果這是事實，那一切會變得多簡單：他會回到和自己最好的朋友那種舒適、輕鬆的和諧關係裡，他會在披薩店的外面用油膩的手指抓她的腰，聽她講著愚蠢的笑話笑到發瘋。如果他能像其他人希望的那樣愛她、而她也愛他，就沒有更多八卦可以說了。

但她不愛他，他也沒辦法愛她，而他的心上人現在正乘著一架飛機飛過大西洋，前往華府，要和茱恩碰面吃一頓有攝影師駐場的午餐，加深這件事的確定性。那天晚上，當他躺在床上時，薩拉寄了一封電子郵件給他，裡面盡是和他與諾拉有關的推特討論串。他覺得自己快要吐了。

亨利的飛機在半夜降落，他甚至不准靠近官邸，只能住在市區另一端的飯店裡。那天早上，當他打給亞歷克時，他的聲音在電話裡聽起來十分疲倦，亞歷克緊握著手機，保證他會想辦法在他飛回去之前見他一面。

「拜託了。」亨利說著，聲音細若游絲。

他媽媽、大部分的行政團隊，還有一半的媒體團隊，此刻都在忙著處理一則北韓飛彈測試的新聞，所以沒人注意到茱恩讓他偷偷爬上了她的休旅車。茱恩抓著他的手肘，開著無心的玩笑，等他們在距離碰面的咖啡廳一個街口的地方停車時，她對他露出了一個充滿歉意的微笑。

「我會讓他知道你在這裡。」她說。「至少這會讓他覺得好過一點。」

「謝了。」他說。在她下車之前，他抓住了她的手腕，又說了一次：「認真說。謝謝妳。」

她緊緊握了一下他的手，然後和艾米一起下車了。他則一個人待在一條小巷裡，有一車隨扈在一旁等他，他肚裡則不斷翻攪著一股讓他不舒服的感覺。

過了漫長的一小時，茱恩終於傳訊息給他：結束了。下一封則是：我帶他去找你。

他們在離開前討論好的解決方式是：艾米帶著茱恩和亨利回到巷子裡，讓他像政治犯一樣神不知鬼不覺地換車。他傾身靠向兩名坐在前座的特勤組人員。他不知道他們知不知道現在這是哪齣，不過他其實一點都不在乎。

「嘿，可以給我一點空間嗎？」

兩名特勤組探員互看一眼，但聽話地下了車。一分鐘後，另一輛車來到和他平行的位置，車門打開，他就看見了他。亨利看起來緊繃而不悅，但就在一步之遙。

亞歷克拉著他的肩膀，把他拖上車，車門在他們身後關上。他緊抓著他，從這麼近的距離，他可以看見他臉上一層灰黯的神色，他的視線渙散。這是他看過亨利最糟糕的樣子，比他發火或瀕臨哭泣邊緣的樣子都更糟，看起來空蕩而無神。

「嘿。」亞歷克說。亨利的眼神依然沒有對焦，亞歷克便移動到座位中間，讓自己出現在他的直線視野之中。「欸，看著我，我就在這裡。」

亨利的手顫抖著，呼吸短淺，而亞歷克知道這代表他的恐慌症正在內心蠢蠢欲動。他伸出手，握住亨利的一隻手腕，感受著他的脈搏在他的拇指下快速跳動。

亨利終於迎向他的視線。「我好討厭這樣。」他說。「真的好討厭。」

「我知道。」亞歷克說。

「以前……我還可以忍受。」亨利說。「因為我以前從來——從來不知道還有別的可能性。但是，老天，現在這個——簡直是滿滿的惡意。是一場該死的鬧劇。還有可憐的茱恩跟諾拉，她們就要這樣被利用嗎？你知道，我祖母還希望我帶我自己的攝影師過來。」他深吸一口氣，卻堵在喉頭，當他吐氣時，氣息劇烈地顫抖著。「亞歷克，我不想這麼做。」

「我知道。」亞歷克又說了一次，抬起手，用大拇指的指腹撫平亨利的眉頭。「我知道。我也討厭這樣。」

「這樣不公平！」他繼續說著，聲音瀕臨崩潰邊緣。「我那些垃圾祖先做了那麼多狗屁倒灶的事，但是都沒有人在乎！」

「寶貝。」亞歷克伸手抓住亨利的下巴，將他拉回現實。「我知道。真的很抱歉，寶貝。但是不會一直這樣下去的，好嗎？我保證。」

亨利閉上眼睛，從鼻子吐氣。「我想相信你啊，我真的想。但是我好怕我永遠辦不到。」

亞歷克想要為了這個男人對抗全世界，想要報復所有傷害過他的人事物，但難得一次，他想要成為比較穩定的那一個。所以他溫柔地輕撫著亨利的頸側，直到他的眼睛再度緩緩睜開，露出淺淺的微笑，用自己的額頭靠上亨利的額頭。

「嘿。」他說。「我不會讓這件事發生的。聽著，我告訴你，如果有必要，我可以字面意義地跟你祖母打一架，好嗎？而且她老了。我知道我可以扛得住她的。」

「我不會這麼自滿喔。」亨利笑了一聲。「她這個人可是充滿了邪惡的驚喜呢。」

亞歷克笑了起來，推了一下他的肩膀。

「認真說。」他說。亨利正抬眼望著他，五官俊美、充滿生命力，雖然愁眉不展，但他仍然是亞歷克願意犧牲自己人生去保護的人。「我真的很討厭這樣，我知道。但我們要一起走過去。我們會把這件事搞定的。我們要創造歷史，記得嗎？我們只能奮力一搏了。因為你就是我的目標，好嗎？我這輩子再也不會像愛你一樣愛上另一個人了。所以我向你保證，有一天我們可以只做自己，叫其他人去吃大便。」

他拉著亨利的脖子，給了他一個深深的吻，當亨利的雙手捧住亞歷克的臉時，他的膝蓋撞上了中控臺。雖然車窗有著遮陽貼紙，這卻是他們在公開場合最接近接吻的一次了。亞歷克知道這樣很危險，但此刻他的腦子裡只有那些他們在電子郵件裡悄悄傳給對方的古人信件，那些在歷史中流傳著的字句：在每場夢境中我都能見到妳。請把妳的心留在華盛頓。像想家一般思念著你。我們兩個渴望著愛的人。我年輕的國王。

總有一天，他告訴自己。總有一天，我們也有份。

在沉默的空間裡，那種焦慮感就像是黃蜂嗡嗡作響的翅膀，在他耳邊吵鬧不休。焦慮感在他半夢半醒之間將他嚇醒，就算他在官邸裡一程又一程地踱步也甩不開。他一直無法擺脫自己好像受人監視的感覺。

最糟糕的是，他們看不到這件事的盡頭。他們勢必得繼續保持這樣的論調兩個月，至少等到選舉結束，在那之後，他們還要面對英國女王直接下令禁止的可能性。他的理想主義傾向不會讓他接受這一點，但他不接受，不代表這件事就不存在。

他在華府無法安生，亨利在倫敦也坐立難安，而整個世界不斷地說著他們兩人在和別人談戀愛的故事。他和諾拉牽手的照片。人們對於茱恩會不會得到英國王室正式承認的各種推斷。而亞歷克和亨利，則像世界上最悽慘的《饗宴[108]》插圖：被一分為二、血淋淋地推向沒有交集的人生。

就連這個念頭都讓他絕望，就是因為亨利，他才會開始引用柏拉圖來比喻——那些亨利最愛的文學作品。可憐的亨利現在只能枯坐在皇宮裡，害著相思病，身處於悲傷之中，再也不多說什麼。

就算他們這麼努力，他們還是不得不覺得這世界要逼散他們。這整個布局不斷對他們予取予求，把他們視為神聖的日子——在洛杉磯的那晚、在湖邊的週末、還有在里約錯過的第一次會面——重新改寫為世人更能接受的版本。他們的官方說法是這樣的：兩名年輕有為的男人愛著兩名美麗的年輕女子，而不是彼此。

他不想讓亨利知道。亨利已經過得夠痛苦了，沒有支持他的家人，真正知情的菲力又無法善待他。亨利在他們通電話的時候聽起來很平靜、很完整，但亞歷克覺得他沒有什麼說服力。

在他更年輕一點的時候，如果他這麼焦慮，而他的人生中又沒有足夠拉著他的錨點，他就會做出自我毀滅的舉動。如果他現在在加州，他就會把吉普車開出來，沿著一〇一號公路一路狂飆，把車門都打開，大聲播放饒舌音樂，遊走在被警察攔截的邊緣。如果在德州，他會偷一

108《饗宴（Symposium）》，又譯作《會飲篇》，是古希臘哲學家柏拉圖的知名著作，以對話形式，讓含蘇格拉底在內的數名人物談論愛的本質。其中一位與會者阿里斯托芬（Aristophanes），講述了一則神話故事，內容提到人類原本有三種性別：男性、女性及陰陽同體。因太過強大，所有人皆被宙斯一分為二。為了讓自己再度完整，人類將畢生精力投注在尋找失落的另一半之上，對眾神便不再構成威脅。由男性一分為二者只會愛上男性，女性亦然；而由雌雄同體一分為二者，則只會愛上異性。

瓶美格波本威士忌，然後和半個曲棍球隊的伙伴們一起喝個爛醉，然後也許在那之後爬進連恩的房間窗戶裡，希望他明早就能忘記這一切。

第一場總統候選人的辯論會是在三週後。他甚至沒有工作來分散他的注意力，所以他只能在那裡反覆琢磨、反覆焦慮，並進行又長又折磨的慢跑，直到他的腳起水泡才滿意。他想要把自己給燒了，但他又不能讓任何人看見他自焚。

有一天，他在下班時間去國會山辦公室，準備把一箱跟他爸爸借來的文件夾還回去。他聽見下方樓層傳來微弱的馬帝．華特斯的歌聲，然後他腦中靈光一閃。他的確還有一個可以發洩怒火的目標。

他看見拉斐爾．路那正在自己辦公室打開的窗邊，靜靜地抽著菸。窗臺上擺著一個滿出來的煙灰缸，還有兩包空的萬寶路菸盒和一個打火機。當他聽見甩門的聲音轉過頭時，他被嚇得咳出一口煙霧。

「那鬼東西會害死你的。」亞歷克說。同一句話，他在丹佛的那個夏天說了五百次，但現在他的意思是，我真希望你死一死好了。

「小子——」

「別那樣叫我。」

路那轉過身，把菸捻熄。亞歷克看見他下巴的一條肌肉緊繃起來。雖然他看起來一如往常的英俊，但此時的他還是慘不忍睹。「你不應該在這裡的。」

「少來這套。」亞歷克說。「我只是想看看你有沒有種跟我說話。」

「你應該知道，你現在在和一名國會議員說話吧。」他平靜地說。

「當然知道，大人。」亞歷克說。他朝路那走去，一腳踢開擋路的椅子。「真是偉大的工作啊。你要不要告訴我，那些投票給你的人，現在對於你當傑弗瑞．理查的小叛徒有什麼看法啊？」

「你到底來這裡幹嘛，亞歷克，嗯？」路那紋風不動地問道。「你要來跟我打架嗎？」

「我要你告訴我原因。」

他的下巴再度緊繃起來。「你不會懂的。你太——」

「我發誓，你要是敢說我太年輕，我就要抓狂了。」

「你現在不是已經抓狂了嗎？」路那溫和地問道。亞歷克臉上一定是閃過了非常危險的表情，因為他立刻舉起了一隻手。「好吧，時機不對。聽著，我知道。我知道這看起來很鳥，但是——此刻有很多你想像不到的事正在運作。你知道我永遠都不會忘記你的家庭為我做了什麼，但是——」

「我不在乎你他媽欠了我們什麼。我相信你的。」他說。「不要說我不懂。你比任何人都清楚我的能耐、知道我經歷過什麼。如果你願意告訴我，我就會懂的。」

他現在和路那之間的距離近得足以吸入他的菸味，而當他直直看著他的臉時，他突然覺得那雙布滿血絲的眼睛、黑眼圈，和凹陷的臉頰有些似曾相識。這讓他想起亨利在特勤組車上時的臉。

「理查是不是有你的把柄？」他問。「他逼你的嗎？」

路那猶豫了一下。「我這麼做是因為這是必要之惡，亞歷克。這是我的選擇。不是別人的。」

「那就告訴我原因。」

路那深吸一口氣，然後說：「不。」

亞歷克想像自己揮拳擊中路那的臉，然後向後退了兩步，讓自己保持安全距離。

「你記得在丹佛的那天晚上。」他思量著說道，聲音顫抖。「我們叫了披薩，你給我看了那些你幫忙辯護過的孩子們的照片。我們還喝了那瓶好喝的蘇格蘭威士忌。我記得我躺在你辦公室那張醜地毯上，醉得一塌糊塗，但是心裡卻想著：『天啊，真希望我能像他。』因為你很勇敢。因為你為了某些事情站出來奮鬥。而我忍不住一直去想，為什麼在每個人都知道你的那些事之後，你還能堅持做你在做的那些事。」

有那麼一刻，亞歷克以為他終於動搖了路那的內心，因為他閉上了眼，靠向窗臺尋求支撐。但當他再度面對亞歷克時，他的眼神十分強硬。

「沒有人知道我的事。他們知道的甚至不到一半。你也是。」他說。「老天，亞歷克，拜託，別變得和我一樣。找另一個人當成榜樣吧。」

亞歷克已經被逼到極限了，他咬著牙說。「我已經變成你了。」

這句話懸在半空中，在他們之間凝結，就和那張被踢翻的椅子一樣沉重。路那眨眨眼。

「你在說什麼？」

「你知道我在說什麼。我想你搞不好比我還早知道。」

「你不是——」他結巴地開口，試著把這個話題結束掉。「你和我不一樣。」

亞歷克穩住自己的視線。「夠像了。你知道我的意思。」

「好吧，孩子。」路那終於啐道。「你想要我當你的導師嗎？那聽好了：不要讓任何人知道。去找個好女孩結婚吧。你比我幸運——你可以這麼做，而且這甚至不是個謊言。」

亞歷克說的下一句話實在來得太快，他甚至來不及阻止自己，只能趕在最後一秒翻譯成西班牙文，以免被人聽見：「Sería una mentira, porque no sería él.」那就會是個謊言，因為對象不是他。

他立刻就知道拉斐爾聽懂他的意思了，因為他倏地向後推了一步，背撞上了窗臺。

「你不能告訴我這件事，亞歷克！」他在自己的外套口袋裡瘋狂翻找，直到他挖出另一包菸。他搖出一根，然後手忙腳亂地拿起打火機。「你到底在想什麼？我是你這場選戰的敵人！我不能聽你說這些！你這樣到底要怎麼當一個政治家？」

「誰說政治家就一定要說謊、要躲藏、要把自己變成另一個人？」

「因為政治就是這樣，亞歷克！」

「你什麼時候相信這套了？」亞歷克咒罵道。「你、我、我的家人，還有幫我們助選的這些人——我們一直都是走誠實路線的！我不想要成為一個擁有完美門面和二點五個孩子的政治人物。我們不是決定這是為了幫助人民嗎？這是為了更高使命的奮鬥不是嗎？這和讓人們見識到真正的我，哪裡有衝突了？你到底是誰，拉斐？」

「亞歷克，拜託。拜託了。老天。你得走了。我不能知道這件事。你不能告訴我。你得更小心一點。」

「天啊。」亞歷克的聲音變得苦毒，雙手插在腰上。「你知道嗎，那甚至不是信任。我之前是信仰你的。」

「我知道。」路那說。他現在甚至沒有看著亞歷克。「我希望你沒有。現在，你真的得離開了。」

「拉斐——」

「亞歷克。出。去。」

所以他就照做了，並在身後把門甩上。

回到官邸之後，他試著打給亨利。亨利沒有接，但是回了他一封訊息：抱歉，在和菲力說話。愛你喔。

他在床底下的黑暗中摸索，直到他的手指摸到它：一瓶美格波本威士忌。緊急備用瓶。

「乾杯。」他低聲說，然後拔起瓶塞。

寄件人：**A** <agcd@eclare45.com>
收件人：**亨利**
主旨：**關於地圖的爛比喻**

H：

我喝了很多威士忌，所以請多擔待了。

你有一個小動作。一個小動作。讓我為之瘋狂。我一直會想到它。

你的嘴角會有一個小小的弧度。你會癟起嘴角，看起來好像你很擔心你忘了什麼事。我以前很討厭這個表情。以前一直覺得你那是不以為然的樣子。

但我吻過了你的嘴唇，吻過了那邊的嘴角，還有它拉扯過的地方，好多好多次了。我已經記住了，刻在你這個人的地圖上了。你的身體是我還在製圖的一個世界。我現在知道了。我把這一點記載在符號表上。你看這裡是比例尺。我可以把它等比例放大，把你的經緯度都讀出來。我可以背出你的座標。

你的這個小動作，你的嘴，你的嘴角移動的方向。你這麼做，是為了不要讓別人看穿你。不要讓那些人從你身上予取予求，那些空洞、貪婪的手爪。別把真實的你給出去。你那顆奇異、卻完美的心。那顆懸掛在你體外的心。

在你的地圖上，我的手指總是可以找到威爾斯的綠色丘陵。冷泉和白色沙灘。古老的你是由一顆石頭雕刻而出，神聖而不可侵犯。你的脊椎是一座我迫不及待想要翻越的山脈。

如果我能把你攤在桌上，我能用手指找出你嘴角拉緊的地方，我會把它撫平，並在你身上標記聖人的姓名，就如同所有的古地圖一般。我現在懂他們的命名法則了——聖人的名屬於奇蹟。

有時候，讓人看透一點點的你吧，甜心。你有太多值得讓人挖掘的地方了。

你的，

A上。

PS：威爾弗雷德·歐文[109]致齊格弗里德·沙宣，寫於一九一七年：

109 威爾弗雷德·歐文（Wilfred Owen），英國詩人及軍人，被譽為第一次世界大戰最重要的詩人。

你修復了我的生命——不論它有多麼短暫。你並沒有照亮我，我一直都是顆瘋狂的彗星，但你修復了我。我成為你的衛星，公轉了一個月，但很快又要再度離去，成為你照耀的軌道中的一顆黑色之星。

寄件人：**亨利** <hwales@kensingtonemail.com>
收件人：**A**
主旨：**Re：關於地圖的爛比喻**

尚・考克多[110]致尚・馬赫[111]，寫於一九三九年：
打從心底深處感謝你救了我。我曾溺水，而你毫不猶豫地躍入水中，甚至沒有回頭張望。

110 尚・考克多（Jean Cocteau），近代法國詩人、作家及藝術家。
111 尚・馬赫（Jean Marais），近代法國演員及導演。

手機震動的聲音，讓亞歷克從睡死的狀態中驚醒。他手忙腳亂地伸出手，摸索著他的手機。

「喂？」

「你幹了什麼好事？」薩拉的聲音幾乎是在大叫。從她的鞋跟清脆的聲響和模糊的咒罵聲來判斷，她正在某處狂奔。

「呃。」亞歷克說。他揉揉眼睛，試著讓自己的腦袋重新接上線。他幹了什麼？「可以更精確一點嗎？」

「看看該死的新聞吧，你這個精蟲衝腦的小無賴——你怎麼會蠢到讓人拍到啊？我發誓——」

亞歷克甚至沒聽見她說的最後那句話，因為他的心已經一路下沉到兩層樓以下的地圖室裡去了。

「幹。」

他雙手顫抖著打開擴音，叫出谷歌瀏覽器，然後輸入自己的名字。

驚爆：亨利王子與亞歷克・克雷蒙—迪亞茲交往中，以照片為證。

我的老天鵝：美國第一公子和亨利王子——根本絕配

激情辦公室：美國第一公子寫給亨利王子的火熱郵件

英國王室拒絕回應關於亨利王子與第一公子交往之事

只有這二十五個動圖，能表達我們看到亨利王子與第一公子的故事時的心情

別讓第一公子犧牲色相

亞歷克的喉頭湧出一陣歇斯底里的狂笑。

他的臥室門被人粗暴地推開，薩拉用力拍了一下電燈開關，臉上的怒火幾乎無法隱藏在極度的恐懼之下。亞歷克突然想起他床頭板後方的緊急按鈕，不知道自己是不是該在失血過多致死之前先把特勤組的人叫上來。

「你的對外通訊現在要全面切斷了。」她說。她沒有動手揍他，而是搶走他的手機，塞進她胸前的口袋裡。她的上衣在情急之中扣錯了，但她一點都不在乎自己在亞歷克面前衣衫不整的模樣，只是把一大疊八卦雜誌丟在他的床上。

亨利女王！二十本《每日郵報》的封面上用巨大的字體寫道。**亨利王子與美國第一公子的同志情請見內頁！**

封面用的照片裡，他沒辦法否認那就是他和亨利，坐在咖啡館後面的車裡接吻，顯然是有人用長鏡頭透過擋風玻璃拍的。車窗玻璃是有加深了沒錯，但他忘了該死的擋風玻璃。

還有兩張更小的照片貼在頁面的角落：其中一張是他們在畢克曼的電梯裡，還有一張是他們在溫布頓時，他湊在亨利耳邊低聲說話的照片，亨利帶著柔軟、神祕的微笑。

要死。他完蛋了。亨利也完蛋了。老天，他媽媽的選舉也完蛋了。他的政治生涯完蛋了，他的耳朵一陣嗡嗡作響，他覺得他快要吐了。

「幹。」亞歷克又說了一次。「把手機給我。我得打給亨利——」

「不，你他媽的不可以。」薩拉說。「我們還不知道是誰把電子郵件洩漏出去的，所以在我們找出漏洞之前，一句話都不准說。」

「什麼？亨利還好嗎？」天啊。亨利。亞歷克現在只想到亨利驚恐的藍色雙眼，還有亨利短促急迫的呼吸，把自己鎖在肯辛頓宮裡，絕望地獨處著。他的下巴緊繃，喉頭有一股什麼東西在燃燒。

「總統現在正在和通訊部的人開會，我們盡可能在半夜三點把能挖的人都挖來了。」薩拉告訴他，並無視他的問題。她的手機正在她手中響個不停。「現在是行政團隊的同志警戒第五級。現在看在上帝的份上，快穿衣服。」

薩拉鑽進亞歷克的衣櫃裡，而他翻開雜誌內頁的文章，心臟劇烈地跳個不停。裡面還有更多的照片，他掃過內文，但資訊量大到他沒辦法馬上接收到全部。

他在第二頁看到了：他們電子郵件的截錄就這樣印在紙上，還加了註解。其中一篇的標籤是「亨利王子其實是個詩人？」那段文字的開頭，他已經讀過上千次了。

我想告訴你，當我們分開的時候，我會在夢裡看見你的身體……

「幹！」他又喊了第三次，把雜誌摔到地上。這是他的郵件。看到它被印在紙上，他有一種被褻瀆的感覺。「他們是怎麼拿到這些的？」

「沒錯。」薩拉同意道。「我也想知道。」她把一件白襯衫和一條牛仔褲扔向他，他則從床上彈了起來。薩拉在他穿褲子的時候開玩笑地伸出一隻手臂讓他扶，而儘管現在狀況惡劣至此，他還是忍不住對她產生了滿滿的感激。

「聽著，我得馬上和亨利說話。我想都不敢想——天啊，我得跟他說話。」

「穿上你的鞋。我們要用跑的了。」薩拉告訴他。「首要任務是災害控管。不是安撫情緒。」

他抓起一雙球鞋，還沒有完全穿好，兩人就急急忙忙上路，朝西廂房跑去。他的腦子還沒有辦法完全跟上，有五千種可能的走向在他腦中打轉。他想像著未來十年的自己被擋在國會之外，選民支持度暴跌，亨利的名字從繼承順位上消失，或是他媽媽連任失敗，因為其中一個中間州不認同他。他搞砸了，而且他不知道自己到底該對誰發脾氣：他自己、或是小報記者、或是王室、或是這整個愚蠢的國家。

當薩拉在一扇門前緊急煞車時，亞歷克差點一頭撞上她的背。

他推開門，整個房間便陷入沉默。

他母親坐在桌子的最尾端，看著他，然後聲音平板地說：「出去。」

一開始，他以為她是在跟他說話，但接著，她的視線掃過和她一起坐在桌邊的人們。

「我說得不夠清楚嗎？所有人，現在，都出去。」她說。「我得和我兒子談談。」

13

「坐下。」他媽媽說道，而亞歷克感受到一股涼氣在他肚子深處凝結。他不知道自己要預期什麼——也許你知道這個人是養育你成人的人，但不代表你知道她作為一個世界領導人的下一步是什麼。

他坐了下來，沉默便立刻籠罩在他們身上。他媽媽的手交疊著，抵在嘴唇上，思索著。她看起來很累。

「你還好嗎？」最後她終於說道。當他驚訝地抬眼時，她眼中並沒有怒火。

總統正處於一件足以毀滅她職業生涯的醜聞邊緣，卻保持呼吸平穩，等著她的兒子回答。

噢。

他突然清楚意識到，他一直還沒有停下來，好好考慮一下自己的感覺。因為他根本沒有時間。他想要指出現在的情緒，但他發現他沒有辦法。他內心有個什麼東西顫抖著，然後完全封閉了起來。

他並不常希望自己可以換個人生，但此時此刻，他真的很想。他想要在另一個時空下進行這個對話，只是他媽媽和他分別坐在一張餐桌的兩端，問她對自己優秀的男朋友有什麼看法，還有在身分認同這一點上進展得好不好。而不是像現在這樣，坐在西廂房的一間會議室裡，他寫的那些下流郵件攤在他們之間的會議桌上。

「我……」他開口。他驚恐的發現自己的聲音在顫抖，於是他很快地將那股情緒嚥了下去。「我不知道。我原本不打算這樣公開的。我以為我們有機會用我們的方式來做。」

她的表情柔和了下來，像是解開了一個結。他覺得他回答了一個她還沒有問出口的問題。她伸手覆上他的一隻手。

「聽好了。」她說。她的下巴堅定，這是他看她用來對抗國會、面對獨裁者時的表情。她握著他的手穩定而強壯。他半失控地想著，這不知道是不是就是在華盛頓的帶領下衝向戰場的感覺。「我是你媽媽。在我成為總統之前，我就是你媽媽，在我離世之前，我也會一直都是你的媽媽。你是我的小孩，所以如果你是認真的，我就會挺你到底。」

亞歷克一句話也沒說。

但是總統候選人的辯論會，他想著。**還有普選。**

她的視線很強烈。他知道這兩件事他都不該提。她會處理的。

「所以，」她說。「你對他的感覺很確定了嗎？」

亞歷克沒有空間糾結、也沒有其他話可說，只能說出他一直以來都知道的事實。

「對。」他說。「很確定。」

愛倫・克雷蒙緩緩吐出一口氣，然後咧嘴露出一個小小的、祕密的笑容。這是她從來不會在公開場合露出的笑容，是他從小在賈維斯郡的小廚房裡、在她膝蓋邊打轉時，那種歪斜的、沒有形象的笑容。

「那就叫他們都去吃屎吧。」

〔華盛頓郵報，二〇二〇年，九月二十七日〕

關於亞歷克·克雷蒙─迪亞茲與亨利王子的感情糾葛，隨著越來越多細節浮上檯面，白宮陷入了沉默。

「想著這些歷史，我忍不住也想到，不知道等我哪一天也成為歷史時，那會是什麼樣子。」第一公子亞歷克·克雷蒙─迪亞茲在他寫給亨利的眾多郵件之中寫道。「還有你也是。」

在《每日郵報》刊登這些信件的內容後，答案也許會比任何人想像的更快浮現。就在距離克雷蒙總統連任大選的前幾個月，第一公子與亨利王子的戀愛關係突然曝光，為這場選舉投下了一顆震撼彈。

聯邦調查局的資安專家與克雷蒙的行政團隊，正努力要找出將這段感情的證據提供給英國八卦雜誌的來源。而往常總是高調的第一家庭這次三緘其口，第一公子反常地沒有提出任何官方說法。

「第一家庭一直以來，都致力於把私生活和總統的外交與政治決策切割清楚。未來也會繼續這麼做。」白宮的媒體祕書戴維斯·蘇瑟蘭在今早的聲明中表示。「他們請求美國人民給予他們耐心與空間，讓他們處理這個極度私人的事件。」

《每日郵報》今早在雜誌中公開的郵件與照片，揭露了第一公子亞歷克．克雷蒙—迪亞茲和亨利王子戀愛與肉體的關係，早在二月就已經萌芽。

完整的郵件內容已被一名暱稱為「滑鐵盧郵件」的網友上傳至維基解密，此一暱稱似乎是在暗指亨利王子在其中一封郵件提到的白金漢宮花園的滑鐵盧花瓶。兩人的郵件往來十分頻繁，截至上週日晚間，再被人從白宮內部的私人信箱伺服器中盜取而出。

「撇除此一醜聞對克雷蒙總統處理國際關係與傳統家庭價值的公正性有何影響，」共和黨總統候選人議員傑弗瑞．理查，今天稍早在一場記者會上這樣表示。「我更擔心的是這個私人電子郵件伺服器。這個伺服器還傳遞了哪些資訊出去？」

此外，理查也表示，他相信美國選民都有權知道，克雷蒙總統的伺服器上流通過的所有資訊。

克雷蒙行政團隊的消息來源堅稱，這個私人伺服器和喬治．布希總統在位時架設的類似，只供白宮內部日常運作、第一家庭成員、以及白宮核心成員使用。

專家現在正在對滑鐵盧郵件進行第一波檢驗，確保有無任何機密資訊夾帶在第一公子與亨利王子互通的電子郵件裡。

接下來的五小時，感覺像是永無止境。亞歷克被送進西廂房裡一間又一間的會議室，和他媽媽的施政團隊裡每一位策略家、媒體團隊成員和危機管理師碰面。

他唯一有印象的一段，只有他把媽媽拉到牆邊，告訴她：「我告訴拉斐了。」

她瞪著他。「你跟拉斐爾・路那說你是雙性戀？」

「我跟拉斐爾・路那說了亨利的事，」他平板地說。「兩天前。」

她沒有問原因，只是陰鬱地嘆了口氣，兩人思索著這背後暗示的意思，然後她說：「不、不，這些照片在那之前就拍下來了，不可能是他。」

他讀過了一份份優缺點比較表、不同結果的發展模型、還有一堆表格和圖形和分析資料，還有他個人感情發展對於他身邊的世界會帶來怎樣的影響。這是你帶來的損失，亞歷克，一切硬梆梆的資料和圖表都像是在這麼說著。這些都是你傷害的人。

他恨死了他自己，但他不後悔。也許這讓他成為了一個壞人或是個糟糕的政治人物，但他不後悔選擇了亨利。

在這永無止盡、難以承受的五小時之中，他甚至沒有辦法試著與亨利取得聯繫。媒體團隊祕書為他起了一個聲明稿。這份聲明看起來事不關己。

這五個小時裡，他沒有洗澡、沒有換衣服，也沒有笑或哭。等到他們終於放他走，要他留在官邸裡等待進一步指示時，已經是早上八點了。

他的手機再度回到他手上，但是亨利不接他的電話、也沒有回覆他的訊息。什麼都沒有。

卡修斯陪著他走過柱廊，爬上樓梯，一句話也沒說。而當他們來到東西臥室之間的走廊上時，他就看見他們了。

茱恩的頭髮盤成一個混亂的包頭，綁在頭頂上，身穿一件粉紅浴袍，眼眶發紅。他媽媽穿著剪裁俐落的黑色洋裝和尖頭高跟鞋，表情堅定。里歐光著腳，還穿著自己的睡衣。他爸爸的肩上還掛著一只皮革旅行袋，看起來苦惱而疲憊。

他們全轉過來看著他，而亞歷克感受到一波比他自己大得多的情緒，沖刷過他的全身，像是他年幼時站在墨西哥灣，被海浪捲著雙腳、威脅要帶走他時那樣。一個聲音無法抑制地從他喉頭湧出，他自己幾乎都不認得那是他的聲音。然後茱恩一把抓住了他，然後是他的其他家人們，每個人的手臂和雙手緊抓著他、擁抱著他，觸碰他的臉，直到他蹲在地上。那張地毯，那張他最討厭的可怕又古老的地毯。他坐在地上，瞪著地毯和毯子上的織紋，聽著耳裡一波波海浪波濤洶湧的聲音，有點置身事外地想著，他恐慌症發作了，所以他才沒有辦法呼吸。但他只是瞪著地毯，讓恐慌症繼續襲擊他；知道自己沒辦法呼吸，並不代表他就有辦法讓自己再度呼吸起來。

他模糊地記得有人把他帶進自己的房間，來到床邊。那張床上還攤著那一堆天殺的雜誌。有人指引著他爬上床，他就坐在那裡，非常非常努力地，試著在腦中寫一份清單。

一、

一、

一……

他睡得很不安穩，總是在一陣陣盜汗和顫抖中醒來。他的夢境全是短短的破碎場景，不規則地膨脹又淡去。

他夢見自己在戰場上，在一條泥濘的壕溝裡，情書被胸口的血染紅。他夢見賈維斯郡的房子，大門深鎖，不肯讓他進去。他夢見皇冠。

其中一個短暫的夢境是在湖邊的小屋，像是月亮下的橘紅火光。他看見自己站在水中，水深至他的下巴。他看見亨利光裸著身子坐在碼頭上。他看見茱恩和諾拉，牽著手，阿波坐在她們之間的草地上，還有小碧，正把粉紅色的指甲掘進潮濕的土壤裡。

他聽見四周的樹林中傳來樹枝折斷、折斷、折斷的聲音。

「你看。」亨利指向星空。

亞歷克試著說，你沒有聽見嗎？試著說，有東西在靠近我們。他張開嘴：只飛出一群螢火蟲，然後就什麼也沒有了。

當他睜開眼睛時，茱恩正坐在他旁邊，靠著枕頭。她咬得短短的指甲抵著自己的嘴唇，身上還穿著浴袍。她伸出手，握了握他的手。亞歷克回握了她。

在夢境之間，他偶爾會聽見模糊的聲音在走廊上說話。

「什麼都沒有。」薩拉的聲音說著。「完全沒有回應。沒有人要接我們的電話。」

「怎麼會沒有人接電話？我是他媽的總統啊。」

「有件事需要請求您的允許，女士。只是有點不符合外交禮儀就是了。」

一則留言：第一家庭一直在向我們說謊，美國人們！他們還有哪些謊言？？！？！

一則推特貼文：我就知道我就知道亞歷克是同性戀，我就跟你們說過吧

一則留言：我的十二歲小女兒哭了一整天。她一直夢想著長大要嫁給亨利王子，現在她心都碎了。

一則留言：我們真的能相信他們沒有動用聯邦金費來掩蓋這件事嗎？

一則推特貼文：哈哈哈哈哈哈哈看看郵件的第二十二頁亞歷克真的是超婊的

一則推特貼文：我的老天鵝啊你們有看到嗎？亨利的一個大學同學貼了他在派對上的照片，他根本就 gay 到沒有極限了我的天啊啊啊

一則留言：很好，現在白宮裡有一個拉丁裔同性戀，我不知道總統還有什麼驚喜給我們

一則推特貼文：請繼續閱讀我與 @WSJ 的專欄，關於#滑鐵盧郵件的事情，能讓我們對克雷蒙的白宮內部運作有什麼了解。

數不清的評論、誹謗、謊言。

茱恩把他的手機抽走，塞到其中一個沙發椅墊下。他甚至連抗議也懶了。反正亨利不會打來。

下午一點鐘時，薩拉在這二十四小時內第二次衝進他的房間裡。

「打包行李。」薩拉說。「我們要去倫敦了。」

茱恩幫他收拾了一個背包，裡面塞了一條牛仔褲、一雙鞋和一本破爛的《阿茲卡班的逃犯》[112]。他跌跌撞撞地穿上一件乾淨的襯衫，然後衝出房間。薩拉在走廊上等著他，背著自己的行李，手中拎著一套剛燙好的西裝，是她總認為最適合會見女王的深藍色款式。

她沒有和他解釋太多，只說白金漢宮已經將所有對外溝通的管道全數封閉，所以他們要直接殺過去，要求會面。她似乎很肯定夏安會同意這個做法，而如果他不同意，她也很樂意直接擊倒他。

在他腹部翻攪的情緒非常混亂。他的母親已經允許他們對外公開關於自身的事實，這點他仍然覺得不可思議，但他不能期待女王做一樣的事。女王也許會下令叫他封口否認一切。如果事情真的這麼糟，他也許真的會抓著亨利直接拔腿就跑。

他幾乎是百分之百的相信，亨利不會聽話地假裝這一切都是假的。他信任亨利，也對他有信心。

但他們應該要有更多時間的。

他們幫亞歷克安排了一個官邸的側門，讓他在溜出來的時候不會被人看見。茱恩和他的父母在那裡和他短暫碰了頭。

「我知道這很可怕。」他媽媽說。「但你可以應付的。」

「給他們好看。」他爸爸補充道。

112《阿茲卡班的逃犯（Harry Potter and the Prisoner of Azkaban）》，英國作家J．K．羅琳所著的經典奇幻小說《哈利波特》系列的第三集。

茱恩抱了抱他，然後他便戴上太陽眼鏡和帽子，小跑出門，準備迎向這條路最終的結局。

卡修斯和艾米在飛機上等著他。亞歷克短暫地猜測了一下他們是不是自願加入這場任務的，但他正在努力讓自己的情緒恢復正常，而這個問題一點幫助也沒有。他在經過時和卡修斯碰了碰拳頭，艾米則從她正在繡著黃色小花的丹寧外套中抬起頭，對他點頭示意。

所有的事情都發生的太快，所以直到現在，當飛機起飛，亞歷克終於抱著膝蓋坐下時，他才終於有機會好好把整件事想一遍。

他覺得他並不是生氣被人發現這件事。對於他自己交往的對象或他喜歡的東西，他向來不覺得自己該向誰交代，儘管以前沒有這麼事關重大。但他心中比較自傲的那一塊，其實滿得意他終於有辦法在公開場合宣示自己對亨利的主權了。對，你說王子嗎？那個全世界最有價值的黃金單身漢？那個有英國口音、希臘男神的臉和長腿的男人？不好意思，是我的。

但那只是很小很小的一部分。剩下的部分則是一整團糾結的恐懼、憤怒、受到侵犯的感覺、羞辱、不確定感及恐慌。他有很多不介意讓人知道的缺點——他的口無遮攔、他的暴躁脾氣、他的衝動——除此之外還有這個。這就跟他只在家裡戴眼鏡是一樣的：他不想讓人知道他有多需要它。

他不在乎別人意淫他的身體、或是對他的性生活大作文章，不管是真實的還是幻想的。他在乎的是，他們現在知道的是他親手寫下的、用他最私密的語言說出的內心話。

還有亨利。老天，亨利。那些郵件——那些信——是亨利唯一一個可以透露內心想法的地方。他所有的一切都誠實流露在郵件中了：亨利的性向、小碧勒戒的事、女王強迫他不准出櫃的事。亞歷克已經很久沒有當個虔誠的天主教徒，但他知道告解是非常神聖的事。這些事應該要是祕密的。

靠。

他坐不住。翻了四頁之後，他就把《阿茲卡班的逃犯》丟到一旁去了。他看見了一則和他的交往關係有關的幻想文，所以他把整個應用程式也關了。他在飛機的走道上一程又一程的踱步，踢著座椅的底部。

「能不能請你坐下？」看著他在機艙裡蠕動了二十分鐘之後，薩拉說。「你讓我的胃痛又更痛了。」

「我們到了之後，他們真的會讓我們進去嗎？」亞歷克問她。「如果他們不准呢？如果他們叫皇家守衛出來逮捕我們呢？他們可以這麼做嗎？艾米也許可以跟他們對幹一下。如果她試圖反擊，他們會逮捕她嗎？」

「我的媽啊。」薩拉低吼了一聲，然後掏出手機開始撥電話。

「妳要打給誰？」

她嘆了一口氣，把手機移到耳邊。「斯里亞斯塔瓦。」

「妳怎麼知道他會接妳電話？」

「這是他的私人號碼。」

亞歷克瞪眼看著她。「妳有他的私人號碼，但是妳一直留到現在才用？」

「夏安。」薩拉劈頭就說。「聽好了，你這個混蛋。我們現在在飛機上。第一公子現在和我在一起。我們距離目的地還有六小時。你準備一輛車等著我們。我們要和女王，還有其他能把這件鳥事搞定的人見面，不然由上帝為證，我會親手把你的蛋蛋做成耳環。我會親手毀了你的下半輩子。」她頓了頓，大概是在聽他同意的回答，因為亞歷克無法想像他不答應的可能性。「現在，叫亨利來聽電話。不要跟我說他不在。我知道你不會讓他離開你的視線之外的。」

然後她把手機推到亞歷克的臉前面。

他不太確定地接過電話，抬到耳邊。對面傳來一陣摩擦聲，還有困惑的哼聲。

「喂？」

那是亨利的聲音，甜美而高貴，顫抖而困惑，而一陣放心的感覺讓他差點沒辦法呼吸。

「甜心。」

他聽見亨利在電話另一端吐出一口長氣。「嗨，親愛的。你還好嗎？」

他不可置信地笑了起來。「幹，你在開玩笑嗎？我沒事，我沒事。你還好嗎？」

「我在……想辦法。」

亨利瑟縮了一下。「有多糟？」

「菲力打破了一個曾經屬於安．波林的花瓶。祖母下令封鎖整個白金漢宮的對外通訊。我媽還沒有和任何人說話。」亨利告訴他。「但是，呃，除此之外，其他的事情都還好。嗯。」

「我知道。」亞歷克說。「我馬上就到了。」

兩人之間一陣沉默，亨利的呼吸透過話筒，還是能聽出在顫抖。「我不後悔。」亨利說。「我不後悔讓大家知道。」

亞歷克覺得他的心爬到了喉頭。

「亨利。」他試探道。「我……」

「也許——」

「我跟我媽說過了——」

「我知道這時間點不是很理想——」

「你願意——」

「我想要——」

「等等。」亞歷克說。「我們，嗯。我們是在問同一件事嗎？」

「看狀況囉。你是要問我想不想把事實公開嗎？」

「對。」亞歷克說，他覺得他抓著電話的手指一定泛白了。「對，我是。」

「嗯，那就沒錯了。」

亞歷克大氣都不敢喘一口。「你確定嗎？」

亨利花了一點時間才回答，但他的聲音很平穩。「我不知道如果有得選的話，我會不會挑現在說，但是……我不會說謊的。至少對這件事不會。關於你的這一點不會。」

亞歷克的眼眶濕了。

「我他媽的愛死你了。」

「我也愛你。」

「等我過去吧。我們會找到辦法的。」

「我等你。」

「我在路上了，馬上到。」

亨利發出一聲潮濕而破碎的笑聲。「拜託，快一點。」

他們掛上電話，然後把手機交還給薩拉。後者默默地把手機塞回袋子裡。

「謝謝妳，薩拉，我——」

她舉起一隻手，閉上眼睛。「別說。」

「聽著，我只會說一次，如果你敢告訴別人，我會打爆你的膝蓋。」她垂下手，看著他的眼神既憤怒卻又帶著寵愛。「我挺你，好嗎？」

「等等，薩拉。我的天啊。我現在才發現。妳是……我的朋友耶。」

「我不是。」

「薩拉。妳是我最苛薄的朋友。」

「不是。」她從自己的行李裡抽出一條毯子，轉身背向亞歷克，用毯子把自己裹起來。「接下來的六小時都不要跟我說話。讓我他媽的打個瞌睡。」

「等等，等等，欸，等一下啦。」亞歷克說。「我有一個問題。」

她重重嘆了一口氣。「什麼？」

「妳為什麼留到現在才用夏安的私人電話？」

「因為他是我的未婚夫，混蛋。但至少我們之間有人知道要怎麼保持低調，才不會讓別人發現。」她看也不看他一眼地說著，靠著飛機窗戶縮成一團。「我們講好了，千萬不要用私人號碼聯絡公事。現在，閉上嘴，讓我在面對這一切之前睡一覺。我現在只靠一杯黑咖啡、一塊麵包和一把B群在運作而已。你最好連朝我的方向呼吸都不要有。」

當亞歷克敲了肯辛頓宮二樓音樂練習室的房門時，開門的不是亨利，而是小碧。

「我叫你滾遠一點——」門一開，小碧就說道，手中揮起一把吉他，卻在看到亞歷克後，立刻放了下來。「喔，亞歷克，真的很對不起，我以為你是菲力。」她用空著的那隻手攬住亞歷克，給了他一個出乎意料大力的擁抱。「謝天謝地你來了。我差點都要自己去接你了呢。」

在她放開他後，他終於看見她身後的亨利，正拿著一瓶白蘭地躺在長沙發上。他對亞歷克露出一個虛弱的微笑。「作為風暴兵，你是不是有點太矮了？」

亞歷克的笑聲聽起來像是嗚咽。他不知道是他先跑的，或是亨利，但他們兩人在房間中央相遇，亨利的手臂圍住亞歷克的脖頸，將他整個人包圍起來。如果亨利在電話另一端的聲音是一條繩索，那他的身體就是將這一切牽住的引力，他捧著亞歷克後頸的手則是磁極，是指北針永遠的標的。

「真的很抱歉。」亞歷克脫口而出。他的口氣哀傷而誠懇，埋在亨利的喉嚨。「都是我的錯。對不起。對不起。」

亨利放開他，雙手搭在他的肩上，下巴繃緊。「你別說。我一點都不覺得對不起任何人。」

亞歷克又笑了起來，看著亨利眼下的黑眼圈，還有被他咬得破破爛爛的下嘴唇，這是他第一次看見他生來就該領導國家的樣子。

「你真的很不可思議。」亞歷克說。他傾身吻了吻他的下巴，發現上頭布滿了一天沒有刮的鬍渣。他把自己的鼻子和臉頰靠上去，感受到亨利一些緊繃的情緒在他的碰觸下緩緩消散。「你知道嗎？」

他們在奢華的紫紅色波斯地毯上坐下，亨利躺在亞歷克的大腿上，小碧坐在一塊座墊上，彈著一個叫做自動豎琴的奇怪小樂器。小碧拉來一張小桌子，在上面擺好餅乾和柔軟的起司，然後拿走亨利的白蘭地酒瓶。

聽起來，女王整個氣炸了——不只是因為終於確定了亨利的性向，更是因為居然是透過這麼有失體統的八卦小報知道的。新聞一出，菲力就從安梅爾大宅過來了，而只要他試圖靠近亨利、展開他所謂的「認真討論他的行為所造成的後果」，小碧就會把他趕走。凱瑟琳三小時前有出現了一次，傷心地垮著臉，告訴亨利她愛他，還有他應該要早點告訴她的。

「我就說：『謝了，媽，但只要妳讓祖母把我繼續關在這裡，這句話就一點意義都沒有。』」亨利說。亞歷克低頭看著他，有點驚訝，也有點驚艷。亨利用一隻手臂遮住臉。「我覺得糟透了。我——我也不知道。我只是想到她在過去幾年中缺席的時刻，我就壓不下那口氣。」

小碧嘆了口氣。「也許她就是需要有人這樣踢她一腳。在爸的事之後，我們一直都在試著要她做點什麼。」

「但是還是一樣啊。」亨利說。「祖母的態度——那不是媽媽的錯。她以前也的確有保護到我們。這樣不公平。」

「亨利。」小碧堅定地說。「那句話很重，但她必須要知道。」她低頭看著自動豎琴上的小按鍵。「我們至少應該有父母中的一個吧。」

她嘴角癟起的樣子和亨利好像。

「妳還好嗎？」亞歷克問她。「我知道——我看到幾篇報導了。」他沒有把話說完。「白粉公主」是十小時前推特熱門排行榜第四名的關鍵字。

她皺眉的表情變成了半個微笑。「我？老實說吧，我反而覺得輕鬆了。我一直都說，對我來說最舒服的狀態就是，每個人都事先知道我的故事，所以我就不用聽人在那邊推測、或是要說謊掩蓋什麼——或是解釋給別人聽。當然，你知道，我寧可事情不是這樣公開的。但事實已經至此，至少現在我不需要假裝那是一個引以為恥的歷史了。」

「我懂那種感覺。」

不久後，沉默便籠罩在三人之上，窗外的倫敦天空黑壓壓的一片。米格魯大衛保護主人般地蜷縮在亨利身邊，小碧則選了一首大衛・鮑伊的歌來彈。她低聲唱著：我將成為國王，而妳將成為皇后。亞歷克幾乎要笑了出來。這和薩拉描述暴風雨將至的情景一樣：聚在一起，祈禱沙包可以撐得住吧。

不知道何時，亨利悄悄地睡著了。亞歷克鬆了一口氣，但他還是能感覺到亨利的身體十分僵硬。

「自從新聞爆發之後，他就沒有睡過了。」小碧悄悄地告訴他。

亞歷克輕輕點點頭，看著她的臉。

「我能問妳一件事嗎？」

「洗耳恭聽。」

「我覺得有些事他還是沒告訴我。」亞歷克低語道。「我相信他說他願意，也相信他想告訴所有人真相。但是還是有些事他沒說，而這讓我覺得很緊張。」

小碧抬起眼，手指停了下來。「喔，親愛的。」她簡單地說。「他想念爸爸了。」

噢。

他嘆了一口氣，把頭埋在手心裡。當然了。

「妳能解釋給我聽嗎？」他心虛地問。「那是什麼感覺？我該怎麼做？」

她在椅墊上換了一個姿勢，把小豎琴放在地上，然後從自己的棉褲口袋裡拿一條掛著銀幣的鍊子：那是她的勒戒紀念幣。

「介意我說教一下嗎？」她微微一笑。他回給她一個虛弱的微笑，她便繼續說下去。

「所以，假設我們生來都有同一組感覺。有些人的比較寬廣、或是比較深刻，但對每個人來說，那都有一個基準點，就像派的派皮。那是你這輩子能體會到的情緒最深處。然後，一件最糟糕的事發生在你身上。最糟糕的那種。你小時候做惡夢時才會體會到的那種事，而你想著，沒關係，這件事會在我長大、變聰明之後才發生，到時候我就已經體會過更多更多情緒了，所以現在看來最糟糕、最可怕的感覺，就不會那麼可怕了。

「但是這件事卻在你小時候發生，在你的大腦還沒有發育完全前——在你幾乎什麼事都還沒經歷過的時候。那件最糟的事是你人生中最早經歷過的人事之一，而它的嚴重性直達情緒底部，所以你的感覺不得不撕破那個基準點，繼續向下挖掘，找出更多空間。而且因為你實在太年輕，又因為那是你人中最大的幾個事件之一，你永遠都要扛著它的重量前進。在那之後，每次只要有壞事發生，你的感覺就不會只停在那個基準點了——它會繼續往下沉。」

她伸手越過小小的茶几，和一小盤可憐的餅乾，碰了碰亞歷克的手背。

「你懂嗎？」她直直看進他的雙眼。「要和亨利在一起，你就必須要了解這一點。他是你這輩子會遇見最有愛、最溫柔、最無私的人，但他內心有一股憂傷和一個傷口難以癒合，你這輩子也許也永遠不會真的理解，但你必須要愛這個部分的他，就像你愛他其他的部分一樣。因為那是他的一部分。那是他的一部分，而他已經準備好要把這一切都給你了。這是我這輩子想都想不到他會做的。」

亞歷克坐在那裡，花了很長的時間去思考這段話，然後說：「我從來……從來沒有經歷過這類事情。」他的聲音沙啞。「但我一直都感覺得到。他內心有一個部分是……我沒辦法理解的。」他深吸一口氣。「但重點是，我一直都滿喜歡跳懸崖的。這是我的選擇。我愛他，就算他有這樣的情緒，正因為他有這樣的情緒。我是有意識的。我是有意識地在愛他。」

小碧溫柔地微笑。「那你就沒有什麼問題了。」

凌晨四點，他爬上床，睡在亨利背後。亨利的脊椎柔軟地突起。他經歷過了人生中最糟的事件，現在又遭遇了第二件，卻還是好好地活著。他伸出手，碰觸著亨利的肩胛骨從被單下露出的地方。他的肺正頑強地拒絕停止呼吸。這是一個一百八十三公分高的孩子，擁有著一顆桀驁不馴的心。

他小心翼翼地把自己的胸口貼在亨利的背上。那是屬於他的位置。

「這太愚蠢了，亨利。」菲力說道。「你太年輕了，不會懂的。」

亞歷克的耳朵嗡嗡作響。

今天早上，他們一起坐在亨利的廚房裡，吃著司康，一邊看著小碧留給他們的字條。她去和凱瑟琳碰面了。然後菲力就突然闖了進來，西裝歪向一邊，頭髮也沒梳，劈頭就罵亨利打破對外通訊禁令，還在這座宮殿受人監視的狀況下把亞歷克帶來，繼續讓整個家族蒙羞。

此刻，亞歷克正想著要不要用過濾式咖啡壺打爛他的鼻子。

「我已經二十三了，菲力。」亨利說道，聽得出來他很努力在保持自己聲音的平穩。「媽和爸結婚的時候也沒比我老多少。」

「對，沒錯，你覺得她的決定聰明嗎？」菲力惡毒地說。「嫁給一個大部分時間都在拍片、從來沒有侍奉過這個國家的男人，還生病離開我們，媽——」

「別說了，菲力。」亨利說。「我發誓，你自己這麼在意家族名聲，不代表他——」

「如果你會讓這種事情發生，你顯然不知道所謂的名聲是什麼意思。」菲力罵道。「現在我們唯一能做的就是把這件事掩埋起來，然後希望人們會相信這些都不是真的。這是你的義務，亨利。你最少能做到這一點吧。」

「真抱歉。」亨利說著，聲音聽起來非常痛苦，但其中也揚起了一絲反抗的語氣。「我的本質讓人這麼抬不起頭。」

「我不在乎你是不是同性戀。」菲力說道，他說出「是不是」這三個字的口氣，就好像亨利還沒有親口告訴過他一樣。「我在乎的是你選擇要這麼做，還是跟他。」他的眼神倏地轉向亞歷克，好像他此刻才終於和他們兩人一起存在於這個房間裡了。「這個人天生就是個箭靶，而你又蠢又天真又自私，才會完全不管這件事會不會毀了我們所有人。」

「我知道，菲力，老天。」亨利說。「我知道這有可能會毀了一切。我最怕的就是這個。但我怎麼知道會有什麼後果？我怎麼知道？」

「所以我就說了，太天真。」菲力告訴他。「這就是我們的人生，亨利。你一直都知道。我一直都在教你這件事。我想要當一個好哥哥，但你從來不聽。現在你該記住你在家族中的位置了。當個男人。好好承擔責任。處理這件事。這輩子至少一次，別當個孬種。」

亨利像是被人打了一巴掌般抖了一下。亞歷克現在懂了——這就是他這麼多年來被打擊的方式。也許不是每次都這麼直截了當，但每一次都是這樣，每一次都在對話中暗示著。記住你的身分。

然後他做了亞歷克最喜歡的那個動作：他抬起下巴，穩住自己。「我不是個孬種。」他說。「我也不想處理這件事。我想要他。」

菲力朝他拋來一聲尖銳而冷酷的笑聲。「你不知道自己在說什麼。你根本不懂。」

「滾開，菲力。我愛他。」亨利說。

「喔，你愛他，是吧？」他的口氣自以為是得讓亞歷克忍不住在桌面下握緊拳頭。「那你打算怎麼做，亨利？嗯？跟他結婚嗎？封他為劍橋公爵夫人嗎？讓堂堂美國第一公子成為英國女王第四順位的繼承人？」

「我可以放棄繼承權。」亨利的聲音大了起來。「我不在乎！」

「你最好敢。」菲力回嘴。

「我們有一個曾叔公也放棄繼承，因為他是一個該死的納粹，所以我的理由也不會是最糟的，對吧？」亨利大叫著。他從椅子上站起身，雙手顫抖，高高站在菲力面前，而亞歷克發現他其實比菲力還高。「你是想要維護什麼，菲力？哪一種名聲？什麼樣的家庭會說，我們接納殺人凶手，我們接納強暴、燒殺擄掠和殖民，我們會把這些都好好整理起來、收在博物館裡，但是哎呀抱歉，你是個同性戀，我們不接受？這是哪門子的禮數！我已經受夠了。我已經任憑你和祖母、還有這個該死的世界拘束我夠久了，所以我不幹了。我不在乎。你可以帶著你的家族名聲和貴族禮教去吃屎，菲力，我跟你沒什麼好說的了。」

他吐出一口長氣，轉身大步走出廚房。

亞歷克的嘴張得大大的，坐在位子上愣了幾秒。他對面的菲力面紅耳赤，看起來像是要吐了。亞歷克清了清喉嚨，站起身，扣好自己的外套。

「無論如何。」他對菲力說。「他是我這輩子見過最勇敢的男人。」

然後他也跟著離開了。

夏安看起來已經三十六小時沒有睡覺了。嗯，他看起來還是很鎮定，梳洗整齊，但是他的褲子標籤從裡頭翻了出來，他的茶杯裡散發出濃濃的威士忌味。

他們一行人正在前往白金漢宮的隱密箱型車裡，薩拉坐在夏安旁邊，雙臂交抱。她左手的鑽戒，在昏暗的倫敦清晨中閃閃發光。

「所以，呃。」亞歷克試探性地說道。「你們現在在吵架嗎？」

薩拉看著他。「沒有啊。你怎麼會這麼想？」

「喔，我只是想說因為——」

「沒事。」夏安繼續在手機上打字。「所以我們才要在私人與工作關係上講好規則。這對我們來說行得通。」

「如果你想看我們吵架，你應該要看看我發現他一直都知道你們的事的時候是什麼樣子。」薩拉說。「不然你以為那麼大的鑽戒是哪來的？」

「通常是行得通啦。」夏安改口。

「沒錯。」薩拉同意道。「再說，我們昨晚有打砲和好了。」

夏安頭也不抬地和她擊掌。

靠著夏安和薩拉共同的力量，他們想辦法安排在白金漢宮和女王會面。但他們必須走一條格外謹慎的路，好避開狗仔。這個早晨，亞歷克可以感覺到倫敦市裡瀰漫著一股電流般的氣氛，幾百萬個人的聲音在討論著他和亨利，還有接下來可能會發生什麼事。但亨利正坐在他身邊，緊握著他的手，他也握著亨利的手，而現在這樣就夠了。

當他們快要接近目的地時，有一位身材嬌小、年紀稍長的女人，有著小碧翹起的鼻尖和亨利的藍眼睛，正站在會議室外面等著他們。她戴著厚重的眼鏡，身穿一件老舊的栗色毛衣，還有一條翻邊牛仔褲，看起來和白金漢宮的走廊一點也不搭調。她褲子後面的口袋裡插了一本書。

亨利的母親轉過身來面對他們，而他看著她的表情從痛苦變成保留，再變成溫柔。

「嘿，我的寶貝。」當亨利來到她面前時，她說道。

亨利的下巴緊繃，但那不是因為憤怒，而是因為恐懼。亞歷克認出了他臉上的表情：亨利正在猶豫這份愛對他來說安不安全，但又想要義無反顧地接受。他伸手擁住自己的媽媽，讓她親吻了他的臉頰。

「媽，這是亞歷克。」亨利說，然後好像還不夠明顯似地補充道。「我的男朋友。」

她轉向亞歷克。他不知道自己該期待什麼，但她將他拉了過去，也吻了他的臉頰。

「小碧有告訴我，你為我兒子做的一切。」她說，他的目光如炬。「謝謝你。」

小碧站在她身後，看起來很累，但全神貫注。亞歷克想像著她在和母親前往皇宮之前，給她的震撼教育。她和薩拉的目光相接，一行人在走廊上會合，亞歷克突然覺得，他們所需的人手已經夠了。他不知道凱瑟琳是不是也願意加入他們。

「妳打算怎麼跟她說？」亨利問媽媽。

她嘆了口氣，推了推鏡框。「嗯，老女人不吃情緒感化那一套，所以我猜我會跟她談談政治操作。」

亨利眨眨眼。「對不起——妳說什麼？」

「我說，我是來幫忙的。」她簡潔明瞭地說。「你想要告訴大家真相，不是嗎？」

「我——對，媽媽。」他眼中閃過一絲希望的光芒。「我想。」

「那我們就試試看。」

他們在華麗的會議長桌旁坐下，在緊張的沉默中等待女王的到來。菲力也在這裡，看起來像是快要咬斷自己的舌頭了，而亨利則焦慮地拉扯著自己的領帶。

瑪麗女王身穿淺灰色的短西裝，鐵著臉現身了。她的鮑伯頭在臉頰兩側畫出精準的線條。亞歷克驚訝地發現她好高，儘管已經八十幾歲了，她的背脊依然直挺，下巴線條堅毅。她並不是一般意義上的美人，但在她精明的藍眼和稜角分明的五官，和她嘴角的紋路中，亞歷克知道這女人也是充滿了故事。

她在桌子的主位上坐下，房間裡的溫度立刻驟降。一位侍從從桌子中央拿起茶壺，倒入高級的瓷器中。她緩緩地調著茶的口味，故意讓他們等。顫抖古老的手，緩緩把牛奶倒進杯子裡。然後用精緻的銀色小茶匙舀起一塊方糖。然後又是一塊。

亞歷克咳了一聲。夏安瞪了他一眼。小碧抿起嘴。

「今年稍早，中國的總理來拜訪我。」最後，女王終於說道。她拿起茶匙，開始慢慢地攪拌。「請原諒我不記得他的名字。但他和我說了許多精采絕倫的故事，告訴我在世界上不同的角落，科技已經進步到什麼程度。你們知道，現在人們可以編輯照片，把最不可置信的事情改得像是真的一樣嗎？只需要一個簡單的……程式就行了，對吧？一臺電腦。任何不可置信的荒謬事物都能以假亂真。人的肉眼幾乎看不出差異。」

會議室裡的沉默壓得讓人幾乎喘不過氣，只有女王的茶匙繞圈時刮著瓷器底部的清脆聲響。

「恐怕我已經老得無法理解資訊是怎麼在宇宙中流通了。」她繼續說道。「但我聽說過，任何謊言都能被操作和散布。人們可以……創造出從來不存在的檔案，並且隨意安插在能讓他人輕易找到的地方。但一切都不是真的。最強有力的證據也能因此而失去可信度。」

伴隨著銀湯匙的叮噹碰撞，她把茶匙放在盤子上，終於看向亨利。

「我在想，亨利。你有沒有想過，這些報導可能都是不實的新聞？」

女王的提議就這樣明明白白地放在桌上。繼續忽視它。假裝這一切都是謊言。讓這一切消失就好。

亨利咬了咬牙。

「這是真的。」他說。「全都是真的。」

女王的臉上依序閃過一系列的表情，最後皺起眉頭，好像她的高跟鞋踩到了什麼髒東西一樣。

「既然如此，那很好。」她的視線轉向亞歷克。「亞歷山大，如果我知道你和我的孫子之間有關係，我就會堅持舉辦一場更正式的初次會面了。」

「祖母——」

「安靜，亨利，親愛的。」

凱瑟琳開口。「媽——」

女王舉起一隻乾枯的手制止她。「當碧翠絲的小問題發生時，我以為我們當時就已經在報紙上被羞辱夠了。亨利，幾年前，我也表示得很清楚，如果你朝不自然的方向發展，我們就需要採取適當的行動管束。我不懂你為什麼選擇破壞我對王位所打下的根基，而在我命令你等待進一步指示時，你又要求我和某個……男孩會面。」亞歷克可以在這個詞裡聽見她濃濃的輕視，從他的種族到他的性向，儘管她的語調仍然很有禮貌。「我不理解你為什麼要破壞我維護形象的努力。顯然，你已經失去了理智。我的立場仍然沒變，親愛的：你在家族中的身分，就是要延續我們的血脈，並維持理想中的英國菁英形象，維護王室的名聲。我無法允許你有任何差池。」

亨利低著頭，雙眼放空地盯著桌面的紋路。亞歷克可以感受到身邊的凱瑟琳身上，正散發出源源不絕的能量，在回應他胸口積聚的憤怒。那位和詹姆士．龐德私奔的公主，會叫她的孩子把他們的王國所偷走的東西歸還的公主，正在做出選擇。

「媽。」她平穩地說。「妳不覺得，我們至少該先談談其他選項的可能性嗎？」

女王的頭緩緩地轉向她。「那麼，還有哪些選項，凱瑟琳？」

「嗯，我認為還有其他方式可以解決這件事。如果我們不把它當成一件醜聞，而是對於我們家族隱私的侵犯，還有對一名戀愛中的年輕男子進行的加害手段，這會幫我們保留不少顏面。」

「而且這也是事實。」

「我們可以把這點加入我們的聲明。」凱瑟琳說，一字一句都相當精確。「我們可以挽回尊嚴。讓亞歷克成為一位正式的追求者。」

「我懂了。所以妳的計畫是，讓他選擇這條人生道路囉？」

這是他們的機會。「這是他唯一誠實的道路，媽。」

女王抿起嘴。「亨利。」她再度轉回去面向他。「如果不把事情搞得這麼複雜，你不覺得會過得比較愉快嗎？你知道我們有資源幫你找一位妻子，並且能給她豐厚的報酬。你應該能理解，我只是想要保護你。我知道這現在對你來說很重要，但你真的得好好思考一下未來。你知道這樣意味著，你會被記者糾纏好幾年，還要面對許多指控嗎？我也無法想像，那些兒童醫院是否會再歡迎你——」

「夠了！」亨利大喊。會議室裡所有人的視線都聚焦在他身上，而他像是被自己的聲音嚇到了一樣，面色變得蒼白，但他繼續說下去：「妳不能——妳不能一直透過這種威脅來逼我就範！」

亞歷克的手越過桌子下方他們兩人之間的空隙，而他的指間一碰觸到亨利的手腕，亨利就立刻緊緊握住他的手。

「我知道這會很困難。」亨利說。「我——這真的很可怕。如果妳一年前問我同一個問題，我或許會跟妳說沒關係，沒有人需要知道。但……我和妳一樣，都是一個完整的人，都是這個家的一分子。我跟你們任何人一樣都值得擁有幸福。而如果我非得一輩子假裝下去，我永遠也不會真的快樂。」

「沒有人說你不值得幸福。」菲力插嘴道。「初戀總是會讓人發瘋——為了你人生短短不到一年的時間，就拋棄掉你的整個未來，這太愚蠢了。你才二十幾歲而已。」

亨利直直地看著菲力的臉說道：「我打從離開子宮的那一刻起就是同性戀了，菲力。」

在沉默之中，亞歷克不得不咬緊自己的舌頭，才能把自己爆笑的衝動壓下去。

「好吧。」女王終於說道。她的茶杯優雅地舉在半空中，而她正隔著茶杯打量著亨利。「即便你願意承認報導中的那些指控，這也不能抹滅你的義務：你必須要綿延子嗣。」

而亞歷克的舌頭顯然咬得不夠緊，因為他忍不住脫口而出：「我們還是可以啊。」

就連亨利都刷地一聲轉頭看向他。

「我不記得我有授權讓你在我面前開口。」瑪麗女王說道。

「媽——」

「那就不得不提起代孕和捐精的議題，」菲力再度開口。「還有繼承王位的權利——」

「那些細節跟現在討論的事情有關嗎，菲力？」凱瑟琳打斷他。

「至少要有一個人把維護王室名聲這件事放在心裡，媽。」

「我非常不喜歡你的口氣。」

「我們當然可以討論假設性的問題，但現在的事實是，除了維護王室形象之外，其他一切連談都不用談。」女王放下茶杯。「這個國家就是不會接受擁有這種性取向的王子。我很抱歉，親愛的，但對他們來說，這是一種變態。」

「是對他們來說，還是對妳來說？」凱瑟琳問她。

「這樣不公平——」菲力說。

「這是我的人生——」亨利插嘴。

「我們甚至還沒有機會看看人民會怎麼回應。」

「我已經統治這個國家四十七年了，凱瑟琳。我相信我現在非常理解它的內心。從妳還是小女孩時，我就跟妳說過，妳得看得更實際一點。」

「噢，你們能不能全部閉嘴？」小碧說。她站了起來，一手揮著手中的平板。「你們看。」

她把平板重重放在桌面上，讓瑪麗女王和菲力都能看見。凱瑟琳、亨利和亞歷克都站了起來，跟著一起看。

那是一則BBC的新聞剪輯。雖然平板是靜音的，但亞歷克讀了螢幕下方的跑馬燈：**世界各地發聲支持亨利王子與美國第一公子。**

螢幕上的畫面讓房間裡變得一片寂靜。紐約畢克曼飯店外舉辦了一場遊行，點綴著滿滿的彩虹旗，人們揮舞著看板，上頭寫著如「我們心中的第一公子」之類的標語。巴黎的一座橋上掛著一張布條，上頭寫著「亨利＋亞歷克到此一遊」。墨西哥市的一面牆上畫著潦草的壁畫，用藍色、紫色與粉紅色畫出亞歷克的臉，頭頂上戴著一頂皇冠。倫敦的海德公園中，一群人拿著彩虹色的英國國旗，舉著看板，上頭貼滿從雜誌上撕下來的亨利照片，海報上寫著：「釋放亨利」。一個剃了平頭的女人對著每日郵報的辦公室窗戶比中指。一群青少年聚在白宮前，身穿自製的T恤，上頭用麥克筆寫著歪斜的字，但亞歷克認得那是他自己的郵件裡寫的句子：歷史，是吧？

亞歷克試著吞嚥，但他做不到。

他抬起眼，發現亨利也正看著他，半張著嘴，雙眼濕潤。

凱瑟琳公主轉過身，緩緩走到房間的另一邊，來到會議室東側的高窗前。

「凱瑟琳，不要——」女王說，但凱瑟琳用雙手抓住厚重的窗簾，將它一把拉開。

一抹炫目的陽光與色彩將房裡的空氣都推了出去。

白金漢宮前的廣場上，一大群人拿著布條、看板、美國國旗、英國國旗、彩虹旗，在頭頂上揮舞搖晃著。這沒有王室婚禮時圍觀的群眾來得多，但依然人數可觀，擠滿了人行道，貼在白金漢宮的大門上。

亞歷克和亨利是從後門被送進來的——他們都沒有看到。

亨利小心翼翼地來到窗邊，亞歷克從房間的另一端，看著他伸出手，用指尖滑過玻璃。

凱瑟琳轉向他，顫抖地吐出一口氣。「喔，親愛的。」然後將他拉到自己胸前，儘管他比她高了將近三十公分。亞歷克不得不別開視線——雖然經歷了這麼多，這還是感覺太私人，不是他這個外人能窺視的。

女王清了清喉嚨。

「這……並不能代表一整個國家的態度。」她說。

「老天啊，媽。」凱瑟琳放開亨利，憑著保護他的本能，將他推到身後。

「正因如此，我才不希望你們看到。你們的心太軟，無法承受事實真相，凱瑟琳。這個國家的大多數人，仍然想要傳統的模式。」

凱瑟琳挺起胸膛，當她再度回到桌邊時，她已經做好了準備。這是王室血統的產物，但她看起來更像是弦上不得不發的箭。「當然了，媽。肯辛頓的保守黨和想脫歐的傻瓜們當然不想要改變作法。但這不是重點。妳真的認為事情沒有改變的空間嗎？或是，沒有事情需要被改變？我們能夠真正留下一些名聲，留下希望、愛與改變。而不是在二次世界大戰後我們一直緊抓著的半瓶水和苦毒——」

「不准妳這樣和我說話。」瑪麗女王冷酷地說，一隻顫抖而古老的手仍然放在自己的茶匙上。

「我已經六十歲了，媽。」凱瑟琳說。「我們現在不能稍微拋開禮教不談嗎？」

「毫無尊重可言。連一絲絲對於神聖的——」

「或者，我應該要把我的一些疑慮拿去和國會討論？」凱瑟琳傾身靠近瑪麗女王的臉。亞歷克認出她眼中閃爍的光芒。他從沒想過——他一直以為亨利是遺傳自他的爸爸。「妳也知道，我的確認為工黨已經厭倦了這些老守衛了。我在想，如果我和他們提起那些妳一直忘記去參加的會議，或是妳一直搞不清楚的國家名稱，他們或許會覺得，統治這個國家到八十五歲，就是英國人期待妳服侍這個國家的期限了？」

女王的手顫抖得更加嚴重，但她的下巴很緊繃。整個房間一片死寂。「妳不敢這麼做的。」

「我不敢嗎，媽媽？妳想試試看嗎？」

她轉過身去面向亨利，亞歷克很驚訝地在她臉上看見淚水。

「對不起，亨利。」她說。「我讓你失望了。我讓你們都失望了。你需要媽媽，而我卻不在。我以前好害怕，我開始覺得，也許把你們藏起來會是最好的選擇。」她轉回去面對她的母親。「媽，看看他們。他們不是世界遺產的一部分。他們是我的孩子。我拿我的生命，還有亞瑟的生命發誓，在妳讓他們經歷到我所經歷的感覺之前，我就會把妳從王位上拉下來。」

房間的空氣凝結了令人窒息的幾秒，然後：

「我還是不覺得——」菲力開口，但小碧拿起桌子中央的茶壺直接倒在菲力的大腿上。

「喔，我真的非常抱歉，菲力！」她抓住他的肩膀，哇哇大叫著把他推向門邊。「我真是笨手笨腳的。你知道，我覺得我以前嗑的那些古柯鹼真的讓我的反射神經變得很遲鈍呢！我們去把你弄乾淨吧，好嗎？」

她把他架了出去，回頭對亨利比了一個大拇指，同時在身後把門關上。

女王的視線落在亞歷克和亨利身上。而亞歷克終於在她的眼中看見了：她害怕他們。她怕他們會破壞她花了一輩子的時間在維護的，美好的、虛有其表的形象。他們嚇壞她了。

而且凱瑟琳沒有要讓步的意思。

「嗯。」瑪麗女王說。「我想是吧。我想你們沒有留給我太多選擇，對不對？」

「喔，妳當然有選擇，媽媽。」凱瑟琳說。「妳一直都有選擇，也許今天妳會選正確的那一個。」

在白金漢宮的走廊上，房門一在他們身後關上後，他們便向一旁倒去，撞上牆上的一條掛毯，兩人上氣不接下氣，頭暈目眩，卻笑得合不攏嘴。亨利把亞歷克拉向他，親吻他，在他耳邊一次又一次地說著，我愛你我愛你我愛你，而且沒關係，現在讓別人看到也沒關係了。

在前往機場的時候，他看見了那幅塗鴉，畫在一面磚牆上，在灰色的街道上，鮮明的色彩形成了強烈對比。

「等等！」亞歷克對著司機喊道。「停！停車！」

從這麼近的距離來看，這幅兩層樓高的塗鴉好美。他想不透，怎麼有人能夠這麼快地畫出這麼美的東西。

那是他和亨利，面對著彼此，被一顆亮黃色的太陽籠罩。他們被畫成了韓索羅和莉亞公主。亨利穿著全白的服裝，頭髮裡閃爍著星光。亞歷克則打扮成粗曠的走私客，腰上插著一把爆能槍。一名貴族和一個流氓，兩人環抱著彼此。

他用手機拍了一張照片，用顫抖的手指發了一則推特貼文：

永遠別跟我說不可能。

飛越大西洋上方時，他打了一通電話給茱恩。

「我需要妳幫我個忙。」他說。

他聽見茱恩在電話的另一端按下原子筆的清脆聲響。「你要我寫什麼？」

14

［推特內文］

Jezebel @Jezebel

請觀賞：華府摩托車女同志團體將抗議者從威斯特布路浸信會，一路趕到賓州大道去了。沒錯，畫面跟標題一樣精采。

bit.ly/2ySPCRj

晚間九點十五分——二〇二〇年，九月二十九日

亞歷克第一次以第一公子的身分來到賓州大道時，差點整個人摔進草叢裡。

記憶在他心中依舊鮮明，儘管那一整天都感覺很不真實。他記得禮車的內裝，也還記得自己多麼不習慣皮革在濕黏的手掌下的觸感。他人生地不熟，緊張兮兮地貼著車窗玻璃，看著窗外的人潮。

他記得自己的媽媽，長髮拉到腦後，繫成一個優雅而不失俐落的髮髻。她在做市長的時候梳的是低的髮髻，第一天進白宮上班的時候也是，第一天成為發言人時也是。但那一天她梳得

很高。她說她不希望有東西讓她分心。他覺得那讓她看起來變得更強硬，好像如果情況真的太糟，她隨時都可以和人展開拳腳搏鬥，彷彿她在鞋裡藏了一把剃刀。她坐在他對面，繼續背誦著她的講稿。她的衣領上別著一顆二十四K金的美國國旗，而亞歷克驕傲得覺得自己像是要吐了。

接下來的某一刻，場景就切換了——愛倫和里歐被送去北側入口，亞歷克和茱恩則被帶往另一個方向。他對於幾樣東西特別印象深刻。他的袖釦，是特別訂製的純銀X型翅膀。白宮西側牆上的石膏有一點點磨損，那天是他第一次近距離看見。他的鞋帶鬆了。他記得自己彎腰去繫鞋帶，因為太緊張而失去平衡，茱恩一把抓住他的夾克，以免他當著七十五臺攝影機的面栽進帶刺的玫瑰花叢中。

那一刻，他決定再也不允許自己緊張。作為第一公子的亞歷克．克雷蒙—迪亞茲，或是剛要崛起的政治新星亞歷克．克雷蒙—迪亞茲，都不行。

現在，他是國際政治性醜聞的主角，以及英國王子的男友，亞歷克．克雷蒙—迪亞茲。他再度乘著一輛禮車來到賓州大道，車外又有一大群民眾。那種迫在眉睫的感覺又回來了。

車門打開時，茱恩正站在那裡，身穿一件亮黃色的衣服，上頭寫著：「歷史，是吧？」

「你喜歡嗎？」她說。「路口那邊有個男的在賣。我拿了他的名片。下一期的 Vogue 專欄，我就要來寫這件。」

亞歷克撲向她，她被抱得幾乎雙腳離地，大喊著扯他的頭髮，兩人便歪歪倒倒地跌進一旁的樹叢裡，一如他的宿命。

他們的媽媽正在進行會議馬拉松，所以他們溜到杜魯門陽臺上，邊聊天邊喝著熱可可和吃甜甜圈。阿波試著在兩邊幫忙傳話，但他的資訊實在不夠即時。當她聽到飛機上的那通電話時，茱恩便哭了出來，接著當他講到亨利反駁菲力的地方時，又哭了第二次，最後講到白金漢宮外的人群，她便哭了第三次。亞歷克看著她發了大概一百個愛心的表符，而他回了她一段影片，裡頭是他和凱瑟琳一邊喝著香檳，一邊欣賞小碧用電吉他彈奏《天佑女王[113]》。

「好吧，現在還有一件事。」後來，茱恩說。「諾拉已經消失兩天了。」

亞歷克瞪大眼看著她。「什麼意思？」

「我的意思是，我打了電話、薩拉也打了電話。麥可和她爸媽也都打了電話，但她一通都不接。她公寓樓下的警衛說她這段時間都沒有離開。顯然她『很好，只是很忙』。我試著直接跑去找她，但她叫門房不要讓我進去。」

「這……滿讓人擔心的。而且，呃，感覺有點討厭。」

「對啊，我知道。」

亞歷克轉開身，往欄杆走去。在這樣的狀況下，他很需要諾拉讓人尷尬的態度，或者說，他很需要自己最好朋友的陪伴。他覺得她好像在他最需要她的時候遺棄了他，這讓他有一種被背叛的感覺——尤其是現在茱恩和他都很需要她。當最壞的事情發生在她周遭時，她似乎總是喜歡把自己埋在特別複雜的計算裡。

「喔，對了。」茱恩說。「你要我幫忙的東西，我已經弄完了。」

113　《天佑女王（God Save the Queen）》，英國國歌。

她的手伸進褲子口袋裡，拿出一張摺起來的紙。他掃過了前面幾行。

「我的天啊，老姐。」他說。「我——天啊。」

「你喜歡嗎？」她看起來有點緊張。「我想要抓到你的人格特質，你在歷史中的地位，還有你的身分對你來說有什麼意義，然後——」

他用另一個熊抱打斷了她的話，眼中含著淚水。「超完美的，茱恩。」

「哈囉，第一姐弟。」一個聲音說道。亞歷克把茱恩放下，看見艾米站在陽臺與橢圓辦公室相連的門口。「總統女士請你們去她的辦公室。」她的注意力轉向自己的耳機，認真地聽了幾秒。「她要你們帶甜甜圈過去。」

「她為什麼每次都知道？」茱恩喃喃自語著，彎身拿起盤子。

「藍帽花和梭魚上路了。」艾米碰了碰耳機說道。

「我還是不敢相信你選了一個這麼白痴的代號。」茱恩對他說。亞歷克在前往門口的時候絆了她一腳。

甜甜圈已經吃完兩個小時了。

一、沙發：茱恩正坐在那裡，綁著平底鞋的鞋帶、拆開、又重綁一次，因為她實在沒別的事好做。二、遠端的牆邊：薩拉正忙著用手機發出一封又一封的郵件。三、辦公桌：愛倫埋首於概率投影的資料之中。四、另一張沙發：亞歷克正在數數。

橢圓辦公室的門被人用力推開，諾拉衝了進來。

她穿著一件有著漂白水漬的「七二年議員請投赫羅蘭」的圓領運動衫，表情像是被關在防空洞裡十年、第一次重見天日的人，狂亂、睜不開眼睛。在她衝向愛倫的桌邊時，還差點撞翻亞伯拉罕・林肯的半胸像。

亞歷克跳了起來。「妳到底跑到哪裡去了？」

她把一個厚厚的資料夾摔在桌上，然後半轉過身來面對亞歷克和茱恩，上氣不接下氣。「好啦，我知道你們都很生氣，你們也都有權生氣，但是──」她雙手撐著桌面，用下巴示意桌上的文件夾。「我花了兩天時間在家弄這個，等你們看過之後，我發誓你們絕對氣不起來了。」

亞歷克的母親眨著眼，有些煩躁。「諾拉，親愛的，我們正在想辦法──」

「愛倫。」諾拉喊道。房間瞬間變得死寂，諾拉僵住，突然意識到自己是在跟誰說話。「呃，女士。我的第二個媽媽。拜託，妳必須看一下這個。」

亞歷克看著他媽媽嘆了口氣，放下筆，然後拉過放在她面前的資料夾。諾拉看起來像是要昏倒在桌上了。他轉頭看向對面沙發上的茱恩，發現她也和他一樣毫無頭緒，然後──

「夭……夭壽。」他媽媽說著，臉上的表情混合著憤怒與不可思議。「這是──？」

「沒錯。」諾拉說。

「還有──？」

「嗯哼。」

愛倫一手捂住嘴。「妳是怎麼拿到這些的？不對，我重說一次──妳是怎麼拿到這些的？」

「好，是這樣的。」諾拉從桌邊退開，向後踏出一步。亞歷克不知道現在到底發生了什麼事，但他知道這件事一定非同小可。諾拉開始踱步，雙手緊緊抓住自己的額頭。「郵件外洩的那一天，我收到一封匿名郵件。擺明了是個馬甲帳號，但沒辦法追蹤。我試過了。那個人寄了一條連結給我，點開之後，我發現是一個超大的線上資料庫，然後對方告訴我，他是個駭客，並且擁有理查競選團隊的內部信箱伺服器所有的內容。」

亞歷克瞪大眼看著她。「什麼？」

諾拉回望。「我知道，很扯。」

一直雙手交抱、和愛倫一起站在桌子後方的薩拉，插嘴問道：「那妳為什麼沒有把這件事通報給任何正式的管道？」

「因為我一開始不確定這到底是不是真的。等我確定之後，我又不信任任何人來處理這件事。那個人說他選擇寄信給我，是因為我個人有在調查亞歷克的狀況，而且一旦我知道了，我就會立刻開始尋找他們沒有時間找的東西。」

「是什麼？」亞歷克不敢相信自己還是得問。

「證據。」諾拉的聲音開始顫抖。「證明理查他媽的陷害你的證據。」

茱恩低聲咒罵的聲音從遠處傳來，她站起身，往房間另一端的角落走去。亞歷克的膝蓋撐不住了，於是再度跌坐在沙發上。

「我們……我們的確是懷疑共和黨有涉入其中。」他媽媽說。她繞過桌子，身上還穿著燙得直挺的灰色洋裝，卻跪在他面前的地上，將那一疊資料抱在胸前。「我也有派人去查。但我從來沒想過……這整件事，都是由理查那裡一手主導的。」

她把資料夾裡的東西全攤開在房間中央的茶几上。

「檔案庫裡有成千上萬封的電子郵件。」諾拉說著的同時，亞歷克則爬上地毯，來到桌邊一起看著那些紙張。「我發誓，裡面有三分之一都是假帳號，但我寫了一組程式，把有意義的郵件篩選到剩下三千封左右。然後我就手動爬完了那些郵件。這邊是所有和亞歷克跟亨利有關的郵件。」

亞歷克先是注意到自己的臉。頁面上是一張照片，失焦、模糊不清，由遠距鏡頭拍攝，幾乎看不清楚上面的影像。直到他在照片邊緣看見優雅的乳白色窗簾。這是亨利的房間。

他看著照片上方的文字，發現這張照片是附加在一封郵件裡，文字寫道：否決。尼爾森說這不夠清楚。你得告訴P，我們不會為這種看起來像假照片的東西付錢。尼爾森。理查助選團隊的負責人，尼爾森。

「是理查幫你出櫃的，亞歷克。」諾拉說。「你一退出助選團，這一切就開始了。他找了一間有駭客的事務所，從畢克曼那裡弄到了監視器的畫面。」

他媽媽在他身邊，嘴裡咬著熒光筆的筆蓋，開始在紙上畫出一條條明亮的顏色。他的右邊也有人開始動作：薩拉拉過一疊紙，開始用紅筆畫記。

「我——我沒有拿到匯款帳號或是那一類的資訊，但如果你仔細看郵件，就會看到收據、發票、還有提出委託的信件。」諾拉說。「全部都在這裡，都是走後門、掮客公司和假名，但是——一切都有留下電子足跡。足夠展開聯邦調查了。這樣應該會查出一些資金流動的東西，我猜。基本上就是，理查找了一間雇用攝影師的公司，跟蹤亞歷克，再讓駭客駭進你的伺服器，然後再找一間第三方公司買下這些資訊，轉賣給每日郵報。總體來說，他們就是找傭兵來監視第一家庭的成員，並且侵害白宮的資訊安全，試圖炒作一起性醜聞，好贏得總統大選，這根本就是屁——」

「諾拉，妳能不能——」茱恩突然說道。她已經回到沙發上了。「等等，拜託。」

「抱歉。」諾拉說。她重重坐下。「我喝了九罐紅牛，把所有東西都看完，又吃了兩顆大麻糖果來平衡我的腎上腺素，所以現在我超嗨的，像是在坐雲霄飛車。」

亞歷克閉上眼睛。

他眼前有好多東西要吸收，而他現在不可能一次全部理解，而且他現在很生氣，氣炸了，但他至少知道自己現在是什麼情緒。他可以想辦法處理。他可以到外面去。他可以走出這間辦公室，打給亨利，告訴他，我們現在安全了。最糟的部分已經結束了。

他再度睜開眼，看著桌上的紙頁。

「現在我們要拿這些怎麼辦？」茱恩問。

「我們可以把它們流出去嗎？」亞歷克提議。「維基解密——」

「我什麼都不會給他們。」愛倫立刻頭也不抬地打斷他。「尤其是在他們這樣對你之後。這可是玩真的。我要把這個王八蛋一舉打敗。這件事必須要鬧得夠大。」她把螢光筆放下。

「我們要把它外流給媒體。」

「除非理查那邊有人出來證明這些郵件是真的，不然沒有主流媒體會買帳的。」茱恩指出。「這種事情要花好幾個月耶。」

「諾拉。」愛倫死死盯著她。「妳有辦法追蹤寄資料庫給妳的人嗎？」

「我試過了。」諾拉說。「他有用什麼方法保護他的身分。」她從衣服裡拿出自己的手機。「我可以給你看他的郵件。」

她滑了螢幕幾下，然後把手機放在桌面上。這封郵件就和她形容的一樣，簽名檔是一串顯然是亂碼的數字和英文：2021 SCB. BAC CHZ GR ON A1。

2021 SCB。

亞歷克的視線停在最後那一排字上。他拿起手機，盯著那行字。

「靠。」

他一直瞪著那排愚蠢的字母。2021 SCB。

南科羅拉多大道二〇二一號。

那是那年夏天在丹佛時，距離辦公室最近的一間速食漢堡店。他還記得那時候他每週至少要去拿一次的外帶餐點。培根起司漢堡。烤洋蔥。A1醬料。亞歷克對那份餐點可以說是倒背如流了。他感覺自己快要笑出來了。

這是一串密碼，只屬於亞歷克一個人：你是我唯一信賴的人。

「他不是駭客。」亞歷克說。「是拉斐爾．路那。他可以幫你證明。」他看向媽媽。

「如果妳能保護他，他就可以幫妳作證。」

［音樂開場：十五秒真命天女合唱團的[114]一九九九年單曲《鈔票、鈔票、鈔票》純音樂版］

旁白：歡迎來到長聲電臺，您正在收聽「法律面面觀」，主持人是紐約大學憲法教授，奧立佛．威斯布魯克。

［音樂結束］

威斯布魯克：嗨，我是奧立佛．威斯布魯克，還有我充滿耐心、才華、慈愛的可愛製作人，蘇菲亞。我愛她，如果少了她，我就會失去目標、迷失在一片壞點子所匯集成的汪洋之中，自生自滅。我們愛你。打個招呼吧，蘇菲亞。

蘇菲亞．賈娃，長聲電臺製作人：哈囉，請盡快前來支援。

威斯布魯克：您現在收聽的是「法律面面觀」。每週本節目旨在以淺顯易懂的方式，解析

114 真命天女合唱團（Destiny's Child），美國的節奏藍調女子樂團，碧昂絲（Beyoncé）是原始成員之一。《鈔票、鈔票、鈔票（Bills, Bills, Bills）》是其代表歌曲之一，英文的「bill」又能譯為「法案」。

現在國會發生的事和我們有什麼關係，還有我們身為民主的一分子，能做些什麼貢獻。

各位收音機前的觀眾朋友，幾天前，我還準備了一個完全不同的節目內容，但現在我覺得那個講稿完全沒有拿來講的必要了。

我們先花一點時間來複習一下華盛頓郵報今早爆出的消息吧。我們看到了由匿名消息來源發出、由理查陣營的匿名消息來源所證明的電子郵件，清楚指出傑弗瑞．理查——或至少他助選團隊裡的高層——一手主導了這齣可怕的鬧劇，可憐的亞歷克．克雷蒙——迪亞茲遭人跟蹤、監視、駭入、並公開了私人資訊，就為了在普選時扳倒愛倫．克雷蒙。然後——蘇菲，那是多久之前啊？四十分鐘之前嗎？——在我們節目開播前四十分鐘，議員拉斐爾．路那在推特上宣布要和理查分道揚鑣。

所以，哇喔，一夕之間風雲變色。

我們應該不用花時間討論這個消息來源是誰了。擺明了就是路那。從我的角度來看，我只覺得這個人——也許他一開始就不想加入他們，也許他早就有了二心。或者，其實他根本就想要煽動這個團隊做類似這種事——蘇菲亞，我可以這樣說嗎？

賈娃：什麼時候有人阻止得了你了？

威斯布魯克：說得好。總之，賈斯伯床墊贊助我一大筆錢，要我做分析華府動態的廣播節目，所以我就要開始了。雖然過去幾天發生在亞歷克．克雷蒙——迪亞茲——和亨利王子——

身上的這些事實在很骯髒，在節目上這樣聊起這些事也顯得很廉價，很噁心，但從我的觀點來說，今天我們看見的新聞，我有三個大重點。

一、第一公子並沒有做錯任何事情。

二、傑佛瑞．理查對於現任總統做出如此有攻擊性的行為，我等不及看他選輸之後聯邦調查局會採取什麼手段了。

三、拉斐爾．路那大概是二〇二〇總統大選最不一樣的英雄。

他們必須發表一場演說。

不只是聲明稿了，而是一場演說。

「這是妳寫的？」他媽媽抓著茱恩在陽臺上遞給他的那張紙。「亞歷克叫妳把我們媒體祕書寫的聲明稿報廢，然後寫了這篇東西？」茱恩咬著嘴唇點點頭。「這——這太棒了，茱恩。我怎麼沒讓妳負責寫我們所有的講稿啊？」

他們覺得西廂房的媒體簡報室太沒有人情味了，所以他們便把記者全聚集到一樓的外交接待大廳。這是羅斯福總統錄製爐邊閒談的房間，而亞歷克要在這裡發表演說，並且希望全國人民不要為了真相而討厭他。

他們把亨利從倫敦接來，一起接受訪問。他會和亞歷克並肩坐在一起，以政治家配偶的身分現身。亞歷克的腦子不斷在思考這件事。他一直在想像：一小時之後，全美國數百萬臺電視將會同步播出他的臉、他的聲音、茱恩寫的字句，而亨利會在他身邊。每個人都會知道了。當然每個人都已經知道了，但他們不懂。

一小時之後，全美國的人都可以透過螢幕看見美國第一公子，和他的男朋友。

在大西洋的另一端，會有一樣多人從酒吧裡的啤酒杯上看著電視，或是和家人們坐在一起享用晚餐，或是一邊享受著寧靜的夜晚，一邊看著他們最年輕、最英俊的王子，那個白馬王子。

就是今天。二〇二〇年九月十七日。整個世界都會看著，他們將會被記錄在歷史裡。

亞歷克坐在南側草坪上等著，看著甘迺迪花園裡的椴樹，那是他們第一次接吻的地方。海軍一號伴隨著一連串的噪音、巨風和風扇運轉而降落，亨利走下飛機，穿著一身的 Burberry 套裝，看起來非常戲劇化、風塵僕僕，像是一位乘風而至的英雄，準備要來大開殺戒、拯救被戰爭撕毀的國家，亞歷克不由得大笑起來。

「幹嘛？」當亨利看見亞歷克的表情時，亨利便對著他大喊。

「我的人生是個宇宙級的大笑話，而且你還不是個真人。」亞歷克笑得喘不過氣。

「什麼？」亨利又喊了一次。

「我說你看起來很帥，寶貝！」

他們溜進一個樓梯間，在那裡親熱了片刻，直到薩拉找到他們，然後把亨利拖去為上電視做最後的準備。然後他們就被送進了外交接待大廳。是時候了。

是時候了。

他花了長長的一年時間認識亨利的裡裡外外，也認識了自己，更知道自己還有多少要學的。而現在，是時候走出來面對人群，站上講臺，自信地和所有人宣布這一切。

他對於自己的感覺毫不懼怕。他也不畏懼直接說出口。他只是害怕說出口之後的後果。

亨利輕輕碰了碰他的手，兩隻手指抵著他的手掌。

「我們這輩子還剩下五分鐘的時間。」他苦哈哈地笑了一聲。

亞歷克朝他伸手，把大拇指貼在他的鎖骨上，滑到他的領結下方。領帶是紫色的絲綢製品，亞歷克正數著他的呼吸。

「你是我這輩子最爛的決定。」他說。

亨利的嘴角緩緩露出微笑，而亞歷克湊上去吻他。

［逐字稿：美國第一公子亞歷克・克雷蒙—迪亞茲於白宮發表，二〇二〇年十月二日］

早安。

我是美國的孩子，一直都是——自始至終。

這個國家養育了我。我在德州的丘陵與牧場之間長大，但在我學會怎麼開車之前，我就已經去過了三十四個州。當我在五年級得了腸胃炎時，我媽媽寄給學校的請假條，是寫在副總統畢頓的假期通知書後面。抱歉了，校長——當時我們在趕時間，而那是她手邊僅有的一張紙。

我十八歲的時候第一次在大家面前演說，當時是在民主黨的費城全國大會舞臺上。我為我母親開場，宣布她要參選總統。你們為我歡呼。我那時還很年輕，充滿希望，而你們讓我成為了美國夢的具象化：一個生來就有兩種母語的男孩，一個多元化、美麗而充滿包容力的家庭，也能在白宮落腳。

你們在我的衣領上別了美國國旗，告訴我：「我們會挺你。」今天站在你們面前，我希望這段時間以來，我沒有讓你們失望。

幾年前，我遇到了一名王子。當時我並不了解，但他也是受他的國家養育長大。

事實是，亨利和我從今年初就已經在一起了。事實是，就像你們所讀到的那樣，我們每天都在掙扎，因為這對我們的家庭、我們的國家、和我們的未來都造成了許多影響。事實是，我們都必須做出妥協，我們每天晚上都睡不好，就是希望我們有時間能用適當的方式，讓這世界知道我們在一起的事實。

我們卻連這個自由也被剝奪。

但同時，這也是事實：愛是不屈不撓的。美國一直都相信這一點。因此，今天站在這裡，我並不羞愧；這是許多位總統曾經矗立的地方，而我要在這裡說我愛他，一如傑克愛著蘿絲、或是林頓愛著淑女鳥。每個在後世留名的人都選擇了一位能和他並肩承擔的伴侶，而美國人會將他們一同收藏在心中、記憶中、以及歷史書裡。所以，美國人啊：我選擇了他。

就像許多其他人一樣，我也很害怕把這些話大聲說出口，因為我懼怕說出來的後果。對於你們，我要這麼說：我看見你們了。我是你們的一分子。只要我還在白宮裡的一天，你們也都有份。我是美國的第一公子，而我是雙性戀。歷史會紀念我們。

如果我能向美國的人民要求一件事，那就是：請不要讓我的行為影響你們十一月的決定。你們今年要做的決定，遠遠超越我能說或做的一切，而且將會決定這個國家未來幾年的命運。我的母親，也就是你的總統，是一名勇士、一名冠軍，是每個追求成長、卓越與昌盛的美國人都值得的人選。請別因為我的行為而退卻。請媒體不要將焦點放在我或亨利身上，而是關注這場選舉，關注政見，關注這場選舉中至關重大的數以百萬計的人民生命與生計。

最後，我希望美國仍然記得，我依舊是你所養育成人的兒子。我的血液仍然來自於德州的洛美塔和加州的聖地牙哥和墨西哥城。我依然記得你們在費城為我歡呼的聲音。我每天都惦記著你們的故鄉，惦記著我在愛達荷、在奧勒岡、在南卡造勢活動中遇到的家庭。我一直以來的目標都沒有改變過：我希望我是你們言而有信的第一公子。而我希望，當一月的就職典禮到來時，我還能繼續擔任這個角色。

在演說結束後的二十四小時，他的印象是一片模糊，但有幾個畫面會在他的記憶裡停留一輩子。

第一個畫面：隔天早上，一群新的人潮聚集在國家大草坪上，這是他所見過最大一群人。基於維安考量，他只是待在官邸裡，但他和亨利和茱恩和諾拉還有他的三位家長，一起坐在二樓的客廳裡，看著CNN的現場直播。直播中的一個畫面是艾米站在歡呼的群眾第一排，穿著茱恩的黃色「歷史，是吧？」T恤，別著一個彩虹旗的別針。她的旁邊則是卡修斯，肩上扛著艾米的妻子，她身上穿的那件外套，亞歷克認出那是艾米在飛機上繡的牛仔外套，上頭繡著彩虹旗的顏色。他歡呼得太用力，不小心把自己的咖啡打翻在喬治・布希最喜歡的地毯上了。

另一個畫面：傑佛瑞・理查議員愚蠢的山姆大叔臉出現在CNN上，說著他對於克雷蒙總統保護傳統家庭價值的公平性有多麼擔憂，因為她的兒子在開國元老們的神聖之地上做的那些事簡直是一種褻瀆。接著是奧斯卡・迪亞茲議員透過衛星畫面回應，說克雷蒙總統的首要重點是維護憲法，而白宮的建造並不是靠開國元老們，而是靠奴隸。

最後一個畫面：當拉斐爾・路那從桌上的文件抬起頭，看見亞歷克站在他的辦公室門前時，他臉上的表情。

「你的助理到底是幹嘛用的？」亞歷克說。「從來沒有人阻止我直接走進來啊。」路那臉上戴著眼鏡，看起來好像好幾週沒有刮鬍子了。他微笑著，似乎有點擔心。

在亞歷克解譯了郵件裡的密碼之後，他媽媽就親自打了電話給路那，一句話也沒問，並且告訴他，只要他願意幫她把理查扳倒，她就會給他完整的證人保護。他知道他爸爸也有和路那保持聯絡。路那知道他的父母們都沒有記仇，但這是他們兩人自己第一次見面。

「還不是我每聘一個助理，都有交代他們直接放你進來，你也太自我感覺良好了吧。」路那說。

亞歷克咧嘴一笑，伸手進口袋裡，拿出一包彩虹水果糖，反手拋到路那桌上。

路那低頭看著糖果。

椅子就在他的桌邊。他把椅子推出來。

亞歷克還沒有機會感謝他，也不知道自己該從何開始。他甚至不知道這是不是開口要說的第一件事。他看著路那打開糖果的袋子，把裡頭的彩虹糖倒在文件上。

空氣中瀰漫著疑問的氣氛，他們都心知肚明。亞歷克不想開口問。他們才剛得回路那。他怕在他知道答案了之後，他們又會再失去他。但他必須知道真相。

「你原本就知道了嗎？」他最後終於開口。「在那發生之前，你就知道他要這樣做了嗎？」

路那摘下眼鏡，陰鬱地放在他的記事簿上。

「亞歷克，我知道我……完全破壞了你對我的信心，所以我不怪你這樣問我。」他向前靠在自己的手肘上，視線強烈而專注。「但我必須要讓你知道，我絕對、絕對不會刻意讓這種事發生在你身上。永遠不會。直到事情發生了，我才知道。跟你一樣。」

亞歷克吐出一口長氣。

「好。」他看著路那向後靠回椅子上，看著他臉上的線條，似乎比原本更深了一點。「所以是發生什麼事？」

路口嘆了一口氣，一聲沙啞、疲倦的聲音從喉頭逸出。那個聲音讓亞歷克想起他爸爸在湖邊告訴他的事，他說路那還藏著某些事。

「所以。」他說。「你知道我以前在理查手下實習過嗎？」

亞歷克眨眨眼。「什麼？」

路那發出一聲毫無笑意的笑聲。「對，你不可能知道的。理查非常小心地確保他把所有的證據都清得一乾二淨。但是，沒錯，二〇〇一年的時候。我十九歲。他那時候還是猶他州的總檢察長。」

路那解釋，那時候在比較基層的員工之間會有一些傳言。通常會是女性實習生，但有時候，也會出現特別俊美的男孩——像他這樣的男孩。理查給了他很多承諾：導師、人脈，只要他願意下班之後陪他喝一杯就好。他的言外之意就是他不能拒絕。

「那時候我什麼都沒有。」路那說。「沒有錢，沒有家人，沒有人脈，沒有經驗。所以我就想：『這是你唯一入門的方法了。也許他是認真的。』」

路那頓了頓，深吸了一口氣。亞歷克的肚子不太舒服地揪了一下。

「他派了一輛車，讓我和他在一間旅館見面，把我灌醉。他想要——他試著——」路那垮下臉，沒有把這句話說完。「總而言之，我有逃走了。我記得那天晚上回家之後，我的室友看了我一眼，然後就給了我一根菸。順帶一提，我就是那時候開始抽菸的。」

他一直看著桌面上的彩虹糖，一面動手把紅色和橘色的分開，但此刻他抬眼看向亞歷克，露出一個苦澀、歪斜的微笑。

「隔天我還像是沒事一樣繼續去上班。我會和他在休息室裡面閒聊，因為我希望這件事情就這樣過了。但那也是我最自我厭惡的部分。所以他第二次寄電子郵件給我的時候，我直接走進他的辦公室，跟他說如果他要繼續煩我，我就要去找報紙爆料。然後他就拿出一份資料夾。

「他稱之為一個『保險政策』。他知道我青少年時期做過的事，我是怎麼被我家人踢出去的，還有我在西雅圖待過的一間青少年收容中心。他也知道我有非法移民的家人。他告訴我，如果我敢提起任何一個字，我這輩子不僅再也沒有機會展開政治生涯，他還會毀了我的人生。他會毀了我家人的人生。所以我就乖乖閉嘴了。」

當他們的雙眼再度對視時，他的眼神很冰冷、很尖銳。像是一扇緊緊關上的窗戶。

「但我從來沒有忘記過。我在參議員裡看到他，他看我的樣子就好像我欠他什麼一樣，因為他沒有在他有機會的時候把我給毀了。我知道他會不擇手段地做盡骯髒事，去打贏這場選戰，而我不能讓一個該死的掠食者成為這個國家最有權力的人，所以只要是我能力所及，我就要想辦法阻止他。」

他轉過身，肩膀像是在抖掉一小朵雪花般晃了一下，旋轉他的椅子好拿起幾顆彩虹糖拋進嘴裡。他想要表現得雲淡風輕，但他的手並不穩。

他告訴亞歷克，他決定加入理查的時間是這個暑假，當他在電視上看見理查說著青年議會的專案時。他知道，只要有更多接觸，他就有辦法找到並流出他騷擾青少年的證據。就算他已經老得不在理查的狩獵範圍內，他也還是可以擺他一道。說服他說他不相信愛倫會贏，所以他可以為他得到墨西哥裔和中間選票，好換取他自己的權力。

「在那個團隊裡工作的每分每秒，我都恨死了我自己，但我把這段時間全用來尋找證據。我很接近了。我太專心，幾乎沒心思關注其他事情，所以我……我從沒有發現有人在談論你的事。我完全不知情。但當一切爆發的時候……我就知道了。我只是沒有證據。但是我有伺服器的存取權。我不是很專業，但在我青少年的無知時光裡，我也是接觸過這類事情，知道要怎麼轉存資料。不要那樣看我。我還沒有那麼老好嗎。」

亞歷克笑了起來，路那也笑了，空氣像是重新又回到了這個房間裡。

「總而言之，把這個資料直接寄給你和你媽媽，會讓這件事最快曝光，我知道諾拉會懂的。而且我……我也知道你會懂。」

他頓了頓，吸著嘴裡的水果糖。亞歷克決定再問一個問題。

「我爸先前知道嗎？」

「你說我的三面間諜行為嗎？沒，沒人知道。我的助理們辭職了一半，因為他們不懂。我妹妹也已經好幾個月沒跟我說話了。」

「不是，我是說理查對你做的事。」

「亞歷克，除了你和我之外，你爸是這世界上唯一知道這件事的活人。」他說。「當他發現我不願意接受他人幫助時，他就決定承擔起這個責任，我也永遠不會忘記他的恩情。但他希望我能供出理查對我做的事，而我……做不到。我說我不想拿我未來的事業來賭，但其實，我是打從心底不相信，二十年前發生在一個墨西哥裔孩子身上的事，會在他的基本票倉裡造成什麼影響。我不覺得會有人相信我。」

「我相信你啊。」亞歷克理所當然地說。「我只是希望你能更早讓我知道。或是、讓任何其他人知道。」

「你一定會試著阻止我。」路那說。「你們都會。」

「我是說……拉斐，這個計畫真的太扯了。」

「我知道。我不知道我有沒有辦法修復我所造成的傷害，但我也真的不是很在乎。我做了該做的事。我不可能讓理查勝選的。我這輩子就是為了戰鬥而生，所以我這麼做了。」

亞歷克思考著這件事。他可以同理他——這和他心中某個部分有著共鳴。他想起一些自從倫敦的事發生後，他就一直不讓自己去想的問題：他的法學院入學考試成績。他一直把那封信塞在房間的書桌抽屜裡。一個人要怎麼兼顧一切？

「還有，很抱歉。」路那說。「我不該對你說那些話的。」他不用特別明講是哪些話。

「我當時……狀態很差。」

「沒事。」亞歷克告訴他，而且他是認真的。在他走進這間辦公室之前，他就已經原諒了路那，但他很感謝他的道歉。「我也很抱歉。但是我也要讓你知道，如果你再叫我一次『小子』，我就真的會踢你屁股。」

路那真誠地笑了起來。「聽著，你已經經歷了第一次大型性醜聞。所以你不能再坐在小孩區了。」

亞歷克認同地點點頭，在椅子裡伸展了一下身軀，把雙手背在腦後。「天啊，跟理查就非得要搞得這麼難看。就算你現在讓他曝光，那些異性戀也還是會希望恐同症的王八蛋們都是深櫃，這樣他們才有可以拿來說嘴的本錢。但明明百分之九十九的恐同者都只是普通的討人厭偏執狂而已。」

「對，而且我覺得，我應該是唯一一個被他帶去旅館的男性實習生。這跟所有的掠食者一樣——跟性向無關，只跟權力有關。」

「你覺得你還會公開說什麼嗎？」亞歷克說。「到現在這個時候？」

「我一直在想這件事。」他向前傾身。「大部分的人都已經差不多猜到，我就是那個資料來源。我猜很快就會有人帶著一份在訴訟時效內的指控書來找我了。我們就能展開國會調查。大動作的調查。這樣就能產生影響力了。」

「我聽你說『我們』囉。」亞歷克說。

「嗯。」路那說。「我和有法律經驗的某人。」

「那是個暗示嗎？」

「只是個建議。」路那說。「但我不會告訴你該拿自己的人生怎麼辦。我自己都快自顧不暇了。看看這個。」他捲起袖子。「尼古丁貼片，讚啦。」

「靠。」亞歷克說。「你真的要戒菸了？」

「我是一個擺脫掉過去陰影的新造之人。」路那鄭重地說，同時比了一個打手槍的手勢。

「不錯嘛，我以你為榮。」

「啊囉哈。」辦公室門口傳來一個聲音。

是他的爸爸，穿著T恤和牛仔褲，手中提著一手啤酒。

「奧斯卡。」路那咧嘴一笑。「我們剛剛正在討論，我是怎麼毀了我的名聲，還親手扼殺了我的政治生涯。」

「啊。」他說，把一張椅子拉到桌邊，然後開始遞出啤酒。「聽起來像是某個影集的劇情。」

亞歷克打開自己的啤酒瓶。「我們也可以聊聊我是如何讓媽的選舉陷入險境，因為我是一支一人雙性戀大軍，不小心讓白宮私用伺服器的資安漏洞曝光在媒體上了。」

「你真的這麼想？」他爸爸說。「不可能啦，拜託。我不覺得這場選舉會被一個電子郵件伺服器給打敗。」

亞歷克聳起眉毛。「你確定嗎？」

「聽著，如果理查有更多時間去耕耘這一點，也許就有機會，但我不覺得他有時間。如果現在是二〇一六年，也許也有可能。如果美國人還沒有選出一個女性總統，那也有可能。如果我現在不是和三個聯手把第一個公開出櫃的男人送進國會的混蛋坐在一起，那也許有機會。」

亞歷克歡呼起來，路那則低下頭，舉起啤酒。「但是，現在就不是嘛。這也許會成為你母親連任個途中的一個障礙，但是她可以應付的。」

「看看你。」路那隔著自己的啤酒說。「你對一切都有答案，是不是？」

「聽著。」他爸爸說。「當這個團隊裡的每個人都在失心瘋的時候，至少要有一個人保持冷靜，對吧？一切都會沒事的。我相信。」

「那我呢？」亞歷克問。「你覺得我在全世界的報紙上都曝光過之後，我還有機會進入政壇嗎？」

「他們逮到你了。」奧斯卡聳聳肩說。「這種事就是會發生。給它一點時間，然後再試一次吧。」

亞歷克笑了，但他從內心深處掏出了一點什麼。那不像是克雷蒙，而更像迪亞茲——沒有更好、也沒有更壞，就只是不一樣而已。

亨利來訪白宮的這幾天，他們為他安排了自己的房間。英國王室放了他兩天假，然後他就要回去英國展開自己的災難控管之旅。這點得再歸功於凱瑟琳的努力；亞歷克不相信女王會這麼慷慨。

而這一點讓亨利在白宮的房間——他們預備給王室訪客的客房——顯得更好笑了，因為那個房間叫做女王臥房。

「你不覺得這裡有點……粉紅過頭了嗎？」亨利在半夢半醒之間喃喃說道。

平心而論，這個房間的確是粉紅得太過頭了。房裡有著聯邦時期風格的粉紅色壁紙、玫瑰地毯和床罩，椅子、客廳區的沙發和四角大床上的遮棚，全都鋪著粉紅的外皮。

亨利同意睡在客房，而不是亞歷克的房間，因為「他尊重他的母親」，好像所有養育亞歷克長大的人都還沒看過那些寫著當他們一起過夜時都幹了些什麼事的郵件一樣。亞歷克對這點沒什麼包袱，所以他從走廊另一端的東臥室偷偷溜進亨利的房間時，他很享受亨利漫不經心的碎念。

當秋季的第一股涼意從蕾絲窗簾下鑽進房裡時，他們兩人正半裸著身子，一起擠在溫暖的被窩裡。亞歷克在內心哼著歌，把自己的身體和亨利的貼在一起，背貼著亨利的胸口，屁股的隆起貼著——

「啊，早安。」亨利含糊地說道。在身體接觸下，他的腰前後動了動。亨利看不見他的臉，不過亞歷克還是微笑了。

「早。」亞歷克說。他扭了扭屁股。

「現在幾點？」

「七點三十二。」

「兩小時之後的飛機。」

亞歷克的喉頭發出一聲低吟，然後翻過身，看著亨利溫柔的臉近在咫尺，眼睛還半閉著。

「你確定我不用跟你去嗎？」

亨利沒有把頭抬起來，直接貼在枕頭上搖了搖，臉頰被擠得變形。他這樣好可愛。「不是你在郵件裡貶低王室和自己的家人、還給全世界看光的。在你回來之前，我要先自己處理這件事。」

「好吧。」亞歷克說。「但是不會太久吧？」

亨利的嘴角露出微笑。「絕對不會。你還要拍王室追求者的官方照片，還要簽很多聖誕卡……喔，不知道他們會不會讓你像瑪莎一樣有自己的護膚產品品牌——」

「閉嘴啦。」亞歷克哀號，同時戳了戳他的肋骨。「你太樂在其中了吧。」

「的確是滿樂在其中的。」亨利說。「但是認真說，這……很可怕，但也感覺很不錯。能自己處理這些事。我從來沒有機會自己承擔這麼多事。」

「是啊。」亞歷克說。「我以你為榮。」

「哎唷。」亨利說，然後笑了起來。亞歷克肘擊了他一下。

然後亨利將他拉過來，吻著他，金色的頭髮散落在粉紅色的床單上，亞歷克眼中只看見長長的眼睫毛和長腿和藍色的眼睛，優雅的雙手將亞歷克的手腕壓制在床上。那像是他在某一個瞬間、某一個笑容裡愛上的亨利，他愛他的顫抖，愛他脊椎自信的移動。他們像是在一個完美的颱風眼中，快樂地、無憂無慮地享受著性愛。

今天亨利就要回去英國。今天，亞歷克將要回到助選的崗位上。他們現在是玩真的了，所以他們要學著如何在大眾的眼光下相愛。但亞歷克覺得他們經得起考驗。

15

一個半月之後——

「先讓我把這撮頭髮弄好，親愛的。」

「媽。」

「抱歉，我讓你難堪了嗎？」凱瑟琳整理著亨利紮實的頭髮，眼鏡滑落到鼻尖。「你在正式肖像裡，頭髮可不能看起來像是剛睡醒。」

亞歷克不得不承認，王室攝影師對於這整件事的耐心真的很驚人，尤其是他們已經換了三個場景了——肯辛頓花園、白金漢宮一間擁擠的書房，還有漢普頓宮的中庭——最後他們決定什麼都不要，而是把海德公園封鎖起來，在長椅上拍就好。

（「像遊民一樣？」瑪麗女王問。

「閉嘴，媽。」凱瑟琳回答。）

由於現在亞歷克正式進入對亨利的「求愛期」，他就必須要有一些正式的肖像照了。他試著不要想太多，不要去想自己的臉在白金漢宮的紀念品巧克力和丁字褲上會是什麼樣子。至少他會和亨利的臉並排在一起。

在這種形象照裡，總是會參雜著許多心理運算。白宮造型師讓亞歷克穿著他的日常服裝——棕色皮革樂福鞋、淺色合身長褲，還有一件格紋 POLO 衫——但在這個情境之下，他散發出的是自信、活潑，以及濃濃的美國味。亨利則穿著一件 Burberry 的襯衫，紮進深色的牛仔褲裡，外頭再罩上一件深藍毛衣，為了這身打扮，王室購物員在哈洛德百貨裡打轉了好幾個小時。他們希望打造出一位完美、有尊嚴的英國菁英，一位充滿愛的男朋友，在學術與慈善領域即將大放異彩的男人。他們還在他旁邊的長椅上擺了一疊書。

亞歷克看向在母親的整理下一邊哀號一邊翻白眼的亨利，露出微笑。這個造型已經非常貼近那個真正的、混亂又複雜的亨利本人了。這是任何公關公司能做到最接近本人的程度了。

他們光是並肩坐在長椅上微笑的畫面，就拍了將近一百張照片。還是有一小部分的亞歷克，不敢相信自己真的在這裡，坐在海德公園中央，在上帝與所有人面前，把亨利的手牽在自己的膝蓋上，對著相機擺姿勢。

「不知道一年前的亞歷克看到這一幕會說什麼。」亞歷克在亨利耳邊說道。

「他會說：『喔，原來我愛上亨利了喔？難怪我總是在他面前耍蠢。』」亨利提議。

「欸！」亞歷克大喊。亨利因為自己的笑話和亞歷克的失態而笑個不停，然後他抬起一隻手圈住亞歷克的肩膀。亞歷克讓他擁著自己，也笑了起來，笑聲飽滿而低沉。然後這一天的嚴肅氣氛終於逐漸散去。攝影師宣布拍攝完成，他們便能離開了。

凱瑟琳說她今天很忙——下午茶前，她就開了三個會，討論她搬到更接近倫敦中心的王室住宅的事宜，因為她現在開始要承接更多責任了。亞歷克看著她眼裡閃爍的光芒——她在打算接管王位。他決定暫時不要和亨利提起，但他很好奇這件事會走到什麼地步。她吻了吻他們兩人的臉頰，然後把他們留給亨利的隨扈，就離開了。

從長湖走回肯辛頓宮的路途不長，他們在柑橘園和小碧碰面。她的活動計畫團隊正在附近忙碌，架設著一個舞臺。她正在一排排的椅子間來回走動著，綁著馬尾，踩著雨靴，一邊對著手機簡短地討論著一個叫做蘇格蘭鮮魚濃湯的東西，還有她怎麼可能要求對方準備蘇格蘭鮮魚濃湯，還有就算她真的點了蘇格蘭鮮魚濃湯，她怎麼可能會需要二十加侖的份量。

「到底什麼是蘇格蘭鮮魚濃湯？」在她掛上電話後，亞歷克問道。

「煙燻鱈魚雜燴湯。」她說。「怎麼樣，亞歷克？第一場正式的皇家雜耍秀，覺得好玩嗎？」

「沒有想像中的糟啊。」亞歷克竊笑著。

「媽真的很扯。」亨利說。「她今天早上還提議說要修改我的手稿。好像她想要一口氣彌補自己五年的缺席一樣。我當然很愛她，也感謝她的努力，但是，老天。」

「她在嘗試嘛，亨利。」小碧說。「她坐板凳坐太久了。給她一點時間暖身一下。」

「我知道。」亨利嘆了口氣，但他的眼神裡充滿了對母親的好感。「妳這邊弄得怎麼樣？」

「喔，你懂的。」她在空中揮舞著自己的手機。「只不過是我充滿爭議的基金會要展開處女秀，未來一切資金的運用都會被人放大檢視而已，所以沒什麼好緊張的啦。我只有一點不爽你，不把這筆資金變成亨利基金會配上碧翠絲基金的雙重組合，這樣我就不能把這些壓力推到你頭上了。為了勒戒所舉辦的募捐活動，都快要把我逼去借酒消愁了。」她拍了拍亞歷克的手臂。「這是我們的酒鬼幽默感，亞歷克。」

小碧和亨利的九月和十月都很忙碌，和他們的母親一樣。第一週，他們就有好多決定要做：他們要無視在郵件裡揭露關於小碧的事嗎（不）？亨利最後還是要被迫入伍嗎（經過幾天的深思熟慮之後，不）？還有，這一切要怎麼變成有意義的一件事？最後小碧和亨利想出了一個共同的解決方案。兩人要一起在自己名下經營慈善機構。小碧的是要透過募捐，贊助全國各單位的勒戒專案。亨利的則是為 LGBT 爭取權利的基金會。

在他們的右手邊，亮晶晶的舞臺燈已經架了起來，今天晚上，小碧就要和一個樂團在這裡舉辦一場門票八千英鎊的小型演唱會，邀請許多名人貴賓到場，作為她募捐活動的處女秀。

「真希望我能在這裡待到表演開始。」亞歷克說。

小碧笑開嘴。「可惜亨利這週忙著和阿波阿姨簽署一大堆文件，沒時間背譜，不然我們就能把鋼琴師換掉了。」

「文件？」亞歷克揚起一邊的眉毛。

亨利橫了小碧一眼。「小碧——」

「青少年收容所。」她說。

「碧翠絲，」亨利責備道。「這是個驚喜欸。」

「喔，」小碧拿著自己的手機裝忙。「不好意思喔。」

亞歷克看著亨利。「現在是什麼狀況？」

亨利嘆了一口氣。「好吧，我們本來是想要等到選舉結束之後再公開——當然，還有告訴你——這樣才不會分散你的注意力。但是——」他把手插進口袋裡，像是他很自豪，但又不想表現得太明顯。「——媽和我都覺得，這個基金會不該只是國內的，全世界都有需要幫助的孩子，而我想要特別專注在無家可歸的多元性向的孩子們身上。所以阿波把我們全部的歐康喬基金會青少年收容中心，都過到我的名下了。」他踮了踮腳尖，刻意壓下一個寬闊的微笑。「現在站在你眼前的，是全世界四間即將完工的，多元性向青少年收容中心的負責人。」

「我的天啊，你這個混蛋。」亞歷克喊道，撲向亨利，雙手圈住他的脖子。「真是太棒了。我愛死你了。哇喔。」他突然向後退了一步。「等等，天啊，這代表布魯克林也有一間，對吧？」

「是的，沒錯。」

「你不是說你想要自己親手管理基金會嗎？」亞歷克說。他的脈搏狂跳著。「你不覺得當它正在起步的時候，直接監督它的落成會很有幫助嗎？」

「亞歷克。」亨利告訴他。「我不能搬去紐約啦。」

小碧抬起眼。「為什麼不？」

「因為我是王子。」亨利看著她，一邊對著柑橘園和肯辛頓宮打了一個手勢，氣急敗壞地說：「這裡的王子！」

小碧聳聳肩，不為所動。「所以呢？你又不用永遠待在那裡。你放假的這一年，你花了四個月的時間在蒙古跟犛牛培養感情欸。這又不是什麼大不了的事。」

亨利的嘴巴動了幾下，然後轉向亞歷克。「就算搬去了，我也幾乎很難見到你對吧？」他試圖講理。「如果你在華府忙著工作，努力擠進政治圈裡的話。」

亞歷克不得不承認，這是個重點。但在他經歷過這一年，經歷過這一切，然後終於打開成績單，發現自己高分考過法律學院的入學考之後，他已經越來越不肯定這一點了。

他打算開口這麼說。

「哈囉。」一個高傲的聲音從後方傳來。

他們一同轉身，看見菲力穿著一身燙得平平整整的西裝，梳理得整整齊齊，正大步踩過草坪走來。

亞歷克感覺到亨利反射性直起背脊時，四周空氣輕微的震盪。

兩週前，菲力來肯辛頓宮拜訪，向亨利和小碧道歉。他為了父親死後這些年、他銳利的言詞、他的囂張跋扈和過度檢視他們的一切道歉。他從一名只想討好人的孩子長大成為一位盛氣凌人、自以為是的自大狂，又受到自己身分的壓制和女王的掌控。

他正在脫離祖母的手。亨利在電話上這麼跟亞歷克說道。**所以我才願意相信他說的話**。

但有些帳是永遠還不清的。每次只要看到菲力那張蠢臉，亞歷克就想要揮拳揍他，但他是亨利的家人，不是他的，所以他沒有決定權。

「菲力。」小碧冷冷地說。「我們怎麼有這個榮幸？」

「我剛剛在白金漢宮開會。」菲力說。這句話背後的含義昭然若揭：他剛剛是在和女王開會，因為也只剩下他還願意跟女王說話。「想說經過看看還能幫上什麼忙。」他低頭看著小碧腳上的雨靴，和自己腳上亮晶晶的皮鞋。「妳知道，妳不用自己動手的——我們有很多人可以幫妳做這些苦工。」

「我知道。」小碧傲慢地說，表現得像是一個徹頭徹尾的公主。「我想要自己來。」

「好。」菲力說。「當然了。好，呃。有什麼我可以幫忙的嗎？」

「沒有，菲力。」

「好吧。」菲力清清喉嚨。「亨利，亞歷克。早上的攝影怎麼樣？」

亨利眨眨眼，好像很意外菲力會問起。亞歷克至少還有一定的社交禮儀，知道此刻自己該閉嘴。

「不錯啊。」亨利說。「我是說，很不錯。只是，你知道，要在那裡一直坐著，實在有點尷尬。」

「喔，我記得。」菲力說。「我和瑪莎第一次拍攝的時候，我的白痴大學同學那週才對我惡作劇，害我屁股上起了疹子，我費盡心力才能勉強坐定，不要當著大家的面在白金漢宮中央把褲子脫下來抓癢，更別提好好拍照了。我覺得瑪莎那時候應該很想殺我。希望你們的照片拍出來不錯。」

他有點尷尬地傻笑著，試著和他們找話聊。亞歷克抓了抓自己的鼻子。

「嗯，總而言之，祝你好運，小碧。」

菲力雙手插在口袋裡，動身離開，三人看著他的背影，直到他消失在籬笆之外。

小碧嘆了口氣。「你覺得我應該要讓他幫我罵一下鮮魚濃湯的廚師嗎？」

「還沒。」亨利說。「再讓他熬個半年吧。他還沒賠夠呢。」

藍的還是灰的？灰的還是藍的？

亞歷克這輩子從來沒有在兩件同樣無害的夾克之間這麼拉扯過。

「真是蠢斃了。」諾拉說。「兩件都很無聊。」

「妳能不能幫我挑一件就好？」亞歷克對她說。他兩手各舉著一個衣架，無視她坐在他抽屜上一臉批判的樣子。明天的大選日，不管他們是贏是輸，那些照片都會跟著他一輩子。

「亞歷克，我認真說，這兩件我都覺得很醜。你得穿得更亮眼一點。這有可能是你的最終曲欸。」

「好吧，先不要——」

「對，好吧，你說得對，如果我們的預測是準的，就沒有什麼好擔心。」她從櫃子上跳下來。「所以，為什麼你現在決定要在你職業生涯的這一刻，突然轉職成為作風大膽的時尚設計師了？」

「不想談這個。」亞歷克揮舞著手中的衣架。「藍的還是灰的？」

「好吧，」她無視他。「那我就直說了。你很緊張。」

他翻了個白眼。「我當然很緊張，諾拉，這是總統大選欸。而且選總統的人是我媽欸！」

「錯誤答案。」

她又用那種「我已經分析了所有資訊，所以知道你在唬爛」的眼神看著他。他重重嘆了一口氣。

「好啦。」他說。「好啦，對。我緊張是因為要回去德州了。」

他把兩件外套都丟在床上。該死。

「我一直覺得德州把我視為他們的孩子，是有條件的。」他踱著步，一邊用手搓著後頸。「我身為墨西哥裔混血、又是民主黨，有一整群人並不喜歡我，也不希望我作為他們的代表。現在更糟了，我不是直男，我有男朋友，我還和**歐洲王子**鬧出**同性戀緋聞**。我什麼都不知道了。」

他愛德州——他相信德州。但他不知道德州是否還愛他。

他一路走到房間另一側，和她相望。她看著他，頭向一旁歪了歪。

「所以……作為你出櫃後第一次回家的旅程，你不想穿得太顯眼，好符合德州人對於異性戀的纖細期待。」

「基本上是這樣。」

她現在看他的表情，像是把他當成了特別難解的題組。「你有看過德州人對你的認同度嗎？九月之後？」

亞歷克嚥了一口口水。

「沒。我，呃。」他一手抹了抹臉。「這個……讓我覺得壓力很大。我一直想去看那些數字，但後來就逃避現實了。」

諾拉的表情緩和下來，但她沒有靠得更近，給他留下了足夠的空間。「亞歷克，你應該來問我的。你的數字……不差。」

他咬了咬嘴唇。「是嗎？」

「亞歷克，在九月之後，我們在德州的基本盤對你的認同度並沒有改變。真要說的話，他們更喜歡你了。而且有很多中間選民，對於理查針對德州小孩的事情很不爽。你沒事的。」

噢。

亞歷克顫抖地吐出一口氣，一手扒過自己的頭髮。他從門邊走回來，一面意識到自己每次在面對衝突或想要逃走時都會有往門口移動的衝動。

「好喔。」

他重重坐在床上。

諾拉小心翼翼地在他身邊坐下，當他看著她時，她眼神中又出現了她在讀心時的銳利感。

「聽著。你知道我一直都不擅長這種情緒溝通的事情，但是茱恩不在這裡，所以我，呃，我要試試看了。」她繼續說下去。「我不覺得這只和德州有關。你最近被嚴重地傷害過，而現在你很害怕做出或做出你真正喜歡或想要的事，因為你不想要再引起任何注意。」

亞歷克幾乎要笑出來了。

這點諾拉和亨利很像，他們都能直接切入事情的核心，直搗真相，但亨利注重的是感情，而諾拉注重的是客觀事實。但有時，就是需要她這種簡潔明瞭的方式，才能把他從鬼打牆的旋渦中拖出來。

「喔，好吧，對。這應該也是一部分的原因。」他同意道。「我知道如果我想要繼續走政治這條路，我就得重新塑造我的性向，但一部分的我又覺得……真的嗎？現在？為什麼要這樣？這感覺真的很奇怪。我這輩子，都一直在追求自己未來的某一種形象。照著計畫走——畢業、助選、職員、然後進議會。就這樣。直接進入圈子裡。我想要成為一個做得到的人……一個想要這麼做的人。但現在站在這裡的我……並不是這種人。」

諾拉靠上他的肩膀。「那你喜歡這個新的你嗎？」

亞歷克想了一下：他的確是不太一樣了，也許變得更陰沉了一點。更神經質了，但也更誠實。腦子更銳利、心臟更大顆了。他再也不想把人生只貢獻給工作，但是卻有了有史以來最強烈的奮鬥動機。

「嗯。」他最後肯定地說道。「喜歡。」

「很好。」諾拉說，他轉過頭，看見她對著他咧嘴一笑。「我也喜歡。你是亞歷克，在這一堆狗屎爛事裡，你只需要當亞歷克就好。」她雙手捧住他的臉，用力壓扁，而他哀號一聲，但沒有推開她。「所以你想要有什麼權變計畫嗎？或是讓我幫你跑個預測？」

「其實，呃。」亞歷克開口，他的聲音被諾拉捏著他臉的動作變得有點含糊。「我有跟妳說過，我今年夏天其實……偷偷開小差，跑去考了法學院的入學考試嗎？」

「喔！喔……法律學院。」她說話的口氣和幾個月前聽見他說亨利的事時一樣，好像他一直都在不知不覺間走向正確的答案。她放開他的臉，興奮地抓住他的肩膀。「就是這樣，亞歷克。等等——太好了！我正準備要開始申請碩士，我們可以一起去耶！」

「是嗎？」他說？「妳真的覺得我做得到？」

「亞歷克。廢話。亞歷克。」她跪在床上蹦跳著。「亞歷克，這超讚的。好——聽著。你去唸法律學院，我去唸碩士，茱恩則變成一名講稿擬稿人和作者，為當代的同性戀發聲，我成為拯救世界的資料科學家，而你——」

「——成為民法律師，像美國隊長一樣劫富濟貧，為這世上失去公民權的人奮鬥——」

「——然後你和亨利會變成世界上最受歡迎的地緣政治夫夫——」

「——然後等我到拉斐爾．路那那個年紀的時候——」

「——人們就會來求你選議員了。」她一口氣說完。「對。所以，雖然比你的計畫晚了一點，但是。」

「對。」亞歷克嚥了一口口水。「聽起來滿好的。」

就是這樣。這幾個月以來，他一直在猶豫要不要放棄這個夢想，一直感到十分惶恐，但是現在，他覺得像是卸下了一座山的重量。

他眨著眼，想起茱恩的話，然後笑了起來。「我就是一直在瞎忙，不知道為了什麼。」諾拉扮了個鬼臉，認出這句話中茱恩的氣息。「你是很……熱情，但有點太過了。如果茱恩在這裡，她會說，多花一點時間，你會更知道要怎麼運用你內心那把火。但現在是我在這裡，所以我會說：你很擅長討價還價，擅長規畫政策，擅長領導和聚集群眾。你聰明到大部分的人都想要揍你了，這些技能都只會隨時間增長，所以你會成功的。」

她跳下床，鑽進他的衣櫃裡。他可以聽見衣架在裡頭滑動的聲音。「最重要的是。」她繼續說。「你現在成為某個象徵了，所以這是一件大事。」

她拿著一個衣架走出來：那是一件他從沒有穿過的外套，是他們在紐約的旅館裡看影集、讓記者以為他們在做愛的那個晚上，諾拉逼他在網路上用可怕的價格買的。那是一件Gucci的深藍色飛行夾克，腰上的鬆緊帶和袖口都是紅色、白色與藍色的條紋。

「我知道這很招搖。」她把夾克塞進他懷裡。「但是你給了人們希望。所以站出來，好好當你的亞歷克吧。」

他接過外套，套上後，對著鏡子檢視自己的身影。太完美了。

這個瞬間被門外走廊上的一聲尖叫給打破，他和諾拉便衝到門邊。

茱恩跌跌撞撞地抓著自己的手機，來到亞歷克的房門外，一路蹦跳著，頭髮在肩頭跳動。她顯然才剛去了一趟報攤，因為她的手臂下還夾著一疊八卦雜誌，但她毫不在意地把它們全扔在地上了。

「我拿到書的合約了！」她尖叫著把手機推到他們面前。「我只是在收信，然後——那本傳記——我拿到合約了！」

亞歷克和諾拉也尖叫起來，把她拉進他們的擁抱之中，三個人的六隻手臂交纏，歡呼大笑，踩著彼此的腳，但沒有人在意。

最後他們把鞋子踢掉，爬上床，諾拉打了視訊電話給小碧，她又找了亨利和阿波，大家一起慶祝。

這一切感覺太完整了，就像卡修斯說的那樣，他們是一起混的好友了。在一切的事情塵埃落定後，他們得到了新的媒體暱稱：六人行。而亞歷克一點都不介意。

幾小時後，諾拉和茱恩靠著亞歷克的床頭板睡著了。茱恩的頭躺在諾拉的大腿上，諾拉的手指插在她的頭髮裡。亞歷克則偷偷溜進浴室裡刷牙。回程路上，他差點踩到什麼東西而滑倒，他低頭一看，便不得不再確認一次自己沒有看錯。

那是茱恩拋下的八卦雜誌其中一本，《哈囉美國》的封面上，放的正是他和亨利其中一張在拍攝王室肖像時的照片。

他彎身撿起那份雜誌。照片並不是最後選定的官方照——這是一張他根本不知道被拍、也沒想過會流出來的照片。他應該要更信賴那位攝影師的能力的。那人想辦法拍到了亨利說了一個笑話的瞬間，兩人完全沉浸在自己的世界之中，像是某種側拍，亨利的手臂擁著他，他自己的手則抬起來，正準備要去抓亨利放在他肩膀上的手。

亨利看著他的眼神充滿了寵愛，流動著光明正大的愛意。從第三者的角度來看，亞歷克忍不住都想要轉開視線了，因為那畫面太閃耀，像是在看著一顆太陽。他曾經說亨利是北極星。但他錯了，北極星的亮度遠遠不夠。

他想著布魯克林，想著亨利在那裡開的收容中心。他媽媽應該有認識紐約大學法律學院的人吧？

他刷完牙，爬上床。明天，是勝是敗，答案就會揭曉了。

一年前——或甚至六個月前——這意味著今晚他又要失眠。但他現在是一個新的象徵了，他甚至可以和他的男朋友一起在雜誌封面上大笑著。他等不及要迎接接下來的幾年，準備給自己更多時間。他在嘗試許多新的事物。

他在茱恩的膝蓋側邊放下一個枕頭，把腿跨過諾拉的腿，然後沉沉睡去。

亞歷克咬著自己的下唇，在拼布地板上拖著腳跟，盯著自己的選票。

美國總統與副總統選票

請投一票

他拿起鍊在機器上的電腦筆，心跳加速，然後選了愛倫・克雷蒙和麥可・赫羅蘭。

機器發出核可的音效，而在低鳴的機器運作面前，他跟任何人都一樣。他只是眾多民眾中的一人，只是一枚符號，不比其他人的份量更多或更少。他按下按鈕。

在自己的家鄉舉辦選舉之夜，是非常大的一個風險。技術上來說，沒有人規定現任總統不能在華府舉辦造勢晚會，但就習俗上來說，他們都還是會選擇在家鄉舉辦。

二〇一六年的選舉苦甜半摻。奧斯汀是藍的，非常深藍，愛倫在賈維斯郡也以百分之七十六的票數領先，但是再多的煙火和香檳，都沒有辦法改變他們輸了發表勝選宣言時所站的那一州的選票的事實。不過，洛美塔的小小希望還是想要回家一趟。

過去一年裡，他們還是有些進展的。亞歷克一直有在追蹤幾個勝出點，像是青年選民登記活動、休士頓的造勢，還有逐漸在改變的民調方向。在整個八卦風雲結束後，亞歷克需要一點事情轉移他的注意力，所以他讓自己投身於下班時間後的會議，和團隊裡的德州選舉機構，用電話會議和他們討論，如何在選舉當天提供全德州的接駁服務。現在是二〇二〇年，而這麼多年以來，德州第一次成為成敗的關鍵州。

上一次的選舉之夜，他是站在遼闊的日爾克大都會公園，背景是奧斯汀的天際線。他清楚記得一切的細節。

當年他十八歲，身上穿著第一套訂做的西裝，和他的家人一起進入街角的飯店收看開票結果，群眾則聚集在公園裡。當開票員喊出兩百七十的時候，他便衝進走廊裡，張開雙臂，在走廊上狂奔。他記得那時候，他覺得那好像是屬於他的時刻，因為當選的是他的媽媽、是他的家人，但是他也理解到，就某方面來說，那完全不是屬於他的，因為他轉頭，看見薩拉的眼淚和著睫毛膏一同流下臉龐。

他站在日爾克山腰上架起的舞臺旁，看著一雙雙的眼睛，看著那些老得能在一九六五年就去參選議員的女性，還有年輕到從沒看過白人總統的女孩們。他們都看著他的媽媽成為第一位女性總統。然後他轉頭看著右邊的茱恩和左邊的諾拉，記得他自己把她們先推上臺，讓她們有整整三十秒的時間欣賞這一切，然後才跟著她們走進鎂光燈之下。

他的靴子落在帕瑪爾活動中心後方棕色草皮上的感覺，好像他是從更高的地方落下，而不只是一輛禮車的後座。

「現在還太早了。」諾拉滑著手機從他身後爬下車，身上穿著一件鬆垮的黑色連身工作服，腳踩超高的高跟鞋。「現在開票還開得太少，但我很確定我們拿下了伊利諾斯。」

「很好，跟我們預期的一樣。」亞歷克說。「我們目前都有達標。」

「我話不會說得這麼早喔。」諾拉告訴他。「我不喜歡目前賓州的走向。」

「欸。」茱恩說。她的裙子是經過深思熟慮後才選的，一件現成的 J.Crew 洋裝，鑲著白色蕾絲，看上去非常鄰家女孩。她的長髮順著一側編成辮子，垂在肩膀上。「我們能不能先喝一杯再開始看開票？我聽說那裡有摩西多調酒耶。」

「好啊，好啊。」諾拉說，但她還是皺著眉頭，盯著自己的手機。

二〇二〇年，十一月三日，下午六點三十七分

亨利王子討厭鬼：機長說我們的能見度有問題？也許要繞路在其他地方降落。

亨利王子討厭鬼：在達拉斯降落？那裡會很遠嗎？？我對美國地理一點概念都沒有。

亨利王子討厭鬼：夏安跟我說達拉斯超遠的。我們很快就要降落。等天氣變好就會再起飛。

亨利王子討厭鬼：對不起，對不起啦。你們那邊還好嗎？

我：狀況爛透了

我：你快點過來，我快要崩潰了

奧立佛・威斯布魯克 @BillsBillsBills

在知道理查對第一家庭成員做的好事還有這週傳出的性騷擾謠言之後還繼續支持他的那些沙豬，明天早上可能就要重新考慮一下他們的追隨對象了。

晚上七點三十二分——二〇二〇年，十一月三日

---

538 政治團 @538politics

我們預期密西根、俄亥俄、賓州和威斯康辛都會有至少百分之七十或更高的機率泛藍，

但最新的開票結果顯示他們難分軒輊。對，我們也很困惑。

晚上八點零四分——二〇二〇年，十一月三日

紐約時報 @nytimes
#2020總統大選最新消息 兩方選戰拉鋸。理查議員達到一百七十八，克雷蒙總統以一百一十三落後。
晚上九點十五分——二〇二〇年，十一月三日

他們把比較小的展覽廳劃分給貴賓專用——助選團隊、朋友與家人、還有議員。奧斯汀帕瑪爾活動中心的另一側，聚集著他們的支持者，高舉著標語，穿著克雷蒙當選和「歷史，是吧？」的T恤，一路從遮棚下方蔓延到一旁的山丘上。他們是要來狂歡的。

亞歷克試著不要太焦慮。他知道總統大選是怎麼一回事。當他還是個孩子時，這就是他的超級盃大賽。作為一個十歲的孩子，他終於能有一天熬夜，拿著藍色和紅色的麥克筆，隨著時間把美國地圖塗成對應的顏色，然後看著歐巴馬擊敗了麥肯。現在他看著他爸爸側臉下巴的線條，試著在其中看見那一晚勝利的模樣。

那時候，一切都是一場魔法。現在這卻是非常個人的經驗。

他們就要輸了。

里歐從側門走進來的身影在他們的意料之內，茱恩立刻從椅子上站起來，姐弟倆一同和他在房間裡一個安靜的角落會面。他手中握著他的手機。

「妳媽想要跟妳說話。」里歐說。亞歷克反射性地伸出手，但里歐制止了他。「不，抱歉，亞歷克，不是你。是茱恩。」

茱恩眨了眨眼。「喔。」她向前走去，把頭髮從耳邊推開。「媽？」

「茱恩。」他們媽媽的聲音從小小的揚聲器另一端傳來。她正和她的幕僚長們待在體育館的一間會議室裡，當作她的臨時辦公室。「寶貝。我需要妳，呃，過來這裡一趟。」

「好喔，媽。」她說，聲音刻意保持平靜。「怎麼了？」

「我只是，需要妳把這篇講稿改一下，呃。」另一端的聲音停頓了一段時間。「嗯，如果敗選的話。」

茱恩的表情空白了一秒，然後突然間變得怒氣沖沖。

「不要。」她說。她抓住里歐的手，好讓自己直接對著麥克風說話：「不要。我不要幫妳改寫，因為妳不會輸的。妳聽到了嗎？妳不會輸。我們還要再做四年，我們全部都要。我才不要幫妳寫敗選聲明。」

電話另一端又是一陣沉默，而亞歷克可以想像他們的母親在樓上的臨時戰情室裡，戴著眼鏡、高跟鞋還收在行李箱裡，盯著螢幕，期待著、努力著、祈禱著。他身為總統的媽媽。

「好吧。」她平靜地說。「好吧。亞歷克，你覺得你能上臺和大家說些什麼嗎？」

「好啊，當然了，媽。」他清清喉嚨，然後第二次開口時，他的語氣便和她一樣強烈。「當然好。」

第三次沉默，然後她說：「天啊，我好愛你們兩個。」

里歐回到房裡，接著薩拉便取代了他的位置。她穿著絲綢的紅色洋裝，手中握著她的保溫瓶咖啡，而這是亞歷克這天晚上最大的安慰。他看著她手上閃閃發亮的戒指，想到了夏安，並希望亨利趕快出現。

「把你的表情整理好。」她替他整理衣領，同時領著他和茱恩穿越主展覽廳，來到後臺區。「笑容，活力，自信。」

他無助地轉向茱恩。「我要說什麼？」

「時間太短了，我沒時間幫你擬講稿。」她告訴他。「你是個天生的領導人。上吧，你可以的。」

天啊。

自信。他看著自己衣服的袖口，紅色白色和藍色的線條。**好好當亞歷克吧**。諾拉把外套給他的時候這麼說。**當亞歷克就好**。

亞歷克代表著：全美國五十萬個孩子們知道自己並不孤單的象徵。唯一一個歷史先修班裡的運動員。在白宮窗戶上找到鬆動玻璃的人。因為太渴望某樣事物而不小心毀了它，卻又再度站起來、再一次嘗試的人。不是王子。也許是某種更宏大的存在。

「薩拉，」他問。「他們宣布德州勝選了嗎？」

「還沒。」她說。「還是太拉鋸。」

「現在還是？」

她的笑容心知肚明。「還是。」

當他走上臺時，舞臺的聚光燈亮得讓他睜不開眼睛。但他知道一件事。在他心底深處。他知道德州的勝敗還沒有出來。

「哈囉，各位。」他對著群眾說道。他捏著麥克風，但他的手臂很穩。「我是亞歷克，第一公子。」群眾陷入瘋狂，亞歷克則咧嘴靠向麥克風，認真起來。

當他繼續說下去時，他自己也想這麼相信。

「你們知道最瘋狂的是什麼嗎？現在，安德森．庫柏正在CNN直播，說德州還在拉鋸中，難分軒輊。你們也許不知道這一點，但我其實是個歷史迷。所以我可以告訴你們，前一次德州陷入拉鋸戰，是在一九七六年的時候。一九七六那一年，德州是藍的，那年是吉米．卡特，在水門事件後出戰。他從我們中間拿到了百分之五十一的選票，然後我們就讓他打敗了傑拉德．福特成為了總統。

「現在我站在這裡，回想著那段歷史……一個可靠、努力、誠實、來自南方的民主黨員，對上貪腐、惡意與仇恨。而這個州充滿了誠實的人，最討厭被人欺騙。」

群眾完全放棄抵抗，而亞歷克幾乎要笑了出來。他對著麥克風提高音量，壓過下面歡呼、鼓掌和跺腳的聲音。

「嗯，我只是覺得這一切聽起來滿耳熟的。所以你們怎麼想呢，德州？¿Se repetirá la historia? 你們想要再現歷史嗎？」

臺下的吼叫聲說明了一切，而亞歷克和他們一起大叫，讓尖叫聲將他帶下午臺，讓尖叫聲包裹住他的心，將他血液裡今晚流失的一切都重新灌注回來。當他再度回到後臺時，有一隻手覆上他的背，而某人的身體熟悉的引力，在他真正碰到他之前，他就已經感受到了。一股清新、熟悉的香氣點亮了兩人之間的空氣。

「剛剛說得太好了。」亨利面帶微笑地說著。終於。他穿著一套深藍色的西裝，看起來無比英俊，領帶上的小花紋，近看才會發現是小朵的黃色玫瑰。

「你的領帶——」

「喔，對。」他說。「德州的黃色玫瑰，對不對？我之前讀過一次。我想說這樣可以招來好運。」

然後亞歷克又愛上他一次了。他用手掌捲住亨利的領帶，將他拉近，然後像是永遠不需要停止般吻著他。他一邊想著，一邊笑著，沒有放開亨利。

如果要說他自己是誰，他希望自己一年前就夠聰明，知道自己早該這麼做。他就不會讓亨利一個人跑到冰天雪地的花園裡，也不會只是站在那裡，讓亨利給他這輩子最重要的一個吻。他會把亨利的臉捧在手心，用力地吻他，用心地吻他，然後說：「你想要什麼，盡管拿去。因為你值得。」

他向後退開，說道：「你遲到了，殿下。」

亨利笑了起來。「其實看起來，我剛好趕上最後的急起直追了。」

他說的是最新一輪的開票結果，顯然是在亞歷克上臺致詞的時候發出的。在貴賓區，所有人都已經從椅子上站了起來，看著安德森．庫柏和沃夫．畢瑟在大螢幕上比較著開票結果。維吉尼亞州：克雷蒙。科羅拉多：克雷蒙。密西根：克雷蒙。賓州：克雷蒙。這幾乎彌補了所有選票的落差，現在只剩下西岸還沒有開完了。

夏安也在這裡，和薩拉一起站在一角，與路那、艾米、卡修斯站在一起，而亞歷克一陣暈頭轉向，想著自己這團朋友到底把多少國籍的人都牽在一起了。他拉著亨利的手，加入他們。

奇蹟一點一點、慢慢地流入他們之間：亨利的領帶，聲音裡慢慢升起的希望，幾張五彩碎紙片從網子的縫隙間掉出來，卡在諾拉的頭髮裡──然後，突然間，一切水到渠成。

十點三十分，一波喜訊傳來：理查贏了愛荷華，也贏了猶他和蒙大拿，但是西岸的選票席捲而來，包含加州的五十五票。「大英雄！」當他們全都歡呼起來時，奧斯卡喊道，和路那握住彼此的手。「這些西岸的大混蛋們。」

到了午夜時，他們終於保持領先，然後一切終於感覺像是一場派對了，儘管他們還沒有完全放心。大家開始喝酒，聲音變得嘹亮，外頭的群眾也充滿了活力。葛洛莉亞．伊斯特芬的歌聲從音響中傳來，終於不再像是喪禮上的刺耳哭嚎。房間的另一側，亨利正和茱恩站在一起，對著她的頭髮比劃著，她便轉過身，讓他幫她把一撮因為焦慮而掉出來的頭髮塞回去。

亞歷克忙著看他在這世上最愛的兩個人，甚至沒有注意到有個人站在他面前，直到他一頭撞上對方，讓兩個人的飲料都灑了出來，還差點害他們都摔進桌上巨大的勝選蛋糕裡。

「老天，對不起。」他朝一疊紙巾伸出手。

「如果你再撞倒一個超貴的蛋糕，」一個熟悉至極、如威士忌般溫暖的鼻音說道。「我覺得你媽應該會跟你斷絕母子關係。」

他轉過身，看見連恩站在那裡，幾乎和他記憶中的一模一樣——身材高大，肩膀寬闊，面孔帥氣，不修邊幅。

他好氣自己從來沒有發現他的菜一直都是同種人。

「我的天啊，你來了！」

「我當然會來。」連恩咧嘴笑道。他身邊站著一個可愛的男孩，同樣掛著笑容。「當然，那是因為如果我不來的話，好像會有特勤組的人直接把我請來，我也沒什麼選擇。」

亞歷克笑了起來。「聽著，我媽變成總統，但我還是同一個我。我還是一個最喜歡煽風點火的派對咖。」

「你如果變了，我會很失望的。」

他們相視而笑，而今晚，尤其是今晚，能見到連恩真是太好了。能夠把話講開、能夠和一個在這一切事情發生之前就認識他的人站在一起，他真的覺得很快樂。

在他被迫出櫃後的一週，連恩傳了一封簡訊給他：一、真希望我們以前都不是愚蠢的自大狂，這樣也許我們也許還能互相幫助。二、只是想讓你知道，某個右翼網站的記者昨天打電話給我，問我跟你過去的關係。我叫他去吃屎，但我想你可能會想知道。

所以，對，他當然會收到私人邀約了。

「聽我說，」亞歷克開口。「我、我想要謝謝你——」

「不要喔。」連恩打斷他。「認真的，好嗎。我們沒事了。之後都沒事了。」他心不在焉地揮揮手，然後推了推身邊可愛的黑眼男孩。「總而言之，這位是史賓瑟，我男朋友。」

「我是亞歷克，」亞歷克自我介紹。史賓瑟握手的力道很強，非常的農村男孩。「很高興見到你。」

「是我的榮幸。」史賓瑟誠懇地說。「你媽媽參選議員的時候，我媽就已經支持她了。所以我們算是早就有交情了吧。她是我首投的總統。」

「好了，史賓瑟，不要拍馬屁了。」連恩伸手擁住史賓瑟的肩膀。一股驕傲之感從亞歷克身上流經；如果史賓瑟的父母都是克雷蒙的支持者，那他們肯定都比連恩的父母更開明一些。

「小四的時候，這傢伙從水族館回來的公車上還尿褲子了，所以他也不是什麼了不起的咖。」

「我再說最後一次，你這個自大狂。」亞歷克回嘴道。「那是亞當．威廉諾瓦，不是我！」

「最好，我知道我看到了什麼好嗎。」連恩說。

亞歷克正張嘴想反駁，卻有人突然喊了他的名字——不知道是要讓內容農場拍照或訪問之類的。「可惡，我得走了，但是連恩，我們有太多事要說了。這週末有沒有空？我們約一下吧。我週末都會在這裡，約一下吧。」

他已經開始倒退著離開了，連恩翻著白眼，像是覺得他很煩、又不是真的生氣，而不是那種「所以我才不再跟你說話」的白眼，所以他繼續往後走。訪問很簡短，說到一半就被打斷了：安德森．庫柏的臉在他頭頂上方的螢幕上，像是飢餓遊戲裡的英俊主持人，宣布他們要公布佛羅里達的結果了。

「快啊，你們這些後院射擊場的混蛋們。」當他回到他的朋友圈時，薩拉正低聲碎念。

「她剛剛是說後院射擊場嗎？」亨利在亞歷克耳邊低聲說。「你們、真的有這種東西嗎？」

「你真的還有很多東西要學，老兄。」奧斯卡友善地告訴他。螢幕上閃過一片紅光——理查——然後房間裡傳來一陣集體的嘆息聲。

「諾拉，現在數字如何？」茱恩轉身問道，眼中閃過一絲瘋狂的光芒。「我的主修是英文，不是數學。」

「好喔。」諾拉說。「所以我們現在只需要拿超過兩百七，或是讓理查他們拿不到兩百七——」

「我知道，」茱恩不耐煩地打斷她。「我知道選舉是怎麼運作的——」

「是妳要問我的耶！」

「我沒有叫妳糾正我啊！」

「妳生氣的時候還滿性感的。」

「我們專心一點可以嗎？」亞歷克插嘴。

「好。」諾拉伸出雙手。「所以現在，如果拿下德州，或是拿下內華達和阿拉斯加這兩州，我們都能得票超過兩百七。理查得三州全拿。所以雙方都還沒有穩操勝算。」

「所以我們現在非拿下德州不可嗎？」

「除非他們拿下內華達，」諾拉說。「但這州不會這麼快開出來。」

她話甚至還沒說完，安德森．庫柏的臉就再度出現在螢幕上，一邊公布最新消息。有那麼一瞬間，亞歷克覺得以後自己做惡夢都會看到安德森．庫柏的臉。內華達：理查。

「你在開我玩笑嗎？」

「所以現在勢必——」

「誰拿下德州，」亞歷克說。「誰就勝選了。」

一陣沉重的沉默，然後茱恩說：「我要去把民調人員的冷披薩吃掉了。可以嗎？好喔。」然後她就走了。

十二點三十分時，沒有人敢相信他們居然得走到這一步。

歷史上，德州從來沒有這麼難分難捨過。如果是其他州，理查很可能早就打來承認敗選了。

路那在房裡來回踱步。亞歷克他爸爸的西裝已經汗濕了。接下來的一週，茱恩身上都會沾著披薩的味道。薩拉正對著手機裡某個人的語音信箱大喊，而當她掛掉電話時，她說她妹妹沒辦法找到好的托兒中心，所以決定要讓薩拉擔任這份工作，好幫她分散一點壓力。愛倫則像是一隻飢餓的母獅般，在一旁伺機而動。

然後茱恩突然拉著一個女孩朝他們跑來，而亞歷克認出了她——那是她的大學室友，他的腦子提醒道。她身上穿著一件民調志工的T恤，臉上掛著寬闊的微笑。

「你們——」茱恩上氣不接下氣地說。「莫莉說——她剛才從——靠，妳告訴他們啦！」

然後莫莉張開嘴，吐出這麼一句：「我想你們拿到選票了。」

諾拉的手機掉到地上。愛倫踩過它，抓住莫莉的另一隻手臂。「妳想，還是妳知道？」

「我是說，我們滿確定——」

「有多確定？」

「嗯，他們剛剛從哈里斯郡開出一萬票——」

「天啊——」

「等等，你們看——」

投影幕上現在終於打出來了。他們準備要公布了。安德森．庫柏，你這英俊的混蛋。德州的地圖又維持了五秒的灰色，接著轉變成了美麗、無誤、喇叭詹湖的藍色。

克雷蒙得了三十八票，最終拿了三百零一票。勝選。

「繼續做四年！」亞歷克的母親尖叫道。這是他近幾年來聽她尖叫最大聲的一次。

歡呼聲從低鳴、低吼，最後變成如暴風一般的狂吼，從隔牆的外側席捲而來，來自體育館四周的山丘，來自街道四周的城市，來自這整個國家。也許，還來自幾個熟睡中的倫敦小巷。他身邊的亨利雙眼淚濕，雙手捧著亞歷克的臉，像是電影結尾一般吻著他，歡呼著，將他推向自己的家人。

天花板上的網子鬆開，彩色的氣球和紙片四散而下。亞歷克摔進一群人的身體之間，撞上他父親的胸口，得到一個窒息的擁抱，還有哭得慘兮兮的茱恩，還有甚至哭得更慘的里歐。諾拉被夾在她驕傲的父母之間，正扯著喉嚨尖叫，路那則把克雷蒙競選的宣傳手冊拋到空中，像是在撒錢的黑手黨成員。他看見卡修斯爬到會場的一張椅子上跳舞，考驗著椅子的承重能力，還有艾米正舉著手機轉圈，好讓她的妻子能透過視訊看見這一切。薩拉和夏安正靠在一大疊克雷蒙／赫羅蘭當選的標誌牌上接吻。欠揍韓特把另一名助選成員扛在肩上，連恩和史賓瑟舉起啤酒乾杯，幾百名助選團隊成員和義工則不可置信地哭著、尖叫著。他們做到了。他們真的做到了。洛美塔的小小希望和期待已久的藍色德州終於如願以償。人群將他推回亨利懷裡，而在這一切之後，在所有的郵件、簡訊、和幾個月的旅行、密會與夜復一夜的等待之後，在最糟的時間不小心愛上你的死敵之後，他們終於做到了。亞歷克說過他們會走過來的——他保證過的。亨利的微笑好燦爛，亞歷克覺得他得把這一刻完整記錄下來，他的心臟就要塞爆了，像是有一千年份的歷史積聚在他的胸口。

「想要告訴你一件事，」亨利上氣不接下氣地說。亞歷克向後退開一步。「我在布魯克林買了一間房子。」

亞歷克的下巴掉了下來。「你騙人！」

「是真的。」

有那麼短短一瞬間，他眼前像是看到了另一段人生，連任、再也不用競選，他的行程表會塞滿上課，以及亨利在布魯克林的清晨裡，躺在隔壁枕頭上對他微笑的臉。那就像一滴水滴入他的胸口，形成漣漪，像希望那樣擴散開來。幸好所有人都還在哭。

「好了，大家。」薩拉的聲音穿過他耳裡突突流動的血液、愛意與腎上腺素傳來。她的睫毛膏糊成一團，口紅也暈染到下巴。她身邊，他母親正用一手摀著耳朵，另一手接聽著理查打來承認敗選的電話。「十五分鐘後進行勝選演說。大家，開始動作吧！」

亞歷克發現自己被人推向一邊，穿過人群，來到靠近舞臺的圍欄邊，躲在布幕後，然後他的母親就上臺了。里歐、麥可和他老婆，還有諾拉和她的父母，還有茱恩和他們的爸爸，都在他身邊。亞歷克跟在他們身後，對著下方炫目的閃光燈揮著手，對著吵雜的人群喊出一連串混合的語言。他自顧不暇，過了好一陣子才發現亨利沒有在他身邊，他轉過身，看見他在側邊的布幕旁，一如往常地怕自己搶了別人的風頭。

但這一點已經解套了。他是他的家人。他現在也是他的一部分了，他們會一起出現在頭條、油畫和議會歷史的頁面上，記載在彼此旁邊。而他是他們的一部分。直到永遠。

「快來！」亞歷克對著他揮手，大喊著，亨利有那麼一秒鐘看起來十分驚慌，而下一秒，他便揚起下巴，扣起西裝的釦子，走上舞臺。他來到亞歷克的身邊，面帶笑容。亞歷克伸出一隻手攬住他，另一隻手攬著茱恩。諾拉站在茱恩的另一側。

然後愛倫．克雷蒙總統走上講臺。

［節錄：愛倫．克雷蒙總統的勝選演說，位於德州奧斯汀，二〇二〇年十一月三日］

四年前，二〇一六年時，我們的國家面臨了絕境。有些人會讓我們退回仇恨、怨懟與偏見之中，想讓我們的國家再度燃起分裂的火苗。你們看著這些人，明確地告訴他們：「不，我們拒絕。」

你們選擇了一個來自德州的女子與家庭，讓她帶領你們走向四年的進步，帶來希望與改變。而今晚，你們又做到了一次。你們選擇了我。而我謙卑、衷心地感謝你們。

我的家庭——我的家庭也感謝你們。我的家庭裡有著移民的後裔，有人在他人的期待與壓迫之下仍選擇勇敢去愛，有決定永不退縮的女性，這些編織在一起的歷史，正是美國的未來寫照。我的家庭。你們的第一家庭。我們將會盡一切的努力，在未來的四年、還有未來的許多年裡，持續讓你們引以為傲。

第二輪彩色紙片還沒有落完，亞歷克就抓住亨利的手，說道：「跟我來。」

其他人忙著慶祝、或是進行訪問，沒有人注意到他們從後門溜了出去。他用一手啤酒交換了連恩和史賓瑟的腳踏車，亨利什麼也沒問，只是踢開中柱，跟著他一起消失在夜色中。

奧斯汀似乎有哪裡不一樣了，但它還是它，沒有真的改變。奧斯汀有著他返校舞會時戴的胸花，放在無線電話旁的碗裡，還有他在放學後幫孩子們課後輔導的學習中心，還有在巴頓溪綠地和路人要來的啤酒、仙人掌和冷釀酒。奧斯汀是個奇怪的字母、單獨存在的子音，是他心中的一個鉤子，不斷將他拉回來，給了他生命的根基。

也許變的是他。

他們過了橋，騎進市區，經過拉維卡公寓灰色的外牆，經過擠滿了人、吶喊著他母親名字的酒吧，那些人穿著印有他面孔的T恤、揮舞著德州州旗、美國國旗、墨西哥國旗，還有彩虹旗。音樂聲在街上回檔，當他們來到州政府大樓時，音樂聲變得更大，原來是有人爬到樓梯頂端，架起高大的音響，播放著星船合唱團的《勢不可擋[115]》。他們頭頂上方，在黑壓壓的雲朵

115《勢不可擋（Nothing's Gonna Stop Us Now）》，美國搖滾樂團星船合唱團（Starship）於一九八七年發行的代表歌曲。

之下，有人放起了煙火。

亞歷克的腳從踏板上挪開，滑行經過州政府文藝復興風格的建築門面前。這是他小時候，他母親每天上班的地方。這棟建築比華府的還要高大。這裡的一切都比華府大得多。

他們花了二十分鐘才來到潘伯頓山莊，亞歷克領著英國王子來到老西奧斯汀的某個住宅區，爬上高聳的人行道，告訴他以前他都把自己的腳踏車扔在哪裡，草地裡至今還有腳踏車壓出來的小小痕跡。昂貴的皮鞋底部踩在老屋子破舊的前門階梯上，聲音和他自己的靴子並無二致。就像是回家了一樣自然。

他向後退開，看著亨利打量著這一切——奶油黃的壁板，大落地窗，外廊上的手印。亞歷克二十歲之後，就沒有再進過這間屋子了。他們請了一位家族朋友替他們代管這間房子，維修管路，確保水龍頭還有自來水。他們捨不得放棄這間屋子。裡頭的一切都還保留著，只是都包了起來。

在這裡，沒有煙火、沒有音樂、沒有五彩碎紙。只有沉睡的小家庭，還有終於關上的電視。只有一間亞歷克年幼時住的房子——那是他第一次看見亨利的照片、然後感覺內心有什麼在蠢蠢欲動的家。一切的起點。

「嘿，」亞歷克說。亨利轉過來看著他，雙眼在街燈下像是銀色。「我們贏了耶。」

亨利牽起他的手，一邊的嘴角緩緩勾起。「對呀，我們贏了。」

亞歷克摸索著襯衫下方的那條項鍊，小心翼翼地拉出細鍊上的戒指和鑰匙。

在冬季的雲朵下，像凱旋歸來般，他打開了前門的鎖。

致謝

二〇一六年初，我在開下十號州際公路時想到這本書的點子，而我從沒想過最後它會變成什麼樣子。我是說，在那時候，我也無法想像二〇一六年本身會變成什麼樣子。超噁的。在十一月[116]之後的好幾個月裡，我直接放棄了這本書。原本只是一個無傷大雅的平行宇宙，現在突然得變成一個逃避的空間、一個平復創傷的故事，一個雖然不存在但必須很實際的現實。這當然不是一個完美的世界——而是一個顯然還是被搞砸了，只是稍微好一點、稍微樂觀一點的世界。我不確定我能承擔這個責任，我希望我做到了。

我希望最後我做到的、也希望親愛的讀者們讀完這本書之後所得到的，是一點你需要的喜悅與盼望。

如果沒有這麼多人的幫助，我就不可能完成這麼一項任務。致我的天使經紀人，賽拉・麥基博，謝謝妳願意和我一起經歷這一段瘋狂旅程。我一直希望有個人能和我一樣，對這本書有著同樣的感覺，甚至是一半的感動都好，而從我們對話的第一刻開始，妳就和我並駕齊驅。

116 指二〇一六年十一月的美國總統大選，當時的當選者是川普。

謝謝妳為了這本書盡心盡力，一直在背後支持著我。致我的編輯薇琪．雷蒙，謝謝這位為這本書打拚的德州女孩，妳總是能看見這本書對人們的意義。謝謝妳對這本書付出所有，謝謝妳總是在漫長的路程中伸出援手。妳和出版社的團隊真的讓夢想成真了。也謝謝我的公關團隊、D.J. 戴新德，還有摩根．哈林頓，以及所有為這本書投入時間心力的人。

還要感謝：伊莉莎白．費利博，她教了我太多事，我甚至沒辦法回饋她，如果沒有她，我也不會是今天的作家。蕾娜．巴斯基，她陪著我寫了這整本書，也是第一個和我一樣愛這些角色的人。莎夏．史密斯，我文學上的牧者，也一直相信著我，如果不是她，我甚至來不及啟航就會沈船了。萱尼卡．安德森，她是我夢想中的核心讀者，就算在這本書比現在字數多出四萬字的時候，她都還是一樣愛它。蘿倫．赫夫卡，和我一起坐在墨西哥捲餅店裡，聽我梳理這些劇情，也從不曾拒絕聆聽我的思緒。西瑟．威寧，為我倒酒，並告訴我我的夢想並不是那麼遙不可及。莉亞．洛麥羅，我最大的粉絲，以及我的政治靈感來源，她是我一直想要靠寫作來征服的讀者。蒂芬妮．馬汀妮茲，她用滿滿的溫柔與愛讀過這本書，並對我有話直說。蘿拉．馬奎茲，她幫我翻譯了很多句子。CJSR 電台，什麼都知道，陪我度過了無數個失眠的夜晚，成就了這本書。還有我的 FoCo 家族，我的第二個家。

謝謝我的家人，在這麼多年來為我付出了這麼多：你們都不知道當我說我要寫書時，你們到底替我背書了什麼東西，但你們還是不斷鼓勵我。謝謝你們愛著我，讓我做自己。謝謝你們讓我成為那個最奇怪的孩子。謝謝爸，我最初的說故事家：我知道你總是知道我能做到。謝謝你幫助我相信自己。你像宇宙般廣大，永遠在雲端上。這是我截至目前為止最棒的作品。

也感謝所有幫助我查資料的資料來源：白宮博物館組織，貴族線上收藏網站，李克多．諾頓的著作：《親愛的男孩》[117]，維多莉亞博物館超有幫助的網站，還有其他無數的資源。感謝挪威，在那一週裡讓我寫完了初稿的十一萬字。也感謝 Mitski 的《德州戀曲》[118]。

謝謝那些想要找到容身之處、又剛好拿起這本書的人。我希望你在這本書裡找到屬於你的位置，就算只有幾頁也好。你是受人喜愛的，我寫這本書就是為了你。

持續戰鬥，持續創造歷史，持續照料彼此吧。

來自愛你們的作者，也敬你們一瓶啤酒。

117 李克多．諾頓（Rictor Norton），美國文學及文學史作家，《親愛的男孩（My Dear Boy）》是他所撰寫的同性戀文學史作品之一。
118 《德州戀曲（Texas Reznikoff）》，日裔美國創作歌手 Mitski 的歌曲。

王室緋聞守則

RED, WHITE & ROYAL BLUE

番外

亨利

「我沒有要求妳相信它、或是喜歡它。」亨利冷酷地說。今天早上已經夠漫長了。他已經開始冒汗了。「我只是要求妳對它展現一點點的尊重。」

「對——對你的法式餡餅嗎？」

「對。對我的法式餡餅。」

小碧放下她手中的封箱膠帶，抹了抹眼睛。「阿波！」

「怎麼了？」

「亨利說他要做法式餡餅給我們吃！」

阿波尖笑的聲音從樓上彈跳而下。「別開玩笑了！」

「我一天到晚做給亞歷克吃。」亨利堅持道。「它們**完全是可以下嚥的**。」

「所以，你答應我們，如果我們早起來幫你忙，你就會請我們吃早餐。」小碧說。「你是指**你**會做早餐給我們吃？」

「對！」亨利惱怒地說道。「別再笑了！」

「對不起嘛！」小碧說。「只是因為……嗯，亨利，你上一次幫我做早餐的時候，你才十二歲，而且你把一根香腸放在微波爐裡，微波到它直接爆炸了。」

「那是**妳的**點子！而且在那之後已經過了這麼久了！我研究過了，好嗎？我現在滿會做菜的了。我傳到群組裡的那些照片不只是做做樣子的，好嗎。」

「噢，難道不是嗎？」小碧無禮地說，好像他慷慨表示自己能做紅蔥百里香蘑菇餡餅，對她來說卻沒有任何意義似的，他的蘑菇還是去農夫市集買的呢。好像他在這間屋子裡住了整整五年，卻還沒有學會要怎麼使用它的廚房似的。

也許如果他們的生活沒有這麼混亂，如果每次小碧有時間飛過來時，亨利並不是剛好都不在紐約，他早就可以證明給她看了。但阿波幾乎就已經是住在紐約這裡，而且他拜訪的次數頻繁到連他都有自己的祕密代號了（他的代號是紅衣主教，因為亨利的代號是主教），他明明知道的。

「波西．歐康喬。」阿波加入他們時，亨利說道。「我上週末做百果餡餅的時候你也在這裡。你明明就**很愛**。」

「我有嗎？」阿波用和小碧一樣討人厭的輕快語調，大聲說道。

「看看這條圍裙！」亨利對著自己和他身上深藍色的圍裙比劃。這是去年亞歷克送他的生日禮物。「一個做不出法式餡餅的人能擁有一條這樣的圍裙嗎？這上面還有**押我的名字**。」

「你是個貴族，寶貝。」阿波指出。「你擁有的一切都有押上名字。」

他的手機，在他認真的居家廚師圍裙口袋中響了起來。援軍來了。視訊接通後，亞歷克說：「早安啊，我最親愛的——」

「亞歷克。」亨利打斷他。「跟他們說說我的法式餡餅。」

亞歷克推起太陽眼鏡，對著鏡頭皺起眉。他穿著褪色的T恤、牛仔外套，頭上頂著亂糟糟的頭髮，看起來真的好可愛。完全是美國甜心，最好再加上一頂牛仔帽。亨利永遠都看不膩。

「不好意思，什麼？」

「小碧和阿波不相信我會做法式餡餅。」

「什麼？他們有看過你的圍裙了嗎？」

「我就是這樣說的啊！」

「亨利做的法式餡餅超讚的！」亞歷克對著廚房的所有人說。「我幾乎從來沒有在裡面吃到蛋殼過！」

這句話使小碧和阿波又笑得直不起腰。螢幕上，亞歷克的臉因為笑意而皺了起來。

「非常感謝你，亞歷克。你幫了我一個大忙。」亨利呻吟道。「事情怎麼樣？今天早上是花藝師，是吧？」

「正在準備結束了。」亞歷克咧開嘴。「最後確認也做完啦。一切看起來都很棒。」

距離搬家只剩一個星期、距離婚禮則只剩兩天，因此分頭各個擊破是最合理的作法。亨利同意留在紐約，靠小碧與阿波的幫助打包他們所住的房子，亞歷克、茱恩和諾拉則去德州把最後的幾件待辦事項一一完成。

「就這場婚禮計畫帶給我們所有的驚喜而言。」亨利說。「你微觀管理花朵安排的能力絕對是……其中之一。」

「你知道我喜歡營造出一種氛圍。」亞歷克說。

「你是。」亨利同意道。「女孩們在哪裡？」

「去買甜甜圈了。」阿波趕在亞歷克回答前就開口道。他舉起手機，打開一張茱恩拋來飛吻、而諾拉吸著一根閃電泡芙的照片。

「甜甜圈！」小碧說。「真是個好主意啊！」

接下來的那一天，他們都淹沒在紙箱和垃圾袋之間，把家具和樓下的電視以外的東西都打包起來。每過一小時，阿波就會提醒他一次，他們大可請人來做這件事，但小碧很堅持，亨利又不願意讓任何人介入他和亞歷克的生活瑣事中。要向阿波解釋他們衣櫃抽屜裡的玩具是什麼就已經夠糟了，他更不想要讓素未謀面的搬家工人看到。

事情做完後，小碧在客廳中播起《騎士風雲錄》，然後立刻就在阿波的大腿上睡著了。阿波也打起瞌睡，但亨利仍保持清醒，因為希斯．萊傑值得觀眾欣賞。而且他也知道，如果他不把小碧叫起來、送進客房裡睡，他明天早上就得聽她抱怨自己的背痛了。

大衛跳上雙人沙發，坐在他身邊，而亨利輕撫著牠的鼻吻上方，直到牠小小的身體放鬆地靠在亨利的身側。

「緊張的老小子。」亨利低哼道。現在想想，他領養來作為情緒輔助的狗居然有焦慮症，這還真是千古諷刺。大衛這一個星期變得越來越焦慮，因為牠的家一點一點地被裝進紙箱裡了。「我們不會拋下你的，我保證。」

這間紅磚建築對他們來說是很棒的家。穩固的磚牆、願意讓他們好好過日子的好鄰居。亨利愛它甚至超過肯辛頓宮，或者至少和他父母還一起住在肯辛頓宮時一樣愛。有些早晨，當他走下樓，看見亞歷克已經煮好了咖啡和熱水時，他產生的感覺，就和他們一家人還住在同一個屋簷下的時候一樣。這個屋簷比肯辛頓宮小得多，但他的感受卻沒有比較薄弱。

所以也許大衛的想法並不是錯的。要放下這個地方真的不容易。在過去一個月間，亞歷克問過亨利好幾次，他為什麼要一直盯著他看，而事實是，他正在努力把亞歷克在每個房間裡的樣子都刻在腦中。樓梯扶手是如何貼合他的手心，還有門廳牆上他每次穿鞋時手都要扶著的地方。

過去五年間所發生的每件事，至少有一部分，都是發生在這間屋子裡。

那是亞歷克的母親第二次就職典禮過後的七個月，亨利好希望自己從來都沒有**聽過**「餐廚櫃」這個詞了。這樣他就不用決定要把它放在哪裡。

亞歷克再過半小時就要抵達，來幫助他搬這個櫃子，但亨利還是不知道他要擺在**哪裡**。也許放在壁爐對面？但如果他想要把沙發擺在那裡怎麼辦？他想要普通的沙發就好，還是L型的？他要把餐廚櫃放在他樓上的書房裡嗎？還是他要留下放書櫃的空間？

他只想要回到海灘上，喝著裝在鳳梨裡的飲料。

這是個漫長而美好的夏天。當時，亞歷克打包了他的白宮臥室，打給亨利，問道：「你想要離這個洲遠一點嗎？」他們先飛往了杜拜，然後是拉哥斯。接著，為了紀念他們的回憶，又飛去里約。然後是布宜諾斯艾利斯，在月光下放天燈，而亞歷克和調酒師調情，好換取免費的飲料。從六月到八月，時間都只是美好而模糊的影子：飛機上，亞歷克靠著他的肩膀睡著；亞歷克把自己的葡萄牙文單字書扔出行進中的汽車；沙子跑到他們身上不可名狀的部位中。亞歷克、亞歷克、亞歷克。永無止境的機場跑道和半吊子的偽裝，越縮越小、直到最後乾脆放棄不穿的泳衣。他們墜入愛河，然後是嶄新的曬痕與夠他們用一輩子的時間。

而現在他們住在公園坡，亞歷克租的房子位於一棟紅磚房二樓，距離亨利的房子只有兩條街。

他們達成共識，先住在同一個社區裡，再住在同一個地址上，這樣比較實際。他們幾乎還沒有機會以正常的方式約會——如果他們兩人的保全團隊，就駐紮在同一條街上的一間空公寓裡，這樣也能稱得上是「正常」的話。但亨利仍然希望這能持續下去。

他們發生的一切都太過快速了，但現在，他想要節奏緩慢一點，讓他慢慢品嘗逐漸增加的美好。他想要享受夜晚的氛圍、享受他們相處的每一分鐘，他想要體驗所有的第一次，想要對這一切充滿渴望、然後再讓它們慢慢融化在他的舌尖，像是他小時候偷偷從奶奶的精工茶盤上偷吃方糖時一樣。他想要體驗**人生**。

他也想要有人告訴他，他該把這個該死的餐廚櫃放在哪裡。

這是一個老式的拉門式木製餐廚櫃，有著胡桃木櫃體和精妙的黃銅抽屜拉手。是茱恩來城裡與她的編輯開會時幫他挑選，但她從來沒有告訴他應該要擺在哪裡。他也從來沒有權力決定家具應該放在哪裡。所以，它就……出現在這裡，落在空蕩蕩的客廳中央，這是整間屋子裡的第一個家具。

「也許你可以先擺一兩張地毯試試。」門口的亞歷克說。

亨利轉身發現他一手拿著鑰匙，另一隻手拿著一個紙袋，在晨光中微笑著。然後，啊。是的，就是這樣。那種甜蜜而尖銳的神經傳導。有那麼半秒鐘，他忘了該怎麼使用他的嘴。如果他什麼都不知道，至少他還能確定一件事，那就是每當他看到亞歷克．克雷蒙—迪亞茲本人時，他總是會產生這種反應。

照片中的亞歷克很帥，但現實中的亞歷克卻是一首交響樂。他正用一瓶櫻桃可樂醒酒水折射著光線。他有著斐波那契曲線般的下巴、惹人厭的微笑和粗壯的前臂，可以捲起袖子在門口擺姿勢，或是用拇指推出香檳瓶的軟木塞。亨利第一次告訴阿波他的事時，他說：「天啊，他會逼死我。」你越了解他，情況就會變得越糟。

「餐廚櫃擺在那裡有點奇怪。」亞歷克評論道。他吻了吻亨利的臉頰，然後遞給他一個用羊皮紙包著的溫暖包裹。「希望你會喜歡香腸雞蛋起司三明治。」

「我不知道該擺在哪裡。」

「三明治通常會擺在你的嘴裡。」

「我是說餐廚櫃。」

「噢，對啦。」亞歷克說，假裝自己才剛聽懂。他眨眨眼。亨利戲劇化地嘆了口氣，但接受了落在嘴唇上的第二個吻。「你為什麼不把它擺在這裡就好？」

他指著他的左邊，那裡有一堵空白的牆，從前門一直延伸到樓梯腳下。仔細檢查過後，它似乎正好是完全正確的尺寸。

「噢。」亨利說。

這就是他們的交集。他結束、而亞歷克開始的地方。一方產生大量黏糊糊的感情、另一方則採取行動；一方提供無盡燃燒的能量、另一方則有專注的焦點。許多痛苦，卻又有最明顯、最自然、最不可避免的結局。有時，對於像亨利這樣一生都在痛苦中掙扎的人來說，這實在很可怕，就像在小自行車籃裡放法國麵包一樣。他現在該拿他們怎麼辦？

「對。」亨利承認。「我覺得應該可以。」亞歷克笑了。

現在是二〇二二年的夏天。亨利開設了他的第三個收容所，而亞歷克也剛完成了他在紐約大學法學院的第一年耕耘。

幾箱書還在亞歷克家等著，但除此之外，他現在已經住在亨利的磚屋裡了。他們的磚屋。客廳牆上的切爾西球隊隊旗旁，掛著德州大學的三角旗。冰箱中裝滿葡萄柚礦泉水和精釀啤酒。前門放著兩雙鞋，棕色的德比鞋和 Reebok 運動鞋。沒有人會搞錯的。

這是他們的第一個家事星期天（這是亞歷克的點子），亨利把最後一件衣服放在烘衣機裡。他在廚房門口，看著亞歷克拿出洗碗機裡的碗盤。

亞歷克曾經告訴過亨利，他通常會被這樣的男人所吸引：高大、寬肩、眼睛漂亮，還有一點心理陰影的人。有點高傲、又有讓人好奇的微笑。對亨利來說，事情從來就沒有這麼簡單。他喜歡班上的男孩，因為他們會認真讀老師指派的文章，他也喜歡過菲力普在伊頓公學時的一個爛朋友，因為他會駕駛帆船、而且身上有著肉桂的味道。所有牛津大學的男孩們唯一共同點，就是他們不知道該如何與他交談。他從來沒有特別喜歡的類型，而他一直都確信，亞歷克無論如何都是個獨一無二的存在。亞歷克與他見過的任何人都不一樣。

但此時此刻，看著亞歷克彎下腰，從底層架子上拿下一個沙拉碗時，他便面臨了最殘酷的事實。實際上，這些男孩們都擁有一個共同特徵。

「你要來幫我忙嗎？」亞歷克甚至連回頭看一眼都沒有。「還是你要繼續盯著我的屁股看？」

現在是二〇二二年的聖誕節，這是他們自亞歷克正式搬進來以來的第一個聖誕節，而亨利打算做一個耶誕樹幹蛋糕。

也許是他野心太大了。畢竟他對烹飪還很陌生。長大後，他就很少有權進入廚房，他的飲食幾乎都是靠速食和外送。他會烤吐司和煮水煮蛋，他也很會使用濾掛咖啡機和杜松子酒調酒器。他懂食物——最好的食物。他還沒有遇過哪個英國人比他更會挑選布里乾酪——但直到最近，他才學會做飯。

最近，也就是在亞歷克太過狂熱地投入二年級的課程，以至於忘記了要好好吃飯的時候。一開始，他是每週強迫亞歷克吃兩次培根三明治。亨利的手臂上多了許多被油脂灼傷的小點，但煎培根很容易，而且傷痕也會褪去，所以它們並沒有造成他的阻礙。被激起好奇心之後，他便自學了義大利麵的基本知識，還有如何使用大蒜、洋蔥和奶油來燉幾乎所有的東西，並讓食物與麵條搭配成美妙的口味。產生信心後，他便真正投入烹飪的領域，現在，除了在收容所工作的幾個小時和與他媽媽視訊通話以外的時間，他便看了一個又一個焦化奶油和烤雞的教學影片。他所做的嘗試只有一半變成了他想要的顏色，但他喜歡這個過程。

他喜歡走到街角的市場，根據茱恩寄給他的家族食譜來尋找特定的原料。事實上，狗仔隊已經習慣了這種日常消遣，所以他的母親最後不得不逼他的保全團隊聘了一個替身。現在，一個身高和體格與他相仿、名叫安格斯的傢伙，會頂著一張幾乎與他相同的臉在附近散步，轉移狗仔的注意力，而亨利則有機會細細品嚐罐裝辣椒。

藉由他的獨立研究，他很確定自己也能做甜點。他想做一些令人印象深刻的事，畢竟他們已經說服家人讓他們來舉辦聖誕晚宴了。只是，他的海綿蛋糕出了問題；如果他從烘焙大賽的影片中學到了什麼，他就知道當他試著把糕體捲起來時，它並不該有五道裂痕。保羅・好萊塢會當眾把他嘲笑得體無完膚的。

「你是不是放太久了？」奧斯卡在中島的另一端問道。他身上穿著一件白象交換禮物拿到的圓領衫，上面寫著一句「沒有奶就組不成議會（you can't spell constitution without tits）」的標語。不知為何，這禮物還是亨利的媽媽準備的。「看起來好像有點乾。」

「我很感激你試著幫忙。」亨利清晰地說道。「但如果你再說一句話，我可能就會哭出來，那我們兩個可能都不會再那麼尊重我了。」

那天稍晚，阿波說服他「放棄吧，讓它結束悲慘的一生」時，他便把他失敗的一盤巧克力醬、蛋糕與杏仁膏端進客廳，並讓所有人拿著湯匙直接開吃。整屋的人都爆笑了起來，而且不只是因為聖誕節的喜悅。亞歷克的三個父母都在場，亨利的媽媽、茱恩和諾拉、小碧和阿波都在，夏安和薩拉則在手機擴音的另一端，菲力普和瑪莎偶爾尷尬地視訊來湊一腳，還有沒地方過節的安格斯也在這裡。

「我不喜歡他。」亨利提議要邀請自己的替身來吃聖誕晚餐時，亞歷克低聲說。

「為什麼不喜歡？」

「因為他看起來跟你一模一樣，但是我卻覺得他**完全**沒有吸引力，這讓我覺得超恐怖的。」

愛倫跟所有人說了亞歷克的故事，某一年他得到了一台腳踏車當聖誕禮物，卻在聖誕節隔天就撞斷了自己的兩顆門牙；凱瑟琳也因此朗讀起亨利八歲時寫給聖誕老人的信，說他想要一本皮革筆記本和去東威特靈度假，這樣他才可以看海。小碧把亨利推到鋼琴前，讓他接受點歌一個小時。直到阿波把《天賜歡樂》半數以上的歌詞都改成在唱他自己乳糖不耐的症狀時，點歌時間才結束。沒有人想要追隨「乳糖與大豆的佳音」。

喝了第三輪香料酒之後，亞歷克的父母打電話叫來自己的司機，他的媽媽前往客房，茱恩和諾拉則站在槲寄生下。所有人歡呼、吹著口哨，直到諾拉抓住茱恩的聖誕燈飾項鍊，給了她一個吻，並贏來一陣掌聲。茱恩的臉頰一紅，但她看起來愉快無比。

「不敢相信你們兩個花了這麼久的時間才終於接吻。」亞歷克說，而這句話卻讓阿波放聲大笑。「幹嘛？」

「亞歷克。」他疼愛地說。他喝光自己的玻璃杯，然後在亞歷克的額頭上印下一吻。「你這可愛又愚蠢的小甘藍。」

「這是什麼意思？」

阿波只是搖搖頭，往廚房走去。

他皺起眉，就像他在努力回想法律教科書中某個非常微小的細節時一樣。然後他突然靈光一閃，他把自己的馬克杯重重放在邊几上，然後便追在阿波身後跑去。

「阿波，這是什麼意思？」

現在是二〇二三年，亞歷克在法學院的最後一年。夏天時，某個接近中午的早晨，亨利開口說的第一個詞是**亞歷克**。

當然，大部分的早晨，他都是這樣。在五個時區之外的星期一早上，他會對著手機螢幕低聲說「亞歷克」。星期五，當亞歷克早上的課程取消時，他說的「亞歷克」則是F大調、埋在枕頭裡；他翻過身，而他們則擁有一整天的相處時間。考試前的半夜三點半，他則是沙啞的說一聲「亞歷克」，緊接著則是「關掉那盞該死的燈，然後上床睡覺。」

今天早上，則是因為大衛在門口狂吠。一場暴風雨正在醞釀之中，如果時差沒有讓亨利死在被單之下，那灰色陰霾的天空也會。亞歷克半小時前就從睡夢中醒來，並昏昏沉沉地向幾條街外的一家二十四小時餐館訂了三份完整的鬆餅早餐。他應該要起身去應門的。

「亞歷克。」亨利呢喃道，翻過身來。亞歷克把棉被拉得好高，他只能看見一撮亂糟糟的鬈髮散落在白色的布料上。

「嗯──」亞歷克從深處低哼著。

「早餐到了。」亨利說。門鈴此時又響了起來。大衛嚎叫著。

亞歷克的臉露了出來，噘著嘴。他的顴骨上有著枕頭印，就像雀斑的星空中畫過的一道彗星。「你能去拿嗎？」

亨利翻了個白眼，但是露出微笑。最後還是這樣。

他爬下床，套上昨晚搭飛機時穿的棉褲和連帽衫。直到他走下樓，感覺到一股涼風吹上他的腳踝時，他才意識到，這條褲子是亞歷克的、不是他的。

門前的台階上，戴著腳踏車安全帽、留著粉紅頭髮的外送女孩，看起來一臉無聊。

「抱歉讓妳等這麼久。」亨利說。他從亞歷克的口袋裡掏出一張皺巴巴的紙鈔。「這當作補償吧。」

女孩扮了個鬼臉。

「你有真錢嗎？」她問。她的口音讓他聯想到亞歷克的媽媽。

他眨眨眼，低頭看著她的手。那張紙鈔是二十英磅。「啊，對不起。呃。」他從餐廚櫃上的碗裡撈出自己的錢包，並把裡頭所有的美金都給了她。

「她走了，大衛。」事後，亨利對大衛說。狗兒正焦慮地繞著客廳跑。「你又保護我們遠離了一個可怕的入侵者。幹得好。」

他放大衛進入後院，讓牠處理自己的事，然後把食物端上樓。令人震驚的是，亞歷克已經醒了，正靠著床頭板坐著。

「我已經老到不適合坐紅眼航班了。」亞歷克邊說邊揉著眼睛。

「親愛的，你才二十五歲。」亨利提醒道。他把提袋放在床邊桌上，亞歷克便一秒也不浪費地撕開塑膠袋，埋首攻擊他的早餐。「我還比你老呢。」

「對啊，你是。但是……我懂我們為什麼要去參加菲利浦的小孩的受洗典禮。但是表親的？」他把鬆餅泡進糖漿裡。「我的意思是，至少我的表親們會辦聯合受洗啦。一次就夠了，寶貝。」

亨利張開嘴，準備用一千個答案來回答。如果他停止盡這些義務，八卦小報會比平時都還要更猖狂，而總會有一個教堂需要任命、有一隻天鵝需要升職或禮帽試衣的邀約，他也永遠都有義務要有一隻腳踩在倫敦，而總有一天，他們不得不選擇在哪一個城市安頓下來。這不是他們第一次進行這個對話了。

但隨後亞歷克將一大口鬆餅鏟進嘴裡，然後說：「無論如何，我愛你。明天你想叫茱恩和諾拉過來嗎？我們可以再玩一次瑪利歐派對。我想看她們兩個打架。喔，還有，我爸爸下週會在城裡，他說要我告訴你，他帶來了你問的那本書——」

然後亨利便知道：他再也不想回去了。

這是二〇二四年的春末，而亨利並沒有在偷聽。他離席去接夏安的電話，但這實在是避無可避的一件事。夏安已經開始了他作為家庭主夫的新生活，想當然爾，他的大部分電話都是要叫亨利與一個未來顯然注定要成為總理的嬰兒交談。他可不能讓夏安進入語音信箱。

自從亞歷克接下法律相關的工作以來，這是他們第一次有時間安排他母親來拜訪。亨利對亞歷克的工作所知甚少，但他確信，這是亞歷克職業生涯中最具戰略意義的一步。當亨利離開房間時，亞歷克仍在努力向凱瑟琳解釋。他說的一切，聽起來都非常偉大。

他剛端著一壺新泡好的茶回到客廳，就在轉角處聽見他們說到他的名字。

「——第二天早上，亨利和亞瑟都消失了。」他母親說。「阿吉叔叔打電話來時，我告訴他，亨利沒辦法參加一年一度的野雞狩獵，因為他病得很重，但其實亞瑟已經到了他正在製作的那部愚蠢的飛車追逐電影的片場，並帶著亨利到羅馬待了兩個星期。那部電影是那個，噢，他叫什麼名字——」

「傑森．史塔森。」亞歷克笑得喘不過氣，迅速說道。

「就是他！」

「我愛那部電影。」亞歷克說。「我不敢相信亨利居然可以在片場。」

「這都是亞瑟的主意，但他這樣做是對的。阿吉叔叔是一個無聊得可怕的人，而且亨利鄙視他的兒子，吉爾福德。你在婚禮上有見到吉爾福德嗎？」

「亨利有確保我迴避了。」

「嗯，這是最好不過的了。」凱瑟琳優雅地說。「他已經長大，變成一個徹頭徹尾的白痴了。」

亨利真希望他能在房間裡看到亞歷克吞吞吐吐的樣子。「噢，我的天啊。」亞歷克總是忘記凱瑟琳有上大學、並嫁給了謝菲爾德出生的一個平民。

然後亞歷克嘆了口氣說：「等亨利和我結婚時——」

亨利想辦法在茶壺掉下之前就把它抓回了手中。

聽到亞歷克提到結婚這件事，也沒什麼好驚訝的。他們多年來一直在計劃著：政治後勤和亞歷克對單親孩子的焦慮、以及關於皇室婚禮的一千個問題，他們倆都不想面對。他甚至已經買了一枚訂婚戒指，而且從每當亨利試著為他收貼身衣物時，亞歷克就變得暴躁的反應來判斷，他並不是唯一一個。

但這是他第一次聽到亞歷克向他的母親提起這件事。他這麼隨意、如此順口地說了出口，好像他多年來一直在和她討論與亨利結婚的事一樣。亨利認為，他真的有可能已經這樣做了。這就是亞歷克上個月在倫敦和她喝茶、並告訴亨利他沒有受邀的原因嗎？他們有**陰謀**嗎？

他們現在正在討論假設性的賓客名單了，包括哪些表親們暗地裡互相憎恨，誰又曾經戴了一個不合適的大號頭飾來參加誰的生日茶會，但亨利已經沒有在聽了。他想到了羅馬的一張咖啡桌，他的父親正在第二杯義大利冰淇淋上揮著手。

在他的記憶中，他九歲，而他的父親說，**無論你和誰結婚，亨利，確保他們認為你的媽媽是個可愛的人，因為她就是。她真的是。**

他清了清喉嚨，終於走過轉角。

「有人要喝茶嗎？」

這是二〇二四年，而沒有人知道他們訂婚了。

當然，他們才剛訂婚三小時，但亨利很好奇他們能瞞多久。保有一個**不需要**是祕密的祕密，感覺很不錯。這感覺更像是他們在養一隻寵物，或是他們從花園裡騙進來的某種小生物似的。

一張唱片在唱盤上轉動著，這是亞歷克的收藏，也許是他從小碧那裡借來的強尼・米契爾的作品。他們把手機塞到了沙發椅墊下，並點了一個和月亮一樣大的披薩，而現在他們坐在客廳地板中央，正在把這個披薩生吞活剝。他們接吻、吃披薩，然後又因為接吻而分心。亨利把一條燻腸形成的污漬從亞歷克的前臂上舔掉，這是他一直以來都不知道自己存在的幻想，直到他真的做出來為止。他們在地毯上交纏，而亨利決定，他下星期要帶亞歷克一起出海航行，或者帶他去河邊也行，他只是想要看他站在地平線前的模樣。

將近五年的相處時間，他學到最主要的一點，就是亞歷克這人是一個沒有末日的世界。亨利只想要和他一直走到永遠。他想要一直找到自己新的最喜歡的部分，想要不斷推翻先前的認識，想要好好研究他們的弱點和他們最好的那一面。

所以他會的。

二〇二四年的跨年夜下著雪。亞歷克看著窗外，脫下外套。

新美國跨年舞會或許已經不再舉行，但諾拉、茱恩和阿波可不會停止舉辦跨年派對，尤其是現在阿波在城裡有了自己的暫時公寓之後。他們是紐約市假日社交圈的三種命運：出生（茱恩，管理邀請）、生命（阿波，裸體）和死亡（諾拉，也是裸體）。

「如果。」亞歷克說，一邊轉向樓梯腳下的亨利。「我們不去參加聚會，怎麼樣？」

「諾拉會殺了我。」亨利說。「她告訴我，既然我放棄了自己的頭銜，她就不怕了。」

「就算你不是真正的王子，謀殺也仍然是犯罪行為。」

「是的，但她的原話是——」他裝出他最棒的美國口音。「『他們不能再把我關在倫敦塔裡了。誰會來逮捕我？豆豆先生嗎？』」

「不然我們直接派安格斯去？那裡很黑。她也許不會發現。」

「那你的替身呢？」

「我們住在紐約，我相信能找到一個男模特兒來代替我的。」

「一如既往，發出低沉而謙遜的聲音。」

「那是他媽的莎士比亞嗎？」

「《亨利四世》。」

「我要用千年殺捅你了，你這個該死的書呆子。」

最後，他用不了太多功夫，就說服亨利留下來了。最近都是這樣。亞歷克傳了一個站不住腳的藉口給茱恩，然後他們脫掉鞋子，解開了襯衫的束縛。

亨利不得不承認，他已經筋疲力盡了，只有在一年中的最後一天才會有這種感覺，好像一年中的每一天都累積到這一刻似的。今年很重要：亞歷克得到了第一份法律工作，亨利決定放棄頭銜的新聞也沒完沒了，他們訂了婚，小碧的婚禮，還有在小碧的婚禮上那場槌球槌和荷蘭大使的小意外。有時亞歷克會開玩笑地說，他們把這一切都擠進了同一年，因為如果下週還有另一個頭條的話，舊的這個就會消失了，但這只能算是半個笑話。幾個月來，他們已經筋疲力盡了。

「我很意外你竟然想待在家裡。」亨利說。「我記得有個年輕的花花公子，專門在跨年夜毀了人們的生活。」

「毀滅？」亞歷克說。「我記得的可不是這樣。」

「當時的感覺確實是這樣。」

他們往廚房移動，途中經過了這一年的所有痕跡。乾燥花、地板上新的磨損。亨利第一本完成的詩歌式短篇小說和散文合集的裝訂手稿。來自參議員、外交官和德州老朋友們的節日賀卡，最後一張則是亞歷克最喜歡的，是拉斐爾．路那和他身材好得驚人的伴侶穿著情侶聖誕套頭衫。這張賀卡伴隨著一箱啤酒和一張感謝函，謝謝亨利在他上次拜訪亞歷克、並在喝酒遊戲中喝了太多龍舌蘭之後讓他留下來過夜。如果不是以上這兩樣東西，亨利大概會以為拉斐爾是被迫這樣穿的。

亞歷克從冰箱裡拿出一瓶凱歌香檳，說：「我們還不累，對吧？」

「我們老了。」亨利指出。

「沒錯。」亞歷克說。一逮到這個機會，他的眼睛立刻閃閃發光起來。亨利先發制人地嘆了口氣。「你快三十了。」

「快二十八歲跟快三十不一樣。」

「基本上是一樣的。你老了。你比我早一整年就三十歲了。你會開始吃胃酸抑制劑，而我會在夜店裡嗨，到處甩我的——」

「你現在根本也不在夜店啊。」

「我可以去，我只是選擇不這樣做而已，因為我不想應付下雨。這不是衰老，而是成長。」他幫亨利倒了一杯香檳，然後補充道：「我們應該要開始討論你『三十歲之前的必做清單』了，對吧？」

亨利拿起酒杯，選擇接受亞歷克的觀點，而不是指出他只是即將步入二十歲的末尾，而不是準備過世。

「其實到目前為止，我這方面做得很不錯。」他說。「我寫了一本書。創辦了一個非營利組織。和我一生的摯愛訂婚了。」

「捲入國際性醜聞事件。」

「和辣妹合唱團的成員們全部握到手。」

「在大都會博物館慈善晚宴上穿得最好看。」

「在現代藝術博物館的**睡蓮室**裡哭。」

「把頭髮留長，然後再全部剃光。」

「自學製作威靈頓牛排。」

「這個嗎，呃，還在進行中啦。」亞歷克堵住他的話頭。亨利給了他一個被冒犯的眼神。「可是，對啦！真的。而且你的司康做得很好。」

「沒錯。」

「對。」亞歷克同意。「那還剩下什麼？裸奔？嗑迷幻藥？在我們的廚房中島上做愛？」

亨利花了一點時間，思考了一下最後那一項。

「在我們的廚房中島上做愛？」

新年的鐘聲敲響，屋子裡靜悄悄的。前門廊上的燈上的計時器，喀的一聲關閉了。香檳酒瓶放在水槽邊緣的兩個玻璃杯之間，瓶子已經空了，瓶口黏膩，兩個高腳杯底部都有一個浸透的草莓。距離他們的公寓幾英里之外，煙火在東河上與雪對抗著，但在他們位於公園坡的廚房裡，只有他們兩個人的聲音在迴盪。

將近二十八歲的亨利，將他溫暖的身體貼在冰涼的大理石上，得到了他的午夜之吻。

「你知道今天是什麼日子嗎？」一個微溫的九月夜晚，亞歷克問。

現在是二〇二五年。他正站在亨利書房的門口，亨利整個晚上都在書房裡，回覆著電子郵件。

「嗯？不知道。」

亞歷克並沒有立刻接話，亨利便從筆電螢幕上抬起眼。

「是什麼？」

「是新聞見報的五週年。」亞歷克說。

他花了一點時間才意識到亞歷克說的是哪一則新聞；關於他們的新聞太多太多了。但當然，他指的是最大條、最恐怖的那一則。永遠改變了他們人生的那一則。

「噢。」亨利邊說邊闔上筆電，向後靠在椅背上，遠離了電腦。「嗯。真討厭。」

「對啊。」亞歷克同意道。「零分。最好永遠都不要再發生了。」

他的語氣輕鬆隨意，但他將雙臂交抱在胸前時，亨利可以看到他的法蘭絨口袋裡的眼鏡。

自從上一次亞歷克不夠有自信戴上它們後，已經又過了好幾個月了。

就亨利而言，他記得那天的大部分時間，但並不記得全部。他記得夏安帶著亨利從未見過的表情走了進來，而他正在早餐茶中加入砂糖。他記得阿波像個穿著Gucci拖鞋的騎兵一樣走到他身邊，用他過去常常對盯著他們看太久的伊頓公學同學露出的鄙夷表情，把亨利從他的管家身邊帶走。他記得小碧在音樂廳裡找到了他們，並拒絕聽亨利道歉，他也還記得亞歷克的電話和亞歷克的到來。

不過有趣的是，他不記得小碧和亞歷克之間發生的事。他知道菲利普有參與，每個新聞頻道都報導著這件事，他也在某一刻與他的母親交談過。但他的記憶中，那些時間所屬的空間只是一片空白。他的精神科醫生說，這是創傷症候群，亨利也同意這一觀點，因為他們兩人在接下來的一年中，都在重新調整亨利的焦慮和憂鬱症藥物。

那些時間永遠都消失了。有些事情永遠都不會回來了。

然而，大多時候，當他回想起那一天，回想起他這輩子第二糟糕的事件時，他會想起亞歷克在白金漢宮桌子下的手。他清楚地記得，亞歷克的聲音告訴他，他們會一起度過難關。這件事也發生在亞歷克身上。這不是他們的選擇，但他們就是得面對，而且他們已經盡了最大的努力。

他從辦公桌上站起來，走到門口，把亞歷克抱在懷裡。他們的體型差異並沒有那麼明顯——亨利比較高、但很瘦，亞歷克比較矮、但很結實——但在這樣的時刻，他很感謝亞歷克的臉頰與他脖子的弧度是那麼完美地契合。他很感謝自己能如此輕鬆地親吻亞歷克的太陽穴。

他們倆都沒有說話。一切都已經說了無數遍，不管在演講或是官方聲明中，或者在只有他們兩個人的黑暗中。此時，站在這間房子的中央，在這樣的沉默中，只要讓它承受他們的重量就足夠了。

二〇二五年底，亨利度過了糟糕的一天。

沒有什麼特別的原因。有時日子就是這樣，即使進行了所有的諮商和藥物控制、擁有支持他的伴侶，還完成了世界上的創意計畫，事情還是會發生。他想，有些人確實不需要整天等待下一個糟糕的日子出現。他什麼該有的都有了，就只缺了這個運氣。

亞歷克下班回家時，發現他蜷縮在書房的扶手椅上，凝視著窗外，街對面一排紅磚屋上被光害嚴重污染的夜空。

「你在幹什麼？」亞歷克問。

「尋找獵戶座。」亨利面無表情地說。

亞歷克穿著訂製的西裝褲，捲起袖子，跪在地毯上。他把臉頰靠在亨利的膝蓋，亨利心情不好時，他常常這麼做。亨利的手指滑進他的鬈髮中。在過去的幾個月裡，他的頭髮長得更長了。最近，亞歷克看起來很像他們剛認識時的樣子，只除了眼鏡和下巴上的鬍渣。

「我好厭倦法律。」亞歷克承認道。看來他心情也不太好。「我知道才經過一年半，但是……我有點討厭它了。」

亨利思索著，一邊看著亞歷克眼睛周圍的黑眼圈。

「你知道，你不必做這個工作的。」亨利告訴他。

亞歷克看著他，就像他們第一次在巴黎的那個飯店房間裡一起醒來時那樣，就好像他這輩子唯一知道的是，他所得到的一切，都是他真正想要的一切。這是一個令人敬畏的表情，但它只會改善亨利的生活、而不是傷害。

他吻了吻亨利的指關節，就在他戒指的下方。

「我有一些想法。」

二〇二六年二月，一場流感席捲了公園坡。亞歷克和亨利都無法確定是誰先傳染給誰的——亨利知道是亞歷克，因為他一直熬夜在和媽媽商量德州的投票權法案，而且當他對德州感到不安時，他的免疫系統就會受到影響——但無論如何，他們都一起被困在紅磚屋中一整個星期。至少亞歷克不必像往常一樣抱病工作，因為他上個月就辭職了。

大約在第五天左右，亨利才意識到，這是他們多年來連續待在家中最久的一次。他們似乎總是在來來去去：匆匆參加見面會、穿著寬鬆的西裝從保母車裡爬出來、凌晨三點在路邊和卡修斯碰面、肩上扛著背包。在某種程度上，有機會讓他們重新熟悉這個他們共同打造的家，也算是件好事。

亞歷克睡午覺時，亨利在整間屋子裡散著步。

一樓有著長長的客廳和房子原本的橫樑，還有壁爐架，亨利在搬進來之前就把它們修復好了，因為他一直很珍視有歷史的東西。然後是廚房和深藍色的櫥櫃，還有從亞歷克爸爸那裡接手的佈滿木節的松木餐桌，以及寬大的後窗。樓上二樓的客房中，洗手間裡放著他媽媽最喜歡的護手霜，起居室裡擺著阿波多年前收集的天鵝模型，是當時他戲劇化地追求茱恩時所留下的。再上了一層樓，來到頂樓後，這裡是他的書房和亞歷克的辦公室，大廳裡放著他們在夏安和薩拉婚禮上的照片，盡頭則是他們的臥室。

臥室是整間房子裡他最喜歡的部分，不僅僅是因為那個顯而易見的原因，不管亞歷克如何用眉毛來暗示都一樣。他喜歡高高的天花板，以及天花板中央斑駁的玫瑰石雕。床是他們一起挑的，而每天早上，他從床上醒來時，他都會翻身看見亞歷克散落在梳妝台上的筆和眼鏡布，而他就會知道他的生活，還是真實的。也許他會最喜歡這個房間，因為它像是與房子的其他部分都分開了，高高抬起、充滿保護，而這是他第一次待在一座高塔裡時還覺得安全。

最重要的是，這間房子的三層樓中，每一層樓都有一扇凸窗，但只有臥室裡的這扇有座位。他們用天鵝絨枕頭和苔蘚綠的靠墊把它填滿，而一年中會有一兩次，在他們行程表中少見的緩慢日子裡，亞歷克會爬上去，在那裡睡著。

當他兩手拿著馬克杯裝的湯，緩緩地走進房裡時，他就是在那裡看見了亞歷克。他認得裹在他身上的那條被子：愛倫打贏第二次選戰的那個晚上，他們睡在亞歷克兒時的雙人床上時，就是蓋這條被子。然後亞歷克把它塞進他的行李箱，帶回了華盛頓。

亨利把杯子放在梳妝台上時，他動了動。

「謝謝。」他用嘶啞的聲音說。

亨利輕輕擠進他身旁的空位，小心翼翼地從亞歷克的手肘下取走眼鏡，以免被他壓扁。

「你知道。」亨利說。「我選這間房子，就是為了它的凸窗。」

亞歷克對他眨了眨眼，現在完全清醒了。「真的？」

「我想說你可能會喜歡。你總是會提到你小時候家裡的凸窗。我希望這樣的窗戶能讓這個地方有家的感覺。」

亞歷克微笑。「有喔。」

亨利看著他窩在被子裡，睡意朦朧、因發燒而臉紅，而且他該刮鬍子了。他記得那天晚上在奧斯汀的黃色小房子裡。亞歷克帶著他回到小時候的臥室之前，先掀開了客廳凸窗座位上的墊子，給亨利看了幾頁還藏在那裡的小學塗鴉。他告訴亨利，他曾經想過在那裡藏一張照片，如果他當時有勇氣把它從姐姐的雜誌上撕下來就好了。

亨利發現，愛是種會逆生長的東西。你現在愛上了一個人，然後你會愛上這個人過去的每一個版本。一個睡眠不足的喬治城大一新生，愛上了牛津大學的一個有時會嘗試解開襯衫鈕釦的大二學生。一個臉頰紅潤、鼻子埋在書裡的少年，喜歡上一個愛頂嘴的曲棍球隊長。一個成績優異的男孩放學回家後，看到雜誌上的一張照片，而照片中的那個男孩則在宮殿的樓梯上停了下來。

重點是，他喜歡的每一個版本的亞歷克，都窩在那被子下面。其他一切大多都只是造型而已。

「我有一個想法。」亨利說。

「恭喜。」亞歷克面無表情地自動回應道。然後他說：「告訴我吧。」

「我們在這裡，過著這樣的生活。」亨利說。「這幢房子。這樣很好，對吧？」

「是啊，當然。」

「但我們在其他地方也可以過得很好。」

亞歷克皺起眉。「例如哪裡？」

「某個……可以遠離一切的地方，之類的？一個可以放慢速度，更安靜的地方，你也可以做你想做的工作。老實說，我覺得我有點想要遠離這一切。也許我甚至不必再用替身了。」

亞歷克思索了很長一段時間。他們都知道亨利指的是哪裡。除了紐約和華盛頓，還有倫敦比較好的日子之外，亞歷克會認真考慮要在那裡定居的地方，只有一個。他們拿這件事情開過玩笑，但亨利總是認為，能在他完全沒待過的地方住個幾年也不錯。在他能看見星星的地方。

最後，亞歷克吸了吸鼻子，然後說：「你會開除安格斯嗎？我已經開始有點受不了他了。」

「如果你不叫小碧起床，你明天早上就會聽到她開始抱怨背痛了喔。」一個肯定不是希斯·萊傑的聲音說道。

亨利驚醒過來，才發現亞歷克正從雙人沙發後方靠在他的肩上，鬈髮落在他的臉龐。房間裡一片漆黑，而螢幕上正在跑著片尾字幕。

「你不是明天才要回家的嗎？」亨利喃喃說道。

「我把航班提前了。」亞歷克說。他離亨利的臉太近，使他變得有點鬥雞眼。他的嘴唇在亨利的鼻尖碰了一下。「我很想你。」

雖然才過了幾天，但事實是，亨利也想他。他想他現在應該已經要習慣空床和時差了才對，尤其是他們就是這樣開始的，但他懷疑，自己永遠不會停止在門口等他回家。

「你知道結婚最好的部分是什麼嗎？」亨利問亞歷克。

「跳排舞。」

「這樣我就不必常常想你了。」

亞歷克軟化下來，然後爬過扶手，直到他趴在亨利的腿上。大衛爬到他身後，蜷縮在亞歷克的左臀。

放棄這間房子是一個困難的決定，但等他們終於把話說出口後，這決定就變得很簡單了。逐漸、小心地退出公共生活，至少幾年的時間。他們把自己的很大一部分給了這個世界，他們也有傳承名聲的特權，但他們同時也需要休息。

實際上，是茱恩說服了他們。即使到現在，有些話也只有茱恩才能對亞歷克說。早春的時候，當她終於寫完了拉斐爾的演說稿後，她便從科羅拉多打了個電話給亞歷克，告訴他她要搬到紐約了，這樣可以離諾拉和阿波更近一些，而她想要跟他們租這間磚房。當亞歷克指出他現在還住在裡面時，她說：「我們都知道你已經在奧斯汀看房子看了六個月，如果你不打算拉屎，就從馬桶上下去吧。」

（亨利很喜歡他身邊這群美國人。他們真的會說出心裡話。）

新房子很漂亮。亨利只親眼見過一次，但這間房子的前屋主是一個隱居的科技業高層，品味驚人，《建築文摘》去年甚至還對它做了專題報導。他已經在手機的標籤頁中開著這篇文章兩個月了，而他會每天重看這些明亮的照片兩次，為這其中所蘊含的可能性感到興奮。在寬敞的日光室裡度過慵懶的早晨，午夜在湖中潛水。他可以輕易想像亞歷克在那裡變成了一個會燻雞胸肉、捲墨西哥粽的德州爸爸，也可以輕易想像他們在雪松下曬太陽，直到他們三十多歲、然後決定他們已經準備好迎接下一個階段的時候。最棒的是，無論如何，他們都可以慢慢來。

他們並不會完全拋棄他們的義務，但這是他正式放棄頭銜後的第一步。更多的界限，更多他們以會要做什麼和不做什麼的規則。沒有皇室婚禮，只有湖邊別墅的私人儀式和拆行李的蜜月。亞歷克在一間更小的公司工作，在那裡他終於可以更腳踏實地地生活。更安靜的日子。

「你是對的。」亞歷克說。「你知道已婚人士的生活還有什麼精彩的地方嗎？我們可以真的有約會之夜了。想像一下：免費續杯、吃到飽的洋芋片和莎莎醬耶。」

「喔，我還想到一個。」亨利說。「你終於可以教我怎麼逛 HEB 了。」

「寶貝，不要在有外人的時候跟我開黃腔好嗎？」

「拜託喔。」沙發上傳來一個昏沉的聲音。

「嗨，小碧。」

「現在幾點？」

「半夜一點。」

「呃啊。」

小碧一邊咕噥，一邊用毯子裹住自己，她叫醒阿波，然後兩人前去盥洗、準備上床睡覺。

根據阿波在他們家睡了六年的習慣來看，阿波晚上回到沙發上睡，或是爬上他們的床、讓亞歷克不得不睡在沙發上的機率，幾乎一樣高。他們很高興知道，當他們搬離這間屋子、並讓茱恩搬進來時，阿波仍然可以把這裡當自己家。

樓下，被箱子包圍的亞歷克，終於從亨利的腿上爬了起來，從雙人沙發後面拉出一個大購物袋。

「我帶了一些東西來給你。」亞歷克說。

袋子裡面是一個用厚紙板做成的盒子，代表裡面裝著某種昂貴的東西。他想像著亞歷克把他充滿補丁、破舊粗糙的皮革行李袋扔進飛機的頭頂置物櫃，然後小心翼翼地將這個袋子放在座位下面，所以紙張上甚至沒有摺痕。

他取下盒子的蓋子，打開一層層薄紙，露出裡頭的帽子。那是一頂牛仔帽。它是由華麗而厚實的毛氈所做成，帶有高高的帽冠和緞面內襯。自從亞歷克搬進來後，他的辦公室裡就一直掛著一頂幾乎一模一樣的東西，不過亞歷克的是像午夜一般的黑色，而這頂則是溫暖而淺白的沙子色。亞歷克的帽帶上有一個小金扣，而這頂有一個英國玫瑰形狀的銀別針。

「這是一頂史丹森帽。」亞歷克說。亨利抬頭看向他，他臉頰的顏色已經微微變深了。

「我知道這不是你的風格，但你確實會騎馬，而在我出生的地方，得到第一頂史丹森帽是一件大事，所以我想成為給你帽子的人，因為你就要變成榮譽德州人了。如果你不想——」

「我很喜歡。」亨利打斷他。

亞歷克頓了頓，然後露出一個燦爛的笑容。「真的嗎？我本來還怕你會覺得我在開你玩笑。」

「這是我收到最不荒唐的禮物了。」亨利對他說。「你還沒有送我一套搭配的燕尾服呢。」

「沒有，但也許我可以幫你弄來一件牧馬人牛仔外套。」亞歷克說。

「可能來一條護腿皮褲吧。」

「我才剛說過不要開黃腔的。」

亨利笑了起來，在打開的盒子上吻了他，一邊想像著他們明年的生活。星期天早晨的煎蛋和煎培根、游泳池、或是不會倒在地上的婚禮蛋糕。明天他得問問亞歷克，他去德州的時候有沒有去看過那間烘焙坊了，還有他們的封箱膠帶還夠不夠，還有艾米的女兒拿到她的花童洋裝了沒。

但今晚，亞歷克提早了一天回家，而整間房子正在他們周圍發出輕柔而熟悉的夜晚聲響。沒有人從窗戶看進來。也沒有人從大門走進來。

「亨利。」亞歷克說。

「亞歷克。」亨利說。

「就我和你。」亞歷克說。

「就我和你。」亨利同意道。

——《王室緋聞守則　番外》完

高寶書版集團
gobooks.com.tw

TN 302
王室緋聞守則
Red, White & Royal Blue

作　　者　凱西・麥奎斯頓（Casey McQuiston）
譯　　者　曾倚華
編　　輯　林雨欣
繪　　者　馬洛循環
封面設計　陳思羽、林鈞儀
排　　版　彭立瑋

發 行 人　朱凱蕾
出　　版　英屬維京群島商高寶國際有限公司臺灣分公司
　　　　　Global Group Holdings, Ltd.
地　　址　臺北市內湖區洲子街 88 號 3 樓
網　　址　www.gobooks.com.tw
電　　話　(02) 27992788
電　　郵　readers@gobooks.com.tw（讀者服務部）
傳　　真　出版部　(02) 27990909　行銷部 (02) 27993088
郵政劃撥　19394552
戶　　名　英屬維京群島商高寶國際有限公司臺灣分公司
發　　行　英屬維京群島商高寶國際有限公司臺灣分公司 /Printed in Taiwan
初版四刷　2023 年 9 月

Red, White & Royal Blue
Copyright © 2019 by Casey McQuiston.
bonus edition © 2022 by Casey McQuiston
Complex Chinese Translation copyright © 2023 by Global Group Holdings, Ltd.
Published by arrangement with KT Literary, LLC through Bardon-Chinese Media Agency.
All rights reserved including the rights of reproduction in whole or in part in any form.

國家圖書館出版品預行編目 (CIP) 資料

王室緋聞守則 / 凱西 . 麥奎斯頓 (Casey McQuiston) 著
; 曾倚華譯 . -- 初版 . -- 臺北市 : 英屬維京群島商高寶國
際有限公司臺灣分公司 , 2023.09
　面； 公分 . --

譯自 : Red, white & royal blue

ISBN 978-002-023-103-5(平裝)

874.57　　112014164

凡本著作任何圖片、文字及其他內容，
未經本公司同意授權者，
均不得擅自重製、仿製或以其他方法加以侵害，
如一經查獲，必定追究到底，絕不寬貸。
版權所有　翻印必究

GOBOOKS
& SITAK
GROUP©